赵宏兴 主编

Zhongguo aiqing
xiaoshuo jingxuan

中国爱情小说精选

内蒙古文化出版社

图书在版编目（CIP）数据

中国爱情小说精选 / 赵宏兴编著 . — 呼伦贝尔：
内蒙古文化出版社，2018.6
ISBN 978-7-5521-1518-5

Ⅰ . ①中… Ⅱ . ①赵… Ⅲ . ①短篇小说—小说集—中
国—当代 Ⅳ . ① I247.7

中国版本图书馆 CIP 数据核字（2018）第 159499 号

中国爱情小说精选

赵宏兴　编著

总 策 划　丁永才　崔付建
责任编辑　丁永才
出版发行　内蒙古文化出版社
　　　　　（呼伦贝尔市海拉尔区河东新春街 4 付 3 号）
印刷装订　三河市华东印刷有限公司
开　　本　650 毫米 × 940 毫米　1/16
印　　张　21.5　字　　数　277 千
版　　次　2018 年 6 月第 1 版
印　　次　2020 年 8 月第 2 次印刷
书　　号　ISBN 978-7-5521-1518-5
定　　价　58.00 元

目录 CONTENTS

相亲

■
邱华栋

1

舒楠今天要去相亲。她早早地起床，开始梳洗打扮，打扮的过程比往常要细致得多，还安上了假睫毛。然后，她看了一会儿镜子中比较满意的自己，就又开始收拾房间了。

这个家已经有一个星期没有好好地收拾了，就是因为自己太忙，也加上没有别人帮忙。借着收拾房间的空当，她还要考虑一下，下个星期里，自己所带的销售小组的工作计划和进展，以免在随后到来的季度末期，被公司在每个季度都要进行的销售比赛——"末位淘汰"赛淘汰出局。所以，平时她的神经总是紧张的，今天还多少放松一些。

舒楠现在是北京一家著名的房地产公司的销售副总监。这家公司有名气，主要是老板庞诗言很有意思——他过去是一个诗人，早年在海南闯荡，挣了第一笔大钱。现在，在北京，他不仅是这个房地产公司的老板，平时还写书、拍电影、上电视、搞古怪时尚的巨型派对，连三环路边上的一个巨大的广告牌上，都是他穿着克里斯提·迪奥牌子的西装，一副很卡通的笑脸。而他盖的房子也是北京好看和好卖的，他会请来国际上很棒的建筑设计师设计，同时又赋予这个项目以一种建筑文化和生活理念的新概念。于是。这些项目一经推出，就很快被新兴的富裕和中产阶层猛力追捧。

不过，一年多以前，舒楠还在一家时尚杂志当编辑呢。现在，她是这家房地产公司销售员里面学历比较高的——中国古代历史学硕士。当初，从杂志社跳到公司里，这个决心要下起来，还是有些艰难的，因为，摆在她面前的有两条路可以走，一条是继续读博士，然后换一所著名的大学去当老师，走大学教授之路；另外的一条路，就是从杂志社转行，在更富有挑战性的行当工作，在更加险恶的社会里闯荡。后来，只是因为一个偶然的机会，她就被这家房地产公司给招聘了。

那天，她陪一个大学校友来买房子，这个女友因为拿下了律师资格证，现在是一家合伙人律师事务所的负责人。律师现在也是一个很吃香的行当，女友风风火火，整天帮人打官司，给很多公司当法律顾问，所以，她的收入远远高于舒楠这个杂志社的编辑。

女友也没有结婚，她看中的这个房地产项目，就在北京东三环一线的 CBD 商务中心区，就在国际贸易中心的对面，这里是北京最为国际化的一个区域。这个房地产项目已经基本建成了，是一个很漂亮的建筑群：银色的玻璃幕墙建筑，像是一些晶莹的结晶体，亲和力显著的街区；时尚的建筑设计；有着人气很旺的社区商业环境。各种各样的小商店在这个商务社区里比比皆是，而来来去去的人，都有着年轻气盛的表情，好像他们都是这个时代最为成功的人。所以，进入到这个社区里，人人都可以感觉到一种强烈的都市和时尚的生活氛围。

在售楼处，一个长得很机灵，同时也灵牙俐齿的销售员，用巧舌如簧的舌头，没有过多久，就把她的律师女友给说动了，然后，做事谨慎的律师女友当场就要支付订金买下这个地产项目的房子。

　　律师女友去和专业人员签合同了，舒楠和销售员聊天，舒楠很不经意地问了一下这个销售员，每卖掉一套房子，她大概可以得到多少佣金，这个女孩子毫不掩饰地说，"刚才你的朋友买下来这套房子，我就可以拿到 2 万多元的佣金。"

　　"那。你每天都能够成交一两套吗？"

　　"当然了，因为这里的房子好卖，每天都有买房子的人啊，一般我一个季度下来，有时候，我可以拿到几十万佣金的。"

　　舒楠觉得有些动心了，"你看我干售楼小姐怎么样？"

　　这个女孩子打量她："你可以，我看你很有亲和力，挺合适干我们这个行当的。现在，我们公司的销售部正在招人呢，你可以去试一试呀。"

　　"在哪里？"舒楠心头一热。

　　"就在我们的销售部，在这幢楼的第 18 层，很好找。"

　　舒楠就有些动心了。现在她在一家时尚类杂志当主笔，收入已经比较高了，可是再怎么高，也就是每个月大几千元。趁女友签合同的时候，她就一个人坐电梯来到了销售部，果然，那里正在招聘销售员。人头攒聚。她填了一张表格，很快被引导到销售总监那里。销售总监温和干练，他们一起谈了十几分钟，这个事情就定下来了，总监说，"你赶的机会很好，我们正在招人，你明天就可以来上班了。"

　　舒楠立即激动了起来，好像有某种燃烧的东西，点燃了她体内的固体燃料，她决定要换一种活法了。回去之后，她先是请了一个月的病假，然后就来这里工作了。就在第一个月里，她算了一下，通过她销售出去的房子，她就大约能够拿到 12 万元的佣金。于是，她很快把杂志社的工作给辞掉了。没有人说她疯了。这个时代，是一个人人都在勇敢地选择的时代，你采取任何生活方式，干任何职业，其实都是合情合理的，没有人再惊诧了。她的父母亲也没有过多干涉，他们相信，她能够把握自己的命运。

当然，在这家房地产公司干销售员，其实也是充满了挑战的。公司采取一种很严厉的"末位淘汰"机制，那就是，任何一个销售员，你所在的销售组，都由一个销售副总监带队，一个季度一评比。假如你的销售组在全部十多个销售组里面，销售额倒数第一，那么，你的销售组就被淘汰了，副总监立即降为普通销售员，销售员要解除合同，自动离开，或者没有一分钱拿。

这样干的结果，是刺激了人们争强好胜的愿望，人人自危，也就人人努力了。开始有些人不适应，还闹出来一场被挖墙脚的闹剧：另外一家地产公司乘虚而入，挖走了因为末位淘汰机制而压力过大、牢骚满腹的几个销售副总监，在报纸上打了几天笔墨官司。

而舒楠却很适应这样的环境。在杂志社里，她觉得自己是被体制养在金鱼缸里的游鱼，不管怎么样，基本都旱涝保收，可是，在房地产做售楼员，可是饿死的饿死，撑死的撑死。每个季度一结算，每个季度一发奖，奖金和佣金最小的单位，都是以万来计算的。于是，销售部的销售员们真的都疯了，人人要争当第一名，至少不愿意被末位淘汰。

不过，这个"末位淘汰"制度再险恶，里面还有一个规则和底线，老板庞诗言说了，任何一个销售员，哪怕在接待客户的时候，你再怎么样巧舌如簧，说得天花乱坠，你就是不能骗人，不能欺骗客户，这个项目，有什么优点缺点，每一套房子的格局，有什么优势劣势，人家要问到了，你都要给客户讲清楚，卖房子，不能只讲好的，不说不好的，毕竟，人家是要住几十年的。而签合同的时候，客户不和销售员签，要由专业的律师来签订合同。所以，这个招数，让客户比较的放心了。

舒楠觉得自己很适合干销售员，在公司里干到第二个季度结束的时候，她就升任销售副总监了，带领7个销售员，成了一个独立的销售组，参与和其他组的"末位淘汰"竞争，而且，几个季度下来，她的组还从来没有被淘汰过。到了第一年的年末，她算了一下，四个季度里，她自己拿到手的佣金，加起来已经有 160 万元了，而她还不是公司里的销售员中间拿佣金最多的一个。

这么多自己挣来的钱，让她特别的开心。过年之前的时候，公司销售部专门开了一个庆功会，销售部一共 80 多个人，在老板庞诗言的带领下，专门去上海和香港玩了几天，大家都是去购物的。大家简直买疯了！回来的时候，连香港国泰公司的飞机上卖的商品也给扫荡一空！

舒楠当然也是疯狂购物的女人之一，她体验到了那种豪气干云的购物的快乐。她还记得，其中有一个男销售员，他很会给自己的女朋友买东西，尤其敢于给自己的女友买鞋子。大家知道，给别人买鞋子一般是很难合适的，所以，一个男人给女友买鞋子都能够买合适了，那这个男人对待女友的细心，是很可观的。

回家之后，把几箱子的衣服物品在屋子里展开，舒楠才发现，尽管自己可以随心所欲地花钱买东西了，但是，任何衣服和东西，一旦买回来，她就觉得没有多少心思打理了，因为，这些漂亮衣服，你要穿给谁看呢？所以，27 岁的舒楠根本就没有想到，也没有时间去想，自己已经是一个被父母亲发愁嫁不掉的姑娘了。

大半年前，她买下来这幢房子，把父母亲接来北京居住，主要是为了尽尽孝心。可是，和父母团聚的负面效应就是，你的生活立即被父母亲干预了。她感觉，自己的父母亲，就像是两个间谍老搭档那样，对她的生活中任何一个细节，都仔细地琢磨，对她和任何异性的交往，包括一个电话，都要刨根问底，追问是什么人，干什么的等等，而且，对她如今如此忙碌地一个人生活，而没有爱情和婚姻的着落，而着急上火。

她父亲的身体不好，去年刚刚查出来有胃癌，这次来北京协和医院，专门做了手术，手术很成功，但是，等到他能够出院回家休息了，父亲就和她专门谈了一次话，说，自己也许活不了几年，毕竟，得了癌症，这个病是好不了的，只能是维持，所以，她要早些把自己的家建立起来，"这样，即使我闭了眼睛，也心安了。"父亲殷切地看着她，"你很优秀，怎么能没有人喜欢呢？我们要给你张罗张罗了。"

父亲的话，使舒楠有些受不了了，她答应了。北京的气候干燥，父母亲不太适应，而手术之后，父亲需要回家静养，她就叫父母亲回老家了，然后带点哄骗的口吻，许诺他们说，今年秋天，10月以前，一定要把确定下来的男朋友带回家给他们看。

父母亲半是高兴半是狐疑地离开了北京。不过，自从父母亲离开北京回到了老家之后，她自己反而真的有些着急了。仔细地想想，自己的事业干得不错，现在，一年里，可以挣到别人半辈子挣到的钱，那种感觉是既十分自得，又有些惶惑，毕竟自己是个女人，女人总是要有个家的，而自己未来的感情归宿，在哪里呀？

2

舒楠在父母亲的规劝之下，准备走上相亲的道路，就是最近的事情。虽然回了江苏老家，可是，父母亲照样在遥控她，只是现在，她多少有些顺从了。通过父母亲的同事介绍，他们打电话给她，说，已经帮她物色了一个人，人家是刚刚从美国留学回来没有多久的一个理学博士，在北京一家科研机构工作，36岁，单身，江苏人，是老乡，这点很好。这个星期，她就可以和他见面了，时间地点由他们自己约。

她同意见面了。是他先给她打了电话，地点就在三元桥附近，一家叫作"鹿港小镇"的餐厅。本来，在这个星期六，她决定给自己好好地放一个小假，让自己紧张的神经松弛一下，专心地去学习跆拳道，因此，父母亲确定的相亲这个事情，干扰了她给自己放假的心愿。所以，虽然早晨起来，她感觉这是一个假日，可以很松弛，但是，一想到要面对相亲这样一个特别严肃的事情，她就有些紧张。

把屋子里的稍许凌乱整理得干净整洁了，她还是觉得心里有些乱，就打开后花园的房门，站在自己买下来大半年的 TOWNHOUSE 复式的花园台阶上。可以看见，这个春天里，社区里很多住家的小花园里都呈现出万紫千红的气象来。

她开着才买下来不久的香槟色广州本田车，沿着京承高速公路，一路向城里开去。从自己居住的社区，开车到上班的 CBD 地区，也就是 30 分钟，十分快捷。最近一些年，有点钱的北京人家庭，大都买了两套房子，一套在城区，另外的一套在郊区，郊区的房子所处的社区，往往密度很低，绿化和空气很好，所以城区的人口在不断地疏散着，也许要不了 10 年，城区就成了穷人居住的地方了。

一路上，高速公路上车很少。从疏朗的郊区风光，到渐渐稠密的城区楼群，这样的风景，她已经看了很久了。车子上了四环，三环，从霄云路再往西开，到了"鹿港小镇"的门口。因为是中午，在餐馆门口停车要容易一些。她进了餐厅，这家餐厅是东部地区的"小资"们很喜欢来的地方，是那种台湾风格的中西合璧的餐厅。装修的风格简洁明快，总是巨大的玻璃，和一些吊在半空的装饰用的铁锁链。服务员把她引导上了二楼。

那个先生的母亲和他自己已经在那里等候了。据说，他的父母亲和自己的父母过去是同事，所以，两家知根知底，这样的相亲，自然就要正式一些。

舒楠很重视自己看人的第一眼，这个第一眼很重要，她相信男女之间的一切缘分，就在第一眼里面已经决定了。她微笑着坐下来，和他——理学博士见面。这个"海归派"的长相似乎有些模糊，二楼餐厅里的光线，在中午的时候，也是有些昏暗的，所以有些看不清楚。

"小楠，记不得我了吧？我看过你小时候的样子，现在，你可是一个大姑娘了。这是我儿子李庆，你们认识一下。"

舒楠很大方地和李庆握了手。彼此寒暄了一阵子。一看李庆，就知道他是学理工科出身的，穿着一丝不苟的西装，亚洲版型，三粒扣的，领带是蓝色底的，上面有暗色的大花，但是，舒楠看不清是什么花。李庆的长相还比较顺眼，可是没有什么特征，把他放在人群里，一般是很难分辨出来。这样没有特点的男人，应该是比较多见的吧，舒楠自己想着，一边和他随便聊。但是，李庆有一个小缺陷，就是他是一个结巴！而且结巴得不轻，舒楠发现因为他母亲在场，所以他的结巴还好些。

她要了一份冰品，对他点的几道菜，色香味都不错的菜肴，不知道为什么，没有什么大的胃口。

他们还聊了一些舒楠父母亲过去和他家来往的情况——这个母亲是很健谈的，时间很快过去了不少，菜也上来了，颜色很好，就是分量太少。后来，看着儿子有些拘谨，或者觉得气氛有些凝滞，李庆的母亲站起来"你们慢慢聊吧，我成了灯泡了呢。楠楠、李庆，我先走了。"她走了，把时间和空间留给了他们两个。

舒楠这个时候才仔细地观察起李庆来。李庆现在在一家科研机构工作，有一套自己的房子，受过很好的教育，可以说，他的家庭也是很殷实的人家。可是，舒楠觉得，李庆在自己的母亲走了之后，反而显得更加紧张和局促不安，因此也更加结巴了，他的额头上都冒汗了。

两个人艰难地聊了半个小时，舒楠就已经下了判断，她觉得，眼前的这个李庆是一个比较乏味的男人，两个人的思想、爱好、脾气性格，还有对生活的理解，差距都很大。而且，由于李庆的结巴，两个人的交流比较费劲儿。看着下午的时光迅速地流走，她就不再想耽误时间，推脱说，"很高兴认识你，李庆先生，不过，我公司里今天还有事情，今天先到这里，以后咱们再约。"她就起身告别了。

出了餐厅，开着车子往家里走，她的心情才轻松了起来。她有些懊悔了——这样的相亲太没有意思了，她觉得假如她和他，那个李庆生活在一起，以后她会过一种很僵化乏味的生活的。她还会是他的妈妈的，因为，她一看就知道，李庆是一个按照自己母亲的样子来找老婆的男人，他一直生活在母亲的阴影下，父亲死得早，他因此会有某种恋母情结。而舒楠绝对和他妈妈是不一样的两种人。而且，相亲的时候，男女要是不来电，是怎么样都不会发展下去的。

晚上，母亲打电话来问她，对李庆的感觉怎么样，"不怎么样，没有感觉。不来电。而且，他是个结巴！"她很老实地回答说。可是什么是来电，她的电又在哪里，她也说不明白。

母亲有些不高兴："什么叫来电？过去你爸在部队当军官，我都是被组织上安排嫁给你爸的，什么来电不来电，日子过起来就来电了。再说了，结巴的人都实在，过日子就要实实在在。"

舒楠说："妈，人家就是不喜欢这个人嘛，难道，你要逼我跳河不成？"

"好好，死丫头，那你可要自己积极一些了，我们就不管了！但是别忘了，你自己说的，秋天的时候，就要带男朋友回家叫我们看的。别忘了你爸他的病——他可是数着日子看你有个归宿的！"

"好好好，你放心，妈。我怎么会没有人要呢，我的朋友们都开始给我张罗介绍男朋友了，你就放心呢。"舒楠有些心虚地安慰妈妈说。

"那，我们就等着了！"

3

只要是一忙起来，舒楠就会忘了自己是单身这样的状态，可是，只要是她一个人回到家，很疲惫地躺在了床上，她就开始觉得孤独了。这个时候，她多么想自己能够有一个三口之家呀：一个男人，加上一个孩子，就是这样的结构，但是，这个梦想对于她来说，现在竟然显得遥远了。

你看，公司里的销售员中间，没有结婚的，大有人在，大多数销售员，都是 20 出头的姑娘小伙子。可是，似乎在销售员里面，互相很难成为一对儿的，而且在 80 个销售员里，男销售员很少，只有 10 多个。

也许，可以从身边考虑考虑？她胡思乱想了起来。和她竞争的另外一组的销售副总监方阳，就是一个男销售员，他们平时还很能谈得来，方阳似乎还很喜欢她。这个小伙子是陕西人，18 岁之前，一直生活在黄土高坡上的一个十分偏僻的小山村里。几年前，他高中毕业，就来到了北京闯荡，先是保安，后来又当送快递的，然后，又当了一家调查公司的调查员，后来，还干过各种各样的工作，最后，到了这家房地产公司当销售员，结果干得很出色。他给她说，来公司第一年，他平生第一次坐了飞机，到了第二年，他就给自己还在山村里面的父母亲盖了新房子，买了一辆拖拉机。到了第三年，他在北京也有了自己的房子和汽车了。

方阳比她小两岁，但是，却有一种大哥哥的风范，平时很照顾她，舒楠对他有些好感，有时候，到了周末，他约一些销售员同行一起出去泡酒吧，也会约上她。也许，我和方阳可以发展发展？舒楠觉得脸有些烫了。可是，要是真把他当作男朋友，她就觉得，方阳毕竟是学历低了，而且她注意到，他有很多不良生活习惯。比如，他爱生吃大蒜，生吃辣椒，不爱洗澡，就是过去山沟沟里缺水，偶尔喜欢随地吐痰。他自己还亲口告诉她，他不习惯用抽水马桶，喜欢脚踩在马桶的边缘上大号。

舒楠只要是一想到方阳不是坐在马桶上，而是蹲在马桶的边缘上大便的情形，就觉得很可怕和很好笑，于是，她就觉得和方阳不成了。要是真和这样一个山里来的孩子生活在一起，还要面对农村来的公公和婆婆，以及无数个穷亲戚，大家都来住在她买下来的带花园的房子里——想到这些，她就要晕过去了。

所以，当方阳在情人节这天给她送玫瑰表达爱慕的时候，她收下了玫瑰，但是却很理性地委婉地拒绝了他的邀请："啊，你的玫瑰送晚了，另外有一位先生，已经给了我一束漂亮的'蓝色妖姬'。"就这样，她斩断了人家的念想。

4

她准备去参加一个由 200 个单身男女参与的速配交友活动，还是公司副总裁许良的主意。

许良是公司管理层里负责工会工作的，他发现，公司里的大龄单身男女青年比较多，在春天来临之后，似乎个个都春心萌动、躁动不安了。于是，就和《首都青年报》联系。看看能不能搞个活动。刚好，这家报纸为了迎接"五·四"青年节，从 4 月份开始，特地开辟了一个专门的栏目，每一周都在报纸上向社会推广介绍一个知名公司的单身青年。许良就把公司的单身男女青年，也推广了一次，据说效果还不错，基本上一个人可以有 10 个应征者挑选。

接下来，在"5·4"这天，这家报社又准备组织一个"高端速配"活动，构成人员是男女各 100 人，都是高学历、高收入阶层的，通过一个见面会，来让大家速配成功。舒楠也被许良给报了名，因为公司里，学历高又单身的不多，只有五六个人，许良就给她做主了。她也同意了，反正，公司里还有其他五六个人一起参加这个"相亲"活动的，自己参与参与，也不是什么坏事情。

"五·四"这天，她开车来到北京郊区一个温泉山庄的活动现场。舒楠发现参加者有不少人，大家都戴上了面具。原来，活动的组织者根据过去的经验，担心参加者尤其是男士们，喜欢以貌取人，特别地让女士们都戴上了面具。而且，组织者专门地叮嘱参加活动的女士们，说，只有你们和男士交流到一定的程度，愿意让对方看到你的面容的话，你才可以摘掉面具，最好不要一开始就摘掉你的面具。

这是游戏开始的规则，舒楠觉得很好玩。她也戴上了一个猫脸面具，还有长长的胡子，在洗手间里的镜子跟前，看到自己戴面具的模样，她觉得自己还是有一种很神秘的感觉。舒楠对自己的长相一直很自信，因为她长得很有味道，属于那种比较耐看的女人，一般情况下，别的男士见到她容易对她产生好感。

在现场，舒楠还发现，大多数男士也戴面具，只有少数男士不愿意戴面具，在众多的戴面具的人里面，显得鹤立鸡群，这样的感觉，还是很有意思的。假如戴上了面具，那么，你对对方的第一印象，就只剩下个头、衣着和声音了。通过这些元素来判断对方能不能够继续交往下去，实际上是不太容易的。这不，马上，一个外表很高大的男士向她走了过来，从袖子里面拿出来一枝玫瑰花送给她，"我可以坐在你的旁边吗？"

舒楠接过来玫瑰花，回答他："当然可以。"

于是他们开始聊了起来。这个男士，是一个国家体育队的教练。他带出来的徒弟，还获得了奥运会的银牌。舒楠真是没有想到，一个体育教练能够和她认识，他们漫无边际地聊了起来，聊得可以说不错。

大约一个小时之后，这个高大的体育教练说，"我想看看你，咱们能不能把面具给摘掉呢？"舒楠没有过多的犹豫，就摘掉了面具。两个人几乎是同时摘掉面具的，这个时候，两个人都有些紧张，舒楠觉得对方的脸长得很长，她还发现，他的脸上有很多的麻子。我是不是很在乎这一点呢？她问自己。一个脸上有麻子的男人，虽然他是孔武有力的，可是，总是一个相貌的缺陷吧。

这个教练看着她倒觉得很舒服，"你长得很甜美。不过，你是不是不喜欢我脸上的麻子？这是小时候得病留下来的，我可以用美容的办法，把它们的颜色弄淡，或者干脆去掉的。"

舒楠笑了，她觉得，这个教练的幽默感还是有的，他们有一些很亲和的感觉，今后可以交往一下。可是，忽然，她的手机响了，她看了一下号码，就说，"我给你留一个电话吧，有时间，你可以给我打电话，我们可以再聊聊，今天我有点急事先走了，至于麻子问题，倒不是一个大事情。哈哈，再见。"

然后，她起身走了。这个时候，她看见这个戴面具的集体约会，已经有一半的女士都去掉了面具，看来，大家还是很大方的，毕竟早晚都要让男人看见自己的脸的，有什么好长时间遮遮掩掩的？她低眼看了看手中的玫瑰花，觉得这朵玫瑰那么的娇羞。

5

她急匆匆地离开，的确是因为一个客户在找她。这个客户，是山西一家小煤矿的老板，前天从山西坐火车来到了北京，当时是舒楠去火车站接的人。

把这个客户接到的时候，舒楠发现，这个五十多岁的山西男人，穿着十分普通，黑蓝色的一套十分不合体的西装，袖子上的商标还在。而且，他一定是一个挖煤的，他的两只手，那十根指头的指缝里，都是黑色的！这个细节，只有舒楠这样细心的南方姑娘，才能够一眼看到。

当时，她甚至有些疑惑了，这样的人，难道会是她现在推销的这个在北京很时尚前卫的房地产项目的客户吗？他们的这个房地产项目，在东三环CBD地区屹立着，是一大片的宛如水晶丛林般的建筑，高低错落，一共有20幢大楼，完全是以时尚和具有现代生活观念的中产阶层，和受过了良好的教育和事业有成的人投资的目标。而这个山西小煤矿的矿主，兴许就是靠盘剥那些可怜的矿工发财的家伙。你根本就无法想象，这样的土鳖，出入宛如水晶宫一样的建筑群，他和她正在推销的房子背后的文化理念，是多么的不协调啊！

舒楠看见他，就觉得心里并不是很舒服。因为，她总是想起来，最近报纸上报道的那些黑心的煤矿主，是如何的不管安全生产，草菅人命，即使矿难事故发生，一条矿工的人命，也就值个几万块钱。而这些家伙发大财了，现在，要来北京投资买房了。舒楠的心态很复杂，她觉得一方面，自己要好好地抓住这个客户，可是，另外一个方面，她内心里有有些不愿意为他服务，觉得他的钱里面，有着某种隐约散发出来的血腥。

但是，人家毕竟是一个签约了底层商铺的朋友介绍来的，这个朋友在关键的时候，也就是在一个赛季快结束的时候，和舒楠签了一个1700万元的商铺的大单，一下子叫她在这个赛季，成了亚军，光这一个项目，除了10多万的佣金，她还拿到了2万元的亚军奖。所以，这个朋友推荐的客户，无论如何都要认真接待，不能再想他的钱是如何沾满了矿工的鲜血的。

于是，舒楠的这些内心活动结束之后，她已经把这个煤矿矿主从火车站接到了楼盘接待处，开始给他讲解沙盘了。但是，当时无论她怎么介绍，他就是不说话，也不提出来任何问题。面对这样一个客户，舒楠就觉得，他没有提问题，说明他对这个项目根本就没有兴趣。等到晚上的时候，她又和他一起吃饭，还是不厌其烦地介绍了"水晶宫"这个项目周边的房地产项目的升值对比情况，人家还是不怎么开口不说话，这下子舒楠就没有底了。

结果，第二天上午的时候，他的哥哥也从山西赶来了。原来，他们兄弟俩，是这个煤矿主的哥哥、一个更大的矿主说了算，他来了，和弟弟在一边说了一会儿话，就立即跟舒楠当场拍板，买下来4套公寓和一套底层的商铺。签单的额度，是两千多万元！一个大单！并且还交了一百万元的定金。

当时舒楠很兴奋，于是很兴奋和轻松地去参加那个戴面具的相亲活动了。可是，就在她和那个教练说话的当口，那个煤矿主兄弟中的决策者，老大，给她打电话，说她提供的资料，和他们要买的房子的实际情况有出入，要求停止签订合同，并且要求公司退还给他们昨天刚刚交的一百万元定金。

舒楠觉得有些颓丧，心急如焚，她立即赶到了售楼处，在那里，她看见自己销售组的一个得力助手，正在劝说兄弟俩，希望他们改变主意。舒楠也加入了解释的阵营。可是，不管你怎么说，人家兄弟俩就是一言不发，于是，舒楠就把兄弟俩又叫到了签约室，告诉他们，那个数字的错误，是她的一个电脑打字失误，不是公司的问题，明天一早，就退给他们 100 万元的定金。而且，作为补偿，舒楠决定送给他们两张去韩国 5 日游的度假旅游卡。

这个时候，老大站起来了，"好，小舒，我们明天一早来，你把退还我们的 100 万定金，准备好吧。"说完起身就走了。

舒楠看着兄弟俩深色外套的背影，有些失落。不过，她直觉觉得，事情可能还有转机。回到了家里，她有些紧张，毕竟是一条大鱼，眼看着都完全咬钩了，又放了，多可惜啊。凌晨的时候，她又打电话给那个沉默寡言的弟弟，再三强调了这个项目未来升值的前景，和"水晶宫"项目的人气旺盛，以及低层商铺的投资回报率。

在这天晚上，舒楠基本上没有怎么睡觉。一晚上，她的脑子里，都是那些戴着面具的男人们，田径教练、煤矿主兄弟，海龟老乡李庆——她最近见过的男人们，好像都成了她的客户，这些脸都在她的周围乱转，无论她如何推销，他们都是摇头拒绝，就是不愿意坐下来在签约桌前面签约。

早晨的时候，她起来了，觉得自己有些昏昏沉沉的。来到了公司销售部，那山西兄弟俩，已经等在那里了。不过，和舒楠打了招呼，他们不提退定金的事情了，而是想再要一个折扣。舒楠知道他们还是想要房子了，心头一喜。可是，现在这个项目房子很抢手，即使是老总庞诗言亲自过问，也不可能再给折扣的。于是，舒楠一咬牙，决定退还定金。"我确实不能再给您优惠了。"

老大说："那就对不起了，房子，我们不要了。"

舒楠就去财务部，把一百万的存折拿来，当面交给了那两兄弟，告诉他们，"很遗憾，我们只能终止合作了，不过，说实话，我觉得有些可惜，为你们没有要这几套房子感到可惜，明年你们来北京，就知道我说的话的意思了。"

看到了触及到了底线，这个时候，矿主兄弟中间的老大没有接存单，反而又坐了下来，说，"小舒，咱们再仔细地谈谈，好不好？房子我们还想要。"

十分钟之后，他决定签约买房了。舒楠很高兴，立即叫签约律师来签订合同。她紧张了几天的神经，这时候才松弛了下来。

签订完合同，在兄弟俩的提议下，他们一起去售楼处旁边的一个咖啡店喝咖啡和茶。坐下来，矿主老大很高兴，因为他是很精明的生意人，当然知道自己做了很好的一次投资。而且，他似乎对舒楠的个人情况很感兴趣，有些试探性地问了她一些情况，知道了她是一个硕士研究生。他说，"小舒，咱们签约了，你是不是很高兴？"

舒楠笑了说，"当然了，你的这个单子是我这个季节最大的了，可以保证我们的销售组进入前三名了，而且我还有不少佣金可以拿的。"

"我觉得你这个女孩，不错，很有修养，不急不躁，总是很有耐心，也让人放心。"

舒楠笑了，"多谢夸奖。不过，要说耐心，我看是您的弟弟，他最有耐心，你看，前面两天，无论我怎么向他介绍房子，他可是一言不发啊。"

矿主老大又问了她，"小舒，你还没有结婚吧？"

舒楠说，"没有，还没有男朋友呢。"

知道了她还没有结婚，而且，也没有男朋友，老大似乎舒了口气，犹豫了一下，他说，"我看小舒你人很实在，也很顺眼，我有一个儿子，比你大一点，他也在北京工作，我想撮合一下，让你们认识认识，你看，小舒，唐突不唐突？"

舒楠虽然觉得有些突兀，但是，还是很开心，毕竟，自己签下了大单，保证了不被该死的"末位淘汰"给淘汰了，这样，认识个客户的儿子，又怎么样呢？反正，我除了卖房子，就是相亲，那就再相一次吧。

她同意了："好啊，我正在找男朋友呢。说起来，真是有些巧了。谢谢你的信任。"

老大很高兴，说，"好，事不宜迟，我看今天晚上，咱们就一起吃个饭，我把我儿子介绍给你，怎么样？哎呀，我要是有你这么个儿媳妇，我就很满意了。"

"好啊，既然您先看中了我，要我当你的儿媳妇，我很高兴的。"舒楠很大方地说。她知道，过去，也有销售员卖房子，把自己连带也给推销出去了的，这也是一段佳话。看来，经过了几天的磨合与较量，这两个山西煤矿主兄弟对她的印象很好，要不然，老大也不会准备把自己的儿子介绍给她。

舒楠发现，她平时觉得很苦的咖啡，现在的味道也很好了。

6

他们晚上约定的地点，是位于"水晶宫"对面的五星级饭店、中国大饭店三层的一家西餐厅。在办公室里，舒楠稍微打扮了一下，就走路穿越傍晚喧嚣的街道前去赴约了。

那家餐厅很考究，无论是灯光还是桌椅，无论是内部设计还是菜单的印刷，处处都显示出来了某种匠心。舒楠看见他们已经在那里了。

来的人是矿主哥哥和他的儿子，矿主弟弟没有来，不过，反正他基本上不说话，来不来都无所谓。舒楠一看见他的儿子，觉得似乎有些熟悉。煤矿矿主父亲的气质，和他儿子的气质，完全是两种人——他的儿子是一头的长发，一副休闲牛仔装打扮，不像父亲西服革履、正襟危坐，一看就是一个天生和老子对着干的人。舒楠微笑着坐下来，经过煤矿矿主父亲的介绍，舒楠知道了，矿主的儿子，过去是混在北京电影学院学摄影的，拍摄了很多广告片，他自己还在一个治疗痔疮的广告里出演了，怪不得她觉得很面熟呢。他给她送了一束百合花。

百合花不说话，可是，两个人已经认识了，那么矿主父亲就觉得自己多余了，他站起来，冲舒楠使了个眼色："你们自己聊吧，我和你们年轻人，早就有代沟了。"就自己先走了，让他们两个留下来聊天。

看见矿主走了，舒楠的心态就放松了——她实际上把今天的约会，当成是客户的一个分外的要求，是和客户增进互信的一个形式，而不是真的相亲，所以她内心里没有真正当回事儿。这是她刚才意识到的。

看到自己的父亲走了，儿子也兴奋和放松了起来，"舒楠，怎么样，咱们，现在都可以放松了吧。我看你也怪不自在的，对不对？其实你和我一样，是不想来的，是不是？"

舒楠笑了一下，"我确实没有在心里认真对待，不过你父亲是我的客户，我要尊重他。"

"我今天要不来，我就要不到一笔钱了，我现在正在拍摄一部独立电影，特别需要钱，所以，只好从他手里弄。他从来都不知道我自己想要什么，从来都是这样。我现在在北京，主要靠给别人拍广告片自食其力，我要他的钱，内心很矛盾，而且那些钱，有多少是粘了死亡矿工的鲜血？他的煤矿，年年死人。所以，我也不会去继承他的事业，就这么在北京待着。我天生对继承父亲的煤矿没有兴趣，就是想搞自己的电影艺术。"

舒楠说："实际上，你父亲买下来的商铺，还不是留给你的？今后，你不用这么和父亲较劲，他最终都是为了你。要是拍电影只是花钱，今后总要干些挣钱的买卖。"

长头发儿子说："我知道，他买房子，昨天晚上还征求我的意见了，我说你买吧，我也知道，他是为我着想，所以，相亲这件事情，我也这么听话地来了。不过，我就说实话吧，有个最主要的问题，就是我的性取向，他是不知道的，也是接受不了的。"

舒楠看着他，一时间似乎不太明白，可是他的目光很平静，很认真，也很无奈，"我不喜欢女人——"

"我明白了，啊，我明白了，你是——"舒楠明白了。

"是的，我是不喜欢女人的，就是这样。但是，我根本就无法把这个事情告诉他，告诉他，他也不会理解，就是这样的。你看咱们现在是不是更加轻松了？"

是的，是更加轻松了，舒楠想，现在，他们开始漫无边际地聊天，他们很愉快，这个时候，舒楠才发现，没有目的性的交往，的确是最轻松的，比如现在，在这家气氛如此好的、背景音乐也很好的餐厅，她和这个不喜欢女性的、性取向和她不一样的男人在一起聊天，很愉快，很轻松、很新鲜。他和他的父亲差别太大了，真是有些奇怪。他也给她讲了很多自己的事情，自己专业里面的事情，有的听起来是很新鲜的。舒楠觉得认识他很好，临别的时候，她忽然说，"我的爸爸身体不好，希望我早些带男朋友回家给他看，要是我今年10月份，还没有确定男朋友，那，假如你到时候帮我，也就是能够伪装成我的男友，跟我回一趟江苏，我是很高兴的。"

小伙子觉得很好笑，"我可不能白去啊。"

舒楠说："当然，我会付一笔钱，支付你作为假男友的租金。按照天算，具体再商量。谢谢你的百合花。"

小伙子笑了，"好啊，就这么说定了，不过，我还是希望你找到自己真正喜欢的男朋友，不用欺骗自己的老爸。"他们就散了。

7

眼看着到了这个赛季的末期了，而北京酷热的夏天似乎也来了。在售楼处空调那么好，穿裙子都嫌热。她带领的销售组销售情况很不错，这个季度被"末位淘汰"的可能性不大，就是因为季度一开始的时候，她已经签了几个大单，包括煤矿矿主那单。这个季度的竞争，看来没有太多的悬念了，舒楠觉得可以稍微放松了。

可是，天气虽然很热，销售情况也很热，但是，在舒楠的感情归宿方面，进展却很慢，很冷，这一点，和佣金落进她口袋的速度，简直不能成为正比。

上次在集体相亲会上认识的那个田径教练，他们在一起吃了几次饭，一开始她感觉对方很新鲜。可是渐渐地，她感觉他们可以谈的越来越少，后来就没有交往了——脸上的麻子真是一个很小事儿，关键还是能够谈得来啊。

现在，舒楠觉得很着急，父亲的病在恶化，发现了癌症转移的很多迹象，妈妈几乎天天给她打电话，除了谈到父亲的病情，剩下就是追问与叮咛她，要赶紧把男朋友定下来。舒楠觉得自己的这个事情，看来很紧迫了，需要认真对待了。而且，她后来才知道，现在北京在她这样高学历、大年龄和高收入的青年人当中，很流行相亲，都是由朋友或者亲属互相介绍，这样毕竟知根知底，见面的时候，双方的介绍人或者亲戚也都在场，这样很正式，也很庄重，不再像过去那样的自由"乱爱"，相亲的成功率，据说还是很大的。

一天，和同事聊天的时候，说起来相亲的事情，舒楠很大方，告诉同事自己见了几个人都不太合适。男销售员肖峰就开玩笑说，"舒楠，你现在找男朋友可困难了，确实困难了。"

舒楠问："为什么？男人不喜欢我？"

"不是，是因为你太优秀了。你看，老实说，公司内部的男士，都很为你们这些漂亮的销售员发愁，你们确实很难找到老公的。即使找到了，也很难维持很长久。"

舒楠感觉很压抑："这么复杂吗？"

肖峰说："这个很好理解啊，你看，现在你一年的收入，少说在 100 万元以上，现在的北京，有多少男士，年龄合适，人也好，收入又比你高的？没有多少人的。而社会上一个普遍通行的观点就是，男人在家庭里的收入要高于女性这样家庭才稳定。现在，收入要高于你的，只有那些大老板了。"

舒楠说："我们又不会一辈子都干销售啊，也就是透支几年罢了。钱这个问题，对于我不成问题，关键是对方是不是心态好，对我好就行，而且，他多少有些自己的事业，就可以了。"

肖峰说："说起来容易，可是，做起来就难了。你看，别的不说，我们做销售员久了，太会计算了，而女人会把婚姻和爱情，都计算到小数点之后 100 位，那，哪个男人还敢和你长期相处？从这一点上说也很难。"

舒楠觉得肖峰说得很有道理，"那我们就只好单身了？"

肖峰很得意，"是啊，我的舒副总监，再说了，社会上的男人，对你们是有偏见的，你看，你们在售楼处，整天接触的都是在商业上很成功的男士，人又长得很漂亮，那应酬和约会很多，要你做女友，是要承受很大的压力的，而且，这个压力是双重的，既有来自金钱的——你的收入太高，又有来自诱惑的——你们面临的诱惑太多，很少有男人可以长期愿意承受这样的双重压力，最终，你只好就单身了。"

舒楠着急了，"那我怎么办？我老爸现在比我还着急，我怎么办？"

　　肖峰沉吟了一刻，"没有别的办法，还是要相亲啊，让熟人介绍吧。"

　　没有等到让朋友介绍，有一个不露面的男人，就对舒楠发起了进攻。事情起因在和肖峰聊天那天的一周之后，一天，一个气质很潇洒的男士，舒楠觉得很像她记忆里的一个男人，她曾经喜欢过的一个大学老师。他来到了"水晶宫"售楼处，结果舒楠刚要招呼他，他在上台阶的时候，不慎就摔了一跤，一个大马趴，趴在地上了。

　　等到保安把他扶起来，发现他都摔得流鼻血了。舒楠一看，完了，这个人刚来这里，还没有买房子就摔了一跤，要是他迷信，他一定不会在这里买房子了。但是，舒楠还是立即上前认真地接待他，叫公司的保健医生给他做了紧急处理，然后，请他进入签约室，这个地方要安静一些。舒楠又专门给他放了轻松的背景音乐，一边用话语安慰他，把他的情绪和感觉从刚才摔跤的状态里迅速地拉出来。

　　这个先生很快就恢复了状态，在 3 个小时的接待中，舒楠给他讲解了这个项目方方面面的情况，他很认真地在听。不过当时没有签约。

　　第二天，这个男士又来了，这一次，他带来了一个很专业的律师，律师很挑剔地和舒楠谈了一大堆很专业的问题，他就在一边听着，不说话。

　　舒楠和律师对答如流，一点也不慌张。她记住了老板庞诗言再三的叮嘱，那就是，你作为售楼员，什么时候都要说实话，这个项目有什么，就说什么，没有什么千万不能胡乱承诺。舒楠记得，上一次，新项目开盘，销售部公开的推荐会上，一个销售员就给来的客户介绍说，这个项目有这个有那个，什么都有，甚至还有游泳池。在场的老板庞诗言都生气了，作为老板，他都不知道这个项目有游泳池，你向客户说有这个游泳池，那他住进来一看没有，怎么办？退房都是小事情，关键是官司上了报纸就影响大了，这不是欺骗吗？老板庞诗言当场批评了那个销售员。"我都不知道的事情，你是怎么知道的？"后来就把这个售楼员给辞退了。

所以，舒楠是有一说一，有礼有节。最后，这个在售楼处门口摔了一跤的人，在房地产专业顾问律师的协助下，立即签订了买一套200多平方米的顶层复式房的合同。

"我觉得你的介绍很好，凭借感觉，你这个人很耐心，没有空话假话，所以，我很信赖你，虽然我摔跤了，但是，可能会有更好的运气呢，我就买了你们的房子。"这个人在合同签订之后说。

成交了，舒楠也很开心。可是，从此之后，出现了一个奇怪的事情：每天，舒楠早晨一上班，无论她到多么早，她都会在自己的办公室里，就在办公桌子上，看见一束还带着露水的玫瑰花。而且，每天，玫瑰花的品种也经常更换，各种颜色、各种品种都有，十分好看。

她不能断定，是不是这个在售楼处摔跤的男人给她送的花，可是，她直觉觉得，可能就是他。这些玫瑰花一个星期都不重样，有一天，还有那种叫"蓝色妖姬"的玫瑰花，有着奇怪蓝色的玫瑰花，这使得舒楠很开心。因此，这些玫瑰花也改变了她所在的售楼处那种闹闹哄哄的场面，给这个基本上唯利是图的环境增加了很多柔和的色彩，和一种鲜亮的感觉，这种感觉和窗明几净的环境是很相配的。可是，这个送花给她的人，从来不和她联系，甚至连电话也不给她打一个。这就很奇怪了。舒楠觉得他的眼睛很像自己过去喜欢的一个男人，要说她过去有过爱情的话，那么，她的初恋，就是给了他的。

这期间，舒楠得到了消息，爸爸的病情在加重，身体里面的很多地方都发现了癌症转移扩散的迹象。于是，爸爸在南京的医院里进行化疗，头发也掉了很多。这样的消息使得舒楠顿时感到了焦虑和紧迫，她觉得要尽快确定男朋友才行，一定要在父亲闭眼之前，让他看到一个可以托付的男人。

不过，她一向很独立，和母亲聊天，她就说，她根本就不需要托付给任何一个男人，她是那么的自立，不需要男人的呵护，也是可以生活得很好的，但是这一点，每当她很自豪地说出来的时候，母亲就很不以为然，"独立！你就是太独立，结果，到现在都没有男朋友，"母亲的观点和她完全不同，"女人真正的成功在家庭，你挣再多钱，没有一个好的家庭，没有丈夫和孩子，就是失败，钱多了，有什么用？"

舒楠想想，觉得母亲的话也是很有道理的，尤其是女人的年龄大了之后，就更加需要一个家。前一段时间，发生了一个让舒楠很不开心的事情。舒楠过去的大学同学，密友，一家时尚类杂志的主编苏佩瑶，突然自杀了。苏佩瑶是一个很好强的女人，她很能干，但是，就是感情方面很不顺利，自己喜欢的男人，到了美国不回来了，最后她终于在春节前嫁给了一个长期追求她的男人，一个钻石商。按说嫁给一个钻石商人，天天有钻石首饰可以戴，也是很好的归宿，可是，苏佩瑶结婚没有几天，就显得精神恍惚，一天晚上，在过马路的时候，迎面向一趟大卡车冲去，立即就被撞死了。

司机说她完全是自杀，最后警察也判定是自杀。可是，她为什么要自杀呢？她自己的事业干得很好，在北京的时尚杂志界很有名气，也不缺钱，可就是不能和自己爱的男人生活在一起，就不行吗？人家都说，谈恋爱要找个自己爱的，而结婚就要找个爱自己的，怎么苏佩瑶就不能适应呢？

舒楠想起来，苏佩瑶在嫁人之前，专门在自己主编的杂志上，做了一个专辑，叫作"哭泣的新娘"，就有些古怪的预兆。这期杂志的封面，是一个哭泣的新嫁娘。新嫁娘因为要告别单身和自己的父母，开始单独生活而哭泣，整个专集讲的，都是新娘为什么要哭，哭泣的各种情况。专集页码的颜色也是暗黑色为底色的。所以，舒楠现在终于明白了，苏佩瑶实际上早就想好了，自己要做一个哭泣的新娘，即使一个钻石商天天用璀璨耀眼的钻石首饰来哄她也不行，还要惦记自己真正的最爱，还要精神恍惚地、绝望地走向大灯晃眼的大卡车，这样的情景，舒楠想起来，就觉得难过和后怕，就觉得这样的事情，怎么也会发生呢。想到自己当年那么热恋自己的老师，后来也是没有结果，舒楠就有些同病相怜了。

于是，舒楠有些着急了，而送花的男人也不露面，刚好又有一次集体相亲的机会，她就又参加了。

这次的集体相亲，是一个专门搞婚姻介绍的网站组织的，据说，参加见面会的男女单身贵族，一共有300多人，一半都是硕士和博士，都受过很好的教育，在自己的专业上也很有成绩，可是，无一例外，他们都是单身，都找不到自己的另外一半。你说这个事情是不是有些奇怪？是你们要求高，还是没有缘分？是你们挑剔，还是天生一个人生活更好？总之，这么多人就是找不到自己的另外一半，只好单身了。

舒楠抵达了活动所在地"清净明湖度假村"，她是开车去的。她发现很多人都是开车去的，大家都是成功的人士，有个车又算什么呢。交了几百块钱费用，她进去了。在"清净明湖度假村"，欧洲式样的别墅式建筑，倒影在宁静的喷水池里，哥特式建筑的尖顶，使房子显得有些像游乐场和幼儿园的感觉，那种感觉很童稚，很亲切甜蜜的。

下午活动开始之后，根据网站的女主持人樊海燕的安排，大家300多人，都围坐在一个很大的大厅里，男女基本上数目相等。舒楠突然觉得，这个场面自己在上幼儿园的时候是很熟悉的，孩子们都围坐在一个圆圈里，然后阿姨站在中间，给大家讲解游戏规则，带领大家一起玩。今天相亲的游戏规则比较简单，舒楠发现，这次大家尤其是女的都不用戴面具了，就是活动宣布开始，然后先由男士主动寻找心仪的女士聊天，以10分钟为一轮，然后，男士可以再寻找下一个聊天的目标。如此等等，就循环起来了。

舒楠坐在那里，看看谁会第一个走过来和她说话。眼前黑压压一片男士们，刚还是有些忸怩和拘谨，骚动了一阵子，有的大胆一些的，还是站了起来，开始向女士这边走过来了。她迅速地用眼睛扫描了一下，看着有没有顺眼的，能够走过来。喏，有一个，比较高大的，相貌堂堂的，威猛刚健的，正要走过来，远远地，舒楠觉得他看了自己一眼，心里觉得，这个人也许是冲着我来的。结果，这个男士是心仪自己座位旁边的另外一个女士，他和她聊上了。

舒楠不免有些失望，当然，最终谁也不会剩下，就像母亲常说的那样，瘸子、斜眼、小儿麻痹，最后自己都找着伴儿了。一个很瘦的男士过来和她说话。她对他不太感兴趣，但是，还是要认真应付。那天她一共和 6 个男士说话了。可是，没有一个让她觉得称心和上心的，虽然，他们学历不低，形象不丑，谈吐不凡，可是，就是哪个地方不太对劲，就是没有来电的感觉，时间长了，舒楠觉得不是很舒服，有些走神了，和每个男士聊几句，就有些不耐烦，觉得和对方不会有缘分，觉得不能很深入，觉得不会有发展，就有些心不在焉。人家也立即看出来了，处于自尊和掩饰，就赶紧离开了。

所以，和这些条件看上去听上去很好的男士瞎聊，没有来电，就是不行。"来电"是男女间的第一要务，要是不来电，舒楠就觉得很没有意思。可是，什么是来电呢？舒楠说不清楚，也许，就是那种一看就觉得对方和自己有戏，有情况，有发展。那种感觉，往通俗说，就是对方有一种心心相印的劲儿，和你是一样的，你们之间有干任何事情的可能。可是，这种来电的感觉，自己是不是已经丧失了呢？舒楠就有些没有把握了。来电，就是让自己骚动起来，让自己的肉体活动起来，让自己的激情迸发出来，让自己投入地毁灭一次，这样的状态，在哪里呀？

这个活动结束之后，舒楠觉得自己再也不会去参加这样的集体相亲了，这完全是大海里捞针，真是很难寻觅的，与其主动出击，不如退而结网，守株待兔算了，舒楠很灰心丧气，觉得还是要熟人一对一介绍的好。

8

一个月过去了，那些花，玫瑰花和各种好看的鲜花，仍旧在送来，可是这个送花的男人却从来都不露面，显得十分神秘。

最后，还是舒楠憋不住了，在第二个月里的一天，也就是夏天里几乎最热的一天，舒楠很烦躁，她给那天摔跤的男人打了电话，问他：“你还有一个补充合同没有签呢，你怎么就神秘地失踪了？”

那个男人笑了，声音也很好听，“你们那儿地很滑，我要是再过去，又要摔跤了。”

舒楠说：“不会，因为一些鲜花，现在的气氛不一样了，怎么可以老是叫你摔跤呢——说，花是不是你送的？”

男人沉默了一会儿，“是啊，喜欢那些花吗？”

舒楠说，“所有的女人都喜欢花的，我当然也喜欢，谢谢你，它们给我带来了很好的心情，每天都是。不过，这几天天气太热，我很烦躁，就给你打电话了。”

男人说，“晚上凉快，今天晚上，你有没有时间？我想请你吃饭，看看，你想吃什么？”

舒楠觉得终于可以再见这个男人了，“好啊，我想吃日本料理，怎么样？”

男人很爽快，“就日本料理吧。晚上六点，松子料理店见。”

这天晚上，她走路到了餐厅，没有开车，他们就在东三环附近的松子日本料理店里碰面了。说实话，因为一个多月没有见面了，所以舒楠几乎把这个男人的相貌给忘记了，她只是模糊地记得，他是一个气质非常好的男人，相貌堂堂，机敏聪明。

见面之后，他的确是她印象中的那个男人，现在面对他，她还有一种说不出来的亲切感，觉得眼前这个人，笑得很好看，而且很成熟。眉眼之间，和当年自己热恋的老师总是很像。加上可能是那些连续一个多月的花的铺垫，她对他感觉很好。他们聊了起来。他毕业于北京大学，是经济管理专业的硕士，他业余时间里还会吹萨克斯，"我有时间了，一定吹给你听。"

"好啊。"舒楠觉得自己很放松，看着对方的眼睛，眉毛，都是很舒心的样子。他叫丁为国，算是一个事业有成的人，是北京一家很有名气的电器连锁店的老板，报纸上经常有这家电器店的整版的销售广告。

他们吃寿司，吃各种很好看的日本料理，那些精致的鱼生片，都被放在了更加精致的餐具里。这个店里的日本料理很不错，他们兴致很高，他们还喝了一种日本产的酒。舒楠过去很少喝酒，可是，这种酒喝下去，口感很好，像是某种雨水的滋味，一点都没有酒的辛辣和刺激，刚喝下去，身体就有些反应了，像是被碰到了敏感的部位那样，很古怪的舒服，慢慢地觉得真是飘起来了。店里也有一些日本人在旁边大声喧哗，似乎很高兴的样子。

"日本男人下班了，总是很喜欢泡在小酒馆里面，制造出不同于家庭的某种气氛。他们在酒桌上怎么胡闹都不会被指责的。"他说。

"我没有去过日本，今后有机会了，一定去看看。"

"日本文化很多东西你看着都很熟悉，可是又很陌生，非常吸引人。在三月樱花开的时候去，日本很多地方都非常美丽。"

"今后会有机会去的。为什么你要给我送玫瑰花而不露面？"她终于问他，这是问题的关键。

他愣了一下，说："因为喜欢你呀，很简单。"

"可是，说实话，"她笑眯眯地看着他，说出了自己的判断，"凭借我的眼力，我知道，你应该结过婚了。"

他愣了一下，有些吃惊，有些突兀，有些为难，有些掩饰，有些迟疑，有些恼怒，有些坦然，最后，是有些不经意地说："你的眼力很好，这就是我的难题所在，不过，我和妻子已经分居了。准备离婚。"

她内心里突然觉得很失望，她和他有来电的感觉，因为，他的举手投足，就是非常像自己当年热恋的老师，她和他，有过一段从来没有给任何人说过的火热恋情，她曾经把自己的第一次奉献给了他，他是她的第一个男人。但是，就因为老师有家庭，所以最后爱恋熊熊的火苗熄灭了。怎么眼前的这个男人，又是在自己的婚姻里挣扎，他说，"我不知道我们今后怎么——"

"难道这样，我们，我和你，就不能交往下去了吗？"他有些不解，"我喜欢你，我要追求你，就是这样——"

这下子，轮到舒楠有些迟疑了，她不知道如何答复他，虽然，她的眼力确实很好，毕竟这段时间，在售楼处见过了各种各样的男人，阅人无数，但是，一旦真的确认了眼前的这个很不错的、她以为十分来电的男人，真的是个有过家的男人，她在内心里已经凉了半截。但是，她不能输了面子上的功夫，她笑了，"我们当然可以交往下去，那又有什么呢。"

她觉得自己不胜酒力，浑身有些软绵绵的，身边的灯光也暗了，是空气中弥漫着暧昧和抒情的因子，他也很高兴，和她说了很多话，她就不停地喝酒，喝日本清酒，一直到很晚了，她后来说，"带我离开这里吧。"

他带她离开了日本料理店，他带她走了。

不知道为什么，坐进了他的车里，她的内心忽然有些苍凉，有些恍惚，好像这样的场景几年前发生过，她和老师，也是这样的夜晚，也是在餐厅吃饭之后，然后他们就去幽会。这样的感觉，过去那种苍凉感，与其说是对他的失望，不如说是对生活、对自己的某种失望，对自己的某种轻视，这种感觉忽然使她变成了另外的一个女人，这个女人，现在，被一张记忆的蛛网所捕获，心甘情愿地跟着一个实际上还很陌生的男人走了。

　　他带她来到了一座公寓楼，他的住处，两个人就那么进入了他的房间里。她在他的客厅里，见到了他和妻子过去的照片，两个人一副很般配的样子。怎么那么像当年的老师呢？她有些迷惑了。等到了她进入卧室参观，接下来的事情似乎很简单了，他要了她，他把她放倒在了床上，她很顺从，也很冷漠，很慌乱，却又有一种几乎要发笑的滑稽，仿佛这是一出戏，她还不太会演这场几乎要笑场了的戏，她看见两个她在一起，陪着眼前这个欢欣鼓舞的男人演戏。

　　不，不是演戏，一切都是真的，他的身体是那样的真实，他的舌头是那样的软绵，有经验，像是一条巨大的蜗牛，暖和，柔顺地从上到下梳理了一遍她的身体，他是有经验的，知道如何调动女人冰凉的、僵硬的身体，懂得如何使女人的身体变得像音乐的音符那样，开始有了起伏和跳动。然后，他把她给解决了。就是这样的，解决了舒楠的武装，身体的、心理的、衣服的，以及幻觉中的。在内心中有另外的一个他和眼前的他那么相像，她不愿意承认她根本就不想和他来这里。但是，她就在这里，在寻找一种记忆里的激情，两个男人在这一刻是并置与重合的——眼前的男人根本就不知道她为什么会来这里。在这个屋顶上有一面镜子的房间里，他和她肢体缠绕在一起的样子，像是某种四足动物，那样在进行着一种古怪的仪式。她觉得体内的热度一直在增加，在增高着体温，被另外一个传感器带动，向更高的体温出发。而且，一种噪音在响，淹没了所有其他的声音，直到一切都不能被听见了。

　　半夜的时候，她醒了，看见在身边的大床上，那个男人睡得很沉。

但是，她醒了，她现在觉得自己有些孤单，有些羞愧，还有些轻飘飘的快乐，不知道这样的感觉，到底是怎样产生的。身边的这个男人，现在忽然变得非常陌生，已经完全不是记忆中的老师了，和自己其实根本就没有任何关系，当过去热恋的记忆消失，她发现自己和眼前的这个男人，真是一次奇怪的交往，很古怪的激情。她酒醒了，她后悔了，她要赶紧离开这里。

她轻手轻脚地穿好了衣服，男人依旧很沉地在睡眠中，她看了一下屋子里他的身影，有一丝怜悯，毕竟他的婚姻出了问题，希望她加入来解决。但是，我能够有这个勇气吗？她不知道。然后，她就出了房门。

来到了大街上，她走得很快，生怕被他发现追上来。凌晨的城市东边，城市高楼天际线那边，天色开始发白了，现在已经几点了？街上的出租车怎么这么少？她有些抱怨，但是，还是有出租车的，她搭乘了一辆，车子启动，开始快速地向她家的方向急速奔去。到了家里，她先洗了澡，把身上在他的房间里的味道，都给清除了，连同记忆中的那个永远的伤痛，都洗掉了，她不会再被它捕获了，永远都不会了，因为她又为此支付了一次利息，最后的一次支付。然后，她就在床上倒下来，睡了一觉。

她到达公司的时候，已经是中午了。这是她一年多以来第一次来公司这么晚。她走进了办公室，还是看见了一束花。又是他送的，但是，面对这样的花束，她已经没有任何的感觉了。她把那束花扔到了废纸桶里，然后，她打电话给保洁员，"今后，要是再有人送花来，不要给我留下了，直接扔掉吧——不不，还是你直接拿走吧，不要叫我再看见了。"

然后，她觉得很轻松。

后来，那个男人多次给她打电话，希望约她吃饭，希望和她见面，她就是不答应，她一点也不喜欢他了，她现在对他很冷酷。可是，这个男人有些执拗，有些固执，有些发疯，甚至，他把正跟自己的老婆离婚的进展都告诉她，可是她觉得他把自己的生活弄得像是一出戏，她在一边看，再也不参与。

他说，他马上就离婚了，她告诉他，"你离婚也和我没有关系。"他果然在一个月之后离婚了，但是，她告诉他："你的生活，和我没有任何关系，因为，我根本就不喜欢你。"

他才明白了她，才知道确实，就像是她说的那样，他和她再也不可能有任何的关系。他知道，他们不可能有什么来往了。

绝望的男人最后还是给她送了一次玫瑰花，这次是鲜红的玫瑰，不过，都是一些断头的玫瑰——玫瑰花被切断了头颅，装在了一个篮子里，表明了他的不解和伤心程度。舒楠也不会告诉他真正的原因，因为自从那天之后，她终于可以摆脱过去初恋的阴影了。

9

舒楠在 6 月份的今年第 2 赛季的"末位淘汰"比赛中，在 3 个销售大组、12 个小组中，位居第二名，所以得到了奖励。但是，往往在赛季末尾的时候，各个销售小组之间，会出现一些不正当竞争的情况发生。

在早些时候，刚开始进行"末位淘汰"竞争比赛的时候，为了营造一种公平竞争的环境，公司规定了每天 3 个销售大组各派 8 个人值班，每次客户来电话，要他们轮流接听，有前台秘书，平均分给 8 个人，第一组接第 1 到 8 个客户的电话，第 2 组接 9 到 16 个客户电话，如此类推。

可是，好了，上有政策，那么下有对策，有的组就想出来了馊主意，开始采取伪造客户电话，来进行不正当的竞争：让朋友和朋友的朋友，集中起来往售楼处打电话，很快把别的组的电话分配名额用完，这样，接下来就轮到自己享用真实的客户电话。当有人泄露了这个招数之后，各个小组之间就都开始了用假客户电话互相内耗。

这样的事情被发现之后，公司老板庞诗言很生气，他下令进行追查，停止内耗，发现一个开除一个，同时规定，每天只有一个大组接电话，不再是三个大组轮换了。于是，假电话事件就被制止了。为了防止假成交，公司还规定，客户的首付款到账，才能算业绩。

一般情况下，到了赛季末尾的时候，销售小组就互相开始盯着，互相揭短，从违规周报中，尽力找出来对方违规的记录，然后减掉对手的业绩。这样的互相监督是很有效果的，不过，当有的组在赛季一开始就签下了大单，几下子就有了上亿元的销售额，那就没有悬念了，剩下的时间就是垃圾比赛时间了。

舒楠这个组的销售员都很卖力，他们的运气一直不错，总是在赛季一开始就能签下几个大单，等到赛季结束的时候，基本上还是能够领先很多，轻松战胜了很多对手，舒楠很自得，情场不顺利可是商场得意，任你黑手频频，也奈何我不得，我仍旧是遥遥领先。

进入了盛夏季节，天气十分酷热。而在 CBD 中央商务区工作的高级白领们，每天要面对玻璃幕墙和城市热岛效应的干扰，十分地燥热，加上本来就竞争力加剧，所以人人有些口干舌燥的。

在这样的季节，公司开了一个庆功会之后，有人欢喜有人愁，有人发财有人走，又开始了一个新的赛季。

舒楠觉得，自己的相亲也应该在这个赛季的末尾，有一个好的结果。不过，好像越是着急，就越没有进展似的。在北京，她有一个比较近的亲戚，是她的大姨妈，她很热心，可能是自己的父母多次给她打了电话了，她就帮助也给她介绍了一个男朋友。"这个人呢，是个军人，军官，少校，军校毕业的硕士，在总参谋部工作，前途远大。

30 岁了，还没有谈过恋爱，和你一样。要不要见一见？"

舒楠一向对军人很有好感，一听是一个军官，当然很高兴，说是要见一见。

"好吧，那我就来安排了。"姨妈雷厉风行，立即安排了他们见面。地点是在中国革命军事博物馆门前，在一个下午的时间里。

那天她到的比较早，她停好了车，在附近溜达了一阵子，才看见姨妈从停车场走了过来，她的身边还跟着一个年轻的军人。一见面，舒楠和这个军官握手的时候，感到很清新。眼前的这个军官，是一个很正直干练的男人，一看就知道，是军校出来的，走路和站姿都很周正，他很大方爽朗，"我叫杨剑波，我来给你们当导游，今天，给你们讲讲军事博物馆的飞机和枪炮的历史吧，哈哈哈。"

舒楠觉得他笑起来特别的爽朗健康，有这样的笑声的人，是很单纯明亮的人。而且，舒楠暗自发笑，果然是军人，第一次相亲约会，就选择了军事题材，那么轮到她下次约他的话，一定要在自己公司的售楼处里，整个项目的大沙盘跟前见面了？会拿着一根小棍子，"这个，少校，你看你看，喏，就是我们的项目，你看，一共 20 幢大楼——"她就像是一个指挥官那样用小细棍子给他讲解沙盘，军官认真严肃地听着，这样的情景突然地就出现在了舒楠的脑海里，她不禁笑了。她笑了，说明就有戏了。

他们在军事博物馆里流连了一个下午，姨妈都跟着，因为，难得有这么专业的导游给他们讲解战争和战争的工具，而且，她也是重要的相亲的参谋，可以乘机观察这个军官小伙子。

小伙子比她大几岁，可是看上去很淳朴单纯，毕竟是在部队的环境成长，没有社会上那么的复杂。在这个少校军官的眼睛里，军事博物馆里面的东西，那些冰冷的枪械，那些飞机大炮的模型，都是有生命的，都有着自己光辉的历史。舒楠觉得很开眼，因为她实在没有别的机会，可以像今天这样来接受一堂军事教育课。

"你看，这个枪，是早期我们的革命军人使用的单发枪，还是德国造的，虽然原始，可是百八十年过去了，现在还能打响。这个，喏，这一款枪械，是我军最早武装陆军的基本枪械……"

舒楠觉得他说话的声音很好听，站姿也很好看，这样的男人，外表威武，内心单纯，从职业的角度上讲，很稳定，自己假如做了随军家属，也是很好，很安稳，应该是不错的。舒楠盘算着，觉得有感觉了。

从军事博物馆里出来，已经是下午的光景了。姨妈陪他们到了附近一家餐厅，然后就告辞先走了。这是一家川菜馆，菜很辣，两个人吃得很开心。可能是职业反差很大的原因，两个人彼此都觉得新鲜。所以，第一次的见面很成功，两个人在对方的印象里都很好。

晚上她回家，姨妈给她打电话，问她感觉如何，舒楠如实地回答了："感觉不错，这个人很踏实，毕竟是军人，有军人的干练、实在和单纯，而且，他居然还容易脸红，我很久都没有见过会脸红的男人了。现在的男人，脸皮很厚的，所以，我觉得，可以交往下去。"

姨妈听了很高兴，"人家对你印象也不错。不过，他要是问你的收入，你怎么回答呢？"

"上一次见面的时候，还没有问到这个问题，他要是问我，我会如实回答他。"

"哎呀，你现在的这个情况，经济问题是一个很大的问题，不管和谁结婚，还是婚前公证一下最好，因为像你这样，年纪轻轻就有几百万的女孩子，在北京是很少的，这个事情不要掉以轻心了。"

姨妈说得对。确实，一旦涉及情感问题，金钱的影子就随后跟来了，这样的事情总是有些不对劲儿。可是，舒楠对这个军官的印象很好，觉得他人很踏实，有信赖感。完全可以交往的。可是军官一个星期没有给她电话，舒楠有些沉不住气，就主动地给他打了电话，约他出来玩。这个军官有些好面子，每次付账，都要和舒楠抢一番，这样的情景舒楠觉得很有些尴尬，她说："这样吧。我们轮流付账，这次你来，下次我来。"等到下次的时候，不管花了多少钱，还是他抢先账帐。

他们在一起聊很多，舒楠对军营生活很好奇，于是这个叫杨剑波的军官，就给她讲军营的生活，"总之，也有枯燥的地方，也有很严整的地方，部队是要保卫国家和平的武装力量，就是要严整——"

她和他的来往很正常，彼此都没有不愉快的感觉，这就使舒楠开始了某种幻想，她就想象自己做新娘，嫁给一个军人的那种感觉，想象和威武单纯雄壮的丈夫，一起出现在很多亲友的面前，还是觉得很愉快的。于是舒楠就很甜蜜。

不过，在交往了一个多月，问题就出来了，舒楠发现，他有些大男子主义，无论是观念上，还是行为上。而且，他知道了她的收入如此之高，和她的来往，就忽然有些不自在了。这种感觉十分微妙，但是，舒楠还是体会出来了。终于，还是杨剑波自己先提出来，"舒楠，说实话，我觉得，我们似乎不太合适——我的收入低，而你太高，我内心会感到很大的压力，再说，我可能需要一个自我意识不是那么强的女人，一个贤妻良母，而你，显然，我觉得你是一个事业型的，你的性格很坚强，我们——"

舒楠觉得他和她是一样的感觉，她不能和一个大男子主义的人一起生活的，她爽快地回答："好的，我觉得也是这样，我们只好分手了，不过，我们可以成为不错的朋友——"

他们友好地断了联系，今后也不会成为朋友了，因为很简单，他们是目的性很强地在一起交往，当最终的目的丧失了之后，他们之间，就连起码的交往都谈不上了。当天晚上，舒楠回到了家里，还是大哭了一场，泪水像是雨水一样，把枕巾都给浇透了，她觉得似乎很伤感，毕竟，杨剑波是她的一个还比较心仪的男人，可是，天下确实没有完美的男人，总是有这样那样的问题。男人有问题，那自己是不是也是这样？说到底，其实是高不成低不就，今后，变成了一个没有人要的黄脸女人该怎么办？想到了这些，她就很难过了，于是，在这个夏天越来越深的日子里，刚好公司的一个新楼盘又开盘销售了，她化伤感为力量，把主要的精力都投入到了销售新楼盘的比赛当中，一时间，把相亲的事情就给忘记了。

10

到了 7 月底，北京的夏天已经热得有些让人难以忍受了。不知道是为什么，城市越来越热了，钢筋和水泥沥青覆盖了城市的土地，这些人造物正在增加每一寸地面的温度。

这个时候，平时和她关系最好的女同事、售楼员于悦，她是一个十分热心的姑娘，人是北京人，决定给她介绍一个人："舒楠，忙过了这一阵子，我给你介绍一个男朋友吧。"

舒楠忽然想起来自己很久都没有相亲了，"好呀，他是个什么样的人？"

"这个人，条件很好，是我的一个大学的师兄，他先是在国家部委的机关里干了几年，后来下海自己办了一家网站，前些时候，把这个网站给卖了，卖给了一家美国的公司，一下子给公司和他自己挣了7000 万美元，他自己，你可以想象到，从这 7000 万美元中间，自然也不少拿。这个成功的收购事件，他们 IT 界的人都知道，他过去有个女朋友，可是人在美国，刚刚分手了。他还叫我给他介绍女朋友呢。"

舒楠正被如此酷热的夏天弄得十分狼狈，她是一个不太喜欢穿裙子的姑娘，所以，这样的天气，即使是在中央空调很好的屋子里，她也觉得难受，喜欢冒虚汗，每天下班的当务之急，都是要赶紧回家洗澡。但是，相亲的事情，也许，可以转移她对这个酷热的夏天的厌烦，于是，她答应了。

　　见面的地点，定在了一家位于新源里附近的西餐厅——亚德里亚餐厅，这是一家意大利风味的西餐厅。

　　舒楠和于悦先到了。于悦是一个快人快语的陕西姑娘，人长得很妩媚，她原来在一家航空公司下属的杂志《空中新生活》工作，前年来到了这个地产公司的售楼处，干得不错。她过去和舒楠就认识，不过不太熟，可毕竟都是干过杂志的，所以，她在公司里和舒楠很亲近，很谈得来，因此，可以说很多贴己话。几个月前，她和一个大学教授结婚了，婚后的状态特别好。所以嘛，她也有心情给舒楠介绍男朋友了。"你这么好的一个女人，就是应该有一个爱你的男人，疼你的丈夫。结婚，其实是一件非常好的事情，等到你和心爱的人结婚了，你就知道那种感觉了。"她的脸上有着一种别样的甜蜜。

　　舒楠当然有些羡慕她，内心也祝福她，虽然在这个变动不安的时代，什么样的感觉，都是稍纵即逝的，可是，当你获得了一种稳定的、甜蜜的感受，还是值得特别庆贺的。她们说着话的光景，他们要见的那个男士，由一位看上去很年轻的中年女士陪着，进来了。

　　"嗨，吕军，"于悦打招呼，"这边这边。"舒楠也站起来，她看见这个叫吕军的男士笑眯眯的，人很精干消瘦，身材颀长，表情很放松自然的样子，就觉得自己也放松了。那个中年妇女，看上去很健康大方。她过来拉着舒楠的手，端详着舒楠，而吕军在和自己的师妹于悦打招呼，一时间，所有的信息都已经被获得了。原来，这个中年妇女，是吕军的母亲，一个高音歌唱家，比较有名，但是后来不唱歌了，一直在美国生活。他们坐下来，舒楠忽然有些不自然了，她和吕军对视，看着他笑眯眯的样子，舒楠觉得很亲切的感觉。她同时觉得，吕军的母亲很年轻，"阿姨，您好年轻，就像是他的姐姐一样。"她说。

　　吕军的母亲很高兴，"你看这姑娘多会说话。"吕军还是笑眯眯的样子，"啊，就是，我妈就是像我的大姐姐，可是，你们看，相亲这样的事，她还是要跟过来看看。"

几个人笑了，于是，他们都点了自己喜欢吃的东西。这家餐厅的意大利风味的饭菜比较地道，有很好的意大利面，还有独特的开胃菜、主菜和海鲜饭，以及各种的果汁和葡萄酒。没有多久，饭菜上来了，他们开始使用刀叉和细嚼慢咽，加上柔和的灯光，有趣的话题，现场的气氛很好。旁边的座位上，都是情侣在一起一对对的，似乎都在轻声细语地说话，没有太多太大的声音。

这样的气氛是舒楠喜欢的，他们一起东拉西扯，在闲谈中，都获得了彼此需要的各种信息，大家从各自的角度，掂量着两个人到底合适不合适。自然，于悦作为舒楠的密友，主要在观察吕军的反应和态度，而吕军的母亲，也在第一时间里，看着舒楠的表现，而吕军似乎并不拘谨，而是十分开心——他原本应该就是一个乐观的人，举重若轻的人，所以才显得潇洒自如的。

舒楠当然把注意力都放在了吕军的身上，她觉得，他看上去根本就不太像是一个在 IT 驰骋的成功人士，倒是有些大顽童的架势。她觉得，他说话的声音像个大学生，有些磁性，他的脸稍微有些消瘦，但是也有柔和的线条。这样的男人，是很聪明能干的人。他当然也谈到了他的事业，本来，母亲希望他到美国发展，毕竟，卖了网站，现在手里已经有了一大笔钱，可以在那边弄一个公司。"可是，这些年，国内的发展环境当然更好，我不想去美国，我在国内又搞了一个游戏网站，网站发展很好，未来一定可以做大的。"

他们在柔媚的灯光中，吃完了这餐饭，然后，大家告辞了，临行前，吕军的母亲说，"舒楠，我很喜欢你，我两天后就要回美国了，你和吕军，今后好好来往啊！"吕军的母亲态度很鲜明，舒楠也放心了许多。毕竟，假如她是未来的婆婆，那么，她是不是能够看顺眼她，是极其关键的。现在，这个顾虑就没有了。

分手之后，于悦问："怎么样怎么样？"

舒楠说，"你的师哥呀，人是很有亲和力和感染力的，很好啊。"

于悦说，"我刚才也偷偷地问他了，他说，舒楠很好的，我会请她吃饭的，就不用你管了。你看你看，成了！"

舒楠笑而不答。她知道，其实任何两个人交往，即使开头开得很好，不见得永远都很好，也许在未来，他们会不好。但是，现在是不能这么想的，现在，两个人都觉得对方好，那么，就很好，他们就可以交往下去。回到了自己的家，她给母亲打了电话，告诉她，自己最新一次相亲的情况和结果。

母亲很高兴，"很好，条件不错，你也来电了，这就好。好好相处，主要看看他的脾气怎么样。告诉你，过日子，除了不为经济问题烦恼，主要看性情，到时候别的都是次要的了，就是看性格与性情是不是相投了。"舒楠现在觉得，母亲也许永远都是正确的，她总是可以从生活中发现真理。

在这个夏天里，她和吕军的交往似乎很顺利，毕竟都是干事业的人，大家都很忙，可是，两个人之间，很快营造出来了一种磁石效应，两个人经常约会，他们一天不见，似乎就特别的想念对方。吕军和舒楠都喜欢在餐馆吃饭，于是，他们就开始了两个人独特的美食之旅，一起找了不少北京的特色饭馆，一个个地接着吃了下去。有时候，是沿着一条街吃下去，比如有很多 24 小时开业的餐馆的簋街，有时候，则是沿着一条大马路，比如是东长安街，沿街一个个的餐馆，只要是觉得门面可以，他们就进去吃饭了。美食的征程把他们越拉越近了。

他们也有很多可以说的，吕军比她大 3 岁，可是，有时候调皮和活泼的样子，似乎比她还要小，舒楠觉得，自己变得像是一个大姐姐。不知不觉，她觉得自己的性格开始变得柔和了，过去，在售楼处历练的一年多的时间里，她很是雷厉风行，很果断，也很机敏，反应非常快。可是，和吕军开始交往之后，她就觉得，自己的节奏变化了，和客户谈判的时候，也容易走神。由于她的心思变了，这直接导致她率领的售楼处小组的业绩有所下猾，要知道，这个小组的业绩，过去靠她一个人，就占了三分之一的销售额。但是，她不管别的，她也意识不到那些了。

现在，舒楠觉得自己前所未有的开心，她越来越喜欢吕军了，觉得相亲的结果还是很好的，终于，她找到了一个比较如意的。吕军虽然有些孩子气，但刚好和他自己的事业结合了起来，搞游戏网站，游戏网站的前景也很好。他的很多爱好，和舒楠都很一致，比如旅游、逛街看新商品，这一点上，吕军是男人中间比较少见的，就是他能够对商场里面卖的很多东西都很感兴趣，商场里的各种各样的东西，他都愿意仔细地看一看，这一定程度上也满足了舒楠的购物愿望，她一般喜欢在商店里逛很久，就像是非要淘到宝贝那样地，到处找自己真正心仪的衣服。

仔细地想起来，舒楠的内心中有一种感恩的情绪，她终于能够和一个男人和谐地相处了。她本来是不敢想象这样的结果的。现在，她和吕军，有很多的般配的地方的，包括受教育程度、家庭背景、以及兴趣爱好，要不然他们也不会走到了一起。

一个月多之后，吕军的母亲就邀请他们去美国玩一段时间。吕军的父亲，是美国一所大学的东亚文化系的教授，在美国有些名气，他有学生就在美国驻中国使馆。所以，舒楠的签证本来有些艰难，也很容易就下来了。舒楠过去没有去过美国，所以，这一次能够去美国，而且和吕军一起去，她感到十分愉快，计划待一个月的。

11

到了 9 月 20 号，他们乘坐中国国际航空公司的班机，跨越大洋，飞到了美国加里福尼亚州的洛杉矶市，见到了在加州大学任教的吕军的父亲，吕军的妈妈也在那里。吕军的父亲对舒楠的印象很好。

在阳光特别好的加州郊区，在吕军的父母亲家里，舒楠一开始挺兴奋，可是几天之后，他们就都有些郁闷了。美国的郊区是十分安静的，家家户户都是那种一幢幢的房子，平时很安静，几乎看不到人在走动，日子长了就十分的沉闷，和国内的大城市，尤其是北京、上海、广州的生活，那种世俗化的街景上的热闹，简直没有办法相比。于是，在吕军的父亲的建议下，他们两个人准备去看尼亚加拉大瀑布了。

尼亚加拉大瀑布在美国东北部和加拿大接壤的地方，离布法罗市特别近，可以从美国这边直接过去。吕军过去去过一次，那是和他的前女朋友一起去的，所以，他很想带自己现在的女朋友舒楠去看看。

他们先飞到了布法罗市，在那里，通过一家租车行，租了一辆别克轿车，一路向美加边境的尼亚加拉瀑布开了过去。美国很多地方都是人烟稀少，只要是出了城市，就是特别养眼的自然景观。舒楠觉得，那种北美洲植物的绿色，简直像是颜料直接涂抹在那里的，非常强烈，大自然似乎特别地恩顾这片土地，给了这片土地以最为自然的风光。

从布法罗开车去看尼亚加拉大瀑布，路途并不远。这个大瀑布，是美国和加拿大接壤的五大湖区的伊利湖湖水向安大略湖自然落差流动所形成的壮丽景观。到了尼亚加拉大瀑布，在很远的地方，舒楠就可以听见，那尼亚加拉大瀑布所发出来的沉闷的咆哮声。似乎水汽也在蒸腾，很快，水珠子都溅到了他们的车窗上的玻璃上了，玻璃被蒙上了一层水汽。

他们停好车，然后乘坐"雾中少女"号游轮，开始沿着湖水向瀑布的方向开去。等到他们真的到了尼亚加拉大瀑布的跟前，舒楠完全地惊呆了。果然是世界上有名的大瀑布，那白色的巨大的水幕，已然把一片悬崖给覆盖了，咆哮的声音淹没了所有的声音，包括他们两个人的声音和激动的情绪。

两个人在不远处瀑布的注视下，深情地接吻了，旁边有游客为他们鼓掌。然后，在这里，他们默默地许了心愿，要两个人永远都在一起。

从游轮上上岸，舒楠还沉浸在那种震撼和感动中。女人会永远记住和自己的恋人一起欣赏美景的情形的。

忽然，舒楠的全球通手机响了，是主管她的销售组的总监徐列打来的，"舒楠，你还在度假吧？我只好扫兴地告诉你一个不幸的消息，这个季度，你的销售小组排在了最后一名，全组被淘汰了。你的销售副总监的职位也已经被免去了。你要在这个公司继续干的话，就要从销售员做起了。明白吗？"

"我在美国和加拿大边境呢。我会很快回去的。"听到了这个消息，舒楠一瞬间觉得，眼前的尼亚加拉大瀑布周围的景色，突然之间变得有些索然寡味了。

吕军问："怎么了？"

她告诉了他真实的情况："我的销售组，被公司淘汰了！我要尽快回去了。"

吕军安慰她，"没事的，再从头干起！"

可是，她确实有些打不起精神了。这是她根本就没有想到的现实。回去的路上，吕军开车，舒楠的心情有很大的波动。窗外的景色是那样的迷人，是那样的好看，道路都是高速公路，一马平川。但是，这些美丽的景色，这个美丽的国家，似乎突然都和她没有什么关系了。

吕军察言观色，给她很多的安慰，一路上给她讲笑话，舒楠的情绪渐渐地好些了。回去的一路上，都是吕军驾驶，他因为惦记舒楠的情绪，开车开得渐渐地有些疲惫了。路很好，可是，就是这样的公路，就是在两个人的心情波动的情况下，出事了。吕军租的这辆车的轮胎爆了。在高速公路上爆胎，是一件非常可怕的事情，他们的汽车立即翻车了，经过了高速的连续撞击，车子最后才在隔离带中间倒翻着停了下来。

12

两天之后，舒楠在布法罗市一家很好的医院里醒过来，她被抢救过来了，她的一条腿严重骨折，可能将留下永久性的残疾，而吕军则没有被抢救过来，他死了。她悲痛欲绝，多么怀念吕军，也感到了内疚，可是，谁都知道，人死了就永远不会复活了。

又过了半个月，经过了这家医院的全程治疗，她的状况好多了。她很快回到了北京，继续在一家医院复查。重新回到了有些灰蒙蒙的北京，她忽然觉得十分陌生了。房地产公司听说了她的情况，总裁庞诗言专门叫人给她送了2万元慰问金，不过，她知道，自己短时间再做售楼员，是不可能的了。于是，她向公司递交了辞职报告。

而且，更加不好的消息是，她的父亲也去世了，父亲是听到了她出车祸的消息之后，更加着急，结果病情迅速恶化，在她还在布法罗昏迷期间就去世了。她母亲的出国手续还没有办下来，舒楠就回来了。

她回了一趟老家，专门给火葬后、骨灰又埋到了地里的父亲墓地上了坟，感觉自己还是没有完成父亲的遗愿。她在父亲的墓前烧掉了一张吕军的照片，希望父亲能够看见。她忽然觉得十分的沧桑。短短的半年多，她经历了这么多的事情，她觉得很有些迷茫。她真是不相信自己的生活，居然会有这样的变故，生活给了她这么多的内容，到底是为了叫她明白一些什么样的道理呢？

她和母亲拥抱了，那一刻，她觉得真是心情酸楚。母亲决定和她一起到北京，帮助照顾她的生活，她们一起回到了北京。在舒楠的郊区住宅里，舒楠开始了休养。她要给自己放半年假期，要好好地休息休息，也好好地想想，自己今后应该选择一种什么样的生活。

可是，从她回来一周之后，在她的门前，每天早晨，都有人给她送来一束花，什么样的花都有，每天都不重样。可是，即使她碰到了花店送花的小伙子，问人家是谁送的，小伙子也说，不知道是谁给她送的，只是知道送花的，是一个男士。

舒楠很喜欢这些花，每天能够看到这些鲜花，现在是她的最大慰藉。可是，这些花，到底是谁送的呢？不应该是那个过去天天给她送花的人了，那么，送花人是谁，又是什么时间才显现呢？

选自《小说时代》2017年第2期　责任编辑　赵宏兴

我在迈阿密

■ 娜 彧

1

我在博士快要毕业的那段时间，像是碰到了瘟神，每天睁开眼睛，都会担心今天是不是又有什么不好的事情要造访我。

我不是那种穷山沟里考上来为了脱胎换骨的那些学子，他们能吃苦，但是见识短，专业以外的知识碰都不碰。他们上大学是为了城市户口、读研是为了找更好的工作。我几乎没有任何目的地读到了博士，接下来，大概就是出国了。我没有目标，也谈不上奋斗，如果有的话，那就是一步步地走出国门。

我的父亲也是个高知，在一所名气不大的学校做教授。他的专业是物理，要是他一直将学问那样做下去，现在已经平稳地退休了。而我，可能在迈阿密，也可能在硅谷，或者常青藤的某个大学里。总之，我会让他望子成龙的期待成为现实。可是，在他五十多岁的时候，突然来了官运，他坐上了学校副校长的交椅。

　　我的母亲是个农村妇女，是我父亲下放的时候结成的连理。他们这个年纪的人，如果不善折腾，通常是这样的婚配。你看，我的父亲不是个八面玲珑的人，但是，他却做了副校长。

　　我父亲做副校长的时候，我正好在读硕士，我是这所国内顶尖大学生物系的研究生。我之所以选择这个专业也是为了将来出国方便。生物科技正越来越广泛地进入了人类的生命领域。长寿、年轻、健康——这些被商人利用的诱人的字眼没有不和生物有关的。太专业的知识我就不说了，总之，我选择的是一个前途无量的专业。

　　我的性格并不开朗，甚至可以说得上是内向，所以，一直到研究生我都没有女朋友，但这并不代表，我心中没有想法。每个人的青春只有一次，我也是。我母亲年轻时候曾经是她们那个地方方圆二十里的美人，所以我长得不算难看，只是个子不高，而且，我完全继承了我父亲沉默寡言的个性，甜言蜜语的本领一点都没有。校园里那些好看的女孩总是在我看中之前就成了有主的花，而不好看的，我也看不中。就这样，我总是形单影只。

　　孤独的人是可耻的。是的，我并不是不想，月上柳梢头、人约黄昏后，要是我不想那就是高尚的了。但是我会想，想到极端就不大好了。那时候我的脑子里还没有确切的对象，所以，并不常常想到极端。一直到那年暑假，孙不言搬到我们宿舍。

　　我说得有点乱，但是我保证都是和我的故事有关。

　　孙不言其实跟我们完全没有关系，虽然他也是这个学校出去的。他是物理系毕业的，后来考的是中文系的研究生，就凭这一点，他让我刮目相看。要知道，跨专业都很难，他却跨系，而且考得很不错，他的导师是中文系主任，这个老头对孙不言由开始的喜欢到后来的恨之入骨，在我和他一起住了一个暑假之后，就觉得没什么稀奇的了。

　　他住到我们宿舍来的时候，已经是一个光荣的大学教师了，据说他在那个以理工科为主的大学里教美学，但是眼前却一个可用来举例的人都没有。于是，他常常在母校晃悠，有一天，他决定了，离开那个鲜花荒芜的大学，他说他宁肯整天坐在母校的校园里看着眼前的美女过来过去。其实，他真正的目的是决定考博士了。而且，他不是考母校的博士，他要考到北京去，最好是北大。他要气死中文系那些不要他的古董们。就是因为这个，他搬到了我们的宿舍，借用了他朋友的一个床位，在这里专心复习迎考。

而实际上，我们并不大见孙不言认真复习，他在这期间看中了一个女孩子，每天晚自习的时候，背着书包一个教室一个教室地寻找，然后，坐在离她最近的空位置上，装模作样地看书。有时候也会趴在桌上呼呼大睡。

奇怪的是，孙不言一边锲而不舍地追求那个女孩，一边在我们宿舍天天怀念他的女朋友。

本来，大学宿舍和研究生宿舍也不是完全的寺庙，总有讲荤话的人。不过，大家都还不是那么太有经验，讲的也就是我这样的听众也能想到的，说完了就算。可是，孙不言来了，孙不言不是一个人来的，他夜夜"带"着他的女朋友。

他告诉我们，他的女朋友是搞艺术的。搞艺术的对我们这帮理科的和尚是有致命的吸引力，因为她们和美貌、气质、开放这样一类的词连在一起，令人遐想。

孙不言说他的女朋友，不，他说他老婆是搞艺术的。所以，他俩在一起的生活也如同行为艺术一样。

我们每天做三次爱，早中晚各一次，有时候还不止。孙不言说他老婆相当敏感，碰一碰身体就软。他这样说的时候，一般都是我们已经上床了，有人会突然骂上一句：操！但是，孙不言并不停下来，也不会问骂谁，他从来不挑起事端，只挑起话题。孙不言会继续说下去，说好女人一定要在床上好，就像他的女朋友。好像他的女朋友非常宠爱他，他每个晚上跟她做爱，然后含着她的乳房入睡。

　　这个成了我的习惯，所以，她常常在半夜里再一次弄醒我。孙不言的回忆绘声绘色，而且有些地方含蓄得让人浮想联翩。因此，自从孙不言来了以后，我们宿舍里的三个人基本上就不大说话了，但是，也因此常常在床上翻来覆去，难以入眠。

　　我们宿舍除了我以外两个人，一个人女朋友在外地，另外一个人女朋友不大好看，还没有确定是不是真的要。但是，因为孙不言的到来，前者开始频繁地来往于女友的城市；而后者在短短的两个星期内，和女友的关系急速升温，超过了他们相处了两年的不冷不热。

　　孙不言对我说，是他的功劳。有时候，他俩都不在宿舍的时候，他就跟我一个人讲。他对我还是处男嗤之以鼻。

　　想象没用的，那些三级片和毛片也很假，你非得亲自经历。你太老实了，把这么大好的青春浪费在这些死了多少年的公式上。在这么好的大学你不好好浪漫，以后的岁月你会遗憾的。他常常对我谆谆教导，认为我的条件至少骗到一个连。

　　然而我一直没有，起码孙不言在的时候我没有。但是，孙不言对我的影响却是悠远而漫长的。他启蒙了我，我也是他不折不扣的受害者。

　　我始终没有弄清楚孙不言是怎样一个人，他能考到这个学校的物理系，然后从物理系考上中文系的研究生，这不是一般的天之骄子们所能做到的。但他实在不像个名校出来的人，当然他也不是他家乡那个小镇的人。在他进入中文系的最初阶段，受到了前所未有的欢迎，中文系的教授对一个物理本科生加入到他们的队伍感到很自豪，也很佩服。但是，不久，他们就知道他们迎来的是一个瘟神。孙不言几乎将中文系稍稍有点姿色的女生都勾引了一遍，她们为他与众不同的艺术气质和对艺术的独特见解而倾倒。虽然后来不少女生及时地清醒过来了，但是世上总有些痴男怨女，有一个貌不出众但是自视甚高的绝对才女为孙不言割腕自杀了。死没死成，不过这事闹得中文系发生了一场大地震一样，孙不言的导师亲自规劝他一定要对人家负责，甚至表示愿意做他们的主婚人。但是孙不言死不承认，说才女骚扰他。他是有理由的，他对非美女从来不感兴趣，有才无貌更是可怕，他这么聪明的人怎么会找死呢？现在都什么时代了，难道要他为了道义和同情去和一个他根本不爱的女人生活一辈子吗？后来不了了之。当然，他为此付出的代价也是巨大的，色狼和不负责任两顶帽子死死地扣在他的头上，用他的口气说，很少有女人肯为爱情抛弃自己的安危的，所以，他在她们中间再也不如鱼得水了。

我有些怀疑，因此他的身影后来才出现在南艺校园的每个角落，骗到了"身体非常敏感"的油画系的女友。

当然，现在她已经不是他的女友了，否则孙不言不会住到我们宿舍来，他的那个多年来养成的习惯非迫不得已怎么会改变呢？

不过，孙不言对她显然是有感情的，和他密切交往过女孩子据他自己说一辆大巴肯定是装不下去的，但是听他说起的只有她。

他说她信任他，在所有人都断定图书馆门前的那辆自行车是他偷的时候，只有她说不会。

你怎么会堕落到偷自行车去呢？打死我也不相信。她天真地安慰他。

但是，没错，他当时的心里想的是：这么漂亮的自行车，啊，这么漂亮的自行车。问题是那辆车没锁！孙不言铮铮有词地对我说，我想，它没锁，总有人会推走它的，我总不能站在这里看着它，那么不如我先推走它，如果有一天有人说这辆车是他的，孙不言说自己一定会毫不犹豫地还给人家。如果他光是这么想也就罢了，但是他行动了，他将手里的一本书放在前面的车篓里，然后很自然地将自行车从一排自行车中退出来，就在他将要翻身上车的时候，车主从后面抓住了他。孙不言跟我说起这件事情的时候，一点点的难为情都没有。他说，那狗日的，早不来晚不来。据说这事儿闹得并不比才女自杀事件小，孙不言作为盗窃犯被送到了保卫科，又是他的导师亲自去领他出来的。

我的老脸被你丢光了。可怜老学究对他除了愤怒，再也想不出其他的教育方法了。据说，本来孙不言就是他的关门弟子了，但是，他不能容忍自己最后的桃李是腐烂的、变质的，因此又破例收了一届。

关于孙不言，我不知道我是不是说得太多了，但是，如果没有遇见他，我不知道我对后来发生的那些事情会怎么看。

我是个好人，肯定是。我们生在70后的这辈子人，关于"文革"并没有多大的记忆。我们在80年代开始上学，我们重新开始接受正规的教育。我们的书本并没有因为"文革"而发生了翻天覆地的变化。相反，我的记忆中，我的小学和中学完全没有提到有关"文革"的教训，我们为了无产阶级的胜利树立崇高的理想，我们的荣誉感总是来自于为班级争光或者积极地加入到一个光荣的组织。我记得很清楚，我加入共青团的那一天，戴着团徽在烈士墓前宣誓的激动心情；我也记得很清楚，我怎么样骄傲地要我的父亲猜测我身上的变化，可是，我的父亲从上到下看了我三遍，也没有看出来我的胸前多了一枚团徽。我们这一辈的偶像是雷锋叔叔、海迪姐姐，霍元甲、丁力、郭靖已经是后来的事情了。我们那时候好像还没有素质教育、国学诸如此类的词，我们的美术和音乐课一点也不重要，我们的名著在很长的一段时间内都是《钢铁是怎样炼成的》。我们，肯定还是算有理想的一代的，起码我是。我的父亲虽然忽视了我的团徽，但是刚开始对我的期望也是做一个对社会对祖国和人民有用的人才，出国这样的想法是后来慢慢演变的，而且不是我一个人的演变。

所以，孙不言的到来，冲击了我也迷惑了我。

2

孙不言最终没有追到那个晚自习女孩。他用了很多常用的或者即兴的办法，比如，他在那个女孩之前出教室，然后躲在梧桐树的后面等待着她。他让自己仿佛从天而降一样突然出现在她面前，款款深情地说：我们，去喝一杯咖啡吗？女孩的确吓了一跳，但并没有被惊倒，也没有被孙不言的行为艺术所迷惑，她两手紧紧地抱着胸前的书，往后退一步说，不，太迟了。然后，就从孙不言的身边过去了。孙不言转过身来，看她在校园暧昧的路灯下笔直而飞快地消失。孙不言也常常制造偶遇，食堂、小卖部、打水的地方……但是，女孩似乎从来都不认识他，或者看到他就匆匆离开。

孙不言很想将自己的传奇经历讲给女孩听，佳人都是爱才子的。他曾经抱着这样一个雄心，就算这个女孩名花有主了，他也要横刀夺爱，因为爱情是没有理性和虚伪的道德的。他用了很多手段，甚至请来一个据称已经是百万富翁的同学，希望他先以财富屈服女孩，然后他再用智慧战胜财富。但是，女孩既没有拜倒在财富面前，更没有被智慧所误。

一个暑假过去了，开学的时候，女孩看他的眼神还像两个月以前一样漠然、冷淡，好像校园里许许多多擦肩而过的人。

孙不言失败了，彻底地失败了。但是，最后一个晚上，他跟我讲的是他和艺术系的女友分手的事情。

这不怪我，他说。那时候，他们的关系已经到了见双方父母的程度了，尽管孙不言认为这没有意义。但是，那年寒假，她带他回家见父母了。没有结婚，当然是不能住在一起的。女孩让他忍忍，忍两三天就可以了，他呢，不是不可以忍，当然也随时存着偷嘴的想法。而他的未来的老丈人，好像知道他的心思，唯恐他女儿吃亏，像监视罪犯一样监视着孙不言的一举一动，常常还说一些我们那一代常常听到的但在孙不言看来已经烂到棺材里去的道理，私下里又跟女儿说孙不言这个人靠不住，连最起码的教养都没有。

有一天，午饭的时候，孙不言拿了一根炒菜用的火腿肠，他剥开来，并不吃，他大声地叫他的女朋友看这个像什么，然后自己用舌头一下一下地舔。一桌子人本来正在七嘴八舌，突然安静下来了。他们看着孙不言津津有味地一边舔火腿肠一边看着坐在旁边的女孩坏笑。女孩脸色马上变了，她愣在那里，愣了很长时间，才醒过来。然后，她一把夺过火腿肠，对孙不言大声地吼起来：滚！

孙不言就走了。孙不言后来吞吞吐吐地说过，这是他做过的唯一一件后悔的事情。

孙不言走了以后，我们宿舍又恢复了平静。大部分时候各在各的实验室，周末偶尔打打牌。有时谈起孙不言，但谁都不往深里说。

我研三了，我的论文还没有眉目，我的导师提醒我，说你这样混下去不行，你还要上博士。这时候我的父亲已经做了副校长了。

一切都很没劲，我觉得我需要一个目标。我的目标在我上幼儿园的时候就被别人安排好了，一流的小学中学一流的大学，读到博士，然后出国。这是一个对自己的将来有长远打算的理科生最好的安排。但这，好像不是我的目标。

我的好些同学已经出去了，一般在研一或者研二的时候。对我们这些理科生来说，如果你立志想要出国，可能并不是那么困难的事情，尤其是我们这样的学校，如果读到研究生，最后留下来的可能就不多了。

我没有太早出去，因为我的托福考试不太理想。在孙不言来过以后，我突然发现，我早就不大想再待在这里了。我父亲并不着急，他认为我上完了博士再出去上博士后也许更好。我将来的路应该是跟他一样，起码做到教授，但是不要在一个小学校，他希望我能做出点成绩来。很多年以后他告诉我，他之所以后来当副校长，是因为对自己作为一个学者的前途感到绝望了。而当他当上校长以后，立刻后悔自己原先对科学的执着。一个小学校，要想做出了不起的成果来本来就是做梦。这是他的原话，那么其实他后悔的并不是科学本身，而是他的屋檐太低。所以，他寄希望于我，他不希望我像大部分同学那样，仅仅是为了出国而出国，为了拿一张绿卡而奋斗，甚至不惜在找不到工作的时候到超市卖鱼。不，我的父亲他觉得那样太没出息。他觉得，我最好的人生应该是在大学校园。如果我能够在美国的大学校园里开始我的人生当然是最好的，但我的父亲对我似乎很了解，他觉得那不可能。他认为就算我有那样的学术能力，在生活能力上也不行，他觉得我需要在一个自己熟悉的地方、有一些裙带关系以便更好地开展工作。而且，的确因为他当上了校长，交际突然地开阔起来了，他认为对我的将来会有很大的好处。不说将来，就是现在，我们系里的主任有一天突然问我，方校长是你的父亲？我说，是。他说虎父无犬子啊，大有前途。我虽然在这个著名学府，但是这里卧虎藏龙，我其实并不起眼，从来没有人觉得我大有前途。

我的导师，那时候是我们系的中坚力量，杰出青年学者，他喜欢会写文章的学生。所以，他喜欢的学生并不恒定。可能上学期某甲因为连续发了三篇文章而一下子成了他的宠儿，但是下学期，灵感突然枯竭的某甲也会马上成了他的"弃妇"。他对我们的感情是根据文章的多少和发表刊物的影响因子来决定的，他开会的时候对我们说，难道是我要你们写的那些小儿科的东西吗？我要是不为了辅导你们，你们写的那些东西想挂我的名字我都不要。你们要记住，你们写得好，不是我这个通讯作者的光荣，我最多就是多了一篇可有可无的文章而已，是你们自己的成绩。但是，谁都知道，导师不可能自己做试验，也就不可能亲自写文章，理科硕、博研究生的文章直接关系到导师的科研成果。所以他这样说我们觉得没劲透了，不过，后来我们习惯了，我们姑妄听之吧。我读研二的时候，还没有发表过一篇文章，他直接告诉我，像我这样的人读到硕士就够了，读博士出来也没什么出息，简直就是浪费资源；我到研三的时候，他对我说要抓紧时间做实验，为博士期间的成果打好基础。我从来没说过要上博士，除非我的父亲告诉过他。于是，后来，我又成了他的博士。

我想，真正可以变成故事的我要从博士开始。

我搬到了只有两个人的寝室，这是一个两居室的套间，一人一间。在开学后的第二天，我看到了我的同室。我曾经希望他是个和孙不言一样有趣的人，然而，我看他一眼就知道了，我俩在以后的三年内可能不会讲超过一百句话。我自己是个内向的人，可我不喜欢内向的人。果然，这个哲学系的博士，在此后的两个星期内，只跟我点过两次头。我们在同一屋檐下，但有时候两三天也碰不到面。

那年我们都25岁，我们在顶尖的大学读到顶尖的学位，我们都没有女朋友，我们在夜深人静的时候在房间用电脑看A片。我们可能是可耻的。

但是，事情并不像我想象的那样发展。

大概在第二个学期开学后两个月的一个下午，已经是春天了，我在房间里分析数据，我们宿舍的门破天荒地被敲响了。之所以说破天荒，是因为我们宿舍基本上没有人来。书读到博士，就不像本科那样肆无忌惮了，都怕打搅也怕被打搅，串门这样的事情不大有了，何况，我俩都是内向的人。

我以为是他忘带钥匙，我去开门，做梦都没有想到，外面站着的是一个女生。

请问，何克强在吗？她不是那种天真无邪的少女模样，也不是风情万种的少妇模样，她介于两者之间，她是孙不言千方百计也没有追到的晚自习女生。

所以，你应该想得出来，我的惊讶是巨大的，我愣在门口，忘了回答她的问题。有那么一瞬间，我怀疑是不是孙不言还住在我们宿舍。

而就在这个时候，就在我还没有来得及好好地礼貌地回答询问的时候，他回来了，他无声地走到她身后，拍拍她的肩膀。

死样，你想吓死人家？她迅速地转过身，发现是他，马上举起了拳头。

他握住了她的拳头，很快，变成了十指相扣。他向我点点头，把她牵进了自己的房间。房门在他们进去的同时关上了。

我回到了电脑旁边，那组数据已经完全不能拉回我的注意力了。我发现我在尽量抑制自己心跳的声音，我脑子里所有的细胞全部集中到了那扇关紧的门上。

那里面不时地传出她的笑声，她好像一直在笑。但是，我无论如何也想不出来，跟我住了大半年的何克强是个幽默或者有趣的人。

暑假里孙不言将她指给我看的时候，我看到的是一个美丽但是毫无生气的女生，她并不是我喜欢的类型。我喜欢活泼的哪怕活泼得有点过分的女生，或者是那种妖艳地带着风尘味道的女人。我曾经在校门口看到过一个穿着紧身衣的女人，她没戴胸罩，乳房不停地颤动，而乳头很固执地刻在紧身T恤的外面。那是夏天，我穿着休闲短裤，尽管短裤是宽松的，但是我自己都明显地感觉到了两腿间强烈的变化，我不得不装作系鞋带而蹲下来。然后我看边上走过来走过去的男生，他们似乎并没有像我一样强烈的感觉。那么，罪过只能归结于我25岁还没有女朋友。但是，我喜欢这样的女人。所以，我梦中出现的让我一泻千里的女人都是狂野的，我看不到她们的面孔，我常常只看到她们纷飞的长发，或者是直的或者是曲的。而孙不言的女神扎着一条古板的马尾巴。她虽然漂亮，但从来没有引起过我的不好的念头，我看她就像看一幅美女图一样悦目、养眼但毫无感觉。

可是，刚才，她站在门口的那一瞬间，她带着笑容；她伸出拳头来要捶打何克强的样子。是的，我不能不承认，孙不言是有眼光的。但是，何克强，跟我一样木讷的何克强到底凭什么赢了孙不言？

3

我是个很无趣的人，肯定是。要是孙不言，那么简直就是送上门来的机会，他决不会放过的。但我不行，我警告自己要懂得克制和理性。她后来常常光临我们宿舍了，有时候来找何克强，有时候跟何克强一起进来。然后，他们就关进了何克强的房间。应该说，我实际上是龌龊的，我以为听到的声音并不是她不时响起的笑声。但在很长的一段时间内，他们似乎一直是一对比较要好的朋友。

是我先打破了我们之间的楚河汉界的，我买了一包红南京，找了个他一个人在房间的机会，敲开了他的房门。

我说我可以进来坐坐吗？

他说可以可以，然后将另一张椅子上的书挪到了桌子上，让给我坐。

我坐下来，给他烟。他接过去。我平时不抽烟，忘了买打火机。他找了一会儿说，没有，我抽烟没瘾，以前一个星期抽一包左右，后来看你不抽，怕你不喜欢烟味，不抽也就不抽了。

我说，我不是怕烟味，是怕无聊，抽烟更无聊。

他说，偶尔抽抽也好的。

我点点头。我们之间又没话了。

那是你女朋友？过了一会儿，我问他。

他说，嗯。太疯，没有打搅你吧？

我连忙说，没有没有，怎么可能？然后我终于鼓起勇气说，你女朋友挺漂亮的，哪个系的？

他说外语系的，日语专业研究生。

我说，真不错，看起来你们挺幸福的。

他笑了一下，说是的，她很可爱。

你呢？他问我。

我说，我没有女朋友。

他好像并不惊讶，他说，是不是曾经沧海？有些时候感情这个东西要看开一点的。是你的总是你的，不是的也就算了，受伤的总是不放手的那个。

他显然误解了，不过，我并不想解释，更不想告诉他我从来没有好好地正儿八经地谈过一次恋爱。我直觉可能这样说太丢脸了，我毕竟25岁了。

所以我模棱两可地说，嗯，是啊，还是缘分没到。

他笑了笑说，但也不能坐着等，要自己争取的。

我也笑了，我乘机说，你教我点经验吧，我也好早点有个漂亮的女朋友，一个人太寂寞了。

我们是这样聊起来的，而且越聊越投机了。他很乐意告诉我他们是怎么相识的。他说他开学的第五天在食堂看到乔东，她恰好选择了他的斜对面，他抬头看到她就停止了吃饭，他一直看着她，看着她闭着嘴咀嚼，看着她津津有味地喝汤，看着她皱着眉头从菜里剔出一个什么异物，但是她却一眼也没有朝他看。他一直看着她喝下最后一口汤，站起来将碗筷拿走。他估摸了一下，她的个子大概可以到他眼睛，那么正好，他当时就想，这个人是我老婆，肯定是。因为有这个念头，他感觉生活一下子有了目标，他在一周内摸清了乔东的生活规律：什么时候吃饭，什么时候打水，什么时候上晚自习，喜欢在哪个教室，他跟孙不言一样，每晚跟踪她，但他又和孙不言不一样，他从来不骚扰她。半年以后，在他创造的一个机会里，乔东认识了他。他让她知道他了解她的一切，但是，他还是不缠她。于是，她有了这样一种感觉，他对她有着完全没有目的的好感，他似乎只要看到她就好，就开心。这种非功利的感觉让她安心、骄傲，同时对他产生了好奇心。

什么叫欲擒故纵？最后，何克强笑着说，自己一眼就看中的人一定要花心思。

现在，我真有些怀疑我自己的情商了，我不知道这个世界上还有没有比我更笨的。何克强显然跟我是不一样的，她不会是他的初恋，他这样的人不会到现在才初恋，他一定曾经沧海过，后来放手了。他是个拿得起放得下的人。

我说，我这个人笨，没多少女孩子喜欢。

他说，回头我跟乔东说，让她帮你张罗张罗。你这样守株待兔可能真的不行。

我笑起来，然后我站起来说，你等等，我下去买火去。

我们的关系由于这次闲聊而一下子近了，有时候乔东晚饭的时候过来，带来些凉菜什么的，他就叫我一起过去。我不大抽烟，但是我喜欢喝酒。在这之前我都是一个人喝。我不知道他比我还能喝，而且喜欢白酒，一次半斤基本上没什么事情。我则是馋酒但喝不了多少的那种。

我和乔东也熟悉起来了，并且，渐渐地越来越迷恋她。她身上有一种很特殊的磁场，让我这块"生铁"不由自主地随着她转动。但是，她不是我的。有时候我会想起孙不言，不知道他现在在哪里。

4

乔东果然帮我张罗女朋友了，乔东说，我们可儿是个大才女，我最乖的小妹妹，你不许欺侮她。

可儿是一个法语专业的女孩，清汤挂面的长发披肩，戴着眼镜，看起来很文静。我当然不会欺侮她，开始的时候，我甚至是紧张的，因为我从来没有在深夜里单独和一个女孩走在校园里。我们约会的地点总是在校园里，然后我们绕着校园走。我们聊的不可能是生物，也不是法语，而是文学。这个叫可儿的女生对法国文学如数家珍。法国是一个天生就和文学有渊源的国家。我记得这是我们话题的开头，是她说的。然后我们说起了塞万提斯，说起了雨果、莫泊桑——其实，大部分时候都是她在说，我在听。我两手插在裤兜里，走在她身边，有时候我看到月亮是圆的，有时候是缺的，也有时候，没有月亮，只有路边昏黄的灯光。我的心情大部分时候是空旷的，我对可儿的知识和见解常常感到惊讶，但是，除此以外我对她没有任何的想法。我们总是将校园绕完一周就很自然地向她的宿舍走去，我送她到宿舍的楼下，然后转身离开。楼下总有些缠绵的情侣在灯光的后面纠缠，我们，我和可儿好像从来都看不到。我们这样的约会持续了不短的一段时间，应该说，这段时间让我的文学知识尤其是法国文学的知识疯长了很多，我因此也感到充实和满足，我和可儿的约会成为我摆脱无聊的良方。但是，我们不管在哪里，不管是坐着还是走着，我们之间的距离都是可以再加进来一个人的。有时候，我们一前一后地走在一条狭窄的校园小路上，两边灌木丛中异样的声音会让我心有旁骛，但是可儿好像完全听不到，她流利地继续往下讲，她有时候还问我是不是认真地听了？她并不知道，那时候我觉得文学其实并不那么重要了。那时候，更加深刻的无聊包围着我。

终于，可儿和我分手了。我不知道她为什么要跟我分手，这个消息是乔东带给我的，她说，你怎么一点也不会骗女生？可儿这么好骗的你都不会骗。

乔东说这话是特地跑到我房间里来说的，只有我们两个人，她站在我面前，微笑着嗔怪我。我房间的窗户开着，窗外有一点点春天的风吹进来，吹起她的头发飘起来又落下来。她一点也不知道，我差点就伸手拉她过来了。可是，跟可儿在一起的时候，我平静得像一面镜子。

可儿很伤心，她说你对她没有激情。其实可儿很喜欢你的。乔东什么也不知道，她以为我在听，她继续说，在等我的反应。

我不能不强迫自己往后退了两步，然后我偏过头看着窗外。

要不，我再跟她说说？或者你自己今晚去找她？她跟我说今晚哪都不去的。乔东以为我很伤感，她试探着安慰我。

何克强这时候进来了，他走过来搂住乔东的肩膀，他说，你这个小媒婆，你就算了吧。他将她推出我的房间，然后又过来对我说，晚上一起喝一杯？

我拒绝了他的好意，我说晚上老板开例会，我会很迟回来。老板就是导师，而且这个称呼好像专门用在手里握有大量科研基金的理、工、商科的导师身上。孙不言从来没有叫过他的导师老板，他叫他老学究、掉书袋、老头……孙不言说，中文系的导师，可能到学生毕业见面也不会超过十次，他们的关系是松散的，如同他们的学问，可以无中生有。但是我们不同，我们像操作工一样，实验室是我们的工厂，监督我们的是导师。中文系的学生在课程都结束以后，一两个月不在学校也没人管。而我们一两个晚上不去实验室，导师就会到处找你了。我们的劳动成果就是论文，论文的基础就是实验，你在实验中发现现象，经过分析写成论文，交给导师，由他找出问题和决定发到哪里。过两个星期开一次例会，发现问题和总结成绩。所以，老板这个叫法是成立的，唯一不同的是我们的劳动力无比地廉价，每月两百多的生活费，如果遇上好的老板也许会有论文奖励费，但通常是没有的。我们最大的奖励就是三年以后的那两张纸：一张是毕业证，一张是学位证。大部分人都是在为这两张纸而兢兢业业，献身于科学这样的念头当然可能存在的，但不存在于大部分人的脑子里，即使是我们这样的著名学府。

其实今天晚上我们没有例会，但是我不想待在房间里，尤其不想待在有乔东在的地方。我长到25岁，第一次发现我喜欢上了一个女孩，但这个女孩以为我在为另外一个女孩伤感。我是想喝酒的，但不是跟这个女孩的男朋友一起，我想一个人找个地方。

我出去的时候，何克强的房间半掩着，几缕温暖的灯光在进门的廊前形成一个不规则的三角形。我打开门的时候，听到乔东叫我的名字，但是我没有停下来，我关了门，迅速地下了楼梯。

我一个人在校园里转悠，走过的却是平时和可儿两个人一起的地方，但我知道我不是在缅怀我俩之间本来就不存在的爱情。我的脚步比我和她在一起的时候更慢，我点着了一根烟，将自己藏在一棵树的后面，这是一块有着光滑坡度的土丘，这个地方不是一个人待的。这样的天然的但又是人为的隐秘的地方在校园里有很多。再晚一些，这里就是两个人的天堂，一个人的地狱。

一对对情侣陆陆续续地经过我的面前，他们不用看就知道这个地方有人，所以他们很快就过去了，他们像发情的猫一样寻找合适的地方。

无聊，无聊如同这个春末夜晚的空气，无处不在。

当我点燃了第三根烟的时候，路上已经没有什么人走来走去的了，取而代之的是一个个隐秘地方传来的异样声响。夜晚如此寂静，夜晚覆盖下的幸福的人都沉浸在自己的幸福里，没有人像我一样侧耳倾听，所有的声音都聚集到我的耳中，如同雷鸣一样震耳欲聋。

孤独的人是可耻的，这个夜晚，可耻的人只有我一个，无处可逃。空气中充斥着新鲜精子的味道，我不想一个人堕落地狱，于是，我加入了其中。

我已经很久没有自赎了，实际上，可儿带给我的纯净和充实并不是没有作用的，她抚平了我浮躁的心思、杂乱的头脑。如果不是她主动地提出来分手，可能我们会一直这样下去。无聊尽管还会冷不防地袭击我，但是，我不会被击垮。

当我站起来的时候，我的脚下是浮动的，我深一脚浅一脚地走出了树丛，两腿间的湿热渐渐地凉下来，打消了继续在校园里转下去的念头。

我在楼下仰头看到 12 层我的宿舍一片黑暗，昨天何克强告诉我今晚要和乔东去看一场正热播的电影，但我记不起电影的名字了。不过这不重要，重要的是他们走了。我不想看到他们当中的任何一个，更不想看到何克强在我面前看着乔东的眼神，还有乔东的笑声。今晚尤其厌恶。

但是，当我打开门，当黑暗扑面而来，和黑暗一起的还有暧昧。急促的呼吸声和并不坚固的单人床所发出的呻吟都太投入了，没有发现闯入者，依然有规律地继续着。我站在门口，我大概是应该退出去，悄悄地关上门的。但是，我悄悄地进来了，我无声地关上了门。我在他们的房门口只站了一秒钟，我担心自己克制不住地要去敲门。我没有打开任何一个灯，我摸黑进了自己的房间，关上门，钻进了薄薄的被窝，在被窝里脱去了黏稠的内裤。其实我现在什么也不想看到，什么也不想听到，什么也不愿意想。但是我怎么样也阻止不了隔壁的狂欢，乔东发出的不再是笑声，是连绵的波涛声，劈头盖脸地扑向了我。这堵墙形同虚设，我看得清清楚楚，乔东像一朵浪花一样起起落落。在浪花中挣扎的不是何克强，是我。这一次，我不是自渎，我的眼前分明是一张生动的面孔和落下来的细软的长发。没有一个人会在一个小时内自渎两次，所以，我不是自渎，我触到了温暖的气息，然后，沉沉睡去。

5

又一个暑假来临的时候，何克强和乔东分手了。

乔东最后一次来到我们宿舍是在一个炎热的中午，窗外寂静无声，连树上的蝉都懒得叫。乔东敲响了我们宿舍的门。我能够确定是她是因为我基本上已经能够准确地听出她的脚步声和敲门声，我等待着何克强给她开门。但是，何克强没有像以往那样立即出来开门。我又等了一会儿，敲门声固执地持续着。然后，我只好套上短裤和T恤，我打开门看到乔东站在门口，她穿着简单的短裙短袖，脸色雪白。这样的天气，我在宿舍一动不动还是全身冒汗，但是，站在屋外的乔东好像冰雕一样。她似乎没有看到我，径直去敲何克强的门。

他是不是不在？何克强的房间里一直没有动静，连我都有点怀疑是不是他出去了。

乔东不说话，固执地敲。

我看出来了，他们吵架了。这不怪我事，我正想回自己房间的时候，何克强的门开了。但我几乎还没有完全看到何克强的脸，一记响亮的耳光便很干脆地打破了夏日中午的寂静。那一记耳光似乎用去了乔东的全部力气，我看到她突然摇摇晃晃，随时都会倒下的样子，但是她用那只刚刚伸出去的手扶住了墙，然后站得笔直。她就那样站着，直直地看着何克强。自始至终，何克强都像一根冬眠的木桩一样竖在门口。乔东已经离开了，他还没有醒过来。

我给他倒了一杯冰啤酒，递到他的手里。他把那杯啤酒机械地放到嘴边，一饮而尽。

我接过空杯子，要给他再来一杯。

我们分手了。这是何克强醒过来以后说的第一句话，然后他接着说，乔东她，不是处女，她早就不是处女了。

我站住了，我他妈的不想再给他倒啤酒了。我忍了又忍才没有将手里的玻璃杯摔出去。我转身进了自己的房间。

过了一会儿，何克强过来敲我的门，他敲了后没等我回应就直接进来了。

有没有烟？他问。

没有。我说。

噢。他说，然后他转身，我以为他要出去，但是他在我房间里转了个圈，直接在地上躺下来了。

我后天要回家了。他说。

我不作声，我不想跟他说话。

本来这个暑假我不准备回家了，我跟乔东早就说好了我每天在家做饭给她吃。她毕业了，单位都找好了，我们本来要出去租房子了。我想，再过两年等我也毕业了，我们就准备结婚了。也可能，等不到我毕业。我们都到了可以领证的年龄了，你知道吗？乔东还比我大两岁，她今年28了。她跟我说，为什么要等到你毕业？等到你毕业我就三十了，我就成高龄产妇了，我不等。何克强躺在地上眼睛盯着天花板很慢很慢地说。

乔东28了？我有些惊讶，孙不言追她的时候，一口一个"那小丫头"，28应该是怎么样的我不知道，但肯定不是乔东这样的。

是啊，28，但是她看上去比处女还单纯，是不是？她真美，像圣女一样的脸，像孩子一样的性格，完全没有心计。28有什么？我抱着她的时候，她连18岁都没有。我常常以为她只有18岁，18岁也很正常，对不对？何克强翻了个身，地上立即有了一个潮湿的印记，天气太热。我将电风扇调到了摇头。

追她的人很多，我知道的。有一个日本留学生更是离谱，已经回去了，为了她又来了。那小子我见过，长得还不赖，文质彬彬的。我还真是紧张过一阵子。他突然坐起来说，真想抽烟，我下去买烟去。

我从抽屉里拿了一根烟给他。

你这小子，有还说没有。他点着了，吐了口气说，我知道，你有些看不起我。是的，我这个人很保守，我是真的以为她是处女的，她虽然漂亮，但怎么看也不像那种随随便便的人。我告诉过你，第一眼看到她的时候我就想这个人是我老婆，我看人很准的。

可是你看错了，啊？我说。

呵，你不要这么冷嘲热讽。其实在我知道她比我大两岁的时候，我就想可能她不像她的样子看起来那么简单了。但是，我还是没有想到……他突然停住了，他从地上站起来，拍拍身上的尘土说，算了，不说了，我走了。

没想到什么？没想到天会掉下来？不是处女天就掉下来了？我说。

我没想到她已经结过一次婚了。他走到门口，说了这句话就出去了。

何克强果然第三天就回家了。他的老家在江西一个很偏僻的山区，他已经两三年不回去了。

6

从孙不言到何克强，我好像一直在讲的别人的事情，跟我没什么关系，跟迈阿密更加没有关系。不，人生是一条很长的路，不仅仅有十字路口，还有一路的风景。那些经过的风景，可能影响你下一个路口的选择。

何克强回去了，我也再没有见到乔东，但是我偶尔会看到可儿。她有了男朋友，不是我这样的，是有性别的那种，我亲眼看见他们在图书馆背面的长椅上卿卿我我。有一次在路上，可儿还主动跟我打招呼，她的手臂插在那个人的臂弯里。她似乎完全忘记了我们曾经有过的约会，在那么一刹那我感觉到了不爽。后来我分析了一下，这种感觉不是嫉妒或者吃醋，而是因为我意识到了我存在的可有可无。我不得不承认，和我在一起的那段时间，可儿多少驱赶了我的无聊，但是对可儿来说，完全是浪费时间。

我想问问可儿关于乔东的情况，她在给了何克强最后一个鄙薄而绝望的耳光以后，彻底地消失了。

乔东？乔东她出国了，去日本了。可儿在电话里很平静地说。

我听何克强说她在南京工作了啊。我斟字酌句地问。

她和何克强？不是吹了吗？她工作什么啊，她去日本结婚了。可儿说。

哦，什么时候走的？

我想想，好像是上个星期一，对对，没错，我还送她去机场了。是上个星期一。怎么啦？可儿说。

没什么。何克强他……我想为我的好奇找一个可信的理由。

别提他了，我看那个日本人比他好多了，不知道好多少。可儿说。

我不知道，可儿有没有拿我和她现在身边的人比较。

挂了电话，我算了一下，上周一，那么，应该是她来到我们宿舍以后的第二天。她用一个耳光埋葬了旧的，埋葬了爱，迎来了新的生活。

我一个人在宿舍突然感觉非常寂寞，我想我也回家吧。正好，我的父亲打电话来要我回去，他说有点事情要我帮忙。

我一到家就看到了南妮，年轻得像早春里先开的花儿一样的南妮。

南妮 18 岁，我母亲娘家生产队长的女儿。我父亲下放在那里的时候，南妮的爷爷是队长，他对我父亲这个手不能提篮肩不能担担的书生私下里很是照顾，还撮合了和我母亲的婚姻。

南妮今年刚好高中毕业，没考上大学，她家里的条件不错，本来说要复读的，但是，他们一家想起了我的父亲，问可不可以开后门到他的学校？南妮分数线太低了，我父亲说要不就上我们学校的自考吧？有专门辅导班，过得快两年大专就毕业了。于是，南妮的父亲就带着南妮先来我家拜访我父亲了。

但是，南妮没有跟她父亲一起回去，她在我父亲为她安排的宿舍住下，并且执意让她的父亲自己回去了。还没有到开学的时候，可是南妮不肯回去，她说要熟悉熟悉大城市的环境。

我的父亲安排我一个星期给她补习一次英语，他对我说，你抽点时间出来帮帮她。他完全没有想到，我会对一个乡下的姑娘有什么想法。

但是，南妮是一个非常活泼的乡下姑娘。我说过，我喜欢活泼的女孩，哪怕是活泼得有点过分。南妮就是这样的。

我们说好一个星期一次课，她来学校找我。

可是我们没说好除了讲课什么都不许干啊！这是南妮说的，她其实对功课一点兴趣也没有，她逗我说话，让我陪她在校园里转，或者买来一堆零食请我吃。我要求她背诵的单词她从来不背。但是，我一点也不讨厌她，我听她说话，陪她在校园里转，吃她买来的零食，也买零食给她吃。

渐渐地，她一个星期不是来一次，而是三次四次。

我本来在我们系的空教室里给她上课，后来，不知道什么原因，我把她带到了我的宿舍去了。

我怎么会把她带到我的宿舍里去的呢？

尽管我 26 岁了还没有女朋友，但肯定也不是有机会就抓住的色狼。我承认我喜欢南妮的性格，她常常拉着我的手或者拽着我的胳膊，丝毫没有心计的样子。她叫我哥哥，有时候叫我博士哥哥。她买了件新衣服会特地跑来问我好看不好看？跟同学有矛盾了打电话问我怎么办？甚至头发长了也问我好没好剪？我喜欢这样被依赖的感觉，从来没有一个人这样地依赖我。

我们在宿舍里讲课，破电扇使劲地吹，我还是大汗淋漓。窗外的蝉声此起彼伏，火一样的太阳照在疏离的树叶间令人烦躁不安。南妮明显地心不在焉，她把书翻过来翻过去，就是翻不到我讲的那页。

你怎么回事？你不想学就不要学。我无法控制地冲着她吼起来。

后来，无法控制的事情越来越多。

一个十八九岁的女孩会完全没有男女的想法吗？这个想法是我

后来突然想起来的，肯定是卑鄙的想法，我想为我的无聊和不负责任开脱。但是，的确南妮是一个聪明的女孩，她知道自己要什么，她说她到了南京的第一天就知道自己要什么了，她要留在这个城市，而且要生活得很好地留在这个城市。

暑假才过了一半，我就沉浸在了和南妮日夜狂欢的肉欲中了。我自己也没有想到原来这件事情并不是很困难。

但是，不知道为什么，我常常会冲她发火，即使是在床上的时候。有时候，我又会感到很幸福，当南妮温暖而润滑的身子在我怀里的时候，我觉得这就是幸福。我俩在宿舍里再也不看什么英语了，我们搜索好看的网站，找那些样片，后来，我去借碟片。有一段时间，我像两只挣脱了蚕茧以后的飞蛾，每时每刻都在交配中。南妮是个处女，我看到了一大片的鲜红在她雪白的身体下面，她抱着我要我一辈子对她好。我糊里糊涂地答应。当然，可能我从来就没有清楚过，一直到现在。我要是有一个清楚的人生，我怎么会写这篇东西？

然而，那种鲜艳的颜色却让我清楚地想起了乔东，何克强没有看到这种鲜红，乔东的一辈子就跟何克强无关了。我不喜欢何克强。

我在床上死命地折磨南妮，我希望她发出浪涛的声音，但这世上没有一种复制是本真的。

南妮对我百依百顺，而且，开始做一个家庭主妇应该做的事情。除了不能在宿舍烧饭，她洗衣、拖地、擦床、洗厕所，她把宿舍当作我们的家一样。她很乐于做这些事情，并且唯恐还有哪里没有做到。她一点也不知道，我对她的兴趣并不在于她是不是个贤妻良母，我可能根本就没有想到过这个。并且，我似乎越来越烦躁，脾气变得越来越不好，只有在进入她身体的时候，才会真正地安静下来。

我们每天做爱，天那么热，汗让我们的身体黏得像胶棒。但是我们没有因此停下来，我像那台被我们拉到床前的电风扇，用最大的功力跟这个夏天较量。

7

很多的事情你根本无法预料，上帝会让你走一圈，然后再回来。

那一天完全是偶然，我经过猫空咖啡馆。上海路上有许多这样的咖啡馆，稀奇古怪的名字，异国的情调。"我不在咖啡馆，就在去咖啡馆的路上"，这种广告词让人觉得的确有那么一些人，他们很会享受生活，他们肯定不像我这样，每天除了来往于实验室和宿舍，就是和南妮在床上。他们在咖啡馆里谈什么？

那时候我还没有去过咖啡馆，我是个地道的南京人，博士，但是我没有去过咖啡馆，你可以想象我是一个多么无趣的人。

那天我经过猫空咖啡馆，完全是无意中，我看到里面一个熟悉的身影。她虽然侧身对着我，但是天知道，我曾经把自己想象成她耳边的那颗痣。因为，在那些旁观的日子里，我永远都是在她的侧面凝视着她。

没错，肯定没错。她的对面坐着一个黄发碧眼的男人，他们看起来还不是那么亲热，她的举止中带着属于她的那种矜持和礼貌。

我站在咖啡馆玻璃门的外面，虽然已经快要开学了，但外面的太阳还是8月的太阳，我却一点也没有感到炎热。

是那个男人先看到了，他看了我一眼，过了一会儿又看了我一眼。然后，她就向我这边转过头来了。

我进去的时候，那个男人站起来了，然后，她站起来将自己的手伸给他，她的神情和气质自然而且得体。她是日语系的研究生，但她的英语发音也很纯正。她告诉我，她正在认真地学习英语，她还是喜欢欧美的文化。她说，东方文化跟东方男人一样，太虚假。

我坐在她的对面，一瞬间我怀疑这是梦，她不是去了日本了么？

但是，她明明就在我面前，她穿着月白色的有些旗袍风格的连衣裙，她比在学校的时候多了许多的东西，当时我说不清楚是什么。现在想起来，也许是风情。她好像完全摆脱了两个月前的心情。

好久不见了，方知。她一边说一边回头让服务员收掉那个外国人的杯子。

你要什么？茶还是咖啡？她问我。

我说随便。

她笑起来，你总是那样，随便。

我也笑了，我说，你怎么在这里？

她说，啊？我怎么不在这里？我应该在哪里？

我说，可儿说你去日本了，去，结婚了。

笑容迅速从她脸上褪去。

我还是喜欢咖啡，给我来杯咖啡吧。我连忙转移话题，我看出来了，她并不是回来探亲的。

后来，大约在这之后的两个月，我知道了，她在临上飞机的一刻，改变主意了。因为那个男人，那个并不在意她结过一次婚的日本男人，告诉她，他的父母将去成田机场接他们，他们早就知道了这个美丽的准儿媳了，他们还为她准备了一个很隆重的接机仪式，要给他们一个惊喜。但是，那个男人对她说：我有一个请求，请你答应我好吗？乔东点点头，乔东想，也许他是要说一句浪漫的话。他是个浪漫的人，那么多浪漫的行动，写了那么多浪漫的信给他，她差点就视而不见了。乔东说，你不知道，日语是一种很感性的语言，特别地能够打动人。但是，因为她有了何克强，所以没有被轻易打动。后来，她再重读那些信，决定跟他走，像他所说的，一辈子跟他走，他决不会让她一个人经历风雨。风雨，就是乔东之前的、不到一年就解体的短暂婚姻。所以，她没有想到其他的，她以为他要说一句如同"永远不要离开我"之类的话。

但是，他说："不要让我的家人知道你是结过一次婚的，拜托你了！"

他是用日语说的，表情很认真，还对她鞠了一躬，这样就是表明这件事对他很重要。

她愣住了，那一刻她突然想起了何克强听到这件事情的反应，何克强抱着她腰的手突然松开了。何克强一点也不知道那时候她的心情，她希望他把她抱得更紧。

她说她其实还是挺感激那个日本人的，起码他说他不在乎，而且，他的认真其实也是在乎她，是担心他父母知道真相以后的反应而失去她。但是，她忽然不想走了，已经快要到办理登机手续的时间了，她对他说，真的很抱歉，我不能跟你一起走了，我不能。他惊呆了，简直不可置信，她果然拖着她的行李转身了。他拦住了她，他解释说他父母是个传统的守旧的日本人，但我们不说就一点事情也没有，我的意思也就是你不用特地告诉他们就行了。她说，不，不是这个原因，只是我不想去了。而且，她流泪了。他抱着她，像她所希望的那样紧紧地抱着她，说，好了好了，是我不对，请你原谅我。但是，她挣脱出来，她往后退了两步，说，不是，不是你不对，是我不对。我，其实我并不爱你！我不爱你，我突然发现我不爱你，请你原谅我。然后，她深深地向他鞠了一躬，转身飞快地离开了机场。她说，那时候她自己也不知道为什么会狠得下心来，她只要有一点点心软，就绝不会离开，那么她现在已经是日本的媳妇了。她不知道会不会幸福，也许会的，她说山田应该是个好男人。而且，她喜欢樱花、喜欢日本的和服和榻榻米，但是，那一刻，她就是突然不想去了。

我说过，这件事是她两个月以后告诉我的。

现在，还回到那天。那天，我们在猫空只坐了半小时左右，因为我们中间总有一个何克强，我们不知道说什么好。我一边一个劲地喝热咖啡，一边说这天气真热，都立秋了还这么热。她笑，她总是笑，她笑起来两颊有若隐若现的酒窝。我突然想我也许应该要杯酒，而不是咖啡，其实我不喜欢咖啡。临走的时候，我问她要了新的手机号码，她犹豫了一下说，你不要给别人。

我知道她说的别人是谁，不管她说的是真话还是假话，我决不会给他。

8

我还是跟南妮做爱，但是，心不在焉了。

我在抱着她身体的时候不感到幸福了，我对自己说，这是一种物极必反。我对南妮说，快开学了，我们同宿舍的人快要回来了，你不能住在这里了。

南妮说，等他来了我就走，再说你们都是博士了，有女朋友也不奇怪啊。

我说开学了我就没这么空了，老板要每时每刻都看到我的人才高兴。

南妮说，没有关系的，我在宿舍等你就是了。

我的火一下子就上来了，我说你怎么就这么烦呢？我一篇论文也没有出来你知道不知道？你不是也要开学了吗？你不想上学了？

于是，南妮走了。

在南妮走后的第二天，我拨通了乔东的电话。

但是，南妮还是常常会来。她来，我们还是会做爱。我们不做爱能干什么呢？

9

现在，我终于知道了"我不在咖啡馆，就在去咖啡馆的路上"

这句话的意义了，它可能不是一句广告词，它是一种状态。

乔东并没有拒绝我的约会，我们之间的话也渐渐地多起来了。我跟她说起我们老板的无情和专制，然后说起了我觉得在家里也无聊，我说我觉得人生挺没有意义的。反正，我平时找不到人说的话，都跟她讲。她说她的工作，她现在是一家日方代理公司的翻译，她说她原本可以去一所还不错的大学做老师的，但是收入的差别简直是天壤之别。所以，她还是选择了外资。她笑着问我是不是自己太贪财了？我说学校可能会稳定些。她说，学校是稳定些，但在一般的学校没什么意思，还会不大上进。我说有一天你要还是想到学校就跟我说，我为我爸爸引进人才，不过也是一般的学校。现在想起来，我那时候多少有些有意炫耀。她说我才不，好马不吃回头草。现在我看开了，什么都靠不住，只能靠自己。我不想做老师，我多挣点钱，然后想干什么干什么，有机会出国去看看。我说，你想去哪里？她说我这样的当然只能去日本了，我先去日本，有机会我想去欧美。所以我一直在学英语，我还是喜欢欧美，东方的文化和东方的男人一样，太虚伪。她问我为什么不去美国？我说，我要上完博士再出去，要不现在出去有点浪费时间了，外国不承认中国的硕士学历，还要从硕士读起。我要是上完博士，就去做博士后了。她说，这样啊，那也不错。那你要记得哦，如果你去了美国，就帮我留意有没有机会，把我也拉过去。

那时候，我们已经比较熟了，她常常要抢着付账的，理由是她挣钱而我还是学生。为了让我安心，她说她是可以报销的。所以我说，好吧，那我先欠你的，到了国外就是我请客。为了这个目的，只要我出去了，我就一定要把你拉过去。

然后我们就讨论用什么办法可以拉过去，结果最保险的一种方法就是陪读。而陪读只有一种关系：夫妻关系。

她笑起来了，她说原来你看上去老实，还挺会占便宜的。她说，我是你姐姐，姐姐不可以陪读？

我也笑，我说哪有姐姐陪读的，陪读当然都是老婆，你为什么不可以做我老婆？

她把眼睛看到了窗外。

我握住了她放在桌上的手，我告诉她，我在两年前就喜欢她了，那时候还没有何克强，没有山田。我说，你要是不相信，我可以说出你那时候几点钟吃饭、几点钟打水，喜欢去哪个教室晚自习。

她转过头来，看着我说，你什么意思？你在戏弄我？

我说，不，我爱你。

她死死地看着我，很快眼睛里闪烁着水晶一样的光泽，你为什么不早点说？两年前你为什么不说？那些水晶终于落下来了，令我心碎。这是我喜爱的女人！

因为，因为我没有来得及，因为一直有人在爱着你。我说，可是，现在还不迟。我把另一只手也加上来，她的小手包在我的两个手掌中，柔弱无骨。

我开始恋爱了，我们在重逢两个月以后真正地恋爱了。我们的约会地点不在咖啡馆了。她主动地带我去她租的房子，那里只有我们两个人。我第一次吻她的时候想到了何克强，想到了那天晚上浪涛的声音，但是我还是爱她。我止不住想要爱她，我搂着她舍不得放手，我吻她，一直吻到我自己快要爆炸。我的爱意中不仅仅只有欲望，而是更多的怜惜，我想要让她感觉到。她搂着我的脖子，在我的耳边说，你是不是嫌我脏？她将我的手体贴地从腰间移到胸前，她说，她想要我，现在就想要。而我，在覆盖她的瞬间，感觉到——痛了……

我不再跟南妮做爱了，她来的时候我尽量地避开，避不开的时候我就有意让房门开着。

南妮不是傻子，她感觉到了，她说，哥哥，你这么快就变心了？你有别的女人了？

我说，没有。但这样不好，我不想耽误你的学业，等你毕业了以后再说。否则我俩都会毁了。

我想过了，等她毕业了，会发生很多事情，最好她又爱上了别人，就算不是那样，我也差不多出国了。我是多么卑鄙我自己一点也感觉不到，我甚至认为，我是忠于感情的。和乔东在一起，我才发现什么是真正的爱，我对南妮根本不是爱，是一种无聊和寂寞时候的寄托，是发泄。既然不是爱，那么我就不能再继续下去。我甚至这样想，要是孙不言，一定不会放弃，乔东又不会来我们宿舍，要什么紧？我觉得我比孙不言要高尚一些，而何克强太土。我就是这样的，很久以后我才发现，乔东所说的东方的男人太虚伪，说的就是我。

10

南妮果然不常来了，她向我保证一定会好好学习，她说她知道自己的学历太低了，我会看不起她。我则常常在晚上去乔东租的房子，有时候就不回来了。何克强以为我的女朋友是南妮，他不以为奇，偶尔会跟我开几句男人的玩笑，让我当心不要肾亏。

我在博二开始的时候，依然没有一篇拿得上台面的文章。因为我一直在混，我根本没有心思放在实验上，同时，我却不知道心思去了哪里。整个暑假差不多我都在跟南妮做爱，有一度我觉得那就是我想要的生活，一直到遇到乔东。我们在一开始的时候就有了一个约定，将来我要带她出去的，那么，我出去就有了实在的意义了，我突然发现，我是渴望出去的了。但是，我这样的混肯定是混不出去的，所以，我不知不觉地开始上进了。我第一次有了一个目标，我自己的目标。白天，我开始认真地做试验了，乔东常常发过来的短信只有两个字：想你！如同我发给她的。这种牵挂就像能量供给站，让我信心百倍。我们开始认真地谈起了将来的打算，我们一定要出去的，至于我们以后会不会回来，这个还说不准，但我们打算生一个有美国国籍的孩子，再生一个中国国籍的孩子。

我的认真很快换来了成绩，实验因为我的一门心思而进展迅速，我很快发现了几个令老板非常满意的合成现象。毫无疑问，老板对我这学期的表现非常满意，他认为我终于开始开窍了。他鼓励我说，如果我这样下去，再出两篇好点的文章，他可以保证我能留在这个学校。要知道，现在这样的学校凡是新进的理科老师，基本上都是海归了，而且，必定要是海外名校出身的、有文章的那种。但我的老板说，他可以保证我毕业以后留在学校。

我去问乔东，乔东说，无论如何，还是要出去一次。再说，那些海归回来不是教授就是副教授，就算你留在学校，还要从讲师混起。反正，不出国镀一层金，在名校是很难混的。她说，你可以留意了，因为你还有一年多就毕业了。

在我们都安静下来的时候，乔东在我怀里跟我约定，为了我们的将来，现在我们要克制一些，她认为我还是应该将更多的时间放在学业上。

我听她的话，我不再每天晚上去她那里了。一天24个小时，我有一大半是在实验室度过，我的时间并不是很多，还有一年多，这一年我需要出文章、写毕业论文，找到适合我专业的好大学，还要加强英语的学习。我突然间发现，我以前浪费了那么多的宝贵时间。我每天早晨比平时早一小时起床看英语、记单词，重新练习美式发音；然后去实验室做实验或者在图书馆查文献。晚上，我依然在实验室，有时候很晚了我从实验室出来，看到满天的星星，突然就想起了她，然后我会打的到她那里。其实那时候我很累了，我甚至完全没有想要做爱的想法，但是我想她。我要看到她，抱着她，哪怕就是抱着她什么也不做，踏踏实实地睡觉。

我的第一篇SCI文章出来了，虽然影响因子不是很高，但是，这是真正的第一篇我是第一作者的在国际学术杂志上发表的科技论文，而且，对我的申请海外学校博士后有了第一块砝码。我和乔东的庆祝方式是一整天地在床上。你并不知道，那时候一整天地在床上对我们来说是那么奢侈。乔东说，这一天你想怎么样就怎么样，你想虐待我吗？她笑得很坏，笑得我真的很想虐待她，我想把她绑起来、我想强奸她、我想一口把她吃了。我疯狂地爱着这个女人。

你看，我的生活多么充实，多么幸福，我的未来充满了希望，一片光明。我一点也不知道，乌云正在渐渐地向我逼近。

这期间南妮来过三次，她一次比一次绝望。最后一次，我把她抱在怀里，我说你应该是我妹妹，你是我妹妹多好。她哭了，整整哭了半小时，她走的时候说，我告诉你，我不是你妹妹，我是你老婆。

11

乔东是在一个周末的午夜告诉我她要去日本出差的，那一晚月亮很圆，我们没有拉上窗帘，我们好像在野外做爱一样。月亮将一些影子若有若无地照在乔东的身上，乔东将自己打开得像一个荡妇。乔东问我，是不是快要中秋了？我说是的。我们那一晚无比地纠缠。其实我们在一起总是纠缠的，但是那一晚，也许是赤裸裸月光的缘故，也许是因为拉开的窗帘，我们都觉得不一样。我们纠缠了很长的时间，海浪一次又一次试图淹没我们。我很想告诉乔东，其实在某个春风荡漾的夜晚，我便已经触及了她，我在她感觉到我之前就触及了她的温暖。但是我不敢。

都过了十二点了。当一切声响都安静下来以后，乔东懒洋洋地在我怀里说。

管它呢，天亮也不管。我说。

你要乖一点，你这样，我走了会不放心的。她说。

走？你走到哪里？你走到哪里也逃不出我的手掌。我说，我以为她开玩笑。

我可能近期内要去日本出差，两个月左右。她说。

那挺好的，就是时间太长了。我想你了怎么办？我说。

所以啊，我不放心。她说，她的手抚过我的眉骨。

你这个傻瓜。我矮下去要惩罚她。

好了好了，我错了。她抱住我的头，不让。

我跟她说，她不在家的这两个月，我心无旁骛了，争取再出两篇文章。我说我所有的数据都出来了，现在就剩下写了。而且，我要出两篇高质量高影响因子的 SCI 文章。我说你看着好了，等你回来的时候，我就要开始选择学校了。

我的时间真的不多了，那时候我博三刚刚开学。我和她重逢恰好一周年。

乔东很快就走了，去日本的签证不像去美国那么困难，而且她是工作签证，可以反签证，就是邀请方在日本签好了寄给你。她一拿到签证就上路了。

我问她会不会遇到山田？

她说不会，他在大阪，属于关西，而她去的地方是东京，属于关东。一个东西，远着呢。

我说你要是遇到了呢？

她说傻瓜，遇到了就遇到了呗。我要是真的喜欢他，当时就跟他走了。

我放心了，我想也是。

我把乔东送到上海浦东机场，我在她入关之前，突然又把她拉回来，我紧紧地抱着她，很久很久。

现在想起来，也许那个时候我已经有不好的预感了，在大庭广众之下，我不是那么矫情的人，我稍稍会有一些羞耻心。但是，那个时候我突然有一些被掏空的感觉，所以我紧紧地紧紧地抱着她。我不想让自己空荡！

乔东走了以后，我把自己投入到繁忙的学业中去，我一边着手毕业论文，一边写文章，而边边角角的时间用来学英语。她走后的第三天，给我打电话，说那边基本上安排妥当了，她说她买到了便宜的电话卡，但是公寓里没有网络，所以以后只能给我打电话，可以每天晚上给我打半小时电话。她说，半小时，只能半小时，我们不能浪费太多的时间。但是，我们从来都是在快要到一小时的时候才想起来时间的问题。于是，我就将睡觉的时间省下来一个小时，专门用来跟乔东煲电话。现在想起来，那是怎样的一段时光，不管做什么事情都会想念一个人，因为，没有一件事情跟她无关，因此，每一天都有期待。期待着她飞回来的日子，还期待着更加遥远的但是美好的未来。

我没有想到的是，在过了一个半月以后，本来已经快要回国的乔东打电话告诉我，说她在日本申请了学生签证，并且极有可能拿到国费。虽然还没有定下来，但是把握很大。她说，如果被批准了，那么她就是日本国立大学的国费博士。她说她已经跟这边的单位解除了合同，让我帮她把租的房子退了。她说，亲爱的，你知道的，这个机会对我多么重要。将来，我不想仅仅成为你的包袱，我要和你一起飞。

我明知道这是一件对她来说很好的事情，但是我高兴不起来。她马上感觉到了，她用了三个晚上来安慰和开导我。她说她只要拿到国费的指标，第一件事情就是回国，她要和我一起过年。她说有国费她不用担心生活费用，而且有机会就回来和我团聚，她说，我们过年结婚吧？这样的话，你也可以过来看我。我不可能再说什么，我只是说，如果我去了美国，你是不是还在日本？她说，时间过得很快的，等你全部弄好签证也很顺利的话，去美国也要后年春天了，那时候我已经一年半了，是不是？她说我当然要过去了，但我因为有了这个机会，那么也许那时候就不是陪读了，你到哪里，我也申请那个地方的博士后。她让我想想，我们的未来是不是充满了鲜花和希望。

如果是这样，那么，我也许没有什么好不高兴的。我告诉她，我没有不高兴，我就是想她，想要抱着她。她说她也是，夜深人静的时候尤其地想我。她跟我约定，如果拿到国费，今年一定回来过年。我们没有谈到拿不到国费的问题，因为她说她有百分之九十的希望。

但是，她恰恰临到了那百分之十，她没有拿到国费。我说没有国费，那么你回来吧，打工太辛苦了。她说，不，我已经入学了，我很喜欢我现在的专业和学校，我不想退学。打工对我来说不是问题，我有语言的啊，我会比其他人更加容易找到工作。她还说她将继续申请明年的国费。唯一的问题就是过年她不能回来了，不是飞机票的问题，是她要打工，过年这段时间日本各个企业招聘临时会员的机会也很多，要是做得好，就会得到很好的打工机会。所以，她不能放弃。她说，亲爱的，我们忍一忍，我们忍一时，是为了永远，为了将来。

我不知道怎么去日本，如果知道，接到电话的那天晚上我就会动身。我在电话里长久地沉默。她感觉到了，她说，你要是实在不愿意，我就回来好了，反正我听你的。可是，我怎么能强迫她的意志？我说，我担心你一个人在日本吃苦，你又要上学又要打工，会很辛苦的。她说不会的，我不找那么辛苦的工作，我一定还是以学业为重。我说，亲爱的，那么你先在那边，但是你要答应我，等我去了美国，你就退学。她说好，我答应你，你自己也要保重，不要太辛苦，不要太想我。

那时候是深秋了，我依靠在落叶纷飞的银杏树上，路灯下那些落下的树叶五彩缤纷，我对自己说，明年的现在，这些美丽的树叶将成为我的记忆。我一定要在最短的时间内拿到去美国的签证。

12

我更加地勤奋和刻苦，我的老板对我相当惊讶，他说我简直像换了个人。我一点也不知道，有些东西真不是我的努力和勤奋可以得到的。阴云正越来越近。

首先我的第二篇文章被退了，老板的心情不大好，他认为是我好高骛远的结果。那篇文章，是我坚持要试试那个在本专业有着非同一般影响的刊物的。如果要是中了，那么无疑那是我去美国的一个很重要的砝码。但是，退稿了。老板让我稍稍修改了一下，又将它投到了低一档的刊物去了。这是一件不算太大的事情，但是，我直觉好像我离我的美国之行又退了两步。起码，我申请好学校的打算不那么有希望了，如果学校不太好，那么签证就会很难。我的老板并不知道我有出国的打算，他以为我应该一步步地走好，不该好高骛远。

其实，这才是我厄运的先兆。

我依然在努力着，我分析着这次投稿失败的原因，我想在下次能够吸取教训，我的第三篇文章已经快要完成了，我还是打算试试这家杂志。我不能让我的文章总是在那些偏低影响因子的杂志间徘徊，这样对我出国没有太大的帮助。

我真希望那是一场噩梦，这样，当我醒过来我还有面对现实的庆幸和信心。但那不是，那是真的。

我的父亲，就是开始的时候我说的那个在五十多岁突然来了官运、做了副校长的并不善于折腾的一个学者，被双规了。

当我的母亲打电话哭诉着告诉我这件事情的时候，我脑子一片空白。我赶回家，我的父亲已经被带走了。母亲说，走的时候人家说，如果没有事情，很快就会回来的。

我安慰我的母亲，我说肯定没事的，爸爸这种人怎么会贪污？我们家并没有钱，我们家如果有钱，我们怎么会不知道？

母亲开始只是一个劲地哭，后来终于止住了。她断断续续地告诉我，我们家的确在我父亲当了校长以后，有了另外一处还没有去住过的房子，据说那是我父亲为我准备的。而且，尽管我父亲推掉了许多的贿赂，的确也有一些盛情难却的朋友送的礼物和礼金。我的母亲告诉我，那绝不是贿赂，那是学校基建招标成功以后人家送来的感谢。我的父亲本来不想要的，但是我的母亲对他说，你又没有损公肥私，怕什么？这些钱人家都说了是心意，你送回去不是挺没有人情味的。而且，我的母亲提到了我，她说这些钱可以为我将来出国多一些储备。

我的母亲现在捶胸顿足地怪自己害了父亲。

我听完以后立即知道了，我的父亲不是很快就能回来的了。

我从学校搬回来住，我觉得我肯定要搬回来住了。果然，我父亲在双规后的两个月，正式以受贿罪被起诉。

尽管调查结果，我父亲只是利用工作之便收受了一些不法财产，但是最终罪名还是成立，除了没收房子一所和若干现金以外，我的父亲被判刑三年。

我，由云端一下子掉到了地狱。

你玩过那种最危险的过山车吗？它将你从山顶上呈九十度往下坠落。你有过那样的感觉吗？对大部分人来说，那只不过是一种游戏，在不到一分钟就会结束。但是，对我来说，那是一场醒不过来的噩梦。

那个冬天，我一部分时间在家里守住我的母亲，另外一部分时间用来打探父亲的情况。我的第三篇文章可能就差两个晚上就完成了，但是，却在三个月以后还安静地躺在我的抽屉里。已经开始的毕业论文戛然而止，那些精挑细选的英语教材很可能再也用不着了。有一天我回到实验室，发现我的实验工具和试剂差不多被别人拿光了。

我像一节突然脱轨的火车，瞬间支离破碎。

我一天中唯一的期待就是晚上九点钟以后，等待乔东的电话。我听她说她的学校，她的学业，她的同学，她打工的朋友；我听她说她一天的日程，我听她说她周末去泡温泉了——大部分时候我在听，有时候我鼓励她好好地学下去，我再也不提让她退学回来的话题了。我没有告诉她我这里的变化，我不能告诉她，也不想告诉她。

我的母亲抑郁成疾，我在离开她的时候越来越担心她，我不停地打电话，确认她并没有想不开。于是，我陪伴她的时间比以前多起来了。

13

就是这个时候，南妮来了。

时间过得真快，南妮还有半年就要毕业了。她说她就还有一门功课，考完了就可以拿到证书了，而那一门课她完全有把握，不用上课也行。

我不得不把我的母亲交给南妮，因为如果不是这样，我的博士将不可能毕业。我的老板甚至警告我，如果我再不回到学校，那么再怎么样也不能按时毕业了。我的老板，他再也不提我是不是可以留校了，他只是不停地提醒我，就是现在这样，我也很可能不能按时毕业。

我依然要经常回家，因为我不能将母亲交给南妮就不管了。有一次我回家的时候，南妮告诉我，她父亲来过了，她父亲很支持她照顾我的母亲，并且丢给她一万块钱。我这才想起来，我让南妮照顾母亲，却忘记了每天都是需要经济付出的。

母亲的状况在南妮的照看下，已经好了许多。她找出了家里的一些零散的存折，我去取了钱给南妮，南妮不肯要，她说她有一万块钱。

我在跟乔东通话的时候，告诉她，我有了三篇很不错的文章，我正在联系博士后。我说，应该快了，也有一些美国的老板给我回复了，但是我还要再比较比较。

实际上，在南妮接替了我照顾母亲之后，我的确渐渐地恢复了荒废很久的各项事情，我完成了第三篇文章并且寄出去了，我有了两篇普通的已发文章，还有一篇已经投稿的高影响因子文章，我把这些很迷糊地写到了我的简历里，分发到美国各个有我这个专业的大学。

我现在唯一的路就是出国了，我必须全力以赴。而且，我的确收到了对我有些感兴趣的学校——迈阿密大学的一份回复，那个实验室的老板要两封推荐信，其中一封必须是我现在的老板的。这所在美国排名60左右的学校虽然并不是我最希望的选择，但是就现在我的状态，这已经是有了运气的成分了。然而，我的老板不肯给我写，他坚决不写，他认为我可能都不能按时毕业。我请求他，我说，只要你写了，我保证哪怕不吃饭不睡觉，也会拿出一份高质量的毕业论文来。但他不写，他说，你必须先毕业我才给你写。我说等我毕业了就来不及了，我只有这一封 offer，如果我失去了，那么我就一点机会都没有了，人家怎么会等我？

当然，他最终还是没有写。我已经谈不上愤怒或者生气了，我来不及了，我需要抓住这个机会。于是，我自己写了封推荐信，然后冒充了他的笔迹，寄到了迈阿密。

一切搞定，那边的老板很满意。说就等我的博士毕业证书等一些确认文件了，他能给我一个月3千美元的奖学金。

似乎我的运气落到了谷底又渐渐地上行了，我将这个好消息第一个告诉乔东，乔东说，当我拿到签证的那天，她会在日本为我开个party，虽然我不在场，但是她的很多朋友其实都认识我了。然后，我回家告诉了母亲。我知道，我的这个消息足以让母亲振作起来。但是，我说的时候母亲似乎心不在焉，她不停地打断我。后来我才知道，她已经知道了我和南妮的关系，我说的时候，南妮坐在沙发上看电视。

我的母亲找了个机会问我跟南妮是不是真的？她可能已经看出来了。

我说，不是，我有女朋友。她在日本，现在上博士。等我去了美国，她也去。

母亲沉默了一会儿，说，我的身体好多了，我想通了，我会好好地活着。以后我还要去美国看你呢。明天让南妮回学校去吧。母亲既没有祝贺我也没有反对我，她有些忧虑地去睡了。

南妮是在第二天去我的学校的，她去的时候老板正在教训我。自从我的父亲出事以后，老板对我就像对待一条狗一样，想起来就会呵斥我一番。现在，我已经从心底里积累了对他的仇恨。

老板看到门口的南妮叫我的名字，才停止了训斥，出去了。

他是谁？怎么那么凶？南妮问我。

我老板，他就是这样的。我问南妮有什么事情。

南妮说，你妈说今天我可以不用照顾她了。

我说是啊，谢谢你。

她说，不用谢的，你跟我还客气？

我说中午请你吃饭吧？她答应了。我们在食堂里炒了一些菜，她常常吃着吃着就停下来了，我注意到了她有话跟我说。

我想，不能再拖了，今天吧，就在今天，将我们的关系界定在男女之外，我要跟她说清楚，我不能让她抱有幻想。所以，吃完饭，我说去我那里坐坐吧。然后将她带到了我的寝室。

她坐在我的床上，我坐在写字桌旁边的凳子上。我给她倒了一杯水。

哥，我快要毕业了。你说我毕业了以后怎么办？她问我。

我说，你可以在南京找找看能不能找到工作，眼光不能太高。

她说，你不在南京的话，我一个人在这里也没什么意思啊。她问我大概什么时候去美国。她屁股往床里面挪了挪，两只脚就悬空起来，晃来晃去，好像没有什么让我担心的话要说。

我说，应该就在秋天吧。最迟年底。我又说你帮了我不少忙，谢谢。

她说，没关系的，我爸说了帮你们家的忙等于帮我自己的忙。她还是晃啊晃啊，而且越来越有节奏，我的床开始发出声音来了。

这声音让我很烦躁，我站起来，莫名其妙地站起来。

南妮突然停下来了，她从床上跳下来，扑进了我的怀里。

哥，你说过一辈子对我好的，你说过要对我好一辈子的……她紧紧地抱着我的腰，泪如雨下。

南妮，你是个好姑娘，但是，我要去很远的地方，将来连我自己都不知道。南妮，你不要等我了，你要找个真正对你好的人。不要像我这样的，我不是……我像所有始乱终弃的男人那样，用谴责自己来找一条冠冕堂皇的退路。

哥，你为什么就是不要我？为什么呢？南妮打断我，她显然不是要答案，答案她早知道了，她趴在我的肩膀上，号啕大哭。

我不再说什么，我把她扶到椅子上，然后我去卫生间给她拿块湿毛巾。等我回来的时候，她已经走了。

何克强从他的房间里探出头来，他说，吹了？从一开始我就知道你是玩玩的。

我没理他，我回到自己的房间，啪地关上了房门。现在我想揍人，或者找个人揍我，我真的不是东西。

14

离答辩的日子越来越近，我的论文的确还没有比较清晰的头绪。有一天，老板终于明确地告诉我，我不可能按时毕业。他说，你不用赶了，肯定来不及了，你就是爱因斯坦也不可能在这么短的时间内完成一篇博士论文。你准备延迟一学期吧，如果一学期不够，就一年。

因为是延期，我这个廉价的劳动力将在延长的日子里变成免费，而且，我必须自己找住的地方。延期意味着很多的麻烦，而对我来说，最麻烦的是我怎么向迈阿密的老板解释这件事情。延期是表示还没有达到博士毕业的能力，但是我自己写的那封推荐信似乎我是老板难得一遇的天才。

在他宣布了这个决定以后，有那么两三天，我不知道自己应该做什么。我是接受这个宣判还是杀了他？没有人能跟我讨论这个问题，我甚至连乔东都没有说，我不想让她为我担心。我依然每天跟她汇报去迈阿密的进展。我说，快了，拿到签证我马上就走。我还说，只要我到了迈阿密，就给你寄材料。她说没那么快的，因为我到了迈阿密还要熟悉环境，然后才能找到适合的方式将她带过去，她说，真后悔没有在来日本前领个证，这样就会快一点过去。我说要不你回来吧，你回来我们结婚，然后你就在中国等我。她说她舍不得半途而废，再说八字才有了一撇，等我拿到签证再讨论这个。于是，我想，到时候我可以说签证暂时没过，我可以将这段延期的日子说成等待签证的时间。

但是，我怎么跟迈阿密的老板解释呢？他正在等我的毕业证书和学位证书。他是个不错的老板，还给我发来了学校的简介和他实验室的照片，他有些老了，六十多岁的样子，站在一群意气风发的世界年轻精英中间。他告诉我，他实验室有两个中国人，他们都很能干，所以他很喜欢中国人。他希望我能够顺利地通过签证，尽快地加入到他们的团体。那张照片我常常打开来看，有时候我有一种幻觉，我看到我就在他们中间。

一直到他们的答辩都通过了，我始终没有想出来合适的理由。所以，我只能告诉他实情了。我将事情说得比较婉转，我说因为答辩时遇到了一些麻烦，我可能不能按时毕业，不过我的老板说问题不大，不会延迟太久。我问他能不能帮我保留席位到我拿到学位的时候。我特地强调，是在答辩的时候遇到的一个小问题。

后来的事情，就由不得我了。

有一段时间，我很后悔当初没有杀了老板，我责怪自己太胆小，我想我要是想让他神不知鬼不觉地死去，用一些我的专业手段并不是很困难的事情。他要是死了，迈阿密的老板就再也找不到他了，就永远不知道那封推荐信是我写的。那么，我可能会经历一些挫折，但不会掉进深渊那样地绝望。

是，迈阿密的老板写了封邮件给他，想要确认一下我到底什么时候能够毕业，他不能老是空着一个位置在那里没人做事。

所以，一切就都明白了。

你可以想象出这件事情对我的影响，我已经不在乎他怎么骂我了，道德败坏也好，骗子也好，学术败类也好，我不在乎了，可是，我再也不可能收到来自迈阿密的回信了。那个和蔼可亲的老头，在发给我一封短信之后，再也不理睬我的任何请求。那封短信上写着：对不起，你不是我要的那种人，我收回我先前的承诺，一切作废。

一切作废！对我来说，一切包括多少？我无法算计。

那天下午，我在宿舍里认真地端详着手里一把用了两三年的瑞士刀，我想象着如果这把刀刺进老板的腹部，会不会一刀毙命。我不想活了，也不想让他活着。

我的母亲带着南妮来到了宿舍。

我的母亲肩负着教育我的任务而来的，老板打电话对她说，你这个博士儿子简直是个十恶不赦的坏蛋。并对她说，我自己毁了自己的前途，他不能保证我是不是还能毕业。

我不知道南妮怎么会跟她一起来的。我母亲后来说，是她打电话叫南妮陪她一起来的。

我母亲说，算了吧，不出去就不出去了，出去了我还不知道什么时候能见到你。你要是出去了，家里就是我一个人了。不出去好，不出去好。

我让她放心，我没事。我让她们回家，我说我没事，你们回家吧。

母亲说，她和南妮想留下来跟我一起吃饭。

我说，我真的没事，你们回家吧。我坚持要她们回家，我甚至站起来去开门了。所以，她们在来了五分钟不到就被我赶走了。

我哪里还有心思吃饭，我的胃可能现在正在出血。

但是，南妮在半小时以后又回来了。

我本来是赶她走的，我差不多想将她拎出去，但是她就是不走。她一次又一次地扑进我的怀里，最后她说，你是不是很去想做点什么？你不能去做蠢事。她居然看出来了我刻骨的仇恨。她说，你气没处发就朝我发吧，你跟我做爱吧。

我一下子安静了下来，南妮迅速解开了她的上衣，她真的好年轻。这个将要被我遗忘的女人用一个几乎已经被我遗忘的单词解救了我！

能量是守恒的，也是可以互相转换的，我体内这么长时间以来积蓄的能量全部以一种发泄的方式转换到了这种人类亘古不灭的交流上来了。

从那天之后，南妮又成了我的女人。她每次来到我的宿舍，第一件事情就是上床，她的肉体是美好的，在我的周围，唯有她的肉体是美好的。

15

乔东问我的答辩怎么样？我说通过了；她问我学位证书拿到了么？我说已经寄到迈阿密了；她说下面你干什么？我说正在一边办护照，一边等老板的书面邀请，然后拿去签证。她问我签证有多少把握？我说，应该没有问题。她感觉出来我的话明显地少了，她说，你是不是有事？我说没有，我想听你说，你说吧，你多说点。她说我不想这样子说了，我现在想赶快飞到迈阿密，和你团聚。我说，你能不能先飞回来？她说这样太浪费了，既然不久就能团聚，在哪里团聚都是一样的，而且，你记得吗？这是我们最初的约定。有一次我试着问她，如果我去不了迈阿密，你还会回来吗？她说，你怎么这样想呢？我当然会回来的，难道我是因为你能去迈阿密我才跟你好的？我说，那我就不出去了，我在南京等你回来。她笑起来了，她说，你呀，你呀，你这个人怎么就这么没出息？她并不想跟我继续这个她以为是玩笑的话题，她说，你要抓紧点，拿到护照就去上海签证。

南妮怀孕了！本来现在我已经28岁了，我是可以做爸爸了。我的母亲已经默认了南妮这个儿媳，她说，你准备结婚？不过你最好等你爸爸回来办酒。我也觉得现在我什么都没有，不大适合要孩子。

南妮对我说，哥，我去流了吧？

有时候我会想起何克强的话，何克强说乔东不想做高龄产妇，她想要跟何克强结婚。这样说来，经过了何克强的乔东已经完全不同了。我拥有的是另外一个乔东，有理想有思想的乔东。何克强的乔东和我的乔东到底谁更加真心谁更加优秀？现在，她应该30岁了。如果怀孕的是她，如果她不去日本，我现在会不会这样地随波逐流？

那时候我已经彻底放弃了出国的打算，我正在一边准备博士论文，一边找工作。对于书已经读到我这种程度的人来说，本身职业的选择范围就已经被限定了。我的母校，这个我从本科一直到博士的母校已经和我无缘了，我父亲放在我身上的期待没有一件成为现实。我在全国各个学校的网站寻找一个讲师的职位，这个并不难，我这样的出身和专业还留在国内的不多，而那些镀金回来的海归却又不可能到一般的大学去。我的目标，就是我父亲最不屑的小学校，我只有一个要求，帮我的老婆安排工作。

我在南妮22岁生日的那天，和她领了结婚证。然后，那天晚上，我在电话里告诉乔东，我已经拿到了签证。我对她说，我的手机就要停了，你不要再打电话给我了。等我到了迈阿密安定下来，给你发邮件。

说实话，我也不知道自己为什么要这样做，我为什么要撒谎？我为什么不告诉她实情？但是，我一直还在往下做。过了几天，我打开邮件，找出迈阿密的老板发给我的团体照片，我用科技手段稍稍处理了一下，你看，我满面春风地站在他们中间。我把这张照片发给乔东，我告诉她，现在我在迈阿密。我给她发之前收到的学校简介、我把我自己的另外一张照片贴到了图书馆的前面，仿佛我正从图书馆出来。我把这些断断续续地发给她。而她，终于取得了一年的国费奖学金，我祝贺她。我说，那你就等完成学业再过来吧。她说，我暂时不能去你那边，你有空来日本看我，你是可以来的吧？我说我也不可以，要再签证，很麻烦的。她说，亲爱的，那么，就让我们再忍一忍吧。

南妮流掉了我的第一个孩子，我陪她去的医院，我听到了她撕心裂肺的嚎叫。当她脸色苍白地出现在我面前的时候，我久久地久久地凝视着她，没错，她说得没错，她不是我的妹妹，她是我的女人。

我毕业的时候，已经快要圣诞了，乔东在邮件里要我给她发一些我在美国过圣诞节的照片。而我，带着我的妻子，将要离开我生活了将近三十年的土地，我把以后的日子，交给了一个我完全不熟悉的城市。

现在，一切都已经尘埃落定，自从我离开南京，我就再也没有给乔东发过一封邮件。也许乔东以为我抛弃了她，也许她会再遇到另外一个山田。该结束了，不想结束也该结束了。但是，有时候我会想起孙不言、想起何克强，还会有一个一闪而过的念头：如果，我在迈阿密！

选自《小说时代》2017年第 1 期　原刊责任编辑　君娃

父亲的相好

■

晓
苏

1

我的父亲吕爽，年轻的时候帅呆了，身高一米八五，打篮球不用跳就能把球投进篮。他还读过高中，是当年油菜坡三个高中生中间的一个。高中毕业后，父亲回家只种了半年田，就到村小学当了一名代课老师。他代的是体育课，成天领着学生打篮球。父亲皮肤光洁，四肢灵敏，动作矫健，穿着白短裤和红背心在操场上奔跑的身影特别迷人。据说，李采就是在看他打球时被鬼迷心窍的，然后就成了父亲的相好。

作为女儿，我本不应该这么口无遮拦地谈论自己父亲的风流韵事，而且多少也有点难以启齿。小时候，每当有人提起父亲和他的相好，我当场就要发怒，又是哭又是骂，还扑上去抓人家的脸。青年时代，听见有人说到他们，我马上会感到无地自容，什么话也不说，只顾着赶紧扭头走开。现在，我已人过中年，人间的事情，我看多了，也看穿了，也看淡了，再遇上有人讲起父亲和李采，我也没有脾气了，心情十分淡然。不仅如此，我还常常一个人回忆他们的往事，并生出许多的人生感慨。

李采也是村小学的老师，教音乐。她长一个小嘴，小得像个鹌鹑蛋，两个眼睛却差不多有鸡蛋那么大。李采能歌善舞，最拿手的曲目是《樱桃好吃树难栽》。她一个人在台上边唱边跳，一群人在台下不停地拍手喝彩。父亲是李采观众里最忠实的一个，听说他每次观看时都要往台上抛花。花是父亲随手从操场边上扯的，有迎春花，有牡丹花，有玫瑰花，还有油菜花。

父亲比李采小三岁。他去村小学代课时，李采已经结婚了。她的丈夫是邻村望娘山的人，当过兵，后来转业到十堰汽车制造厂，好像是一个电焊工。李采的娘家在铁厂垭，也算是邻村。初中毕业后，她被推荐到县里读了两年师范，然后就分到油菜坡小学当了音乐老师。李采和电焊工是经媒人介绍认识的，只见过两次面就登记结婚了。电焊工比李采大很多，又瘦又黑，论外貌一点也配不上李采。媒人说，只要李采嫁给了电焊工，很快就能调到十堰去。李采当时轻信了媒人的话，才勉强同意了这门婚事。结婚之后，李采才发觉上了当，不仅调动无望，而且与电焊工相聚的日子也少得可怜。除了寒暑假，李采基本上都在守活寡。

我至今没弄清楚，父亲和李采究竟谁是主动的。但有一点可以肯定，他们认识不到半年就好上了。小学后面有一个岩洞，口小洞深，冬暖夏凉，从前还住过红军。学校里人多眼杂，为了避人耳目，父亲和李采从不在校园里幽会，每次都去钻那个岩洞。他们的行动十分谨慎，去的时候总是兵分两路，回来也是一前一后。尽管如此，他们还是被发现了。一个周末的黄昏，父亲和李采又进了岩洞。完事后，他们正准备穿衣服，校长突然带着两个老师冲进了洞里。

那是二十世纪七十年代初，男女之间的那点儿事就像洪水猛兽，一旦暴露就会惊天动地。事发第二天，学校就开了父亲的批斗会。校长曾经学过木匠，便亲自动手做了一块木牌，用麻绳挂在父亲的脖子上。木牌上写着两个又粗又黑的大字：流氓。校长一直暗暗喜欢李采，就想保护她。他没让李采上台挨斗，甚至连她的名字都闭口不提。李采一直默默地坐在台下，深深地勾着头，没人能看见她的脸。父亲被批斗了一番之后，校长高声宣布说，经过研究，学校决定开除吕爽的代课老师资格，从即日起回家种田。

校长话音未落，李采突然站起来了。她昂首挺胸地说，校长，请你不要开除吕爽老师，要开除就开除我吧！校长不由一愣，黑着脸问，为什么？李采毫不犹豫地说，这事是我主动的。父亲一下子惊呆了，目光直直地看着李采，半天说不出话来。沉默了好一会，父亲才张开嘴，大声喊道，不，是我主动的，开除我吧，我今天就回家种田！父亲话刚说完，校长连忙跟李采挥挥手说，既然吕爽都承认了，你还往自己身上扯什么？

那天散会以后，父亲立即拎着行李离开了小学。当时已近中午，没有一个人留父亲吃午饭，也没有一个人送他。父亲独自走过他每天打球的操场，只有自己映在地上的影子跟着他无声地移动。快要走出校门的时候，父亲忽然听见有人从身后朝他跑来，急促的脚步声令他心跳加速。父亲停下来，慢慢回头，看见跑过来的是李采。

你跑来做什么？父亲吃惊地问。

李采没有回答，满脸都是泪水。她手上提着一个鼓鼓的布袋，好几处都被泪水打湿了。

站定后，李采把布袋递向父亲。

父亲没接，疑惑地问，包里是什么？

李采抬起手背擦了擦眼泪，呜咽了一声说，我给你织了一件毛衣，领口的几针刚刚才织好，你带回家等天冷了好穿。还有几个月饼，你在路上当午饭吃吧！说完，她一把将布袋塞进父亲怀里，然后转身走了。

父亲抱着布袋，看着李采渐渐走远的背影，盘旋了半天的泪花终于化作泪水，一下子涌出了眼眶。

那一年父亲还不满二十岁，用当时流行的一句话说，就像早上八九点钟的太阳。如果不是有了相好，他的前途可能会一片光明，或者说前程似锦。然而，因为李采，这轮太阳刚刚出山就落下了。

事实上，李采为此也付出了沉重的代价。一开始，校长是想保李采的，连处分都没给她一个。但是，李采却没有领校长的情，不仅没投怀送抱，而且连感谢的话也没说一句。校长先是失望，接着是恼火，然后一气之下把李采的事汇报给了公社教育组。不久，教育组下了一纸调令，将李采调到了公鸡沟小学。那是一个又偏又穷的村子，离油菜坡有二十几里路，中间横着四座山包和三条水沟。他们把李采贬到那个鬼地方，显然是要让她远离父亲，以免两个人藕断丝连。

遗憾的是，男女感情这东西，并不是山水能够阻隔的。也就是说，父亲和李采的关系，并没有因为两人分开而中断，后面的故事还长着呢。

2

父亲从小学回到家里时，爷爷奶奶已听说了他干的好事。这种事情，传起来比长了翅膀还快。一夜之间，父亲和李采的故事就传遍了整个油菜坡。在口口相传的过程中，人们不断地添油加醋，增枝补叶，等传到爷爷奶奶耳朵里，故事已经有鼻子有眼了。有人甚至还描述了父亲和李采在岩洞里偷情时的叫唤声，说岩洞顶上栖息着一群盐老鼠，父亲和李采一叫唤，那群盐老鼠就吓得惊恐万状，满洞乱飞，展翅的声音哗哗啦啦响成一片，如同大闹天宫。

奶奶得知父亲的事情后，感到万分伤心。她虽然没文化，但知道这件事情将毁掉父亲的名声和前程。奶奶同时更加担心，担心爷爷把父亲打出个三长两短。爷爷脾气暴躁，从前父亲一闯祸，他总要把父亲痛打一顿。这次，父亲犯了这么大的事，奶奶想爷爷肯定不会轻饶他。况且，爷爷早就砍好了竹棍，只等着父亲从小学回来。

父亲拎着行李进门时，奶奶的泪眼还没干。她没好声气地问父亲，你回来做啥？父亲当时还以为爷爷奶奶不晓得他的事，想了一下说，快过中秋节了，我送几个月饼给你们吃。父亲一边说，一边掏出一个月饼递给奶奶。奶奶没接月饼，只用异常复杂的眼神看了父亲一眼，小声说，你爹打你的时候，该跑你就跑一下，不要……奶奶话没说完，爷爷便举着竹棍从屋里冲出来了，脸色铁青，鼻子都气歪了。父亲还没反应过来，爷爷的竹棍已扑通扑通地打在了他的屁股上。但父亲没跑，一动不动地站在那里，让着爷爷打。爷爷边打边骂，你这个不要脸的东西，看老子不打死你！爷爷一连打了几十下，直到把父亲打趴下来才住手。

回家第二天，父亲就和村里的社员们一道下地种田了。社员们看父亲的时候，眼神都是怪怪的，同时还议论纷纷。有人说，吕爽长得这么英俊，天生就是一个找相好的坯子。又有人说，我见过找相好的，但没见过像吕爽这么小就开始找相好的。还有人说，肯定是那个相好主动找的吕爽，听说她已结婚了，丈夫隔着几百里，远水解不了近渴呢。听着他们七嘴八舌，父亲总是一声不吭。不过，社员们并不因此歧视父亲，相反还高看他一眼。他们争着给父亲上烟，还要亲自给他点火。父亲本来不吸烟的，但他不吸别人不依。就在那段时间里，父亲染上了吸烟的毛病。

那年秋末，父亲满了二十岁。生日刚过几天，奶奶便开始请人给父亲介绍对象。爷爷起初并不积极，认为父亲岁数不大，等两年再找对象也不迟。可是，奶奶有她的想法。父亲回家种田以后，虽然人和李采分开了，但心还在李采身上。奶奶精明过人，父亲的一举一动都逃不过她的眼睛。李采临别时送给父亲的那几个月饼，中秋节拿出来吃了三个，剩下的父亲一直都舍不得吃，但他时不时会拿出来看上一眼，或者放在鼻头闻几下。李采织的那件毛衣，父亲更是把它当成心肝宝贝，只在过生日那天穿过一回，第二天就脱下来了，叠好放在枕头边，每天偎着它进入梦乡。奶奶认真地跟爷爷说，赶快给吕爽找一个吧，好让他早日收心。听奶奶这么一说，爷爷也就没有二话了。

父亲听说要给他介绍对象，一开始非常反感。媒婆们倒是十分热心，隔几天就会领一个姑娘来和父亲相亲。第一个来相亲的姑娘姓周，是洋芋坪的。她刚从前门进来，父亲马上就从后门跑了，连个照面都没打。第二个姑娘进门之前，爷爷警告父亲说，你要是再跑，小心老子打断你的腿！这样，父亲才和人家见了面。但是，连续见了三个姑娘，父亲却一个都没看上。要说，那几个姑娘都不错，模样周正，手脚勤快，礼貌也不差，爷爷奶奶都说好。可父亲不同意，总是横挑鼻子竖挑眼，不是嫌人家脸黑，就是嫌人家腰粗，要么嫌人家屁股大。

第五个来相亲的姑娘名叫尚贤，家住十字冲。头天晚上，奶奶在睡觉前特意来到父亲寝室，语重心长地说，儿啊，明天见面的时候，你千万不要把人家跟那个老师比。要是人家比得上老师，那她会当你的老婆吗？奶奶这番话对父亲触动很大，他感觉自己突然从半空落到了地上。次日相亲时，父亲比前几次热情多了，不仅看人时面带微笑，而且还亲自给对方泡了一杯茶。见面之后，媒婆把父亲叫到一边，小心翼翼地问，你觉得这个姑娘咋样？父亲说，还行吧。媒婆顿时欣喜不已，猛地伸出一只手，朝父亲肩上一拍说，你总算看中了一个！

那个名叫尚贤的姑娘，相亲不久便嫁给了父亲。第二年秋天，尚贤生下了一个女孩。那个女孩就是我。父亲给我取了一个很好听的名字，叫吕小布。

父亲和母亲的婚礼，虽然说不上多么排场，但办得很热闹，很喜庆。爷爷有点爱面子，尽管当时提倡移风易俗，但他还是请了喇叭班子，买了好多鞭炮，把每个门上都贴了红对联。母亲那天打扮得特别鲜艳，身上穿着红棉袄，头上包着红头巾，从十字冲抬来的嫁妆也是红的，红箱子，红桌子，简直红透了半面坡。母亲那天的心情也特别好，笑容一层一层地堆在脸上，仿佛伸手就能抓一把。然而，谁也没想到的是，在结婚的那天晚上，客人们走了以后，父亲和母亲正准备进入洞房的时候，有人突然给父亲送来了一床毛毯。

送毛毯的是一个骑自行车的小伙子，三十岁左右。你为什么要送我毛毯？父亲问。小伙子说，毛毯不是我送的，我只是替别人跑个路。父亲一愣问，那人是谁？小伙子说，对不起，临走时那人交代过，只管把毛毯交给你，要我其他啥也别说。小伙子说完，冷不防把毛毯塞在父亲手里，转身骑车走了。父亲急忙追上去，边追边问，请问你是哪里的人？小伙子回头说，公鸡沟。

一听说公鸡沟三个字，父亲立刻知道了送毛毯的人。毫无疑问，毛毯是李采送的。离开小学以后，父亲虽然没再见到过李采，但对李采的情况却一清二楚。村里有好几个小学生，父亲经常找他们打听。得知李采要调往公鸡沟的时候，父亲曾想过去送一下她，但爷爷看得太紧，没能送成。

父亲那晚抱着毛毯回到新房，母亲已经坐在床边恭候多时了。看见父亲进来，母亲显得格外兴奋。但父亲却神情恍惚，目光呆滞，进门后一直把毛毯抱在怀里，心思一点都不在母亲身上。

母亲深感不安地问，这毛毯是谁送的？

从前的一个朋友。父亲说，边说边用手抚摸毛毯，像抚摸一只宠物。

是个女的吧？母亲陡然变了声音问。

父亲先怔了一下，然后如实地说，是的。

母亲接下来就没再说话。父亲也没说话，仍然抱着那床毛毯。过了许久，直到发现母亲在流泪，父亲才把毛毯放下来。母亲的泪越流越多，像断线的珠子往下掉。父亲的心也是肉长的，顿时软了一下。他快步走到母亲身边，伸手要为她擦泪。但母亲没让他擦。她打开父亲的手，赶紧把脸扭开了。那天晚上，父亲和母亲差不多都是一夜无眠。他们各睡一头，和衣而卧，连手都没有挨一下。

　　新婚的第三天，父亲假装头疼去公社看病，趁机去了一趟公鸡沟小学。不巧的是，父亲那次没见到李采。学校头一天放了寒假，李采一放假就去十堰了。

3

　　八岁那年，我去了一趟公鸡沟。在那里，我第一次见到了李采。凭良心说，李采的确长得漂亮，不光是嘴和眼睛好看，其他地方也动人。

　　公鸡沟有煤，公社在那里开了一个煤矿。打我记事起，油菜坡每年都要派两个人去公鸡沟挖煤。父亲一直想去，但爷爷不让他出门。在我们家里，父亲只怕爷爷一个人。不幸的是，在我七岁那年冬天，爷爷突发心脏病去世了。爷爷一死，父亲就成了一匹脱缰的野马，再也没人能管得住他。父亲和村干部混得不错，爷爷去世的第二年，村里就把挖煤的指标分了一个给他。听说父亲要去公鸡沟，母亲和奶奶都反对，但反对无效。母亲又哭又闹，也没能把父亲拖住。

　　父亲出门后很少回家，我们常常一两个月都见不到他的影子。村里另一个去挖煤的人，每个月都要回家两三趟。母亲为此经常抱怨父亲，有时还偷偷地以泪洗面。奶奶觉得母亲有些可怜，曾让她直接去公鸡沟把父亲找回来。但母亲忍着没去。她不愿意去和父亲吵架，再说也走不开身。当时，我才上小学一年级，每天早出晚归。奶奶身体又不好，三天两头害病。除了要照顾我和奶奶，还要放牛，还要喂猪，还要养鸡，家里一刻也离不开母亲。

那年初夏，天气刚热起来的时候，奶奶突然病倒了。她躺在床上，一连几天不吃东西，脸都瘦成了皮包骨。母亲一下子慌了神，显得束手无策。就在这时，小学放了三天农忙假。母亲于是就派我去公鸡沟，让我把父亲找回来。

我那是第一次出远门，清早出发，一边走一边问路，下午三点钟才到公鸡沟。那是一条幽深的峡谷，两边的山峰一座连着一座。其中最高的那一座，形状极像一只大公鸡，连鸡冠都有。

煤矿正好在那只大公鸡的脚下。我老远就看见了一个巨大的黑洞，像一个张开的老虎嘴。洞口不住地有人进进出出，都戴着黄色头盔，手上推着翻斗车。我飞快地朝洞口跑去，心想父亲肯定就在他们中间。我跑得浑身是汗，到洞口时衬衣都湿透了。可是，我站在洞口看了好久也没见到父亲。正在我着急时，我们村另一个挖煤的人推着一车煤从洞里出来了。我赶紧跑上去，向他打听父亲。他说父亲上夜班，白天不在洞子里。我问，那他白天在哪儿？他犹豫了许久，然后指着沟谷对面的两排红瓦房对我说，你去小学找找吧。

公鸡沟小学也放了农忙假，校园里一个学生也没有。我走过那两排红瓦房，发现后面还有一排低矮的黑瓦屋。那排黑瓦屋显然是老师的住房，一共有五个门，但只有一个门开着。就在那个开着的门前，我看见了父亲。他光着上身，双手高举着一把斧头，正在劈柴。父亲劈柴十分卖力，累得满身都是大汗，连鼻尖上都挂了汗珠。

父亲没有看见我。我正要朝他跑过去，一个漂亮的女人突然从门里走了出来。一看见这个女人，我就呆住了。她实在是漂亮，嘴和眼睛都像是画到脸上去的。在这以前，我还从来没见过这么漂亮的女人。

这个女人就是李采。她出来时双手不空，左手拿着一条毛巾，右手端着一个茶杯。她径直走到父亲跟前，温柔地说，吕爽，歇会儿再劈吧！父亲立即停下来，转身面向李采。李采先给父亲抛了个媚眼说，来，我给你把汗擦擦。父亲像个听话的孩子，马上把脸伸到了李采面前。擦完汗，李采又给父亲抛了个媚眼说，出了这么多汗，也该喝口茶了！她说着就把茶杯递到了父亲嘴边。父亲什么也没说，只顾埋头喝茶，茶水穿过喉咙时发出咕咚咕咚的声音。

直到父亲喝完茶，我才朝他走过去。父亲做梦也没想到我会来公鸡沟，看见我，一下子就傻掉了，手上的斧头也不知不觉地滑到了地上。

李采一眼就看出了我是吕爽的女儿。你是小布吧？她弯下腰笑着问我，还伸手在我头上摸了摸。我点点头说，是的。李采心细，为人也热情，接下来就问我，吃午饭没有？我说，没吃。李采心疼地说，天啊，这么晚还没吃午饭，肯定饿坏了。快进屋吧，我给你下面条吃！她说着便把我往屋里拉。

李采住的是个套房，进门第一间是厨房兼客厅，里头一间是寝室。李采手脚麻利，进门没用多久就给我煮好了一大碗面条。她煮的面条真好吃，不光放了猪油，还加了味精和葱花，我一口气就吃了大半碗。面条快吃完时，我发现碗底还埋着两个荷包蛋。看见荷包蛋，我顿时惊喜若狂，差点尖叫起来。当时我们家里穷，鸡蛋都要攒起来卖钱，除了逢年过节，母亲从来舍不得给我吃个鸡蛋。我没想到李采会煮鸡蛋给我吃，竟然还煮了两个。我停下筷子，扭头看着李采，心里充满了感动。李采见我放了筷子，便催我说，赶快趁热把鸡蛋吃了吧。

我埋下头，正准备吃荷包蛋，一个和我差不多大小的女孩突然从寝室里跑了出来。她跑到我面前，先看了一眼我碗里的荷包蛋，然后回头对李采说，妈，我也要吃鸡蛋。李采说，你已吃过午饭了，还吃什么鸡蛋？女孩撅起嘴巴说，我要吃嘛，好多天你都没给我煮鸡蛋吃了！

直到这时，我才知道李采也有个女儿。她比我小半岁，名叫小杏，也读一年级，之前一直在里面寝室里做作业。听小杏说要吃鸡蛋，我马上就停住不吃了，把剩下的一个荷包蛋递给小杏说，这个你吃吧。小杏愣了一下，正伸手要接，李采却拦住了她。李采厉声说，小杏，这个鸡蛋你不能吃，姐姐饿到现在才吃午饭呢！她边说边拉起了小杏的一只手，使劲将她拖回了寝室。小杏进寝室后回头瞪了我一眼，我发现她哭了，连鼻沟里都是泪。

第二个荷包蛋，我不知道是怎么吃下去的，只觉得酸甜苦辣，五味杂陈。刚吃完，父亲抱着一把劈好的柴块进来了。他这时已平静下来，小声问我，你怎么来了？我说，奶奶病了，妈让你……我话没说完，父亲便慌了手脚。他匆忙扔下柴块，转身就往门外跑。李采追到门口问，你去哪？父亲头也不回地说，我去找矿长请假，今晚就回油菜坡。

父亲没去多久就回来了，一副垂头丧气的样子。原来，矿长不让父亲马上就回家，非要他上完夜班再走不可。没见过这么缺德的矿长！父亲气鼓鼓地说。李采连忙走过来，安慰父亲说，明天早晨走也好，以免走夜路不安全。再说，小布今天走累了，晚上也该歇歇脚。李采这么一劝，父亲的气一下子消了许多。

那天的晚饭，我也是在李采家里吃的。父亲本来要带我去吃矿上的食堂，但李采没让去。她说食堂的伙食太差，一定要留我们在她家吃。李采弄了很多菜，还专门为我炒了一盘青椒肉丝。

吃过晚饭，父亲就要去上夜班。他想顺路把我带到矿工宿舍去休息，可李采不让我走。她说矿工宿舍蚊子多，要我就在她家里住。父亲想了想，便依了李采。父亲走后，李采忙着收拾餐桌，我给她打下手。洗碗的时候，李采的眼睛一直盯着我的衬衣。

你这件衬衣是什么时候缝的？李采问。

还是去年缝的。我回忆一下说。

难怪看上去这么旧呢。李采说。

旧倒不要紧，主要是有点儿小，穿在身上紧巴巴的。我说。

李采没再往下问，显出愁眉苦脸的样子。把碗洗好时，李采陡然想到了什么，双眼猛地亮了一下。她很快进了寝室。大约在寝室里待了四五分钟，李采出来了，手上拿着一个纸包。她快步走到我身边，悄声对我说，你跟我出去一趟吧！李采显得有些神秘。我也一声不响，默默地跟她出了门。

公鸡沟小学旁边有一棵大柳树，树下有一个裁缝铺。到了裁缝铺，我才知道李采是带我来做裙子的。李采那个纸包里，原来包的是一块白底红花的布料。她要裁缝师傅给我缝一条连衣裙。量好尺寸后，裁缝师傅问，什么时候要？李采说，越快越好，最迟明天早晨。裁缝师傅说，这么急啊？李采摸着我的头说，小布明天一早就要离开公鸡沟。裁缝师傅说，那好，我连夜给你赶吧。

往回走的路上，李采嘱咐我说，做裙子的事，你不要告诉小杏。我问，为什么？李采犹豫了一会说，刚才这块布料，原本是买了给小杏做裙子的，她催我好几回了，我一直没空。我听了心一沉，觉得有些对不起小杏。

次日天一亮，李采就去裁缝铺把裙子拿回来了。当时小杏还睡在梦中，李采便要我把裙子试穿一下。我一穿很合身，布的花色也鲜亮。李采连忙拍手夸赞说，漂亮，小布穿裙子真漂亮！父亲这时也下夜班来到了小学，看我穿一条花裙子，差点没认出我来。

我那天是穿着花裙子回油菜坡的。那是我第一次穿裙子，别提我有多开心。李采把我和父亲一直送到大柳树下，分手的时候，我的泪都出来了。

4

母亲满三十六岁那年，不幸得了一种奇怪的病。发病的时候，人会猝不及防地倒在地上，四肢疯抖，口吐白沫，有时还浑身抽搐，人事不省。

据说，母亲第一次发病与李采有关。那时李采已调到十堰了，已经调去了好多年。打从调走之后，李采一直没再回过油菜坡这一带，父亲也就和她失去了联系。母亲以为，父亲从此便跟李采一刀两断了。谁也没想到，就在母亲三十六岁生日的前一天，一封来自十堰的信到了母亲手里。那封信是李采写给父亲的，邮递员送来的时候，父亲到屋后水井挑水去了。母亲当时正在家里煮饭，邮递员便把信交给了她。母亲读过小学，认识一些常用字。接到信，一看是十堰来的，母亲就情绪异常，立刻把信撕开读了。

我没有见到过那封信，对信的内容也一无所知。当时我正在县城读高中，很少回家。但我能猜到，那封信对母亲的刺激很大。

父亲挑着一担水进门时，母亲已经倒在厨房的地上了。她仰面朝上，手脚像抽筋似地狂舞乱弹，大口大口的白沫从嘴里吐出来，像洗衣服搓出来的肥皂泡。父亲以前从没见过这种病，还以为母亲喝了农药，当即吓了个半死。他扔下扁担，箭步冲向母亲，抱起她就往村里的小诊所跑。所幸的是，医生曾经遇见过这种情形，立刻给母亲打了一针。过了半个钟头，母亲才镇定下来。

那天离开小诊所时，医生对父亲说，尚贤患的这种病，与羊角风有点儿相似，很顽固，基本上治不断根，并且随时随地都有可能发作。父亲听了十分紧张，蹙着眉头问，她为什么会犯这种病？医生说，肯定是受到了什么刺激。父亲想了想说，她没受什么刺激啊？

父亲话刚出口，母亲突然伸出一只手，从上衣口袋里掏出一封信来，直接扔在了父亲面前。父亲一看那封信，顿时什么都明白了，不禁面红耳赤，还出了一身冷汗。

母亲的病，让父亲深受打击。从母亲患病那天起，父亲忽然变了一个人，成天失眉吊眼，唉声叹气，人也矮了一大截。为了不让母亲再受刺激，父亲很长时间没给李采回信。父亲想，他这边如果没有信去，李采那边就不会再有信来。尽管这样，父亲还是不放心。有一天，父亲抽空去了一趟镇上的邮政所，叮嘱送信的邮递员说，万一再有十堰那边的来信，千万不能交给尚贤。

遗憾的是，父亲虽说如此谨小慎微，母亲的病还是复发了。有一天，母亲在家清理箱子和柜子，无意中发现了李采十几年前为父亲织的那件毛衣。毛衣破旧不堪，早已不能再穿了，但父亲舍不得丢，一直将它压在箱底。看到这件毛衣，母亲不禁一阵心慌，两眼直冒火，身子一歪就倒在了地上。父亲当时正坐在门口吸闷烟，听到屋里扑通一声，跑进去看时，母亲已经不省人事了。

还有一回，油菜坡小学附近的一户人家请工割油菜籽，母亲也被请去了，同时去的还有四五个中年妇女。那片油菜地紧靠小学后面的那个岩洞，站在地里就能看到洞口。割到一半的时候，一个年纪大的女人突然指着岩洞说，从前，听说有一男一女两个老师，男的教体育，女的教音乐，他们经常钻那个岩洞，有一次还被校长捉住了。她刚说完，母亲就站不稳，一头栽在了油菜地里。

更让父亲头疼的是，母亲自打患病以后，性格日益古怪，动不动就生气，发火，动怒，病发得越来越频繁了，有时一个月发两三次。为了把母亲的病控制住，父亲也动过脑筋。他走村串巷，寻医找药，还带母亲到老垭镇卫生院去治疗过。然而效果都不好，母亲的病仍然说发就发，简直像家常便饭。

母亲一病，父亲便完全中断了与李采的联系，一连几个月都没给李采写信，也没收到李采的来信。不过，父亲并没有将李采忘怀，痛苦的时候总是默默地想她，还多次在梦中与她相见。

时间过得真快，一晃就到了夏天。进入夏天不久，我从城里放暑假回到了油菜坡。那阵子，母亲连续发病，身体十分虚弱，面黄肌瘦，四肢乏力，精神也有些失常，每天只能待在屋里。我一放暑假，父亲便把照看母亲的任务交给了我。当时正是农忙季节，父亲每天都要下地干活，不是给苞谷施肥，就是给秧苗杀虫，忙得晕头转向。

我放假回家将近一周的时候，母亲又发了一次病。那天吃晚饭时，我不小心提到了公鸡沟。一听到这三个字，母亲的眼睛马上红了，红得像着了火。她当即摔了碗筷，接着就倒在地上手舞足蹈，嘴里的白沫一直吐到脖子。那个晚上，母亲一直折腾到半夜才平静下来，弄得一家人都没睡好。

就在母亲发病的第二天上午，镇上的邮递员突然来了。当时，母亲在屋里睡着了，父亲下地除草去了，我坐在大门口看书。邮递员一来就找父亲，说有一封信要亲自交给他。我问，信是从哪里寄来的？邮递员说，不清楚，信封下面没写地址，只写了内详两个字。我想，这封信肯定是李采写来的。我让邮递员把信交给我，由我转交给父亲。但邮递员坚决不同意，非要亲手交给父亲不可。没办法，我只好给邮递员指了方向，让他到地里去找父亲。

父亲那天一接到信就从地里回家了。他看上去很兴奋，面带笑容，长期紧锁的眉头也舒展开来。父亲先进屋看了看母亲。母亲睡得很沉，打着细微的鼾声。很快，父亲又出来了。

小布，你还记得李采阿姨吗？父亲快步走近我，贴着我的耳朵问。我说，记得，她调到十堰去了。父亲颤着嗓门说，她最近回了铁厂垭，正在她娘家度暑假呢！我听了心里陡然咯噔了一下，不知道再说什么。停了一会儿，父亲红着脸说，她今天来信了，让我去一趟铁厂垭。我轮起眼睛问，去铁厂垭干什么？父亲说，李采说她有个秘方，可以把你妈的病治好。我想了想说，那你就去吧。父亲抬头看了看天说，那我现在就去，早点把秘方拿回来。临走时，父亲特别嘱咐我说，好好看着你妈，千万不要告诉她我去铁厂垭了。

铁厂垭位于油菜坡西边，说不上太远，来回只要两个钟头。父亲是上午十点钟走的，直到下午一点钟才回家。父亲回来时，母亲刚吃了一点镇静药，又睡着了。我用责怪的口气问父亲，你怎么去了这么久？父亲红着脸支吾说，李采的妈硬要留我吃午饭。

当时，我最关心的是母亲的病，迫不及待地问，秘方拿回来了吗？父亲说，其实不是秘方，只是一种治疗秘诀。我有些迷糊地问，谁治疗？怎么治疗？父亲说，李采说由她亲自来治疗，还说保证治好。我一愣说，开玩笑吧，她是个老师，又不是医生，能治好母亲的病？父亲说，李采说她在十堰见过这种病，还看见别人用这种秘诀治好过。我疑惑地问，什么秘诀这么神奇？父亲沉吟片刻说，我也说不清楚，明天我带你妈去治病，你跟我一起去，看了就知道了。

第二天一早，父亲请来一辆三轮车，带上母亲和我，去了铁厂垭。一开始，父亲没告诉母亲我们要去哪里。到了铁厂垭村口，父亲才对母亲说，尚贤，你不是一直想见我的那个相好吗？今天我就让你见见她。母亲一听，陡然来了劲，激动地问，真的？父亲说，当然是真的。母亲扩大声音说，好，见到那个不要脸的，我一定要打她个半死！

李采娘家有一个古色古香的四合院，院子后面是一片绿茵茵的草地，开满了五颜六色的野花。我们老远就看见了那片花地，一个穿连衣裙的女人正在那里弯腰采花。离花地还有几十步远，父亲让三轮车停下了，然后指着那个采花的女人对母亲说，你看，那个人就是我的相好。父亲话音未散，母亲就跳下车，刮风似地朝那个女人冲过去了。我也赶紧从车上跳下来，尾随母亲向花地跑去。

母亲的动作真快，等我跑到花地上，她已经把李采揪住了。你这个不要脸的！母亲开口就骂，边骂边往李采脸上打了一耳光。李采没有躲闪，乖乖地让母亲揪着，任由母亲打骂。母亲像一只母老虎，越打越来劲，眨眼工夫就把李采的脸打青了，嘴角还打出了血。我终于看不下去了，连忙冲上去抱住了母亲。

母亲却不依不饶，又打了李采一个耳光，狠狠地骂道，打死你个不要脸的！

李采用手擦了一下嘴角的血，诚恳地说，你打吧，是我对不起你！

母亲正要接着打，一听李采说对不起，伸出去的手猛然缩回来了。

与此同时，母亲的目光也温柔了一些。这时，我赶紧拉住母亲的一只手说，妈，你骂也骂了，打也打了，人家也道歉了，我们快回家吧。说完，我就把母亲拉出了花地。

说起来真是不可思议，母亲一打李采，她的病很快就好了。从铁厂垭回油菜坡之后，母亲的病再也没发过。

5

前年，我的儿子吕二口高中毕业。由于早恋分心，高考成绩非常糟糕，只能读一所职业技术学院。填报志愿的时候，老师给他推荐了上十所学校，有的在襄阳，有的在荆州，有的在黄石，有的在宜昌，更多的在武汉。但是，吕二口没有采纳老师的建议，最后把位于十堰的一所学校填在了第一志愿栏。

填罢高考志愿，吕二口就从学校回了油菜坡。接到通知书的那天晚上，我问儿子，你为什么要去十堰读书？吕二口调皮地说，你猜。我说，这我可猜不到。当时，父亲和母亲正在里屋看电视。父亲虽已年过花甲，但耳朵尚好，听见我和儿子说话，马上就出来了。吕二口这时双眉一挑对我说，你问爷爷吧，他肯定知道我为什么选择十堰。父亲立刻脸红了，伸手打了吕二口一下说，龟孙子，说话小声点儿，小心你奶奶听见！吕二口一脸坏笑地说，奶奶耳聋，听不见的。

在我们家里，吕二口一向和父亲最亲。爷孙俩总是没大没小。一听吕二口说到十堰，父亲连电视都不想看了。他把吕二口拉到怀里，试探着问，你去十堰读书，与我有什么关系？吕二口斜了父亲一眼说，你别再明知故问了。父亲强装镇静地说，我是真的不知道。吕二口说，那我就直说了？父亲说，你说吧。吕二口清清嗓子，一字一顿地说，因为你的相好在十堰！父亲亦忧亦喜地问，天呐，你怎么连这个都晓得？吕二口自豪地说，你们的风流佳话，谁人不知，哪个不晓？不瞒你说，你和李采钻岩洞的故事，我都听说过呢！

作为吕二口的母亲，我觉得他知道的事情太多了。吕二口，你越说越不像话了！我佯装生气地说。父亲见我批评吕二口，显得有点儿难为情，赶紧扭过头，又进里屋看电视了。

那年九月初，吕二口要去十堰上学。他爹在南方打工，不能回来送他，我想只好由我亲自送他去了。但是，临行之前，吕二口却点名要父亲送他。我有些惊异地问，你为啥偏要爷爷送？吕二口拍拍胸说，君子成人之美！父亲得知要去十堰，更是喜不自禁，一连几天都笑得嘴角往上翘。

父亲那是第一次去十堰，来回整整七天。走的时候，父亲穿的是一件半旧的灰色衬衣，回来时换上了一件崭新的红色毛衫，还配了一条白色休闲裤，乍一看像个归国华侨。母亲上了年纪之后，心态日渐平和，对什么事都不太关心。面对焕然一新的父亲，她也视而不见，甚至显得有些麻木。作为女儿，我对父亲的这次远行也不便多问。但看到他满心欢喜，我心里还是感到万分高兴。

不过，父亲从十堰回来后，性格好像一下子开朗多了，话也明显多了起来。他一进门就给我讲吕二口的情况，每一个细节都讲得绘声绘色。

吕二口到十堰的当天，没费多大周折就找到了李采。李采见到吕二口，亲切得不得了，又是拍肩，又是摸脸，还把他的头扳过来贴在自己的胸口上。接着，李采又把吕二口请到家里吃饭，做了一满桌子菜，还蒸了一条海鱼。然后，李采又亲自送吕二口去学校报到，由她女儿小杏开车。在去学校的路上，李采特地要小杏把车绕到一家商场，为吕二口买了一大堆生活用品，大到蚊帐被子，小到水瓶饭盒，该买的全都买了。到学校报到后，李采又把吕二口送到宿舍，还亲手给他铺了床，挂了蚊帐。离开学校时，李采对吕二口说，到了周末，你就去我家，我给你熬排骨汤喝。

父亲还从十堰带回来一大包好吃的，有糖，有果仁，有芝麻糕，还有酒心巧克力。他一回家就把这些食品抓出来，给我和母亲吃。我没有问这些食品是谁买的，母亲更是没问。但母亲很喜欢吃，吃得津津有味。只是她的吃相有些难看，嘴巴张得太开了，芝麻不住地往外掉。与母亲相比，我要显得雅观一些。我把一颗糖深深地藏在舌头下面，不动声色，让它一点一点慢慢溶化，然后再让糖汁慢慢进入喉咙，沁入心脾，融入骨髓。

选自《钟山》2017 年第 3 期

爱情行为

■ 王保忠

1

　　我 17 岁那年，一直自以为在恋爱，陷入了情网。最初，我的意中人或者说让我着迷的那个女孩，叫菲。那时候我们还没升上师范二年级，班上男女间的界线依然泾渭分明，女生见了男生如临大敌，男生也绝不多跟女生说半句话，初萌的情欲使得大家的行为显得十分可笑。曾一度，我为与菲同桌感到羞涩，在同学面前抬不起头来。

　　有一天，我跑到我们的班主任心理学老师陈大凯的办公室，恳求他给我调换一下座位。陈大凯不解地看着我，你呀，怎么还这么不安分？那说说理由吧，你只要说出一条非调不可的理由，我马上给你调。我嘴动了动，说不出半点理由来，我真不知该怎么说。陈大凯一笑，说不出来吧，说不出那就老老实实回到你的位子去。其实，我早知道你那点小心眼，你是不喜欢和女生坐，也未免太那个了吧，跟女生同桌有什么呢？你应该理解老师的良苦用心，让男女生同桌是为了约束一下你们男生贪玩的习性，这对学习是有促进的，坚持下去是有好处的，是不是？陈大凯口才极好，我总觉得他该当个演讲家，当老师是有点委屈了。后来他果然调离了学校，但不是当什么演讲家，而是到市教委做官去了，听说仕途坎坷，一直到前些年才混了个副局长，不知能不能说是修成了正果。

"去吧，"陈老师拍了一下我的肩头，"花开有时令，学习趁年轻，别这么不安分了，进教室好好学习去吧。"

我还能说什么呢，只得乖乖回了教室。

陈大凯说我"不安分"，指的是我们刚入校时，他给班里的同学分配座位时发生的一件让我丢尽了颜面的事。

怎么说呢，当时我们 50 个同学被赶出了教室，按照个头大小排队，男生一列，女生一列，因为班上只有 14 个女生，男生这列就超过了女生一大截。我正好处于男生这行"15"的位置，不免有点沾沾自喜，以为是跟女生坐不到一块了。高兴了还没几分钟，陈大凯走到队列里了，指着我前边的一个男生说，你比他个子高，你到后面去！那个男生激动得就差喊"乌啦"了，他喜气洋洋地看了我一眼，迫不及待地站到了我后面。这一来，我就跟一个女生正对着了，我也没敢看看她长得究竟什么模样，只是觉得自己倒霉透顶——以后的三年就得和一个女生别别扭扭地坐在一起了。这个女生就是菲，后来让我辗转反侧寝食难安的暗恋对象。可能是觉得这下很满意了，陈大凯走到了队伍前边，拔高嗓门说，好了，现在报数，女生先来。我低下头，听得脚下的蚂蚁"吱吱吱"笑出了声：让你小子再得意，再得意！我一抬脚踩下去，蚂蚁们的队列乱了，四散而逃。男生这列也开始报了，打头的小男生报了个"1"，数字就接力棒似地传过来。我怔了老半天，才报了个"14"，节奏慢了半拍，声调也有点嘶哑，还没等我的声音落地，一片哄笑声就撞向了我的耳畔。我听得身边的菲笑得最响，持续时间也最长，都笑得弯下了腰，好像是遇上了这辈子再也不可能发生的可笑事。可能陈大凯也觉得这些人有些过分，他扬起手臂做了个打住的动作，厉声说，这有什么可笑的，你们还有完没完？重来！重新报数！这一回我的声调虽说还有点不自然，到底还是通过了。

报数完毕，陈大凯又发了下一道命令："都记住，报同一个数的同桌，现在开始进教室。"

我虽早知道到了这一点，可一时还是觉得很能接受。那一刻，我仇恨地看了菲一眼，没错，就是那种仇恨的感觉，我当时把她当成了我最大的敌人。我也恨陈大凯，我觉得他是这一场阴谋的罪魁祸首，如果他不让我和那个男生换座位，这一切就不会发生了。我盯着陈大凯，觉得要想摆脱跟菲同桌的命运，只有以迅雷不及掩耳之势逃到后边去。现在想来，这是很幼稚很蠢笨的一招，无异于掩耳盗铃，但当时我却觉得自己高明得很。前边的男生女生开始成双结对地向教室走去，我心跳如擂鼓，暗暗等待着改变命运的机会。突然间，陈大凯转过身去了，我在心里命令自己，此时不逃，更待何时？我像一颗流星飞快地向后面窜去，腿间呼呼生风好似踩上了哪吒三太子的风火轮，可动作还是慢了半拍——有个声音从后面急急地追上来，干什么呀你？回来！

我呆呆地立在那里，像电影里的定格。

"回到你的位置去！"陈大凯腾腾腾地走过来，满脸怒色。

我的耳畔再次爆出了热烈的哄笑声。

我乖乖回到了"14"的位置，跟着菲进了教室。

我们就这样成了同桌，我挨着窗户，她靠着过道。我坐下后，首先想到的是在我们之间划一条界线，井水不犯河水。上初中时，我和同桌的女生就有这么一条性别界线或者叫分水岭。但我随即觉得这种想法非常可笑，过去我们使用的是那种不可分割的长条桌，你可以在上面涂抹任何界线，但现在，我和菲其实各自拥有一张桌子，只不过它们被并在了一起，又怎么制造分水岭呢？可这难不倒我，我把桌子往我这边移了移，以此表明我的立场和态度。菲被我的大张旗鼓提醒了，看了我一眼，也往那边移了移桌子。

我们之间于是有了一道鸿沟。

我对自己的举动很满意，甚至还不无得意地看了陈大凯一眼，觉得这是反抗强权的一次壮举。遗憾的是，陈大凯并没有追踪调查，或者是有意忽略了这一点。他在讲台上作了长达半个小时的演讲之后，心满意足地向教室外走去。快要走出教室门口时，他好像是记起了什么，回过头朝着我大有深意地看了一眼，意思是你小子这下安稳点吧。

陈大凯离开教室后，教室里的空气迅速流动起来，男生们小声议论着什么。我回过头，看到了一张张幸灾乐祸的面孔，那个叫张晓枫的家伙还朝我挤了一下眼睛。我当然知道他什么意思，除了幸灾乐祸还有什么呢。我迅速把头扭过来，同时瞥了一眼身边的菲，觉得自己今后的一举一动都将置于别人的监视之下，不能不夹紧尾巴，时刻检点自己，不留下任何话柄。

2

我感到陈大凯老师的工作出现失误时，教室窗前的丁香树已经历了秋的冷静，冬的萧条，春的姹紫嫣红，正撑起夏的繁荣。在那些冗长乏味的日子里，我和菲没说过几句话，甚至没有认认真真地看过她一眼。她也没有关注过我，她似乎对班上那些喜欢打篮球的男生更有兴趣。我想这可能与她的性情有关，她热情奔放，活泼好动，是校歌唱团的女中音、舞蹈队的主舞、篮球队的先锋、广播室的女主播，每一个团队似乎都离不开她。很多男生都在暗恋她。而我却不喜欢音乐课，也懒得在体育场上折腾，按照心理学老师的说法，我属于典型的黏液质，安静，沉默，克制，忍耐。

我知道我对菲的迷恋其实是不折不扣的单相思。

那阵子，学校里正大兴土木，建一幢有五层之高的教学楼。这大概就是宿命了，如果教学楼提早完工几个月，我想我的初恋很可能就会推迟几个月，也可能就夭折了。坦率地说，是那个六七十年代留下的破教室促成了我的初恋。由于教室空间狭小，我和菲的桌子紧抵着前排同学的腰背，而我们的腰背又被后排的桌子紧抵着，所有的人就那么僵硬地坐着，昂首挺胸，没有丝毫缓和的余地。当然，菲条件相对要好一点，她挨着过道，出入方便多了。而我呢，不仅要经受前后夹击，还要受到她的限制。下了课或老师不在时，我想出去放松一下，她却总是稳坐在那里，要么不停地看书，要么跟前排的女生说话，这给我的行动带来了极大的障碍。我受不了菲旁若无人的态度，又不愿跟她多说话，只能那么直挺挺地立着。为了引起她的注意，我不得不小声咳嗽，弄得患了气管炎似的。当然，菲的耳膜再迟钝也会有一点感觉的，她在受不了我持久的折磨之后，会"砰"地弹起来，炮仗似地弹到过道上去。

我把自己弄得像个木桩或气管炎患者，自然觉得很尴尬，很狼狈。对此，张晓枫他们总会奚落我一番，说我"怕老婆"没一点大男人的气概，这使我愈发不敢越雷池一步，生怕再搞出什么笑话来，让他们抓住话柄。张晓枫跟我住一个宿舍，块头大，年龄也要比我大一些，对男女之间的事特别敏感。他自称爱情观察家，常常对我说，你们这些小家伙的一举一动都逃不过本人的火眼金睛。他给班里的每个女生都配了对，并特意把菲配给了我。还说这叫近水楼台先得月。我敢怒而不敢言，说实话，我不想把我们之间的关系搞得太僵太紧张。我问他为什么不给自己配上一个？他狡黠地一笑，这你就别操心了，我嘛，早有心上人了，气死你。当时我认为他是吹牛，自欺欺人，后来才知道他说的都是大实话。

接着说我的初恋吧。

那是个晚自习，大家都在紧张地复习《生物》，因为第二天就要考试了。菲好像更紧张，哗哗地翻书，手指掀动书本的声音暴露出了她内心的烦躁。我知道她这门课一直很吃力，她被基因呀染色体呀这些复杂的问题搞得焦头烂额。我有点同情她，觉得她那样子像热锅上的蚂蚁。但我受不了她翻书的声音，打个比方，她像一艘在浪峰波谷里起伏不定的小船，而我恰好是船上的乘客，船在颠簸，我怎能不摇摆？我决定下船到岸上透口气去，我站起身，有意将凳子弄出响声，以提醒焦头乱额的菲。我所以不再咳嗽，是害怕张晓枫他们的嘲笑。然而，菲并没有像往常一样如临大敌地弹到过道上去，只是向前倾了一下腰身，将背后那一小点空间留给我，然后口里又念念有词了。

我晓得自己遇上难题了——那么一点空间怎么过得去？我一不会魔术，二不会分身术，面对这样一个重大的技术难题，真不知如何去攻克了。我知道，要这么过去，势必会触碰到她的身体，而这正是我羞于接受的。我进退两难，脑海里跳出了哈姆雷特那句著名的独白：生存，还是死亡？犹豫了好一阵，我最终还是开始穿越那点空间了。我就这样犯下了一个不可饶恕的错误，尽管我努力紧缩身体，还是不可挽救地触碰到了菲的衣裙，准确地说，是触到了她衣裙下温热的肉体。那一刻也许只有千分之一或万分之一秒，我却好像捕捉到了一种奇妙的感觉，它电流一样迅速传遍我的全身，使我心慌意乱，忐忑不安。

我离开教室，在安静的大操场上走了很久，很久，弄不清刚才究竟发生了什么。究竟发生了什么呢？那感觉仿佛依然滞留在我的皮肤上，经久不散。我望着前面灯火辉煌的教室，望着教室窗前那一株株丁香树，第一次感到校园的夜晚是如此美好。我又抬头望向那深邃的夜空，那么多星星也在看着我，朝我眨着神秘的眼睛。我不知道它们在想什么，我却知道自己在想什么，我想我真幸福，我是这世界上最幸福的人。

再返回教室时，我觉得心跳猛地加快了，行动却变得拖泥带水。

走近菲时，我浑身的每个细胞似乎都迫不及待地伸出了手，想要捕捉到什么似的。而菲仍没有起身，还是将背后那点空间留给我，似乎在怂恿我去重温那美妙的感受，这使我欣喜若狂。可这一次我却有点做贼心虚，我回过头，装作不经意地看了一眼后排的张晓枫，发现他们并没有盯着我，这才松了口气。我坦然而又恐慌地通过了菲。我坐下后偷偷朝她那边看了一眼，发现她还在翻书，好像什么都没有觉察到。我暗暗松了口气，手捧着书却心不在焉，目光时不时地投向她。她的身体微微侧向我这边，手托着下巴，脸也朝着我，这使我产生了错觉，她在看我！刹那间，幸福的潮水在我体内激荡起来，大声喧哗。我不敢动弹，生怕一时疏忽弄出什么响动，惊扰了她，摧毁了她那种姿势。可是好景不长，过了一会儿，她的身体突然向那边转过去，就像一扇打开的门蓦地又阖上了。随着她身体的扭转，我觉得自己好像被扔进了冰天雪地的南极，心里说不出的寒冷和孤独，是的，我被她关在了门外，里面是鸟语花香，小桥流水，而外面是漫无边际的风搅雪。

下自习了，菲走了。我看着身旁空落落的座位，心里也空落落的。我呆呆地坐在那里，一直坐到教室里只剩下我一个人，才不得不向宿舍走去。我躺在床上，想着菲，辗转反侧，一夜未眠。

这个夜晚，我悟出自己恋爱了。

此后的一些日子里，一种说不清的力量促使我一次次去冒险，去重温和猎获那瞬间的美妙，我变得贪得无厌，欲罢不能。有时她的座位空着，我就心神不宁地走出教室，估摸到那个位子可能充实起来时，才磨磨蹭蹭地走进来。有时，我本来什么都带着，却小声嘟哝着忘记带什么了，然后匆匆地经过她的背后。有时，我又借着写字偷偷用胳膊触碰一下她的胳膊，而后倏地缩回。我变着法子触碰她，我像个可耻的阴谋家，内心里轰轰烈烈，表面上却若无其事。

我时时关注着她，每当她离开座位向教室门口走去时，我便隔着指缝偷偷地心神不宁地看她，看她的裙子，以及裙子下颀长的腿，我的目光总是无耻地停留在她的臀上，我为自己的猥琐感到羞耻，同时内心里又充满了喜悦。按照我现在的记忆，她的臀当时好像已经发育成熟，浑圆突出，腰和胯之间的弧线十分柔和，走动时有一种特别的韵味。

这个发现使我激动了好久。

我从没想过把这个发现告诉别人，也羞于对别人说起。

后来张晓枫陷入情网时，问我女生哪儿最好看。我知道他指的是什么，他说的好看跟"性感"相近。我让他先说说。

"眼睛呗，"他说。

我摇了摇头。

他又说了眉毛、脸和嘴巴，我同样不敢苟同。

他最后红着脸说，"那就是乳房了。"

我又摇摇头。

"那你说女生哪儿最好看？"他有点着急地问。

我笑了笑，什么也没说。

与此同时，我也开始留意班上别的女生，我暗暗把她们跟菲一一作了比较，得出的结论是没有谁比得上她。我在内心里确认了菲，她就是我的恋人。但在当时那个稚嫩得能够掐出水分的年纪，摘到的注定是酸涩的果实，甚至没有果实，只有凋零的叶片。我除了暗暗地玩那种小把戏外，不敢有任何举动。

我孤独无望，一筹莫展，任时光踩痛我的心弦。

3

那个夏天，我的脸上开始冒出丑陋的青春痘。那些粉红色的颗粒，凸现在我初恋的日子里，像秋日山沟里耀眼的红枸杞。我怎么掐挤，也铲除不尽，有点"野火烧不尽，春风吹又生"的意思。我于是更进一步掐挤，我觉得这样做是十分必要的，每掐掉一颗青春痘，我便以为镜子里的自己又英俊了几分。久而久之，我的脸上便留下了滥施暴力的痕迹，这是初恋留给我的永恒纪念。

我自惭形秽，在教室里面对她时，总是不自觉地用手掩着脸。

那时下午课好像不是很多，我也真有些害怕去教室上课了，总盼着没课的时候。我知道我的爱情是无望的。我想躲开她。校图书馆是一幢哥特式建筑，据说是早年的天主教堂，里面幽深阔大，有好几根漆成红色的高大柱子。很多个下午，我去里面借书，看书，看巴尔扎克、陀思妥耶夫斯基、司汤达、霍桑、鲁迅、巴金，一坐就是好几个小时。我对小说的兴趣可能就是这时候培养起的。看着看着，有时眼前会蓦地跳出菲的影子，一种痛的感觉立刻会紧紧地攫住我。我向管理员身后那个与整个馆厅隔起来的阁子望去，因为太昏暗了，里面总亮着灯，我想那可能是过去耶稣站的地方，神父也在这里布道。我想象着耶稣身上背负的十字架，觉得自己也背负着同样沉重的东西，我认为我是个有罪孽的人。爱应该是光明的积极向上的，可我为什么却总迷恋着她的身体？我想我应该受到惩罚，为那种卑下的低劣的冲动和思绪背上十字架。

我们宿舍后是一大片杏树林，据说是五十年代刚建校时，一个叫秦刚的校长带着学生栽下的。如今多少年过去了，当年指头粗的树干，少说也有碗口粗了，不只我们宿舍后，校园里好多地方都栽着杏树，每到了夏天，杏树的枝头上便会闪烁着绿色或黄色的杏儿，十分馋人。有时，我也躲到宿舍后的杏园里看书，消磨孤寂而无聊的时光。这一片林子至少有几十棵杏树，繁茂的枝叶相互勾连，仿佛一桩错综复杂的事件，树下是茂密的杂草，几场雨过后，草长得比人都高，蹲在里面谁都看不见。我坐在杏树下看书，看上一阵子，字里行间就会长出一个人的影子来，我知道她是谁，她固执地盯着我看。我觉得脸上的青春痘在发胀，胀得痒痒的，有一种想把它们掐掉的冲动，于是从衣袋里掏出一面小镜子，对着它掐挤。那时候，班里的所有男生都有这样一面小镜子，巴掌大小，这是我们检视自己的工具。

杏园的西边，是一排土灰色平房，那是我们班的女生宿舍。那时这排房子对我来说是一个神秘的世界，一直到毕业，我也没有进去过。和我们宿舍不同，那些房子朝西开着门，窗口朝着杏园，我这边一抬头就能看到她们宿舍的窗子。窗前是一片空地，竖着一些木杆，扯在中间的绳子上晾晒着一些花花绿绿的衣服。有点像西游记里的女儿国。说起来，我们宿舍和女生宿舍相离不远，但好像隔了多少个光年似的，不仅仅是我，别的男生也不敢去那个地方。举个例子，当时因为宿舍里没有下水设备，洗衣服、洗脸的水只能倒在门前的空地，到了冬天，水就会结冰，那么多人，一人一盆倒出去，宿舍前面或后面便是一道冰河。每到周末，学校便会组织一次大扫除，刨冰是其中的一项内容。男生们有力气，铁锹镐子都抢得动，所以对付宿舍前的冰山并不难，女生们就不行了，常常是不知所措，不知如何下手，我们班长是个热心人，号召男同胞们都过去帮一把，但却没几个听他的话去伸出援助之手，终于有几个勉勉强强过去了，回来后却让众人好一阵奚落，脸红脖子粗的，头都不敢抬。这就是八十年代的男女生关系，放到现在肯定会让人笑掉大牙的。

有一次我正在杏林里收拾脸上那些丑陋的颗粒，忽然听到那边响起一阵清脆的笑声，隔着草丛和低垂的树枝，我发现是我们班的两个女生，一个是菲，另一个是娅。这是我们班最令我心动的两个女生。她们的忽然出现，让我想起了一个成语，狭路相逢。菲我已经说过了，我正暗恋着她，娅呢，她以后会和我有故事，我也会细说。她俩从她们宿舍北侧一条通道走出，每人端了一个盆子，不用说是出来晾衣服的。她俩穿得都有些简单，菲上身只套了件背心，乳头将背心顶出了两个小圆点，一双白皙的手臂在阳光下透明、耀眼。娅也是一件背心，两只乳房有点大，但不知为什么，当时我的目光并没有在她身上多停留，心跳也没有因此加快，这可能是因为我那时更喜欢菲吧。是的，当时我对娅只是看了一眼，目光就迅即移到菲身上了，我觉得她的一切都是那么撩人。

她们把衣服晾好后，我听得娅突然提出到杏树下站站，她说这天气快要闷死人了。菲迟疑了一下，半天才说，里面不会有男生吧？娅的目光就朝我这边扫过来，看了一会儿，她摇摇头说，应该没有吧。说着话，她们朝我这边移过来。我感到血液迅速加快了流速，心里也直打鼓——万一她们走过来，我该怎么办？我知道这时假如逃走，只能更快地把我暴露给她们，而留下来也同样危险。正在我进退维谷、一筹莫展时，谢天谢地，她们在距我不远处的一棵杏树前止住了脚步，我这才稍微松了口气。

我的身体死死贴住了草根，只要她们不再向前移动，我想我就不会暴露。我凝声屏息，不敢动弹一下。菲就站在离我十多步远的地方，我稍微抬一下头，就能清晰地看到她柔嫩的手臂，可是我不敢，我只能伏在那里听她们旁若无人地畅谈人生呀理想的。听那意思她俩好像都不甘心将来的文凭只是个小师范，都想摩拳擦掌再上一回考场，考个师范类大学。当时我们学校好像有这样的激励机制，也有一些考成功的例子。后来，大概谈得腻烦了，她们又谈论起了班里的男生，这个话题可是我最感兴趣的，我当然想听听菲对我的看法了。但是她们好像有意跟我过不去似的，谈了半天，菲连一个字都没提到我。后来还是娅先提到了我，娅说，你那同桌作文不错，好像还在偷偷写小说呢。我知道菲要说话了，便支棱着耳朵侧耳细听，生怕漏掉一个字。果然，菲说话了，她先是叹了口气，然后恨铁不成钢地说，我觉得我这同桌是个胆小鬼，不像个男生。她这一说，我脸立刻红到了耳根。娅惊讶地说，不会吧？他胆子有多小？菲笑了笑，说有一次他身边的玻璃上落下只扑灯蛾，吓得他直往我这边靠，弄得我都不好意思了。娅掩了嘴咻咻一笑，不会吧，他一个男生会怕小虫子？菲说，最初我也有点不相信，可事情真是这样的。听她们说着话，我真有点无地自容了，说实话，我确实有点害怕那种小东西，打小就害怕。我不知该怎么解释。我真想站出来对菲说，我再也不怕了，请你以后考验我。我还想说，即使坏蛋突然出现在你面前，我也会挺身而出。那一刻，我真希望杏园里突然冒出个坏人来，这样我就可以做个大英雄，一显身手。我要让菲看一看，她的同桌有多勇敢。可这杏园里能有什么坏人呢？我看着她们说笑着离去，心里说不出的失望。

后来，我还真就这些事写了个小说，为自己虚构了一次挺身而出的壮举，只不过我面对的不是一个坏人，而是一个看园子的老头。这个老头其实是真实存在的，他就是那个叫秦刚的已经退下来的校长，当年他带着学生把校园变成了杏园，退下后仍将这一片又一片的杏林当作自己的心肝宝贝，经常神出鬼没地走动在林子里，你若是在里面规规矩矩的，他也和你相安无事，你若做出一些鲁莽举动，他一准会冒出来，将你扭送到校办弄了个什么处分的。小说的前半部分和我在杏园的所见所闻所感几乎一致，到了后面情节便急转直下：

"这时候的杏树已经有了果实，黄熟的杏儿闪烁在枝头，菲和娅在结束了她们对男生的议论后，视线忽然被枝头那些杏儿吸引了过去，她们看了半天，菲一弯腰，从草丛中捡了块石头，想都没想就一甩臂扔了上去。我先是一愣，马上感到大事不好，心里紧张得要命。那时候我们学校对此类不守纪律的行为是会给予相当严厉的处分的，学校要召开隆重的处分大会，作为会场的餐厅里黑压压坐满了全校各个班级的学生，气氛相当让人压抑。当我就要喊出声制止菲时，老头已经从我身后的什么地方一跃而出，他跑得比兔子都快，草丛被他的一双腿搅得哗哗作响，菲和娅一定是被这突如其来的事件吓蒙了竟然忘记了逃跑，像两截木桩傻愣愣地戳在那里。我的脑子就在这时冒出了一个英雄救美的念头，当老头经过我身边时，我突然一伸腿使了个绊子，看着他重重地摔倒在了地上，我也一下子从草丛中跃出来，大声朝她们喊道，快跑，别让他逮了！菲和娅显然没想到林子里还有个人，同时发出了尖厉的叫声，然后夺路而逃。等她们逃走后，我这才发现老校长半天没有爬起来，等我蹲下来想把他扶起来时，看到他的脑门上蚯蚓似地窜出两道血痕来……"

虚构出这个故事后，我越发感到了自己的怯懦，为什么我只能在小说里挥霍想象而在现实里没一点勇气呢？

在杏林里偷看两个女生没多久，我恋爱的秘密就暴露了。

这和我丢掉日记本一事有关。我一直有写日记的习惯，日记里记的也多是我内心的隐秘。我忘了我是怎么把本子搞丢的，可能是从教室回宿舍的路上，也可能是从宿舍去教室的路上。总之，丢了没几天，班上就开始流传我说过的一些话，那都是我写在日记本上的一些句子。同学们很快就知道我恋上了班上的某个女生，恋得轰轰烈烈。我后悔在本子上写了那些话，更不该把暗恋的秘密写在日记里。让我庆幸的是，我没有把菲的名字直接写在纸上，否则事情还不知道变得有多糟糕呢。

那些日子，女生们老远见了我就掉头而去，躲瘟神似的，偶尔不小心与我遭遇，便会发出尖利的叫声。男生们则一个劲地对我挤眉弄眼，有的还拍拍我的肩头，说你这家伙真是深藏不露啊，居然是个恋爱专家。这倒没什么，令我寒心的是菲的所作所为，只要老师不在教室，她就会搬着凳子到别处去坐，即便勉强坐在自己的位子上，也总是把身体扭向一边，一副不肯同流合污的样子。事情发展到最后，她竟让陈大凯给我调换了座位，把我发落到教室后边与张晓枫坐一块儿了。我不知道菲怎么会有这么大的能耐，过去我绞尽脑汁也没办成的事，她竟然毫不费力就做到了。

那正是期末考试的前夕，我心乱如麻，根本没心思复习。成绩自然是一落千丈，一塌糊涂。

4

　　桑干河是晋北的一条河流，作为人物活动的背景，它时常出现在我的小说里。对于这条流经我家乡的河，我总是一往情深，一触到它的名字，我笔下的词汇就源源不断。于是，在我的小说里，桑干河碧波荡漾，柳色如烟，芦花轻扬，如诗如画。其实这都是不真实的，主观化和美化了的，真实的情况是，这条河平素只牛尿一般软弱，且混浊不堪，即便在雨季也看不出什么气势，岸上也很少看到树，只稀稀落落那么几棵老头杨，落寞得很。现在，我还原一种真实的背景，只是为了毫不掩饰地叙述接下来发生的一切。

　　"你怎么瘦成了这个样儿？"那个暑假我回了家，母亲盯着我问。我羞于对她说出内心的伤痛。自打父亲去世后，母亲就把她对未来的希望全部寄托在了我身上，她盼着我学业成功，出人头地。想想自己在学校的所作所为，我心里很是内疚。为了弥补自己的过失，我决定跟母亲一起下地干活去，既是惩罚自己，也是对母亲的帮助。母亲却摇摇头，说你哪会锄玉米呀，想把庄稼都锄死吗？你还是到河边放一下咱家那只奶山羊吧。我知道她是怕我累着，这毕竟是个轻松活儿，又能顺便看一下书。她说这个月羊奶就不卖了，让我一天三顿喝，好好补补身子骨。我听了喉头一酸，差点没把心里的秘密说出去。我最终没拗过母亲，每天牵着羊去河边放，回来后又挤奶喝。我觉得自己像个公子哥。但母亲却不这样认为，她说看书费脑子，一点不比锄田轻松，喝点羊奶补补有什么不对的呢？她这一说，更让我羞愧不已了。

　　我其实不看书，只做游戏，跟红叶做游戏。

　　红叶是我小学到初中的同学，按照村里的辈分，我该叫她小姑姑。可在上学时，我从没这么叫过，她也不准我这么叫。她比我大两岁，个头也比我高，因我们两家大人处得挺好，她自然而然当了我的保护人，即便那些高年级的男生欺侮我，她也敢替我出头收拾他们。人家吃了亏，自然会耻笑她，说她护着我这个小男人。红叶说，小男人咋了，他就是我的小男人，这又咋了？男生们越发笑话她。红叶没一点惧怕的意思，现在想来她有点像男孩子，人很仗义，可她学习成绩很一般，上了初中功课更显吃力，中考时连个高中也没考上。她爹曾希望她再补习一年，可她怎么也不肯再上，说念了也是白念。于是就永远离开了学校，帮她母亲割草喂兔子。

我回到村里的第二天，就在河边看到了她。当时我正躺在一棵老柳树下看书，蓦地听到了镰刀切割青草的嚓嚓声，跟着是喊我名字的声音。我有些惊讶，马上坐起来，跟她打了个招呼。她的红衬衫在绿草丛中，格外耀眼，像一团火。这是我离开村子后第二次见到她，寒假时我见过她一次，当时村里在唱大戏，在拥挤的人群中，她只是对我浅浅地笑了笑，便怕羞似地把目光移到台上去了。我本来想去她家坐坐，后来不知为什么终于没去。她也没来看我。现在，她站在我面前，我第一次发现她长得很好看，而以前我却只把她当保护人，甚至忽略了她的性别。

"你轻手轻脚的，"我又看了她一眼，"吓了我一大跳。"

"其实我早过来了，"她脸一红，"我还当是谁家的山羊呢，只看见羊没看见你。没想到你在看书，看得还那么入迷，跟过去一样爱学习。"

"这都没办法的事，"我摇摇头说，"这学期我两门课不及格。"

她眉毛一挑，"不会吧，你过去成绩那么好。"

我叹了口气，想说什么，终于什么也没有说。

片刻的沉默之后，她问起我在学校的情况。我不知该怎么说，眼前忽又浮现出菲的身影，像有什么东西尖锐地划过我的心扉。她看了我一眼，问我班里女生多吗。我说不多，也就十几个吧。她说，有城里的女孩子吗？我点了点头。她说，听说城里的女孩子都挺爱打扮，长得也好看，是吗？我点点头，又摇了摇头。她忽然笑了，说你长大了，一提女生就脸红。说着又笑了起来，她的笑很纯，纯得像我头顶上蔚蓝的无限生长的天空。她坐下来，拿起我的书翻看，身子离着我很近，让我有点不知所措。我偷偷地看她，发现她的胸脯已鼓胀起来，将衬衣顶出了两个小山包，我只看了一眼，视线便迅即移开了。我意识到自己熟悉的那个红叶已留在了过去，坐在我面前的是一个比我大两岁的"女人"。这就是时光的力量，她可以抹杀什么，也可以凸显什么。她忽然抬起头，问我想什么。我怔了一怔，没头没脑地说了一句，你比她们都好看。她的脸迅速腾起了两朵红晕，同时不自觉地用手遮住了脸，老半天她又出了声，她们是谁？我看着她搁在脸上的那只手，很想把它抓住，它平滑单纯，却让人想入非非。我记得我曾趁着菲不注意，偷偷看过她的指纹，八斗两簸箕。很多个夜晚，我想象着牵着这只手漫步在花前月下，像电影里那些亲密无间的恋人。

"你怎么不说话了？"她忽然又问。

我盯着她那只手，很想握住它，是的，我想紧紧地握住它。

"你干吗老看着我的手，就像个算命先生。"她说。

我抓住了这句话，就像一个溺水的人抓住了一根救命的稻草。我有些结巴地说，你说得不错，我跟同学看过一本算命的小书，要不要让我看看你的手？我听得自己的声音特别虚弱，像是从梦中溢出来的，也像是从地缝里挤出来的。她疑惑地看着我，犹豫了好一阵子，还是伸出了手。我接过那只手，轻轻地托住，而后装作很内行地研究，内心里却在寻找一种什么东西。是的，我在寻找一种可以让我触电的感觉。可看了半天，我却失望了，除了心跳得特别厉害外，再找不到别的感觉。我松开了她这只手。她说你看出了什么。我想了半天也想不出什么，忽然忍不住笑了。

"你的手真绵。"我说。

她一愣，举起那只手打了一下我的后脖子，"你从前笨头笨脑的，没走几天学坏了。"

我和红叶说话时，我家那只羊一直在不停地吃草，树干周围的草被它吃成了一个毛茸茸的圆圈。我看见它每移动一步，胯下硕大的奶泡就颤动一下，令人担忧。我笑了笑，她问我笑什么，我指了指那只羊，我说你看它的奶泡怎么那么大呀。她伸手打了我一下，说，你们家的羊也比你老实。然后手一撑站起来，冲我笑笑，你看书吧，我要去割草啦。我说，要不我帮你割吧。说着就要站起来。

她伸出一只手将我按下，"你天生是念书的料，还是好好念书吧。"

我看着她朝那边走去，她的身影编织在夕阳的余晖中，就像我从前看过的一幅俄罗斯油画。渐渐地，她离我越来越远，本来就很寂静的河滩变得更寂静了。我看见在她消失的地方，一只水鸟扑愣着翅膀飞了起来，暮色就从它的翅下弥漫开来。不知为什么，我忽然又想起了菲，以及学校里发生的那些事，心里一时塞满了忧伤。

5

自从捉了红叶的手，我一直想得到更多。她就像一座不设防的城，使我觉得随时都有走进去的可能，畅通无阻。她的顺从对我来说无疑是一种纵容，我从前关于菲的种种幻想，在她身上好像都有了实现的可能。有时我甚至觉得她就是菲，我对菲的暗恋并未中止，就在我和红叶之间延续。后来当我自以为得到了红叶，曾不知羞耻地问她，上学那会儿有没有一个男生在她不注意时，偷偷用身体蹭她的臀。她先是一怔，蓦地伸手打了我一下：

"你咋这么坏呀，满脑子的坏想法。"

没错，那时候我也觉得自己脑子里装的都是坏想法。我时常沉醉在爱的幻想中，想象着爱的过程。我可笑地酝酿着一个又一个的

"进攻"方案，甚至像做数学题一样，设计好了每一个具体的步骤，每个步骤又分解成一系列细小而烦琐的动作，每一个动作又经过了反复的推敲，直至没一点破绽。比如亲嘴，我是这么设想的，它是爱的第一步——但我不明白男女之间怎么突然有了这个奇妙的举动？两个人看着看着，竟然就会情不自禁地亲吻起来？这真是个不可思议又让人心向往之的梦啊。所以我想，一下子直奔主题那就没意思了，前边应该有一些必要的铺垫，比如怎么靠近她，怎么搂住她的腰，怎么捧起她的脸，最后又怎么把嘴唇压到她的嘴唇上，等等。我从没想过红叶会拒绝我，幻想中的她总是那么柔顺，羞涩而认真地配合着我。我感到成竹在胸，需要的不过是机会罢了。

后来当我亲吻了红叶之后，我的脑海里突然跃出了那句名言，机会是自己创造的。我忘了与红叶亲嘴是在握过她手后的第几天，只记得那天下着雨，这一点连同那个致命的图景都印在我脑海里了。那天好像闷热得厉害，我在河边的那棵柳树下看一本小说，书是从同学手里借的，谁写的现在我已经一点印象都没有了，只记得书中有大量的情欲描写，其中的某一页在传阅中被撕去了，在根部留下了锯齿般的痕迹。我想，那撕去的一页肯定非常好看，有一些我无法想象的情节，要不然也不会被人撕去。随后的一页写道：女人理了理凌乱的头发，从地上爬起，走出了那片动荡不安的高粱地，在她身后，那个男人的目光依然在熊熊燃烧……这段文字使我断定那残缺的一页有极强的诱惑力和腐蚀力。村子里的一些人在街头讲述的风流故事很快填补了我想象的空白，使那中断的细节有血有肉地在我脑海里生长起来。

我感到浑身燥热，真希望突然有一场雨泼下来，浇灭我内心骤然膨胀的欲望。好像是晓得了我的心思，没多久，天真的阴沉下来，黑压压的云团像一群牛，哞叫着漫过我的头顶。我有点慌乱，匆匆解开拴在树根的山羊，打算赶快返回村里，可雨点已噼里啪啦砸下来。正当我手足无措时，一抬头看见了红叶，她正站在不远处的一道土梁上向我招手，我知道她这是让我过去，可梁上又不能避雨呀。不过我还是听话地牵着羊往她那边跑，等我跑过去时，她也从梁上下来了，冲着梁下的一个洞比画了一下，意思是进里面躲躲。我这才想起那边确实有个洞，怎么我刚刚就没记起呢。

这洞据说是五十年代备战备荒时挖的，很深很深，一直从河边通到了公社大院。上初中时，我曾经和几个同学靠着手电的照明，想看看这条洞是不是真的通到了公社院，但是走了一段，我们就害怕得想尿裤子，不得不原路返回了。洞口低矮，我站在那里感到憋屈得厉害，头发几乎触到了洞顶。红叶就在我身边，差不多只有一线距离，我只要稍微挪动一下就能碰到她的身体。雨下得越来越急，透过雨帘，隐隐看见那棵柳树摇晃着，它的枝条像女人的头发被风扯向一边。我们看着外面，谁也不吭声，那只羊也安静地卧着。我嗅到她身上散出一种好闻的气息，这气息撩拨着我，使我忍不住往她那边挪动了一下，我清醒地意识到我们之间那点距离不存在了。

过了一会儿，云幕里突然裂开一道闪电，紧接着是一声很响的炸雷。她惊恐地一叫，柔软的身体就倒向我，我略一迟疑，手臂僵硬地揽住了她的腰。我听不到外面的雨声，只听得内心在喧嚣，仿佛那雨声就落在我体内。也许是由于深陷在恐惧中，她对我的举动没有表示出任何反抗，这坚定了我实现那个计划的信心。我的手仿佛被一种无形的力量牵引着，缓缓地移向她胸前的起伏之处，触到她的乳尖时，她身体哆嗦了一下，蓦地挣脱了我。

"你干啥，我是你姑姑呀，"她惊讶地望着我。

我看了她一眼，突然不顾一切地搂住了她，她在我臂弯里挣扎了几下，终于不再动弹。她闭着眼睛，饱满而湿润的嘴唇仿佛绽开的花朵。我昏头昏脑地亲了她一下，然后把头伏在她的发丛中。她的头发好像洗过没多久，一种清新的气味不折不扣地飘入我的感觉。不知过了多久，她推开了我。她的脸上有一种缓缓流逝的现象，使我想到了春天的早晨。

"你长大了，"她不看我，蹲在地上，像是对那只羊说，"心也大了，以后我再不会理你了。"

我也不去看她，向前走了几步，让雨水愉快地淋在我的头上，心说我得到了爱。

是的，那时候我真就这种感觉，我以为吻了她就得到了爱。

我与红叶的游戏逐步升级。这种游戏没有规则，我做着我想做我能做的一切，她则被动地接受着，参与着。我做了许多蠢事，我亲她吻她，却一直不敢触碰她的下体，我的手一旦触到她的那个部位，就有一种罪孽的感觉。我不敢让事情有实质性的进展。对于未来，我也从不抱任何奢望，那个雨天她无意中说出的那句话，使我的心头蒙上了一层阴影。尽管我们之间的血缘关系已十分淡薄，可她毕竟是我的姑姑，这使我常常有一种乱伦的感觉。可要让我放弃她，又是一件异常艰难的事。我凭着少年的勇气和好奇，草率地完成着那个年纪对异性的梦想，挥霍着过剩的热情。

那是一个美好的梦想，单纯而又简洁，它筑在我年龄的分岔处，孵化着情和欲、美和丑、爱和恨。

那些日子，只要一有机会，我就不会安分下来，我让她坐在我的腿上，紧搂着她，而后一点一点地抚摸她，那个雨天的过程被我一遍遍地重复，同时又分解为更为细致的动作。她由着我，一动不动，我不知她心里在想什么。这图景后来在我的记忆中凝固下来，背景无疑是那条河，那棵树，还有那只羊，羊的四蹄如同四枚铜钉将足下的草地固定成一块景布。我常常用心中的眼望着这幅画，它散发出一种忧郁而恬静的气息，仿佛一只来自遥远往昔的手抚慰着我的内心。

有一次，我终于没能克制住，我想看看她衬衫下那对小乳房，我不止一次想象过它们裸露出来的生动景象。我厚着脸皮对她胡乱说了些什么，她笑着怎么也不肯，还用手护住了它们。这更激发了我的好奇，我说了许多无聊的话，总算说服她移开了手臂。我把她放倒在草地上，她直愣愣地看着我，使得我心慌意乱，无从下手。我拿起一本书，盖在她脸上，这下便看不到她的眼睛了，这使我得以从容地把她的衬衣从裤腰里拉出来。我深深地吸了口气，开始解她的衬衣纽扣，当最后一粒纽扣解开时，我闭上了眼睛，我感到胸中有一块石头猛烈地撞击着我的肋条，我把头贴在她的背心上，呼吸粗重。似乎过了很久，我猛然睁开了眼睛，袒露在我眼前的景象蓦地灼疼了我的视线。我看到了一对淡色的小乳房，它们坚挺、结实、温馨，还有那两粒珠儿般的乳头，波浪一样起伏着、汹涌着，撞击着我的心扉。我用手指碰了它们一下，心颤栗不已。她的肌肤并不像小说里描写的那样洁白如雪，细腻如脂，但给我的感觉依然很美好。我把脸埋在她的乳沟里，感到她的胸膛里埋着一颗太阳，温暖而透明。我听得到她的心跳，感到她的小乳房在缓缓地增长。我又忍不住摸了一下，她突然推开了我，坐起来，匆促地系上纽扣，将衬衣的下摆塞进裤腰里。

我叹息了一声，仰倒在草地上，心满意足。

她背对着我，脸朝向缓缓流淌的河水，也不知在想什么。她安静地坐着，就像一尊木雕，这使我心里一阵发虚。我把她扳倒，让她枕在我的手臂上，我问她怎么了，她不作声。我伸手捅了她一下，她看了我一眼，忽然说，你真是个臭流氓。我说那我又要动手了，我以为她会惊慌失措地爬起来，可她却没动。她不仅没动，反而咯咯咯地笑起来。

6

我们村的小学校长叫齐国天，有五个儿子，最小的一个叫天宝，这孩子生性痴憨，智力低下，我上小学一年级时，他已是初二的学生，我上初二时，他又成了我的同学。年复一年的蹲班生涯使得他腰背佝偻，看上去有点人老珠黄了。但齐校长不知出于什么考虑，依然让他留在教室里。应该说，天宝同学热爱老师，团结同学，严格遵守学校和班级的各项规章制度，上课从不交头接耳，左顾右盼，顶多是认为老师讲得不好，趴在课桌上睡大觉。他心情好的时候，也会跟我们一起念课文，念得也很卖力，苍老不堪的声音使大家很开心。

但他时常在我们听讲时搞一些小动作，比如，他会把手伸进裤子里干他乐意干的事。学过《生理卫生》第十三章后，我们终于知道那是青春期的一种不良习惯。他坐在教室最后一排，单独一个座位，这使他动作起来非常方便。这个新大陆是坐在他前排的一个男生发现的，很快地，我们班的同学都知道了这个秘密。有时，我们躲过老师的目光扭过头偷偷地观察他，发现他的脸上充满了一种怪异的神情，我们就笑，用粉笔头射击他，他一旦察觉，立刻悬崖勒马，神色却一下子败坏了许多，就像一条偷食的狗被猛然夺去了食物。我们为此困惑，百思不得其解。

我恋着红叶的那个暑假，天宝终于结束了漫长的学业，像一只终于逃离了笼子的野兽自由自在地在大街上转悠了。村子里的人们喜欢开他的玩笑，常常拦住他，考他几个字，或者向他提一些可笑的问题。有一次，我牵着羊从河边回来时，正逢着有人问他想不想娶女人，他认真地说"想"，又问她想娶谁，他不加思索地说出了一个非常香艳的女人的名字。那个女人长得确实好看，是我们村的五朵金花之一。戏弄他的人说，天宝啊天宝，人家早嫁人了，你再想想还有谁。天宝又认真地想了想，忽然嘿嘿一笑，道出了红叶的名字。我一听立刻心跳起来，这个傻瓜蛋，想得倒是美。不过我心里还是很自豪，毕竟我亲了漂亮的红叶。

有一天，我和红叶正在河边亲热，我抱着她，她抚摸着我的头发，我就要亲吻她时，她猛地推开我，慌里慌张地说，有人偷看呢。我有些不安，顺着她手指的方向看去，果真有颗脑袋浮在前边不远处的草丛里。可能也看到我们发现了他，那人立刻将脑袋缩了回去。我心里惶惶不安，我想那人一定看到了什么，他要回了村把我们的事说出去，以后我和红叶怕就不能这么大模大样地来往了。红叶低着头，一句话也不说，她肯定在心里埋怨我呢。

那时候，红叶好像很害怕村子里的人知道我们的事。她说她即便不是我的姑姑，我们之间也是不可能的，你考上学校就是公家人了，怎么还会要我？我做了一大堆解释，她只是笑，她说你别做梦了，我永远是你的姑姑，这不可能改变。但我嬉皮笑脸叫她"姑姑"时，她又制止我，说你开什么国际玩笑呢。她似乎更乐意当我的姐姐，她也真像个姐姐，宽容着我所做的一切。每当我想有所作为时，她总是说，你这个调皮鬼，什么时候不再贪玩呢。她用"贪玩"两个字，轻描淡写地抹去了我的无耻。

我紧盯着那片草丛，猜测着他可能是谁，然而我怎么也没想到偷窥者竟是天宝。当他的脑袋重新浮现在草丛上时，我一眼就认出了他，心里不由舒了口气，这家伙怎么转悠到河边来了呢。他是怎么发现我们的，又看到我们做什么了？那颗脑袋又要往回缩时，我大声喊道，出来吧，齐天宝。天宝十分局促地站出来，大嘴一咧，嘿嘿嘿地笑出了声。我让他赶快回村去，他立在那里一动不动，没一点走的意思。过了一会儿，他忽然伸出两只手，对着红叶做了一个很下流的动作，这才撒腿跑了。

我看见红叶倏地红了脸，低下头，良久没吭声。

天宝一走，我们沉默了一会儿，但过不了多久，我就又不安分起来。她数落我不长一点记性，再让人看到怎么办。我说看到就看到呗，大不了娶你当老婆。她惊讶地看了我一眼，只是笑笑，显然并不当回事。我也并不觉得自己真会娶她，只是随口说说罢了，我哪里会思考这么沉重的问题。我大把大把地挥霍着和她在一起的时光，以为日子就是这样，以为这样的日子永远也过不完。

但我想得太简单了。

那个暑假过得飞快，时光的轮圈好像还没有开始转动，就匆匆滑到了尽头。离开村子的前一天，我又一次赶到河边，可能是由于到得太早，等了好久也没看见红叶的身影。以往她总比我到得早，每次我牵着羊出来时，她已割了一大捆草。我躺在午后热烘烘的草地上，第一次感到了时间的漫长滞涩。

我无聊地瞅着树下的山羊，觉得它滑稽可笑，面孔消瘦无比，奶泡却油水充足，显得很不相称。我牵着它出门时，母亲忽然追出来，她忧郁地看着我，欲言又止。我知道她对我放心不下，我嘟哝了一句，便匆匆出了门。我害怕她那么盯着我看，连着有几天了，她总用这种目光审视我，显然是听说或觉察到了什么。有一次，她问我是不是常跟红叶在一起，我搪塞了一句。她说你已经长大了，又上的是正经的师范学校，应该懂得人情世故，见了红叶要叫"姑"，不要像过去那样没大没小的。母亲借此表明了她对我和红叶那种关系的态度，尽管她装作什么都不知道。她不想直截了当地教训我，也许是怕伤了我的面子，伤了我的心？

母亲没说那句话时，我对未来还抱着一些幻想，甚至想找个机会向她透露一下我对红叶的好感，可我还没说什么，她就抢先粉碎了我的梦想。我感到了深深的绝望。跟红叶在一起时，我再不敢信誓旦旦，偶尔想说句什么，也觉得自己言不由衷，很虚伪。常常的，在我搂着红叶时，脑海里会蓦地跳出一个古怪的念头，我怀里的这个女人不属于我，她迟早要嫁给一个陌生的男人。或许这个假期一结束，我们之间的一切就会结束。这个念头像条僵硬的蛇，缩在我心里的某个角落，让我感到寒冷，恐惧。有时，我甚至把这一切都归咎于红叶，我怀着一种近乎报复的心理，疯狂地拥抱她亲吻她，搂得她喘不过气来，亲得她嘴唇肿胀发紫不得不使劲推开我。

我胡乱地想着，一抬头，看到红叶走过来了，视野中那段距离只有十几步，但在我的感觉里却漫长如一生。那一刻，我一把将她揽在怀里，紧紧地搂着，仿佛一松手她就会扑棱着翅膀飞去，彻底飞离我的世界。不知为什么，我的眼里竟有了泪水。她好像也动了情，柔顺地伏在我的肩头，像只可爱的羔羊。

"这大概就是爱吧，"我想，"两个人紧紧地拥抱，一直到死。"

后来，我松开了她，我们同时坐下来，我说我要好好好好地看看你。我凝视着她，久久地，这是我第一次长时间地凝望她。她忽然羞涩地一笑，她的笑容看起来有点疲惫，好像是生了病。我问她怎么了，她忸怩地动了一下，说这你就不要问了。我被弄糊涂了，固执地要她告诉我究竟怎么回事。她打了我一下，说你别问了，说了你也不懂，这是我们女孩子的事。我说你们女孩子有什么事。她脸一红，伸手刮了一下我的鼻子，说女孩子的事，你一个男生干吗要知道呀？过了一会儿，她问我是不是明天就走。我的情绪不由得低落下来，我说真不想去学校，为什么非得要去念书呢。她说你真傻，念书多好呀，可见你是让我惯坏了。我叹了口气，说要是真能娶你当老婆就好了。她一恼，伸出手要打我，那只手却被我捉住了。我握着她的手，说我真的不骗你，做梦都想。她叹息了一声，慢慢向我伸出一只手，从头发移向我的脸颊，一点一点地抚摸我，这好像是她第一次这么主动。我感到脸上的青春痘含苞欲放，心里由不得感叹，这样真好。

我索性躺在草地上，头枕着她的腿，我闭上了眼睛，我愿意在她的抚摸下长睡不醒。可没多久，我渐渐嗅到了一种陌生的气息，这气息只能来自她的身体。我凭着直觉，猜出这跟女生的事有关。我又有了游戏的兴趣，我想看看她那个神秘的部位。我坐起身，猛地把手放到了她两腿交叉的地方，她愣了一愣，立刻移开了我的手。她脸上满是羞恼，我笑了笑，又一次把手搁在了她那儿，她又一次移开了我的手，这样反复了几次，她不再抵抗了。我的手隔着她单薄的衣裤小心地移动着，我感到喉头发堵，体内有一种特别的冲动。我迟疑了一下，开始解她的裤带，我以为她会很强烈地反抗，奇怪的是她没动弹，仿佛被点了穴。她的脸开始涨红，红晕从颧骨处慢慢向周围扩散，波纹似地。我心里不由一阵狂喜。我匆匆解开了她的裤带，一只手沿着她平缓的腹部缓缓地深入，可在到达目的地时又火烫似地缩了回来。我匆匆地系好了她的裤子。我不敢碰她。童贞的禁忌在我心底隐隐作祟，随之泛起的作孽感使一切前功尽弃。

可不一会儿，我的手又移向她那里，除了不敢解开她的裤子外，我做着一切浮浅的动作。我的手仿佛被一种异己的力量操纵着，欲罢不能，无休无止，不厌其烦。她突然把脸转向我，与此同时她的手也准确地落到我的那个部位，她看着我，目光里流露出一丝狡黠。我的手动一下，她那只手也动一下，我停下来，她也停下来，就好像是我的复制品，我的影子。我感到下体有了变化，一团火在燃烧，我立刻搬开了她的手，也不再动她。她忽然格格格地笑起来，很开心的样子，这使我心中一片迷茫。多年后，我才知道女孩子也有情欲，就像我们渴望着她们一样，她们也同样渴望着我们。可在很长一段时间里，我却忽略了这一点，以至于很正常的行为却难以理解和把握。

后来，红叶不再笑，眼里盈满了泪水。我感到害怕，以为她在生我的气，赶紧发誓，以后绝不再欺侮她了。

她直直地看着我："你说我们还会有以后吗，你觉得这还不够？"

"当然不够，太不够了。"我说。

"忘了这些吧，到了学校要专心念书。"她说。

"这怎么可能，我怎么会忘了你？"我摇摇头说。

她没作声，看了我一眼，慢慢站起身，让我再看会儿书吧，她要去割草了。说罢朝远处走去。走了几步，她停下来，回过头看了我一眼，然后掉转身匆匆走了。她再没有回头，走得很快很快，好像要极力摆脱什么似的。我想追上去，双腿却像身边的草一样扎了根。

7

再回到校园，我觉得自己成熟了许多，见到菲也不再躲闪。有一天，我和她在教室门口撞了个正着，我不仅没一点脸红，反而跟她说了句玩笑话。她惊讶地看着我，好像是在确认我到底是谁在跟谁说话，她有没有听错。我没回避，目光坦然地迎着她，同时嘴角浮出一丝笑。我以为那是嘲讽的笑。见我这样，她反而有些害怕了，又看了我一眼便逃也似地走了。我好像听到了她内心的声音——不对吧，他怎么过了一个假期就变得这么无所畏惧了？这还是那个见了打灯蛾就吓得直往我身边靠的胆小鬼吗？还是那个偷偷地恋着某个女生的很流氓的家伙吗？——是的，那一刻我听到了她心里的好多话。

我也不再害怕别的女生，不知为什么，我觉得她们都说不出的幼稚。有时到教室早些，我会在自己的位子上，毫不掩饰地看着从门口进来的每一个女生，也不管她们怎样反感。我以为这是一种客观地看，她们在我眼里不再夸大或缩小，好看就是好看，不好看就是不好看。我发现菲并不比别的女生有多少魅力，她其实很平淡，相反，我甚至认为她有些地方长得很不好看，比如她的高颧骨，按照村里的说法，那是不折不扣的克夫相，哪个男人娶了她将来肯定要倒大霉的。再比如她的鼻子，挺倒是很挺，看上去却有点虚假，像个假鼻子，就是说上帝在造她时不是很投入，有些马马虎虎潦潦草草。既如此，那过去我怎么那样热烈地暗恋着她呢？是因为她的皮肤太细腻太白，一白遮百丑？还是因为我们是同桌，朝夕相处，日久生情？不知道，我也懒得去探究了，反正我和她的一切已成了过去。再说娅，我对她的印象倒是不错，觉得她挺本真的，不像菲那么妖里妖气，写到这里我忽然想明白了，我过去迷恋的可能就是她这点妖气。后来娶妻生子之后，我更明白了一个道理，假如你想选择一个女人做老婆，娅这样的女性可能最理想。但当时我并不懂这些，我对异性仅仅是一种青春期的肤浅的感觉。再比如我们班的张梅、季小红、古兰兰，这几个女生可以说比较好看，别的女生好像就不怎么耀眼了，不是太胖就是太瘦，不是太土就是太妖，等等，都不是我喜欢的那个类型。

同桌张晓枫立刻觉出了我的变化，他说你好像换了个人，你给了我一种耳目一新、开天辟地的感觉。我不由一笑，是吗？是这样吗？他点点头说，说吧，这到底怎么回事。我沉吟了一下，最终还是对他说了红叶，说了我们的恋爱故事。我知道这事就是不对他说，也难保不告诉别人。那时我很幼稚，太想把自己装扮成一个成熟的样子，不想让别人觉得我还是一个什么都不懂的毛孩子。当然，我在叙说的过程中省去了一些难以启齿的细节。我觉得说出来后心里很畅快，内心的喜悦感和成就感也放大了好几倍。张晓枫大睁眼睛看着我，舌干口燥的样子，他好像被我的所作所为惊呆了。我笑眯眯地看着他，觉得他这样子很让人受用。老半天，他一竖大拇指说，没想到你这家伙是土默川的狼，善眉善眼吃人呢，根本就想象不到你这么快就得到了。我心里自然有些得意，连张晓枫这样的恋爱专家都这么夸我，可见我确实不是个毛孩子了，成熟也成功了。

不久，我便知道张晓枫在追求他的女老乡林小雪，她是我们学校三年级的学生。对于林小雪，我的感觉是她长得太美太美了，美得无法言说。那次她来我们宿舍找张晓枫，我只看了她一眼，便在心中留下了难以磨灭的记忆，那种美使再美好的文笔都相形见绌。我觉得她比电影《小花》里的刘晓庆都好看。那时，校园里流传着这样一个故事，说有个小毛贼撬开了林小雪她们宿舍的门，他本来可以带走一些比较值钱的东西，但最终只拿走了林小雪一本相册。我想那小毛贼一定在相册和财物间作终了一番取舍了，最终他放弃了财物。事后，连那些嫉妒她的女生都感叹，是林小雪的美镇住了小毛贼，使整个宿舍避免了一次重大的财产损失。

一天下了晚自习，我们回了宿舍，熄灯好久发现张晓枫的铺位还空着，起初大家也没在意，像往常一样躺在床上议论今天班里发生的事。其实也没什么事，不过是哪个男生跟女生多说了句话，哪个老师讲课时多看了一眼某个女生。有时讨论得太激烈了，会被闻声而来的陈大凯老师予以制止——他就住在我们宿舍隔壁。陈大凯不仅口才好，也会做工作，对待学生总像春天一样温暖，他很文雅地敲敲我们的宿舍门，提醒我们早点睡吧，别误了明天的早操，然后就走了。他这一说，我们便不敢再瞎议论了。我们宿舍有七八架双层床，住着十四个男生，到现在我还记得谁在哪一架的哪个铺位，谁睡着了喜欢打呼噜放屁，谁喜欢磨牙说梦话，谁从上铺跌到床脚下睡了一夜一直到早起才被同学喊醒。我们班长也在这个宿舍，他跟张晓枫一样的高个头，年龄也比我们略大些，当时就很有组织能力，毕业后干了多少年，竟然当了一个县的县委书记，据说很得民心。成了政治明星之后，我们就逮不到他了，所有的同学聚会他一概不参加，这让我们不解，莫非从了政，就得牺牲同学之间的友情吗？宿舍里还有个年纪很小的数学天才，他住在靠近门口那架床的下铺，不大学习，但数学学得得呱呱叫。他患有抑郁症，头常常裂开似地疼，第一个学期便请假回去休养了半月。他不大喜欢跟我们开玩笑，常常坐在下铺的角落里发呆，我们议论女生他从不参与。

后来，这样的讨论持续了一阵子，我们班长说算了不说了，越说越兴奋越睡不着，你们先睡吧，我去操场上走一走。又过了好一阵子，他回了宿舍，很平淡地对我们说了一句话——张晓枫在操场谈恋爱呢。他这一说，真是石破天惊，所有躺在床上的人睡意顿去，一个个从床上弹起来，向操场奔去。那个夜晚月色很好，我们在班长的指点下，看见那边一棵树下有两个黑影，他们好像因为什么在争执着，声音忽高忽低，但说了些什么我一句都听不清。其中一个显得烦躁不安，身体来回移动着，当他离开树影走到月光下时，我一下看清了，是张晓枫！我看见他始终没有靠近那个女生，他固执地对她诉说着什么，那个女生有几次像是要离开了，却被他挡住了去路。寒凉的秋风摇晃着我们头顶上的枝杈，我听得谁的牙齿在风中剧烈地磕碰着，发出并不悦耳的声音。我觉得有点可笑，他在匆忙中只穿了件背心，可依然目不转睛，生怕漏掉了一个细节。

突然间，张晓枫像一株植物拦腰折断了，不，是跪下了。我目瞪口呆，怎么也没想到他会这样。那个女生迟疑了一下，弯下腰去扶他，可他怎么也不肯起来。我想他一定是提出了什么要求，要是得不到对方的答复，他恐怕要永远跪在那里了。那个女生终于失去了耐心，她不再搭理张晓枫，一跺脚向前边走去。我听到张晓枫绝望地喊了句什么，那个女生停住了，回过头望着他。借着月光，我们看清这个女生是林小雪。是的，是女神一般的林小雪！我们不知故事接下来该怎么发展，张晓枫要怎么样，林小雪又会怎么样。我们都期待着一个出人意料的结局。可就在这个节骨眼上，谁突然打了个喷嚏，那声音嘹亮无比，操场上的那两个人怎么会听不到呢。果然，张晓枫慌乱地站起来，跟着林小雪向那边逃去了。

那夜张晓枫什么时候回来的，我现在记不大起了，感觉应该过了很久才进了宿舍的吧。

我从操场回来后，胡乱想了一阵子，便沉入了睡乡。我做了一个难以启齿的梦。我梦见了红叶，裸着的红叶。她咯咯咯地冲我笑着，一脸狐媚样儿。是的，她在勾引我。我一把就将她搂住了，我能感到她胴体的温热，我像遇到风的帆，载了雨的云，但没一会儿，帆沉了，雨停了，狐媚的她消失了。醒来后我感到内裤黏湿，这种可耻的生理现象使我怅然若失，心情黯然。

连着几天，张晓枫显得无精打采，脸色阴沉得能拧出水来，我觉得有点对不住他，我也参与了那次不光彩的偷窥。如果我们不去打扰他，他或许会如愿以偿，得到他想要的爱情的。唉，那个讨厌的喷嚏。不仅仅是我，整个宿舍的人都感到很内疚，大家跟他说话时神情都有些不自然，目光躲躲闪闪的。也许是由于深陷在痛苦中，他对我们的反常竟没有一点觉察。

后来，张晓枫对我说了那天的事，也就是向我讨个主意吧。打从知道我和红叶的事后，他暗里将我当作了神灵，恨不能烧炷香把我供起来了。我说你还向我讨主意，你能把林小雪约出来就是能耐了。他叹口气说，这都是没办法的办法，我骗她说要回老家一趟，她正好有东西往回捎，就跟出来了。我说你能想出这样的办法就是能耐了。他说能耐什么呢，他那张嘴比脚后跟都笨，关键时刻怎么也表达不清。我的眼前蓦地浮现出了他在月光下焦躁不安的样子。

"那她怎么回答你的呢？"我问。

"别提了，"他摇摇头，"她说她一点思想准备都没有，根本就帮不了我这个忙。"

"这没什么，"我想了想说，"要是她一开始就答应你，那爱情还有什么意思呢？爱情是美好的，需要我们不断地去追求呀。"

"这我知道，"他说，"我绝不会放弃她，绝不会放弃爱情的。"

我一拍他的肩头，"这不就对了嘛。"我的口气俨然一个过来人。

但我同时也发现，这个自称爱情专家的家伙其实很脆弱，很不成熟，不过是一只纸老虎罢了。

8

那个秋天快结束时，我的一篇小说在省城的一本杂志发表了，里面有我对菲和红叶的幻想、欲望以及忧伤。我们的语文老师恰好订着这本杂志，他当时的激动不亚于哥伦布发现了新大陆，他先是把我叫到办公室鼓励了一番，说你好好努力吧，将来肯定能写出个气候的，接着，又在语文课上把我表扬了一番，好像我已经写出了《红楼梦》。他还推荐我当了校刊的副主编。班上的同学更是把我佩服得不得了，说我将来肯定能成为大作家。那些原本把我看成危险人物的女生也不再对我横眉竖目，望向我的目光多了几分崇敬。那正是二十世纪八十年代中期，商品经济的大潮还没有席卷而来，文学在校园还是有一些魅力的，这是我一举成名的社会背景。我为此得意忘形，觉得到处莺歌燕舞，更有潺潺流水，高路入云端。

不知为什么，在一片赞歌中，唯独娅对我的成功表现得很冷淡，这让我大惑不解，以往我就是有篇作文被语文老师在课堂上讲评了，她也会忍不住多看我一眼，投来羡慕或鼓励的目光。更让我难堪的是，她竟在我的语文课本里塞了个小纸条，上面有"你现在不过是颗尚未成熟的青春痘"之类的句子，并公然将自己的名字署在了后面。我只看了一眼就气炸了肺，真想当面问问她究竟什么意思，但最终还是忍住了。我想一个人成名之后，就该沉得住气，大度一些，不能对别人的讥讽打击以牙还牙。更何况，我对娅一直颇有好感呢。

过了几天，娅看我没什么反应，竟然得寸进尺兴师问罪了。那天轮我值日，下了晚自习我开始扫地，同学们陆续走了，只有她还留在教室稳坐在自己的位子上，我想这个女孩子看来是跟我较上劲了。我咳了一声，提醒她尽快离开，否则可能会被我扫地出门，可她却没一点反应。我有些无奈，心想惹不起，我还躲不起吗？扫到她的座位时，我就要绕过去，她却腾地站起来，说你这值日生不合格呀，怎么把我的位子落下了。我看了她一眼，那你为什么不离开？你不离开我总不能把扫帚戳到你身上吧？说完，我埋下头干自己的活儿——我想我得赶快离开教室。娅忽然扑哧一下笑了，大作家，还在生我的气呀。我说我生你的气干么，你最好离开你的座位，不然就别想沾一下我的扫帚。她又一笑，你别拿出抬杠的架势好不好？我那样做我都是为你好，你想想，你的小说真就那么完美无缺？老师只是鼓励你，你可不敢骄傲呀。说完,她诚恳地望着我,目光像没受过一丝污染的小溪,潺潺缓缓地流向我。我听得那声音抚摸着我的心,迅即低下了头,我不知该说什么。后来,她拿出一个厚厚的笔记本,翻开其中的一页说,帮我看一下吧,我胡乱写了一点东西。我说我也不懂,你别开我玩笑了。

"你真不看?不看那我撕了它。"她生气地说。

我看她真拗上了,只得接过那个本子,匆匆看了看,那是一首优美的散文诗,字里行间流露出一种渴望,一种朦胧的向往。

"这诗,我不懂。"我结巴地说。

她看了我一眼,"你真不懂吗?"

我点了点头,想逃离,教室却突然断了电。那时学校对各个教室的用电是有控制的,到了一定时间,所有的教室都会熄灯。黑暗中,我无所适从,对她说了句什么,便向教室门口匆匆走去。慌乱中,我把一张桌子带倒了,发出很响的轰隆声,这张桌子又引发了邻近几张桌子的暴乱。娅叫了一声,猛地抓住了我的手臂,她的手因为害怕很有力,几乎把我的胳膊捏疼了。我想挣脱她,却身不由己,就像一根呆头呆脑的木桩子戳在她的掌握中。过了一会儿,她好像醒过了神,手一松,放开了我的胳膊。我发现自己手里还握着把扫帚,它就像一件可笑的防身武器。我划着了一根火柴,借着微弱的光亮,扶起了那些桌子,咕哝了句什么,然后看都不看她一眼就走出了教室。她也马上出来了。

天上有一弯轻描淡写的眉毛和无数只神秘的眼睛。

我磨蹭着锁了门,她依然在一旁等着。路上晃动着一些迟归的身影,几个男生大声唱着歌,一会儿是《北国之春》,一会儿是《在那桃花盛开的地方》。我迟疑了一下,说你先走吧。黑暗中,她沉默了良久,突然一扭身走了,背影透出了埋怨和生气。

那个夜晚我失眠了。

我一闭上眼，就能感到娅的目光，它持久而有力，潺潺缓缓地流向我，使我惶恐不安。我自然懂她的意思，但我想我不能。我不是有女人了吗？不是有红叶了吗？我努力想着红叶，眼前又浮出她羞涩的笑和那对坚挺的小乳房，它们夸张地凸现在我眼前，如同高悬的月亮。不知为什么，她的脸反倒模糊不清，就像月亮周围散出的光晕。过不了一会儿，娅的脸庞又浮现出来，越来越清晰，一个古怪的念头突然从我脑海里冒出：她也长着一双坚挺的小乳房吗？这个念头折磨着我，使我无法入睡。

此后的一些日子里，我时时能感到娅的关注，那目光持久有力，固执地无声地流向我。但我总是用心中的红叶抵御她，我努力维系着红叶在我心中的地位，尽管我知道她迟早会属于别人。我思念红叶，想念割草的她。我觉得自己不能背叛她，我对她发过誓，我曾经像个小男人抚摸过她，我是有责任的。可有时我又害怕想起她，记忆一旦回到那些日子，我的眼前就会浮现出一双坚挺的小乳房，这使我感到爱的单调与乏味，无聊与无耻。我多么希望伴随着她的是一些洁净的画面，可结果却总是徒然，愿望与实际的背道而驰使我苦恼不堪。这时候，我更不敢面对娅那双清澈的目光了。但我又觉得躲不过去，该来的总是要来。

一个阴郁的黄昏，娅敲开了我宿舍的门，宿舍里只有我和张晓枫。那些日子他还是一筹莫展，被可恨的单相思搞得焦头烂额。娅进来之前，我和他刚结束了一场无聊的谈话。我跟他开玩笑说，要不我装成一个流氓，对林小雪耍无赖，你忽然挺身而出，英雄救美，说不准事就成了。我不过是随便说说，没有想到他当了真，他盯着我说，你真会这么做吗？你要能这样，那就救了我。一看他这样，我就不敢再往下说了，我怕他真的抓住我不放。他投向我的目光可怜巴巴的，夹杂着一种阴冷可怕的东西，让人觉得害怕。见我不说话，他冷冷一笑，说就知道你是在戏弄我，你根本不会帮我，你们谁都不会帮我。

我想安慰他几句，他说你别说了，我一点都不想听。

我问娅什么事。她说她母亲生病了，想明天一早坐车回去看看，问我能不能送她去车站。火车站在县城，离我们学校有十多里路，不通客车。平时我们想进城，要么步行，要么借辆自行车骑着去。我看了娅一眼，不知该怎么说，我害怕与她单独在一起。张晓枫似乎看出了什么，看了我们一眼，扭身出去了。他还真的走了，我心里真把他恨得要死，怎么就走了呢。宿舍里只剩下我和娅时，我更感到局促，脸涨得红红的。

"你到底送不送我？吭个声呀！"她说。

"送。"我点了点头，声音似乎是从地缝里钻出的。

我想再怎么小气，也不能在这种事上拒绝她。

她是早晨八点的火车，第二天天没亮我们就动了身。

夜里下了一场小雪，地面铺了一层绒绒的白，泛着白瓷的光泽。正是天将破晓的时候，寒意袭人，从嘴里呵出的气都是白的。我骑着自行车，带着她向县城的方向走。车是跟宿舍里本县的同学借的，破得随时都有散架的可能。她坐在车后架上，一只戴着粉红色手套的手小心地搭在我的腰间，一动不动，就像从我肋条上长出来似的。我感到腰窝那里很暖和。路上她很少说话，偶尔问我句什么，我也装作没听清，胡乱应承一声。谈话就更不可能了，这正是我期盼的。

走了一段坡路，翻下去就是那条叫十里河的冰河了。十里河是桑干河的支流，每次路过这里，我总有一种亲切感。这里和故乡的河通着。河面上高悬着一道长长的木板桥，走在上面，即便单身独马也觉得心惊肉跳。人多时，桥身更是不停地颤悠，使你疑心某一刻它会断裂，可多少年来，不知有多少人经过这里，始终就没见这桥出过什么问题。

踏上木板桥，我们下了车，小心地移动着。她在前，我在后，桥在我们脚下颤悠。桥板像一根琴弦，我们就在弦上走着，弹奏着什么。走近桥心时，她脚一滑，差点摔倒，我一探手扶住了她。她回过头，柔柔地望着我。接下的一段路，我们并排走着，彼此挨得很紧。她的羽绒服和我的衣服摩擦发出"簌簌"的声音，听着就像音乐。可这时候，我的眼前又浮现出了红叶的身影和她那双赤裸的小乳房，那个可怕的念头于是又一次开始折磨我——娅也有这样一双小乳房吗？这么一想，我浑身不由打了个寒战，身子也不由得往一边靠了靠。

娅敏感地把脸侧向我，好像在问，"这是为什么？"

我不敢看她，不敢面对她的目光，自卑感像一只黑手紧紧地攥住了我。

过了桥，县城已遥遥在望，这时候天边已露出了鱼肚白。我跨上车，催促她快走，她看起来却一点都不急，看那样还想再这么步行一段。我忽然生了气，我说你还想不想回家。我的声音很大很焦虑，掩盖着内心的喧嚣和不安。她吃惊地望着我，目光里流露出一丝哀怨和失望。我扭过头，故意不去看她。她终于跨上了后车架，一只手搭着我的腰窝，但我却感觉那只手像一块硌人的冰。一直到进了车站，她再什么话都没说。我看着她像一片树叶飘进了候车室，被人流冲向了站台。我的心一片迷茫。

送走娅的那天，我在教室里一抬头就能看到前边她空着的座位，我的心也随之变得空旷起来，仿佛庄稼收割之后的田野。我知道我从此失去了她，一切再无可挽回。现在想来，在我的恋爱史上，娅是第一个主动对我表示好感的异性，也是最后一个。我故意错过了她，只为了求得内心的平衡。这也许是一个永久的遗憾，但当时我只能这么做。

9

那年最后一些日子，张晓枫彻底陷入了绝望中，他瘦得厉害，颧角几乎挂得住一只书包，样子实在令人担忧。我劝他放弃这桩无望的爱情，我说天涯何处无芳草。他根本听不进去，他说他心里只有林小雪，谁都甭想让他改变爱。他变得非常固执同时又十分脆弱，他说他夜里怎么也睡不着，一闭上眼睛就能看到林小雪，她在嘲笑他，别人也在嘲笑他。我说你这肯定是一种错觉，我怎么没觉得呀。他说，你们就是在嘲笑我，你不要否认。

陈大凯好像也听说了什么，有一天，他把张晓枫叫去了自己的宿舍。可能是找他谈谈心。张晓枫回来后，我问他陈老师说什么了。他半天没吭声，后来，没头没脑说了一句，爱一个人有错吗？难道非得放弃吗？听他这意思，我就知道陈大凯跟我一个观点，肯定是劝他不要再对林小雪存什么想法了。再后来，他忽然又说，咱们老师的女人真漂亮呀。我说，你说什么？

"我看到师娘来了，"张晓枫叹口气说，"要是师娘不来，陈老师还不知说我多久。"

我们于是知道师娘来了。

师娘和陈大凯一直两地分居。师娘也是个老师，在陈大凯老家那个县的一所中学教音乐。据说她唱得很好听，但我们一次也没听过。陈大凯也喜欢唱歌，经常组织指挥我们班参加学校的歌咏比赛，可能就是受了师娘的影响吧。当年，陈老师带着我们打了一个接一个的大胜仗，歌咏比赛，体操比赛，篮球比赛，板报比赛，征文比赛等，永远在全校拿第一，第二也不行。我记得我们上一年级的那个秋天，她来过一次，长发披肩，高跟鞋，走起来"登登登"的，很好看。因为我们宿舍的门朝北开着，塞外冬天的风又太大，所以房子前设了一条长长的走廊，和房子一样也是用泥坯子砌的，走廊一孔窗户也没有，黑乎乎的，两个人撞上了也看不见。有一天，我在走廊内就与师娘撞了个正着，我一下怔住了，她冲我笑了笑，噔噔噔地走了。我嗅得她身上散出一种好闻的香味。

师娘来了，我们宿舍的男生都有一种隐隐的莫名的兴奋。这时候我们已不是一年级时的雏鸟了，我们都想干点什么，发现点什么。那天晚上熄灯后，我们议论了一阵班里的事，后来，忽然有人说，陈老师这会在干什么？马上有人说，还能干什么，肯定在和师娘说悄悄话。又有人说，光说悄悄话吗？肯定还做别的事。最先说话的人问，会做什么事呢？这一下把大家问住了。后来，有人说出去方便一下，跳下床离开了宿舍。不一会儿，我们班长也出去了。过不了一会儿，大家都爬起来了，都说要出去一下。我也爬起来，我发现张晓枫躺在那里一动不动，我捅了一下，问，你不出去？张晓枫一动不动。我再懒得理他，跑着匆匆出了宿舍，我知道他们都去了哪里。我们这排宿舍东侧有一条通道，从这里出去就能绕到陈大凯宿舍的窗前，我凑过来一看，他们都蹲在墙根下，侧愣着耳朵听。很冷的冬夜，只有半个月亮，我听得有人冻得瑟瑟发抖。我什么也没听到。他们肯定也都没听到。后来，我们一个个蹑手蹑脚地回了宿舍。

躺下后，我们憋不住地说笑，感叹白卖了一回冻肉，什么都没听到。有人说，陈老师是老手了，早有了防备，我们哪会听到，让你听到了人家以后还怎么上讲台？又有人说，可能得后半夜吧，师娘来一趟多不容易，他们肯定会有点事。我们班长说，见好就收吧，不准再出去捣乱了，让陈老师听到就不好了。其实他不说，也没有人再出去了。

那天夜里他们打起呼噜后我还没睡着，后来听得有谁从铺位上爬起来了，侧过脸一看，是张晓枫。我以为他是出去撒尿，可等了好久也没见他回来。后来我就迷迷糊糊睡着了，早晨一睁眼，发现他还在铺位上蒙头大睡，起床铃响了半天，他似乎也没听到。我又捅了他一下，问他夜里是不是出去了，听到什么没有。没想到他狠狠地瞪了我一眼，说我才不像你们那样下流呢，我哪里会去听老师的房，那成什么了？

"那你去干什么了？"我说。

"我去小雪她们宿舍前站了一会儿，"他半天说，"我想她想得睡不着。"

我一下怔在了那里，隐隐感到他要出什么事，但我怎么也没想到他会发疯。

几天后的一个下午，美术老师正给我们讲达·芬奇画蛋的故事，她在黑板上夸张地画了若干个"0"。我们一直很喜欢听她讲课，觉得她的课生动有趣，而且她长得又那么甜。这时张晓枫忽然从我身边站起来，摇晃着单薄的身影向讲台走去，美术老师问他干什么，他笑了笑，反问老师站那儿干什么。我们还没有缓过神时，看到张晓枫已站到了讲台上，无比动情地朗诵起斐多菲那首著名的爱情诗来：

> 我愿意是急流，山里的小河，
> 在崎岖的路上、岩石上经过……
> 只要我的爱人是一条小鱼，
> 在我的浪花中快乐地游来游去。
> 我愿意是荒林，在河流的两岸，
> 对一阵阵的狂风，勇敢地作战……
> 只要我的爱人是一只小鸟，
> 在我的稠密的树枝间做窠，鸣叫。
> 我愿意是废墟，在峻峭的山岩上，
> 这静默的毁灭并不使我懊丧……

只要我的爱人是青青的常春藤，
沿着我的荒凉的额，亲密地攀缘上升。
我愿意是草屋，在深深的山谷底，
草屋的顶上饱受风雨的打击……
只要我的爱人是可爱的火焰，
在我的炉子里，愉快地缓缓闪现。
我愿意是云朵，是灰色的破旗，
在广漠的空中，懒懒地飘来荡去……
只要我的爱人是珊瑚似的夕阳，
傍着我苍白的脸，显出鲜艳的辉煌。

那绝对是精彩的朗诵，我们都被他的声音迷住了。后来他狂笑着走出了教室，一直被他堵在身后的娇小的美术老师才说了句话，真是个神经病！我一开始也觉得很好笑，但只笑了一下，便觉得有些不对劲——可能张晓枫确如美术老师所说的那样，疯了，得了神经病了。我对美术老师说了句什么，往教室外追去，我看到张晓枫仍边走边狂笑着，好多人都从窗口探出了目光。我意识到了事态的严重，想抓住他，把他拉回我们宿舍去，可他根本不听话，力气大得吓人，只一把就将我推倒了。等我爬起来时，他早不知跑到了哪里。

我赶紧跑去找了陈大凯，说了张晓枫的事。

第二天下午，张晓枫的父亲便坐公共汽车来了。那是个善良而又谨小慎微的乡下老人，他上身穿一件老羊皮袄，下身着一条黑布棉裤，脚上是一双大疙瘩翻毛皮鞋。老人已从班主任那里知道张晓枫怎么回事了。可他怎么也不肯相信自己的儿子会犯疯病，他反复对我们解释，他们家几辈子都与这种病没一点瓜葛。我说我也不相信他会发疯，他只是一时受了刺激，回去养上一段时间就会好的。老人担忧地看着儿子，听着张晓枫嘴里不时冒出一句半句莫名其妙的话，后来他安慰儿子说：

"你要真想娶个媳妇，回去爹就给你把事办了。"

哪料张晓枫一点不领情，恶狠狠地说："我只要林小雪，别人谁都不行。"

老人就问我，那个林小雪到底长了个啥样子，竟把我家晓枫迷得神神道道的。我就给他讲了她们宿舍失盗的事，贼放着东西不偷，只拿走了她的相册。

老人摇摇头说："这样的狐媚女人娶不得，娶了也是个祸害。"

老人在我们宿舍住了一晚，就和张晓枫挤一张床，他好像一夜未眠，不停地翻身。第二天一早，他就领着张晓枫走了。可能是怕儿子受冷冻，他把自己的老羊皮袄披在了张晓枫身上，这一来，张晓枫的样子就显得十分滑稽，我们想笑又不敢。张晓枫这一走就是一年，一直到第二年的冬天，他才返回了学校，因为功课误得太多，留到下一个年级了。他好像很为自己的事不好意思，再见了我们也不多说话，能躲开就躲开了。

那天，我们宿舍的人都去校门口送他，他挥着拳头说："林小雪是我的，你们休想夺走她！"

10

寒假我回了村，听母亲说红叶已订了婚，过了年就要出嫁了。对象是镇上的一个医生，他爸在镇政府大院当着副镇长，在镇子最繁华的街上有一处三上三下的瓦房院，条件应该说相当不错。美中不足的是，那男的腿有点问题，走起来一瘸一拐的，据说是小时候落下的毛病。红叶对这门亲事不大乐意，可她爹妈却觉得这是门很不错的亲事，因为只要红叶嫁过去，那个副镇长就可以把她哥哥安排到县化肥厂当工人。母亲说，女孩子都这么回事，长大了就得出嫁，至于嫁好嫁坏那就看她的运气了。尽管我知道这是我和红叶最终的结局，听了后心里却还是很忧伤，那一瞬间我泪流满面，好像一座原本属于我的宝库被人盗了。母亲怔了一怔，把脸扭到了一边。

我想见红叶一面。

我真的很想看看她，再怎么也得说句话吧。

但是白天我不敢去找她，毕竟，她已经是别人的未婚妻了，我不想给她惹什么麻烦。连着两个晚上，我都在她家门口等，始终没见她出来。母亲知道我去干什么了，说你就死了那条心吧，人家红叶有男人了，又怎么会理你呢。我不信她会这么绝情，她一准是不知道我在等，要知道了一定会出来。第三天晚上，我又去她家门口等，这次没等多久，她出来了，是出来倒水的。显然没想到我会在家门口等她，她愣怔了老半天出了声，是你呀，你怎么来了？我没吭声，眼里却有了泪。她哗地把水倒在门前的积肥坑里，说你等一会儿，我去换一下衣服。然后就急急地回去了。没多大一会儿，她穿着一件羽绒衣匆匆出来了。

"我们不能在这儿，"她扭过头看了自家大门一眼，又冲我笑笑，"让我爹看到就不好了。"

我跟着她往村外的果园走去。

果园里有一间土坯房，夏秋时节里面有人守着，到冬天就没人了。我们进了里面。土墙上挂着一盏马灯，她从旁边的小洞里摸出盒火柴，将灯点了。棚子里立刻有了光亮，我看清了她的脸。我也看清了她胀鼓鼓的胸。还不到半年时间，她就和过去不一样了，有点像别人的"未婚妻"了。我想她一定让那个人搂过了，甚至已经那个了。她见我直直地盯着她看，忽然笑了，看什么看，不认识了？我没吭声，还是看着她，仿佛要从她身上找回一些过去的记忆。她一伸手捂住了脸，说，还看呀，你都把人家看羞了。隔了一会儿，她放下手，说真没想到你会来看我，还挺有情义的。说完，她重重叹了口气。我从她的叹息声里看到了那条河和河边两个依偎的人。看到了那个无聊而无耻的我。

我不知该说什么。

很冷的冬夜，土坯房的窗口镶满了金豆似的小星星，我好像听到了它们牙齿打战的声音。我的心也很冷很冷。我很想把她搂在怀里，我觉得她的胸应该是温暖的，里面有一团火。可我不敢，耳畔总有个声音提醒我，她是别人的未婚妻了，不是河边那个属于你的女人了。你没理由也不该去搂她。但我想不能这么沉默下去，总得对她说几句安慰的话。我终于出了声，但说出来的话却与我的愿望背道而驰，我不仅没有安慰她，反而有些抱怨的意思。

"真没想到你这么快就找上了，"我看了她一眼又说，"听说过了年就要出嫁？"

她淡淡一笑，"找不找我哪做得了主，生在乡村，哪个女人不是这样的命。"

我听出了她言语间的无奈，知道自己说错了，赶忙说，听说你对象挺好。这话一出口，我立刻觉得自己说错了，这不是往她伤口上撒盐吗？她果然不高兴了，一伸手打了我一下，连你也学会挖苦人了？你肯定听人说他有毛病，才故意这样取笑我吧？我赶忙摇头，我不是这个意思，听说他家条件很好，还给你哥安排当了工人。她直直地看着我，忽然肩头一耸一耸地抽泣起来。我吓坏了，她心里一定非常难过，要不然怎么会哭呢，看来我又说错了。我不知该怎么办，看到她脸上那么多泪，就伸出手帮她擦，冰凉冰凉的，都凉到我心里了。

半天，她止住了抽泣。她哼了一声，说你弄得我怪痒痒的，谁让你给人家擦泪了？你又不是我什么人。我很想说，我是你的小男人，可我没敢。她忽然问，假如我也和你一起上学，你会娶我吗？我说当然。她看了我一眼，像是否定什么似的摇摇头，不会的，毕竟我是你姑姑呢。我们之间什么想法都不能有，对不对？你还是静下心好好念书吧，将来你肯定能找个更适合你的女人。我想说，其实我一直在想你，做梦都是你的影子，什么都梦。可我终于没有说出来。

"你嫁了人，我要是还想你怎么办？"我看着她说。

她看了我一眼，突然把我揽在了怀里，良久，出了声："不能再想了，再想只会害了你。"

我脸贴着她的胸，好像听到了她的心跳。

"我还想看一眼，我要记住它们。"我说。

她忽然笑了起来，"你这坏家伙，就不怕把我冻坏？"

"我只看一眼。"

她摇摇头，最终还是解开了衣扣，我在马灯的灯光里看到了一只饱满的乳房，和我暑假看过的不一样，它火炉一样烤着我，烤得我都没勇气去试一下它的温度了。但我还是一动不动地盯着它看。她一伸手刮了一下我的脸，然后匆匆系上了衣扣。

我们又说了一些话，她说不早了，该回去了。

我跟着她出了棚子，往村子里走。

夜里，我把脸埋在被窝里，哭了好久。

过了几天，那个医生骑着一辆当时村子里的人还很少有的飞鸽牌自行车来了，他是来接红叶到镇上吃饭的。那一天，村子里好多女人和孩子都挤在她家门前看女婿。我也躲在人群后偷偷看，和我想象的一样，我的情敌形容猥琐，从大街上骑进巷子时还看不出什么，一下了车，一瘸一拐的样子便昭然天下，可是他看起来却很得意，故意把车铃铛拨得叮当响，生怕人们看不到他骑了辆名牌车似的。再看红叶，她走在那个瘸子身边，眼神有些忧郁，脸却羞成了一块红布。那一刻，我拳头捏得嘎崩响，真想冲过去照着那家伙的脸给上一拳，可我却呆呆地站在那里，没一点勇气。我盯着他推着车进了红叶的门，盯着他在红叶一家人的簇拥下进了屋，盯着他大模大样地坐到了暖烘烘的大炕头上，一伸手接过了红叶端上来的白糖水。

我的目光后来落在了情敌的自行车上，我想你不是想把红叶接走吗，那好那好，你就等着吧。我走到车边，趁着人们不注意，一弯腰飞快地拔掉了他飞鸽车后轮的气门芯，只听"噗"的一声，轮胎泄了气，瘪了。

那声音太解气也一定太响了，我看到人们的目光全都聚到了我的脸上——我无地自容，落荒而逃。

选自《清明》2017 年第 1 期　责任编辑 许含章

幻想与幻想曲

■ 丁小龙

第一节：白　色

　　我确信，这不是白日梦。我已经将那封电子邮件反反复复读了好几遍，为了确定这不是梦，我将这封简信打印了出来。当打印机吐出那张 A4 纸时，我在镜子中看到了自己的慌张与羞涩，但我还是故作镇定，不想在镜子面前失控。这么多年以来，我所追求的一直是稳定与平衡的生活。是的，我不能让这封邮件扰乱自己的生活。

　　窗外下着雨，我重新坐到椅子上面。对着白纸上的黑字，又重新默念起来：以梦，你好，今年的 6 月 18 日，我会在长安城的音乐厅举办钢琴独奏会。其中有一个曲目是舒伯特的《幻想曲》（D940），我希望我们可以再次共同演奏这支曲子。除了你之外，我再也找不到合适的搭档了。等待你的答复。荀生，于纽约。

　　我小声地念出荀生的名字，随后放下手中的纸，开始聆听雨声。我将椅子转了过去，凝视雨水打落在梧桐树叶上。雨水倾城的声音在头脑中隐去，取而代之的是舒伯特《幻想曲》中的音符。已经有近十二年没有弹过这首曲子了，也没有再完整地听过一遍，奇怪的是，我却清晰地记着其中的每一个音符。我闭着眼睛，想象着这首音乐的形状，想象着荀生和我多年前共同弹奏这首曲子的场景。我穿着白色的长裙，他穿着黑色的礼服，我们坐在同一架钢琴前，在空荡荡的舞台上，共同演奏这首需要四手联弹的幻想曲。当时我感受不到观众的存在，黑暗短暂地吞没了他们。但是，从头顶洒下来的光却在凝视我们与我们的演奏。我闭着眼睛，回想当年演奏的场景，奇怪的是，我能想到音乐，却无法忆起荀生的脸。

　　正当我沉浸于回忆的长河时，一阵敲门声将我从过去的时间中猛烈拉回，我立即睁开眼睛，将手上的纸放回办公桌。敲门的是朵拉，也是音乐系的一名教师，比我年长两岁，是我在这所大学唯一认可的朋友。

　　"我记得你今天晚上有选修课，晚饭吃了吗？"朵拉问道。

　　"没有吃，我晚上基本不吃饭。"我说。

　　她从包里取出一小包咖啡巧克力，放到我的办公桌上，说："把这个吃了吧，要不上两个小时的课会让你吃不消的。"

　　我点了点头，接受了她的建议。她看到了办公桌上的那封简信，问道："你是不是有心事？"

　　"他要回来了。"我说，"荀生想和我一起演奏舒伯特的钢琴曲。"

　　"这是好事，答应下来吧。"

　　"我还没有想好呢，我不想让自己的生活失衡。"

　　"只是演奏个钢琴曲嘛，不要那么矫情。"她说，"生活太无聊，我们需要一些新鲜的刺激。"

　　说完，朵拉便离开了办公室。她要去赴晚宴，与另外一个男友。她没有结婚，也不打算要孩子，目前至少有三个情人围绕着她转。在我看来，她过着一种危险的生活，但正是这种危险成就了她的魅力。

我知道自己缺乏这种魅力。说实话，我甚至羡慕她的生活，她似乎是另一个我。也许正是因为这个原因，我才愿意和她分享我真实的一面。在绝大多数人面前，包括我丈夫，我都不停地变换着脸上的假面具，在她面前我会卸下种种伪装，像是洗完澡后，裸着身体，与镜中的自己对照。她知道荀生与我之间的故事，甚至曾经鼓动我去找荀生，开始新的生活。我没有那样做，因为我是一个懦弱的人。

外面的雨停了下来，办公室只剩下我一个人了。我突然有点饿，于是打开她送的巧克力。舌尖触碰到巧克力的瞬间，我突然想起了荀生的脸，想起了多年前的某个场景：我们在钢琴房里练习贝多芬的《第三十号钢琴奏鸣曲》，中场休息时，荀生将半块黑巧克力放到我的嘴里，另外一半则塞进自己的嘴里。我们相视而笑，接着，我们亲吻。至今，每次回味他的吻，我都会想到巧克力的味道。我又重新读了一遍那封邮件，想要立即回复他，但我的手指却在键盘前僵硬了。我不知道如何回复他，不知道如何开始第一句话，毕竟我们已经有九年没有联系了，我已经习惯了这种没有联系的联系方式。

我决定不接受他的邀请。退出邮箱、关掉电脑、静坐了十分钟后，我带着包离开了办公室。六分钟后，我走进了文津楼。在乘着电梯上升至六楼的过程中，喧哗也开始距我越来越远。出了电梯，我走进了605教室，学生们的喧哗再次将我围困，但我已经适应了这种眩晕感。这学期，我在学校开设了西方音乐史这门公共选修课。第一节课上，阶梯教室里坐满了来自各个专业的学生，眼神中涌现出对音乐的巨大热情。然而在随后的课堂上，热情急剧下降，很多学生选择了逃课，或者在课堂上做其他事情。我并不在意，也从来不点名，毕竟，古典音乐与大多数人的关联非常淡漠，甚至没有关联。这种音乐对于太多的人来说可有可无，但对于荀生和我这样的人来说，音乐就是我们灵魂的本质。在枯燥的教学中，我对音乐的爱并没有半点损耗，相反，时间所带给我的任何东西都会让我更靠近音乐的核心。

上课铃响后，我环视了一下教室，来了一半左右的学生。黎楠仍旧坐在第三排最中间的位置。黎楠是物理学院的学生，但对音乐充满了古怪的热情，每次下课后，他都会向我提出一些很新颖的问题。在我讲课时，他是这个班里唯一记笔记的人，其他学生要么不听，要么就用手机拍下课件，我知道他们根本不会再看这些课件。三分钟后，课堂上恢复了安静。我打开课件，开始讲古典音乐到浪漫音乐的过渡期，随后便着重讲贝多芬在音乐史上的重要性。我在教室里播放了贝多芬的《第五交响曲》《第九交响曲》与《第一钢琴协奏曲》等音乐的片段。音乐响起的时候，我可以站在黑暗中喘息与冥想：音乐是我魂灵的幽暗国度，聆听音乐是我祈祷的方式。透过屏幕散出的微光，我看到了黎楠专注于音乐的凝思深情，像一尊精致的大理石雕像。我突然在他的眼神中看到了荀生的样子，或许这就是我关注他的重要原因。对于这一点，我脑海中的另外一个声音却极力反对，我不想让他们之间产生半点关联。每次上公选课的时候，他的在场与注视都让我沉静，这种感觉多么像很久以前我和荀生一同上课的场景啊。那时候，我们都是痴迷艺术的学生，坐在教室中听教授们讲述各种艺术史。荀生的存在同样让我沉静，他所缺席的每堂课都会让我心神不定。这么多年过去了，我仍然记得当初的魂不守舍。在我的课堂之外，黎楠到底是怎样的学生？除了音乐是否还有其他爱好？有没有女朋友？我想知道关于他的一切，但作为老师，必须克制住自己的这份好奇，因为这会打破我对平衡的追求。

放学铃声响了，学生们如鸟离开巢穴般涌出门。黎楠夹着笔记本来到我的面前。我简洁地回答了他提出的两个问题：贝多芬与莫扎特在音乐上的关系以及贝多芬作品的晚期风格。我在讲解，他低着头做笔记。我闻到了他身上散发出的运动香水味，那个瞬间，我多么想抚摸他的头发，但心中的道德律制止了我。讲完之后，空荡荡的教室就只剩下我和他。我们共同沉默，这沉默如同钟声。五秒钟后，他说，老师，我们该走了。

我和他走出教室，进了电梯。在这个狭小空间中，我们都不说话，也不敢注视彼此。出了电梯，我深吸了一口气。

外面的夜色温柔，雨在浓郁的氛围下显得更大。我撑起了手中的黑伞，他却没有带伞。

要不，你用我的伞，我的车里还有一把伞。我说。

方便吗？他问。

方便，不过，你要陪我去停车场。我说。

他点了点头。于是，我们躲在同一把黑伞下仰望黑夜，伞是夜的面纱。他撑着伞，而我依在他的身旁。这是我们的身体最接近的一次，我能听到自己的心跳。我放缓了自己的速度，他则跟随我的脚步。我想，只要我再主动一些，身旁的这个人会屈服于我的意志。我没有。我们只是踩着破碎的雨水前行。

老师，我还能问你一个事情吗？他问道。

当然了。

贝多芬的作品，你个人最喜欢哪一部？

要看情况，因为他的作品太丰富太伟大了，比如此刻，我最喜欢的是第三十号钢琴奏鸣曲。

为什么呢？

因为这首音乐让我想起了过去的一个朋友。

嗯，也许这就是音乐的魅力吧。

他没有继续说下去，我们也很快就走到了车前。我按下开车锁，他帮我打开了车门。

我可以加您微信吗？他问道。

我掩饰住内心的狂喜，冷静地说：好的，但我平时不太用微信。

他扫了我的微信二维码，我也立即通过了他的请求。在他的注视下，我开车离开了停车场。一路上，我开着车，外面的雨敲打着玻璃，里面播放的是巴伦博伊姆版本的《贝多芬钢琴奏鸣曲》。我在肉身与音乐的双重运动中，逐渐忘记了我自己，时间也掀开了往事的面纱。我突然记得，我和苟生曾经也坐在车内，在雨夜驶向乌托邦。我已经忘记了乌托邦在何处，但却清晰地记得当初内心的悸动。那个雨夜，他把车停到郊外的路上，两旁是湿漉漉的麦田，他用双手打开了我的新世界。我们在车内汹涌地做爱，车外大雨的汹涌让我们忘记了身处何地。我仿佛走进了过去的时间，忘记了此刻的我身处何地。突然，我看到了前面停了一辆卡车。我紧急刹车，庆幸自己没有撞上去，内心的平衡感瞬间也被打碎。

车再次启动时，我关掉了车内的音乐，关掉了往事的闸口。在枯燥的雨声中，我要完成对枯燥的认同与超越。 三十分钟后，我回到了家。坐在沙发上，打开手机，看到黎楠发来的微信：老师，您到家了吗？我本来想回复很多，但理智让我只回复了一个字：嗯。我立刻收到了他的回复：您今天辛苦了，谢谢您的伞，晚安。不知道为什么，我被这个大男孩的关心所感染，但我再也没有回复他。之后我坐在沙发上，进入他的朋友圈，观看他的日常生活。他发的东西很少，基本上就转发一些与音乐和物理相关的帖子，从中基本上可以确定他还没有女朋友，目前的感情生活是一片空白。因为这个发现，我有种莫名的庆幸感。同时，我又为这种庆幸感到羞愧。

泡完热水澡后，我去房间看女儿。她已经抱着小熊睡着了，身旁放着《彼得·潘》这本童话书。我亲吻了她的脸，不愿吻醒她的梦。走出她的房间，我又坐回沙发，给自己倒了半杯红酒。婆婆在另外一个房间休息了，丈夫也没有回家。我无所事事，便打开电脑，重新读苟生写给我的邮件。我不知道该说些什么，关于感情，还是音乐。于是，我决定不再见他，不再和他有任何瓜葛。我吞下了那半杯红酒。我脱掉衣服，躺在床上，关掉了灯。黑夜在四周凝视我的梦。

午夜，我听到了房门声。丈夫回来了，他又喝多了酒。他叫着我的名字，我没有回应。他脱掉衣服，躺在床上，我闻到了他身上的酒精味。我有点恶心，但又不能说出这种恶心。他从后面抱住我。他的身体像火一样灼烧。我想要挣扎，想要逃离，理智告诉我，我必须屈服于他的欲望。

我像是躺在鱼缸中的死鱼。

第二节：黑　色

我以为她不会回复我，甚至她根本不会再收到我的邮件。对此，我本就没有抱多大的希望。毕竟我们已经有九年没有联系了。她或许早就弃用那个旧邮箱了，也早弃掉了旧记忆，开始了新生活。她应该很早就将我驱逐出了她的理想国，但是我忘不掉她，本以为我的时间洪水会将关于她的记忆湮没，时间却一次次地将她推向我的记忆舞台。我束手无策，只能向时间缴械投降。时间到底是什么，我也不清楚。唯一能够肯定的是，演奏钢琴的时候，我会忘记时间，而成为音乐的本体，音乐是超越时间的。也许这就是我喜欢弹奏钢琴的原因：不仅仅是为了保证技艺的娴熟，更是为了逃离时间的囚笼。这么多年了，我每天都要保证练习四个小时的钢琴，我的钢琴前放着我心中的钢琴圣徒——格伦·古尔德的黑白照片，他的存在让我觉得自己并非异类。

我喜欢独处，钢琴是我的孤独王国。在这个王国中，我既是国王，又是奴隶。

那天，彼得·贝克特率领纽约爱乐乐团在纽约市音乐厅演出，我作为演出嘉宾要登台表演。我与贝克特先生已经合作好多年了，深知彼此的演出风格与特色。在他们演奏完斯特拉文斯基的《春之祭》之后，我登上了舞台。我早已经习惯了灯光与掌声的聚焦，它将我分裂成另外一个人，这个人与密室中练琴的那个人格格不入，却又共存于同一个精神场所。我坐在钢琴前，屏气凝视，看着指挥发出了开始的命令。《a 小调钢琴协奏曲》早已成为我身体的一部分，我知道其中每个音符的轻重缓急。在弹奏的过程中，我忘记了我自己，在音乐的河流中，我顺水而行，身后的管弦乐像是河岸的呐喊与回音。第一乐章结束后，我们在沉默处停留了几秒钟，接着又共同驶向如船歌般的第二乐章。据音乐史家考证，这一章是舒曼献给克拉拉的颂歌，不知道为什么，第二乐章开始不久，我的脑海中出现了潘以梦的样子，我因此无法完全融入音乐的本体。我的手似乎忘记了音符，我不得不退而求其次——依靠对乐谱的回忆。事实再一次证明，这是次一级的演奏境界，但我还是要不露声色地将它演奏完毕。第二章快要结束时，我弹错了三个音，但又立即修正回来。我看到了贝克特先生脸上微妙的变化，除了他之外，场内应该没有人能听出这微弱的错误。进入到第三乐章后，我又回归到无我的状态，最终顺利地完成了最后一章。音乐会结束后，贝克特在后台拍了拍我的肩膀，没有说话。我们之间的默契早已超越了语言，他是我的密友，也是我的恩师，多年前在中央音乐学院读钢琴系的研究生时，我因为偶然的机遇结识了他。那年，北京爱乐乐团要举办一场纪念舒曼的音乐会，他受邀担任指挥。演出前一周，担任钢琴演奏的钢琴家因为种种合作上的原因而罢演。我的导师当时正好是这个乐团的艺术总监，推荐我临时去顶上那个空缺的位置。当时我在学校正好在排练舒曼的《a 小调钢琴协奏曲》，所以很快适应了乐团的节奏，摸清了指挥的个人风格。记得在排练期间，我和指挥并没有多少言语交流，更多是靠眼神与肢体语言。经过几天的相处，我发现我们对音乐的理解很合拍。排练很顺利，演出很成功。演出结束后，贝克特先生在北京待了两天，又是指派我负责陪他到北京的各处游玩。他离开北京前，我们互留了电子邮箱。一个月后，我收到了他的邀请。那是我第一次去都柏林演出，当时演奏的是柴可夫斯基的《第一钢琴协奏曲》。从此以后，我似乎受到了幸运女神的眷顾，有了更多去国外演出的机会。这些年来，通过 DG 公司，也发行了三张古典音乐唱片，引起了音乐界的关注，得了一些奖项。然而这么多年过去了，我却从来没在故乡举办过音乐会。为了弥补这个缺憾，我把自己的想法告诉了我的音乐经纪人莉莉。她很快便为我安排好了一场音乐会：今年的 6 月 18 日，我将在长安城举办个人钢琴独奏会，曲目由我在演奏前两个月提供给音乐厅。我和我的经纪公司做了很多的沟通，最后才达成一致：他们允许我独自去中国演出，前提是必须每天都要和莉莉保持联系。

那个夜晚，我拖着肉身回到自己的寓所。泡完热水澡，喝了两杯红酒后，我关掉灯，躺在孤独的黑暗王国，聆听自己的呼吸声。我无法入睡，头脑中回荡着舒曼钢琴协奏曲的第二乐章。我想到了舒曼、克拉拉以及勃拉姆斯之间的情感纠葛，又无可避免地想到了潘以梦，想到我们在毕业音乐会上共同弹奏舒伯特的《幻想曲》。那时，她穿着白色长裙，我穿着黑色礼服。她钟爱白色，认为那是所有色彩的来源，我却最喜欢作为所有颜色的终结的黑色。这么多年过去了，不知道她是否过上了自己想要的生活？也许这一次去长安城，我们可以冰释前嫌，可以抹掉伤痕。于是我从床上爬了起来，打开苹果笔记本，进入自己的邮箱。虽然我早已删除了她的邮箱地址，但记忆却没有删除。我给她写了封邮件，斟酌每一个词语。确定邮件发送成功后，我关掉笔记本，打开窗帘，坐在沙发上，面对着室外夜空的浩瀚，沉思默想。突然，我看到了一颗流星的陨落。那一瞬间，我感受到了万物皆空。我又去冲了个澡，擦干身体，对着浴室中的镜子，试图重新认识自己。

本以为她不会回信了，然而七天后我收到了她的答复，同意与我共同弹奏舒伯特的《幻想曲》。于是我又写了一封邮件，告诉她演奏会的具体细节与安排。此刻，我坐在钢琴前，弹奏贝多芬的《第三十号钢琴奏鸣曲》。很多年前的雨天，我和潘以梦在练习这首曲子的间隙，躺在地毯上占据彼此，那是我们关系最亲密的时刻，我从未想过我们也会分离。当进入她的身体时，我听到了她的耳语：要是时间就停留在此刻，那该有多好。我们还是被时间之刃劈成两个人。这么久过去了，曾经的承诺早已变成微尘与暗光，但记忆与音乐却克服了时间的残忍。时间每分每秒都在腐蚀我们的灵魂。现在，再次见到她的时候，我还是不是原来的我、她还是不是以前的她？

我把自己的疑惑告诉了苏珊娜，她一边用浴巾擦掉身上的水迹，一边回答道：你当然不是你了，今天的你和昨天的你就是两个人啊。

但一些本质性的东西是不会改变的。我说。

是的，一些东西是不变的，比如我们的关系。

说完后，她将浴巾扔到了沙发上，裸着身体走了过来，像是从大理石中复活的埃尔米奥娜。苏珊娜给我推荐过很多她喜欢的书，莎士比亚晚期剧作《冬天的故事》留给我的印象最深刻。苏珊娜半侧着身体，右手扶着头，枝形灯向她的身体洒出光晕。她凝视着我，不说话，眼神中凝着神圣之光。我也侧着身体，用我的凝视来回答她的凝视：我在她的眼神中看到了自己赤裸的灵魂。我们就这样沉默地互相打量，好像彼此是对方的镜中人。

我们今天换个新方式吧。她说。

嗯，我已经准备好了。我说。

说完，我起身去厨房，归来时带着下午买的草莓果酱。看到我手中的玻璃瓶后，她的脸上浮现出微妙的笑意。接着，她平躺在床上，整个身体像是精工细琢的艺术品。我扭开瓶盖后，果酱的香味从中溢了出来，短暂的陶醉并没有让我迷失。亲吻了她的双眸后，我将瓶子移到她的腹部，而果酱也随着我的控制缓慢地流淌而出，在她的腹部开出暗红色的花朵。她的身体在深蓝色的床单上微微颤抖，像是刚被惊醒的美人鱼。我将果酱瓶放在一边，开始亲吻那朵暗夜开出的花朵，她抚摸着我的脸，像是要用手塑造出新的我。花朵在我的亲吻和吞咽下逐渐消散，我将自己口中的草莓香味洒遍她的全身。我将灯光调暗，她像是我这座船上的女船长。巨浪来临时，我们都喊了出来，像是要躲避空虚的降临。随后，她趴在我的身体之上，我抱着她，不想立即从她的世界撤退、逃离。我们拥抱了很久，因为我已嗅到草莓在夜色中成熟的味道。

去洗澡吧。她突然说道。

她离开了我的身体，调亮灯光。我离开了我们的海洋，与她一起冲洗掉身上的夜色。我们又躺回床上，宛如新生。

你看，我们现在的关系多么好，没有恋爱和婚姻等观念的牵绊，每次的相遇都是新鲜的，就像刚才的果酱一样。她说。

那你介意我去见潘以梦吗？我问。

当然不介意了，我们很早就承诺过不干涉彼此的生活啊。不过，我对那个姑娘挺感兴趣的，不知道她长什么样子啊。

我这里没有她的照片。

嗯，对了，我最近在和一个男人拍拖，他有家庭，但想离婚后和我结婚，我拒绝了他的要求。你也知道，我的骨子里是反婚姻的。

明白，那个男人是干什么的？

他是我在哥伦比亚大学读书时的文学教授，后来，他要在我们出版社出版一本理论书，我那时刚好是这本书的责编。以前上学时我总觉得他是个古板的人，没想到接触多了，发现他也很有趣。你知道，我只对有趣的男人感兴趣。

你觉得我有趣吗？我怎么觉得自己过得毫无生气啊。

不，弹钢琴的时候，你整个人的气象都非常迷人，这是我喜欢你的原因。我还记得第一次去听你的音乐会，当时你弹的是肖邦的《叙事曲》，我瞬间就喜欢上你了。

如果我不弹钢琴了，你还会喜欢我吗？

没有钢琴，你也不是你了。就像没有了诗歌，我也不是我了。

是的，我明白你的意思了。

我关掉了灯，黑夜披在我的身体上。我们彼此沉默，不知道从何处说起。当我再次叫她的名字时，发现她已经进入梦海，而我的头脑却异常清醒。她蜷缩着身体，像是需要关爱的孩子。我和苏珊娜是两年前认识的，那时她第一次来听我的音乐会，也不知道经过怎样的关系，她在后台见到了我，没有多说什么，只是把名片递给我。后来，我们有了交往，除了对艺术的共同痴迷外，我们都是独身主义者。我们会在约好的时间做爱，但不会让彼此陷入爱的泥淖。她是出版社的编辑，自己出过两本英文诗集，喜欢里尔克与荷尔德林，打算将保罗·策兰的德文诗歌重译，并且已经付出行动。在她的影响下，我也读了一些外国文学书，这也确实帮助我更多视角地理解音乐。我曾经问过她为什么不结婚，她没有回答。她从来没有问过我独身的原因。也许，她对过去的我并不感兴趣。我只知道她是华裔，说着流利的汉语，但从来没有去过中国。

早晨起床后，苏珊娜已经把早餐端到桌子上了。我们一起吃面包、牛奶以及水果，中间闲聊了几句，但没有再提昨夜的话题。吃完早餐、洗完餐具后，她离开了我的公寓。

我打开钢琴，那里有新的世界等待着我。

第三节：白　色

通过邮件，他告诉了我演奏会的具体细节与安排，说会在一个月后抵达长安城，演奏会一结束就要飞到德国去，那里有一场森林音乐会在等待他。最后，他感谢我能够和他共同演奏《幻想曲》。

他所使用的语言非常克制与中性，看不出半点私情。也许是我自作多情吧，只是一场合作而已。毕竟这么多年过去了，他早有了自己的新生活，但他没有结婚，没有小孩。他是一个坚定的独身主义者，或许这就是我们分手的根本原因。多年来我一直在网络上关注和他相关的新闻，绝大多数是演出的消息与个人的访谈，几乎从来没有涉及他的私生活。我既希望他改变立场，去结婚生子，过正常人的生活，同时又希望他不要结婚，不要陷入婚姻的泥淖，始终保持艺术家的精神独立性。是的，婚姻生活与艺术生活是格格不入的天敌。

我像是一个活在暗处的偷窥者，而他始终处于舞台的光亮中心。他是一个成功的人，至少在艺术造诣上如此。现在的我呢，无论艺术还是生活，都已经是彻彻底底的失败者。最悲凉的是，我还要为这种失败与绝望披上光鲜的生活形式。从小到大，我都不会让他人看到我的失落与悲伤，我也很早就学会了独自在黑暗中咀嚼失败。庆幸的是我还有音乐与钢琴。每当弹奏钢琴时，我会进入超越悲喜的世界，在那个无形的理念世界中短暂地遗忘自我。我保持每天都练习两个小时钢琴的习惯，钢琴是唯一懂得我的朋友，我也不愿意让其他人进入我的内心世界。钢琴比人更值得信赖。最近我读完了钢琴女王阿格里奇的传记《童子与魔法》，更加巩固了我此前的看法。很久以前我也有过成为职业钢琴家的梦想，但我更梦想有美满的家庭生活。结婚后有了女儿，我越发觉得自己在抛弃过往的自己，只有在练习钢琴的时候，这种愧疚感才有所减弱。因此，当收到苟生的演出邀请时，我仿佛又看到了坐在舞台中心的自己，更靠近真实的自己，即使这种靠近只是一种幻觉。这种幻觉如水中月，随时都会被琐事所击破。比如此刻，我不得不坐在女儿旁边，教她练习钢琴。默默今年上小学一年级，她在未出生之前就已经生活在音乐的世界了。怀着她的时候，我几乎听遍了所有重要的钢琴曲。出生以后，我每天都有计划地安排她听古典音乐，特别是钢琴曲，以此培养她的乐感。对不同的音乐她会不自觉地有着不同的情绪表达，从她的细微反应中我看出了她的天赋所在。她注定会成为职业钢琴家，注定会在舞台上大放异彩。她四岁半的时候，我教她练习钢琴，刚开始她还表现出巨大的好奇心。几年过去了，这种好奇心早已因日复一日地敲击琴键而破碎。我在她年幼的脸上看到了疲惫。我也曾经历过这种疲惫，陪她练琴的过程中，我仿佛在与幼年的自己交谈。今天我要陪她练习莫扎特的《第三钢琴奏鸣曲》，她想看动画片，不想练琴，但又不敢反抗我，只能将愤怒砸在钢琴上面。我正想着如何处理眼前的情况，却听到手机的铃声在响。拿起一看，原来是朵拉打来的电话。我走进卧室，接通了电话。

"今晚六点请你吃晚饭，顺便见见我的新男友。"朵拉在电话那头说。

我迟疑了几秒钟，原本想要推辞，但转念便答应下来："没问题，你把具体地址发给我。"

"好的。你今天真爽快。"

两分钟后我便收到她发来的短信。我换上前两天刚买的衣服，临走前嘱咐婆婆要督促默默练琴。婆婆点了点头，然后关掉了客厅的电视机。出门的瞬间，户外的亮光让我释然。原来我想要逃离这个家庭，想要暂时地离开女儿与钢琴，这种机械的生活令我窒息。

我提前十分钟到达卡斯顿饭店，本以为时间安排得很妥当，没想到他们早已在维多利亚包间候着了。看到我，他俩一起站了起来。朵拉走过来拥抱了我，我闻到了香奈儿五号的气味。她向我介绍身边那个看起来有点木讷的男人：这是我的男友，吕则凯。之后又向他介绍了我。我们握了握手，围着桌子坐起来。起初，只有我和朵拉在这个略显空荡的空间说话，他沉默地看着我们。当话题由斯特拉文斯基的晚期音乐转向徒步旅行时，他加入进来，渐渐地成了谈话的主角，我们一边吃饭，一边饶有兴味地聆听他的种种见解。他广泛的阅历与深厚的嗓音弥补了外形上的不足。

我逐渐对他的生活轮廓有了简单的了解：经营着一家文化传媒公司，效益还不错；每年都会把收益的一部分拿出来捐给白血病研究基金会，原因在于多年前他的母亲得了白血病，他却没有足够的钱来支付母亲的医疗费，只能眼睁睁地看着母亲在疼痛中离开人世。

葬了母亲，他辞掉了那个效益很差、工资很低的国企工作，经过多年的摸爬滚打，终于在事业上有了起步。经济上宽裕之后，时间上也获得了自由，于是他重新拾起大学时代的爱好——摄影。三十五岁以后，他每年都会外出旅游四次，分别安排在四个季节。他今年四十一岁了，去过一些地方，拍了很多照片，今年四月去日本东京旅游，在观赏樱花的时候，一个女人出现在他眼前，他情不自禁地拍了张她俯身捡拾樱花的照片。他发觉这个女人和他说着同样的语言，交谈了几句，更发现和她居然来自同一座城市。他们在不同的时间回到了城市，联系却没有中断。或许，这个女人就是他在等待的人，上个月，他们确立了关系。那个捡拾樱花的女人就是眼前的朵拉。

"遇到他之后，我才相信了爱情。"朵拉说，"不过，我们是不会结婚的，对吧？"

"嗯，婚姻会破坏这种爱。"他说。

"但这也不是固定答案，有的人在婚姻中才会更幸福，比如我的潘以梦。"朵拉说。

我笑得很敷衍，但他们看不出我的敷衍。在生活的舞台上，我是演技精湛的实力派。随后，我们又说了一些无关紧要的话。我去了一趟洗手间。没有想到的是，这短短的几分钟时间令我最后的骄傲瞬间倒塌。从洗手间出来，我看到了一个太熟悉的背影，起初还不太确定，跟着走了几步——那个人真是我的丈夫王思南。他坐在一楼靠窗的位置，对面是一位光鲜亮丽的女人。我站在二楼的隐蔽处，他们的一举一动都落进我的眼里。也许他们谈论的只是工作而已，工作上总会碰到形形色色的人，我想。我错了，他们交谈时的神情已经超越了工作的边界。几分钟后，她摸了摸他的手，他凝视着她，用手去抚摸着她的脸。他们沉默地注视。他亲吻了她的脸，然后开始共进晚餐。我无法控制内心的懦弱，流下了眼泪。我深吸一口气，然后缓缓吐出。我要保证内心的平衡，我要摁住心中的魔鬼。我又走进了洗手间，对着镜子，整理好自己的情绪。出来的瞬间，我改变了主意。我挂好了微笑，走下楼，径直走到他们跟前。他们陶醉于彼此，并没有注意到我的存在。

"王思南，好久不见了。"我说。

他刚转过头，我拿起桌上的红酒杯，将红酒泼在他的脸上。我看到了那个女人的惊慌失措，但我佯装的傲慢禁止我和她说话。我转身就走，他并没有追上来。走上二楼时，内心已经崩溃了，但我却没有流泪。走进包间时，我又挂起了微笑。

"抱歉，我出去了这么久。"我说，"还是接着刚才的那个话题，我也不相信婚姻。"

"怎么了，出去一趟，就换了一个人？"朵拉笑着说。

"刚才对着镜子，我觉得自己不能说谎。"

朵拉好像明白了什么，把聊天的话题转向了。我没有心情说话，但自尊心又强迫自己参与他们的讨论。我都不知道自己说了些什么，我的话与我的心是分离的。我多么希望王思南能上来找我，然后向我道歉，向我解释一切。但是他没有。很快我们也结束了晚餐。走到饭厅门口，朵拉坚持要开车送我回家，我也没有推辞。与吕则凯说完再见后，我们便坐上了车。车开动的瞬间，我无声地哭泣。朵拉用手握住我的手，没有说话，我感到了她手中的温度。车上了二环路的高架桥后，我止住哭泣，恢复了平静。

"不好意思，我破坏了你们的晚餐。"我说。

"没有，今天的晚餐很顺利。"朵拉说，"你想听点音乐吗？"

我点了点头。巴赫的《法国组曲》从音响中缓缓流出，我在这干净纯粹的音乐国度中短暂地遗忘了我自己。

回到家，女儿已经睡着了，婆婆依旧守在电视机的旁边。自从公公去世之后，电视机是她最亲密的朋友。我们只是点了点头，没有说话。洗完澡，我坐在卧室的沙发上，看着夜晚的星空。突然，我听到了手机的响声，打开手机，原来又是黎楠发来的道晚安的微信。自从加了我的微信，他每天晚上都会在十点半左右发来同样的微信。之前我都视而不见，今夜我改变了主意。

"你在干什么呢？"我回复道。

"我戴着耳机听舒伯特的《幻想曲》，就是你在上节课推荐的曲子。"

我们开始聊天。他很幽默，也懂得讨人开心，让我再次领略到语言的魔力，我已经很久没有这样舒坦地说话了。在这个过程中，我甚至忘记了他是我的学生。他谈论音乐、文学、物理学以及自己的日常生活，我负责简短地回应。就这样聊了一个多小时，才彼此道晚安。放下手机，心中积存的抑郁减少了很多。很久以前，我和王思南也是这样无话不谈，不知道从什么时候开始，我们成为住在一间房子里的陌生人。

夜里十二点，他回来了，我睁着眼睛，侧躺在床上。他洗完澡后也躺上了床。我等待着他的道歉与解释，但是他却没有说话。那个夜晚，我彻底地失眠了，他在我身旁打着微鼾，说着梦话。

我们整整三天没有说话。我越发觉得自己像是困在笼子中的斗兽。有一天，他不在家，我给他发了一条短信："我们还是分开一段时间吧，我们都需要冷静一下。"

很快收到了他的回复："嗯，好的。"

我收拾好自己的衣物和用具，决定去父母家住一段时间。出门的时候，女儿拉住我的手，婆婆很快将她哄回了客厅。

我感受到了巨大的自由，背后是未知所带来的虚空。

第四节：黑 色

我已经看到长安城的轮廓了。秦岭之北，高原以南，这座城市像是镶嵌在关中平原上的无光宝石。以前身处其中，我并没有感受到它的魅力。阔别三年，当从高空俯视长安城的时候，我突然感受到一股未知的磁力吸引。是啊，在它里面还保存着我无法清除的回忆。飞机降落时，我将帕慕克的《伊斯坦布尔》重新放回包里。

我看到了在向我招手的小姨和姨夫。我拉着箱子，走到他们面前，和姨夫握了握手。小姨拍了拍我的肩膀，说还以为你再也不会回来了。我没有说话，而是和他们共同走出飞机场。

今天天气明媚，道路两旁的大树在微风中摇曳。我望着车外的风景，嗅到了绿色的淡味。姨夫开车，我与小姨坐在后排。一开始，我们都不知道该说些什么，长久的分离加重了彼此的陌生感。下了高速、进入城里的凤栖路，小姨慢慢地开始与我交谈，她先问了一些有关我现在的生活状况的问题，我尽量用最简单的语言作为回答。最后，她终于触及那个最为核心的问题：荀生，你会结婚吗？

"不会的，小姨。"我说，"我很早就决定不结婚了。"

"要是你妈妈还活着，她会不开心的。"

"我妈妈会支持我的。"我说，"她是这个世界上最理解我的人。"小姨没有再说话，只是握住了我的手。

回到小姨家，洗了澡，我便躺在床上睡着了。梦中，我看见了外婆和妈妈，她们在大海边，呼喊着我的名字。我明明就在她们跟前，但她们却看不到我，也听不到我的声音。后来，她们乘上了白轮船，驶向海洋的深处。我站在海边，大声地喊着她们，让她们等等我。她们没有回头，海浪淹没了我的呼喊。她们消失在大海的尽头，我坐在海滩上哭泣。没有人能听到我的哭泣，除了大海。

大海在我面前隐去，我的梦被敲门声敲碎。

"孩子，去洗洗脸，准备吃饭。"小姨说，"你爷爷和弟弟也过来了。"

我看了看表，已经睡了将近两个小时，时差在这睡眠中也已逆转过来。洗手间里，对照着镜子，我看到了眼神中的海。洗漱完，我走出了洗手间。外公和表弟正坐在沙发上看电视里的新闻。见我出来，表弟站了起来与我握手，外公则一把将我揽入怀中，说回来就好、回来就好。之后我坐下和他们一同看电视新闻。我本以为会无话不谈，然而，我们却彼此沉默。我突然感觉自己像是闯入者，有那么一瞬间想逃离这个封闭的空间，一个人躲在房间弹钢琴。理性控制了我。

晚餐是莲菜羊肉水饺。端上餐桌后，我们先是闲聊了些无关紧要的话，然后各自埋头吃着碗中的饺子。吃完，小姨去厨房收拾碗碟，我们几个男人坐在沙发上继续看电视、吃水果。表弟将电视转到了音乐频道。听到熟悉的音乐，我整个人都提起了精神。电视上正在转播的是由西蒙·拉特指挥，柏林爱乐团演奏的森林音乐会。我们看着音乐会，没有人说话，小姨也很快加入了进来。二十多分钟后，音乐会以贝多芬的《欢乐颂》落幕。小姨关掉电视，我们又陷入了短暂的沉默。于是她打破沉默，问我什么时候举办音乐会。

"6月18日，在长安城的音乐厅。"我说，"到时候，你们都要来捧场啊！"

"肯定了，要是你妈妈和外婆还在世，她们肯定会很自豪的。"姨夫说。

我不知道该怎样回答，只能点点头。

"明天，你去墓地看看她们吧。"小姨说，"我和你弟弟陪你去。"

"好的，我很久都没有去过了。"

原本想和他们分享刚才做的梦，但我放弃了这种念头。与人相处的时候，我宁愿做一名聆听者。对我而言，诉说是一种危险的举动。我只愿意对钢琴诉说。随后，我们结束了这场无话可说的谈话，表弟要开车送走外公。

"你今晚就在这里过夜吧，都这么晚了。"我对外公说。

"我在别的地方睡不习惯。"外公说，"再说，你外婆胆小，一个人不敢住。"

我突然明白，在外公心里，外婆并没有死，她还以某种形式活在这个世界上。我和姨夫在阳台上单独坐了一会儿，对着夜空，抽着烟。

姨夫突然问："你不想去见见你爸爸吗？"

"不想，我已经和他没关系了。"

姨夫不再说话。随后我们走进了各自的卧室。

我毫无睡意，于是打开电脑，查收邮件。在一堆工作邮件中，我一眼认出了潘以梦的来信。她说她最近都有空，随时都可以联系。邮件的最后面，她留下了自己的手机号与微信号。我加了她的微信，她立即就通过了我的请求，却并没有说话。我取出《伊斯坦布尔》这本书，继续阅读，心里却很空虚：今天没有练琴，整个人都感觉匮乏与愧疚。临睡前，我依旧没有收到她的微信。我放下书，关掉灯，期待黎明的再次降临。那个夜晚，我梦到自己在海边弹奏钢琴，除了面前的大海，周围空无一物。

第二天清晨，我被窗外的鸟鸣叫醒。打开手机，看到了以梦发来的微信：早，等你有空了，联系我。

我在微信上回复：好的，我们今晚见，可以吗？到时候也想请其他同学一起来。

她回复：没问题，到时候把时间和地点都发给我。

嗯，好的。

发完微信，我突然有种喜悦之情。没想到这么快就可以见面。

我曾以为我们也许会永不来往。当我独自面对她的时候，应该做些什么呢？为了缓冲这种未知的尴尬，我想到了举办同学聚会。我在网上找到玫瑰骑士音乐餐厅，预定下一个包间，当年大学毕业，散伙饭就是在这家餐厅吃的。晚餐定在今晚七点开始。我把地点与时间都通过微信发给李浩，让他帮我联系下其他在长安城的同学。李浩是我们班的班长，这么多年来，他是我唯一联系的大学同学。发完微信，我便出来洗漱，然后和小姨一家共进早餐。

等小姨忙完，我们便一同出发了。表弟在前面开车，我和小姨坐在后排。我们都穿着黑色衬衣，沉默不语。在出城的街道旁，表弟停下车，我和小姨走进了花店。我挑选了外婆生前最喜爱的康乃馨以及妈妈生前最爱的红玫瑰。车开出了长安城，小姨开始给我讲她的童年往事，以及她与妈妈曾经做过的一些糗事。尘封的往事在我的眼前变得鲜活起来，仿佛时间带领我逆转而行。印象最深刻的是外婆领着她们姐妹去动物园看斑马、孔雀与老虎。面对笼中的老虎时，她闭着眼睛，紧紧地抓住她姐姐的手，姐姐对她说，不要害怕，我和妈妈都在你的旁边。睁开眼睛，她发现老虎并没有想象中可怕。她第一次体会到了超越恐惧的喜悦。

"姐姐有抑郁症，她的心里肯定有很多恐惧。"小姨说，"但是她从来不让任何人知道，她不想让任何人担心。"

我的左手紧紧地握住小姨的右手，我也不想让她感到害怕，但泪水也映着夏日风景缓缓滚下。我们都不说话，看着倒退的风景与时间。母亲在选择结束自己的生命之前，到底经历了怎样的绝望与煎熬？毕竟那时候，我的学业已经起步，我在业余时间靠教钢琴课也有了经济上的保障。之前我们经历了最艰难与煎熬的时分，她都没有选择放弃。但当一切风暴都结束之后，她却放弃了生命。跳出窗口的那一瞬间，她也许获得了最终的解脱，灵魂因为肉身的死亡而升华。现在我已经理解了她，但还不能原谅她。在看到她支离破碎的身体后，外婆摔倒在地，再也没有起来。突然间，这个世界上最爱我的两个人都离我而去，我像是被整个世界抛弃。她们的葬礼结束后，我切断了与所有人的联系，将自己囚禁于房间。整整一个月都没有下楼，靠着单调的外卖来维持生命。在那个月，我每天要花十八个小时来弹钢琴。剩下的时间，我闭着眼睛，蜷缩在床上。钢琴帮我度过了那段艰难时日。我想过自杀，但巴赫的《哥德堡变奏曲》拯救了我。有一天，我在镜子中看到瘦削的自己，看到自己眼神中的空洞，突然清醒过来，不能继续这样折磨自己，只有过上更好的生活，才是对她们的回报。于是我洗了热水澡，剃掉胡须，换上干净的衣服，下楼理发，去超市购买回来新鲜的水果与食物。从那以后，我再也不会让其他人看到我的绝望与恐惧，只有钢琴理解我的绝望与恐惧。

"到了。"表弟说。

我们下了车。

小姨抱着康乃馨，我抱着红玫瑰，表弟帮小姨拿包。我们走进了墓园，很快便走到了她们的墓前。妈妈的墓碑紧挨着外婆的，就像小时候她紧紧地抓住外婆的手。这么多年了，我们都在变老，她们却从未改变。小姨啜泣，我只是无声流泪。很多年后，我们所有人都将死去。

从墓园出来，我扶着小姨上了车。一直到车开进三环的环城桥，小姨的心情才恢复平静。我看着窗外，有一团黑云正从东南方涌来，压在长安城的边角处。我们穿过重重叠叠的街道来到了外公家。外公独自睡觉，独自吃饭，独自说话，坚信外婆从来没有离开过这个家。小姨以前打算雇个保姆来照顾他，被他拒绝了。小姨家离这里非常近，她几乎每天都来看他，给他带吃的，帮他打扫房间。每次临走前，他都会和小姨郑重地说再见，似乎意味着永远不见。

我们坐在沙发上，外公取出三本相册，然后给我们讲过去的故事。翻了几页之后，我又看到了那个男人，我的爸爸。那个男人和我的妈妈站在海滩上，背景是如镜的海洋。妈妈鼓着肚子，我躲在妈妈的子宫中，她的子宫就是我的海洋。他们的脸上溢出最自由的笑，我看到了妈妈对未来生活的憧憬。

"你可以去见见你爸爸，这么多年过去了。"外公说，"毕竟，他是你爸爸。"

"我不想见那个男人，他毁掉了我妈妈，毁掉了我的生活。"

他们都没有说话，外公默默地翻完了手中的相册。

一起在外面吃完午饭后，我从小姨那里拿到自己公寓的钥匙。离开长安城之前，我一直住在那个公寓，后来是小姨在帮我照看。

"你最近就住在我家吧。"小姨说，"那个地方空荡荡的。"

"我好久没练钢琴了，需要在那个地方好好准备下音乐会的曲子。"

"也行，那就让弟弟送你过去吧。"

"不用了，我自己打车去。"

我们在十字路口互道再见。离开前，我递给外公一个信封，里面装着一沓现金。

半个小时后，我回到了自己的公寓。与我想象中不同，房间内并没有尘埃与蛛网，而是窗明几净，有植物散发出的幽香。这几年来，小姨一直精心地照料这个公寓，等待我的归来。公寓位于这座楼的三十层。站在阳台上向远处眺望，我看不到这座城市的尽头，相反在目力所及的尽头处又繁衍着新的尽头，城市已经是一只不断繁衍不断扩大的怪兽，直到看见钟楼，才确定自己已经身处长安城。我给表弟发了条微信，让他帮我把行李和电脑带过来。我拿开幔布，打开钢琴，弹奏起简单的曲子，声音还不错，可以用来练习。这架钢琴是我两个月前买的，当时已经确定要在长安城开音乐会了，我把钱转到小姨的账上，把需要的品牌与型号都发到她的邮箱，同时也让她帮我装好网络。我开始弹奏贝多芬的《二十三号钢琴奏鸣曲》。当弹奏到第三乐章的时候，听到了门铃声，我停了下来去开门。表弟进来帮我把行李放到衣柜前，把电脑放到电脑桌上面。

"妈妈让我把我家的钥匙交给你，那里也是你的家，欢迎你随时回家。"表弟说。

"谢谢，我知道了。"

表弟离开后，我把钥匙放进抽屉，衣服收入衣柜，连上电脑网络。我打开微信，看到李浩已经专门建立了一个同学群，名为"玫瑰骑士们"，里面是今晚参加聚会的同学，包括我和以梦在内，总共有八个人。看着熟悉的名字，我却怎么也想不起他们的模样。看了看表，才下午四点五十五分，于是又坐到钢琴前，重新弹奏第三乐章。弹完后，洗了个热水澡。我赤身裸体，对照着镜中人，有点胆怯。这么多年来，我只想过逃离，却从未想过回归，从未想过和他们重新聚首。我突然不想去参加这个聚会，但理性立即扼杀了这种逃避与退缩。

穿好衣服、吹干头发，我出发了。在路口我很快挡到一辆出租车。四十五分钟后，我来到了玫瑰骑士音乐餐厅的门口，走进去，上了电梯，在服务生的引导下，我走进舒伯特包间，李浩与另外两个同学已经先到了。我走了过去，和他们握手、拥抱。点好菜，我和他们开始简单地交流。我们几乎不提现在的生活，只谈论过去，因为那是我们谈话的安全地带。我不喜欢谈论过去，但又不得不用表面的热情来参与讨论。我不想让别人看到我的格格不入。

六点钟，除了以梦之外，所有的人都到了。给她发了微信，却没见回复。不来了？我的心突然冷到了极点。李浩给她打电话，她说马上就到。十分钟后她走进了包间，与我想象的不一样，她的美有些衰落，脸上带有明显的倦意，身上的光环也暗淡了。我的心里升起了疼惜之情，但我明白，这种疼惜已经只是另一种爱。

她走到我面前，伸出手说："我们的大钢琴家，好久不见了。"

"好久不见。"

握完手，我们又相互拥抱，她在我耳边低语道：苟生，你比以前更有魅力了。

我悬着的心落下来了，原先所担心的尴尬与纠葛并没有发生，她似乎已忘记过去，早有了新的生活。之后的一个小时，他们一边吃饭，一边说着过去的事情，我则几乎不谈论自己的过去。最后，我向他们宣布，音乐会上，我将和以梦共同演奏舒伯特的《幻想曲》。

他们鼓掌，我看到了以梦的脸微微泛红。

"当年的毕业音乐会，你就弹奏的这支曲子。"李浩说，"我印象非常深刻，你穿黑色礼服，以梦穿白色长裙，那个表演简直完美。

"谢谢，我希望这次也能顺利完成。"以梦说。

"肯定没问题，当时在班里你俩就是最优秀的搭档。"

整个包间突然沉默。我和以梦注视着彼此，没有说话。

李浩打破了这种沉默，说："要是黎闳老师还在这个世界，他肯定会很自豪的。"

"什么，黎老师不在了吗？"我被自己的声音所吓倒。

"去年去世的。"李浩说。

"为什么不告诉我？"

"当时你在国外演出，大家不想影响你的状态。"

"他是怎么走的？"

"在家死了三天后才被亲戚发现。"李浩说，"你知道的，他终生未婚，死的时候没有人在身边。"

接下来又是长久的沉默。我看到了以梦眼泪中的暗光。

走出餐厅，外面下着雨。道别后，他们一个一个消失在雨夜，唯独以梦和我站在门前，观望着眼前的雨。

"我送你回家吧，"以梦说，"这么晚了，打车也不方便。"

"你方便吗？"

"方便。"

我没有推辞，坐上了车。穿行在茫茫的雨中，我们都没有说话。快到公寓时，我问她最近的生活如何。

"我和丈夫分开住了，我最近住我父母家。"她说。

"哦，这样啊。"我立即转向了另外一个话题，"你要有时间，我们共同练练那首曲子。"

"除了上课之外，我最近都不忙。"她说，"你有空了，就联系我。"

"好的。"

车在我的小区门口停了下来。我邀请她上去坐坐，她婉言拒绝了。目送她离开后，我淋着雨快步返回自己的公寓。

喝了一杯热咖啡，面对着窗外的雨夜，我的脑海中除了旋律，空无一物。

临睡前，我弹奏了一遍《哥德堡变奏曲》。我坐在阳台上，面对着眼前如镜的黑夜，开始哼唱妈妈教给我的童谣《大海与少年》。这首歌谣是外婆教给妈妈的，如今却成为她们留给我的音乐遗产。黑暗在外部空间如海浪般涌动，而这座城也已陷入空眠。

第五节：白　色

我知道这不是梦。当他给我发出第一条微信，我确定他就在我身边，他和我又位于同一座城市了。虽然只有简单的两个字。但是，我不知道该如何回应他。我不想让他感觉到我的期待，同时我又想让他练习等待。于是我选择不立即回复他的信息。

收到他微信之前，我的状态很糟糕。王思南来到我父母家向我和我的父母道歉赔罪，让我跟他一起回家。说实话，我已经不喜欢他了，所以便原谅了他。但是我不想回那个囚笼似的家，也不想再看到他那张越发丑陋的脸。看着他稀疏的头发、发福的肚子以及模糊的口齿，我开始怀疑自己当初为何嫁给此人。在他再三央求下，我几乎就要说出"离婚"两个字，但又想到了女儿，于是我用沉默作为回答。他开始给我的父母做工作，发毒誓不再在外面找女人。

"你先回去吧。"父亲对他说，"等音乐会结束后，你再接以梦回家。"

"她会回去吗？"王思南问道。

"她应该会回去的。"父亲说，"但是你要答应我一件事情。"

"什么事情？"

"从现在到音乐会结束这段时间，你不要联系她，让她静一静。"

"好、好，我一定做到。"

门关上之后，父亲不再说话，母亲冷着脸："事业上没什么成就，如今连自己的丈夫也守不住，你说你还有什么能耐？"

"这一切都是你的错。"我对她说。

"我的错？好吧，我的错就是让你去学钢琴。"母亲的语气更冷漠了，"我最大的错误就是生下了你。"

"你最大的问题就是你不肯承认自己的失败。"

"滚出这个家！"母亲喊道。

我没有离开这个家，因为无路可走。回到自己的卧室后，我将自己反锁起来。我没有哭泣，因为我早已习惯母亲的冷漠与暴力。相反，我同情她，因为除了用这种方式来显示自己残存的骄傲之外，她的生活始终处在不断溃败的过程当中。即使全世界都抛弃了我，至少还有钢琴在我的身边，而她呢？一无所有。我坐在钢琴旁，弹奏莫扎特的奏鸣曲，心中的失落感随着音乐的升起烟消云散。像小时候一样，只有和钢琴独处时，我才会感觉真正的快乐与安全。洗漱完毕后，我收到了他的好友申请，然后立即通过了他的请求。他发来了微信，我没有立即回复。我知道这不是梦，他现在与我是如此接近。那个夜晚，我梦到了小时候的我，为了躲避父母的争吵，我把自己反锁在房间中。面对着窗外的大雪，独自练习着钢琴，音乐是我最后的避难所。

第二天一起床，我收到了黎楠发来的两张照片。一张是太阳从海洋里涌出的照片，另外一张则是无尽的海。两张照片的后面，他发来了一句话："我独自来看海了，心里却一直装着你。"不知道为什么，看到这句话后，我眼泪的咸涩流入嘴角。在我被全世界抛弃之时，至少还有这么一个人，他的心里还装着我。

我给他回复道："你看见了海，而我看见了你。"

没过多久，我便收到了他发来的拥抱表情。这个不存在的拥抱让我感到温暖，而这种温暖又是一种悲凉写照。自从加了他的微信，每天我们都会有这种最简单的交流，我已经沉溺其中，无法摆脱。也许我是在用这种方式来惩罚王思南，也许是因为我在黎楠蓬勃朝气的身上看到了我的青春时代，在黎楠的眼神中看到了旧日的苟生。但也许这些原因都不是，我只是单纯地喜欢这个大男孩。朵拉的观点是有道理的：人是可以同时喜欢好多人的，只是每种喜欢的形式不同而已。喜欢就是最大的道德。

吃早饭的时候，我为昨晚的事情向母亲道歉。她没有说话，只是点了点头。从小到大，只要我们发生矛盾，道歉的人永远是我，我已经习惯了这样的角色。小时候，我就很惧怕她，尽量地逃避她。当别的妈妈带着自己的孩子游玩时，我只能羡慕他们，因为我的妈妈从来不带我出去玩，甚至很少碰我。不得不承认，她是一个漂亮的女人，嫁给我平庸的父亲像是一个错误，而我呢，就是错误的结果。很小的时候，我就背负着道德的十字架而活，庆幸的是我遇见了钢琴，在弹奏钢琴的过程中发现了救赎之路。她希望我成为职业钢琴家，可以在舞台上风风光光。为了讨好她，我更加努力地练琴。只有看到我弹琴，她才会露出满意的表情。没有玩具，没有玩伴，只有钢琴，我接受了这种命运。与此同时我又很想逃离这个家，但我太小了，无能为力，钢琴是我逃离的唯一方式。当我以最高的成绩被音乐学院钢琴专业录取时，她抱着我，喜极而泣。在我的印象中，那是她唯一拥抱过我的一次。上了大学之后，我接触到很多弹钢琴的人，其中有一小部分成为我的朋友。刚开始，我也梦想成为职业钢琴家。随着时间的推进，我发现这种可能性几乎为零。我开始更期待能有一个稳定的家庭。自从我结婚后，她对我的失望全部写在了脸上，她外在的美貌也在风霜的磨砺下逐步凋零。我同情她，但我从来都不同情我自己。

吃完早饭，父亲突然问我："你过来住没有任何问题，这里就是你的家，但是默默怎么办？"

"她奶奶会照顾好她的。"

"那钢琴怎么办？"

"王思南会给她找钢琴老师的，这一点你放心吧。"

父亲没有再说话。说实话，这段时间我也想女儿，但更多的情况下，我感受到的是一种罕见的自由。也许，我是一位不称职的母亲吧。必须承认，在与女儿相处的过程中，我感觉自己的衰老在不断加速。这段没有女儿的日子里，时间也似乎在我的体内停止。也许这也是母亲不喜欢我的根本缘由吧。与她不同的是我经常拥抱自己的女儿；与她相同的是，我也希望自己的女儿成为职业钢琴家，在舞台中心大放异彩。是的，我继承了母亲的这种妄想与疯狂。

上午，我出门去商场购买衣服，因为没有找到赴晚宴的合适衣服。在商场里转了好久，试了好几件衣服，最后买了两套。照着镜子，我看到了自己脸上的倦意以及可笑。这样做到底是为了什么？他只是想和我合作一首曲子，我却自作多情，想入非非。这么多年过去了，他早已不是当年的他，我也不是过去的我。他实现了当年的梦想，成为在世界各地巡演的钢琴家，我呢，一个平庸的教书匠而已。我们之间的差距越来越大了。如果当年我和他在一起但又不结婚，如果我也选择职业钢琴家这条路，那么我的人生会不会和现在有所不同？我没有再追问下去，停止了这种自我臆想。

走出商场后，我又去了附近的万邦书店。在那里，我买到了奥尔罕·帕慕克的《伊斯坦布尔》。荀生在朋友圈提到过这本书。我也想读读此书，至少，我们可以借此增加一个契合点。我带着书走进附近的一家星巴克，点了一杯摩卡星冰乐，坐在靠窗的位置阅读它。很快我就走进了帕慕克的这本关于城市的记忆之书，周围的噪音也逐渐退场。等到咖啡喝完，我从书中的世界走了出来，不知不觉已经是下午的一点钟了。我放下书，点了一份黑森林麦芬。吃完后又静坐了一会儿，观看着窗外来来往往的人影，随后带着书离开了星巴克。

回到家已经下午两点半。休息了半个小时，又弹了一个小时的钢琴，随后，我冲了个澡，换上新买的衣服。看着镜中的自己，我甚至想要毁约。但是，理性不允许我毁约。那么见到他的时候，我到底应该怎样去表现？是的，我应该表现出冷漠，这或许是我唯一保护自我的方式。

路上有点堵，我也看到团团黑云正向城市的中央驶来。走进玫瑰骑士音乐餐厅的时候，我仿佛看到了多年前毕业聚餐时的场景。物是人非。匆匆走进了电梯，对着里面的镜子，我整理了一下自己的头发以及微笑。出电梯时，像是换了另外一个人，心中的忐忑变成了内心的沉静。在服务员的引导下，走进了舒伯特包间。推开门的那瞬间，首先看到了荀生以及他脸上特有的落寞。我走了进去，他们都站了起来。我走到荀生的跟前，与他握手，接着是礼节性的拥抱。是的，不得不承认，荀生越来越有魅力了，可我从他的眼神中看到的是他对我的失望。我并没有因此而颓势，相反，我保持了热情，积极地与在场的每个人交谈。

我不喜欢这样的聚会。昆德拉的看法是正确的，所有的聚会都是为了告别，每个人都带着假面具交谈，假装有兴趣，假装很热情，其实每个人都想逃离谈话的泥淖，但我们却在其中越陷越深。大多数的时间里，荀生都是在聆听，像往常一样，他一直是这个世界的旁观者。坐在他的身旁，我又找回了当年那种安静的力量，我们之间的陌生感逐渐被这种力量碾碎。

晚餐结束后，我们一同走出了饭厅。在饭厅门口，我们道完了再见。最后，只剩下我俩，看着雨夜，发着呆，不知身处何地。几分钟后，我开车送他回家。我们又有了独处的时光，却不知道该说些什么，也许是因为我们想要说的太多了。一路上，我们都听着巴洛克时期的音乐。快到他的住处时，我们才简单地交流了几句。我的车停到他的小区门口，他邀请我上去坐坐，我没有同意，虽然我的内心非常乐意。我离开了他，开着车驶向夜的更深处。

回到家已经夜里十点半了，洗完热水澡后，我在床上继续读《伊斯坦布尔》。没过多久，我收到了黎楠发来的一张海岛照片：海岛就在我的眼前，却不可触及。紧接着他问我：长安城今天下雨了，你还好吗？

我回复道：今天见了一个人，心情不是很好。

他说：你等下，我给你发张照片。

半分钟后，我收到了他洗完澡后对着镜子照的半裸照片。看到照片，我的脸开始发烫，心脏也咚咚直响。我已经很多年没有这种感觉了。或许我还不算太老，或许我还有更多的选择。我不知道该说些什么，于是，我什么也不说。放下手机继续读书，但是却很难再次进入那个世界。临睡前，再次看了看那张青春洋溢的照片，我关掉了灯，睁着眼睛，洞察周围的黑暗。

第二天早饭后我收到了荀生的信息，他想单独约我出去共进晚餐，同时谈一谈合作的事情。我没有立即回复。多年前，我们还是恋人时，我太顺着他了。他所说的每一句话、提的每一个要求，我都会立即回应。当年，我爱他，也将我变为没有个性的人，这种爱让我筋疲力尽。在我俩的关系中，他提过成百上千个要求，我都做到了。我呢，只提了唯一的一个要求，他却断然拒绝了。当时他在北京读研究生，我毕业留在了本校，聚少离多。有一次我对他说：我们结婚吧，我想要一个自己的家。他说：不，我永远也不会结婚的。我说：这是我对你提出的唯一要求，你真的不同意吗？他很决绝地说：是的，我不结婚。我说：那我们分开吧。他说：好的，以后就不要联系了。我说：好的，不联系就不联系。挂断电话后，我立即删除了和他相关的一切联系。我以为他会联系我，会离不开我，但是他并没有。一连几个月他都没有音信。那时候我才知道，他并不爱我，他只是缺少爱。后来我答应了王思南，成为他的女友。这么久过去了，这个心病从未愈合，他的出现重新撕开了那个伤口。那么，我该何去何从呢？

两个小时后，我给他发去了信息，答应与他共进晚餐。

第六节：黑　色

我知道，她会重新回到我身边的。这应该算是一种预感，但我一直相信自己的直觉。那天同学聚会时，我看到了挂在她脸上的失落。那种失落在她强颜欢笑的表象下显得更凄凉，无法言说。我理解那种失落，因为失落是命运赐予我们的共同咒语：钢琴让我通晓了这种咒语。清晨起床，吃完早饭后，我练习了两个小时的钢琴，然后给以梦发微信，想约她共进晚餐。没有收到她的回复，我放下手机，打开电脑，登录自己的邮箱，看到了我的经纪人莉莉发来的邮件。离开纽约后，她每天都会发邮件给我，担心我无法独自应对那些琐事，我每次回复的内容都大体一致：请放心，我会处理好这些事情的，德国再见。我又打开了苏珊娜发来的邮件。她和她的教授去巴黎游玩了，教授给她买了钻戒和爱马仕限量版的包包，但她只想和他保持这种情人关系，不想再有任何进一步的发展。她说，婚姻是纳粹式的占有，而她在情爱关系上信奉的是自由主义。她还说，自己在恋爱阶段无法写出真正的诗歌，她已将自己的人生当作诗歌的祭品。邮件的最后，她问我最近的状况如何。我不知道该怎样回答她明显只是敷衍的关心，因此没有回复。

喝了半杯咖啡后，我在网络上搜索与黎闷教授的去世有关的消息，不出我所料，消息量很少，基本的关注点只有两个：他死后第三天才被人发现，以及他是终生未婚的大学教授。对于他的去世，我并不难过，只是感觉生命中的某个位置永远地空缺，而任何人都无法替代。我在电脑中翻出了我们多年前的合照。那是在上大三的时候，黎闷教授和我们几个人一同去海边游玩。他既是我最喜欢的老师，更是和我无话不谈的朋友。我们走在六月的海滩上，海风送来海的叹息，孩子们在海滩上建造着城堡。其他的同学都在海滩上享受阳光与海风，我和黎教授沿着海岸线向南方走去。我们不说话，海浪声与海鸟声是我们的沉默。二十分钟后，我们停了下来，注视着眼前的大海。

"荀生，你想过死吗？"他问我，"我最近一直在思考死的问题。"

"经常想，曾经还想过自杀。"我说，"但是现在却感觉死亡离我还很远。"

"我希望自己可以葬在大海。"

说完后，我们都陷入了沉默。大海同时吞没着时间与虚无。

毕业后我和他基本上断了联系，每次看见海的时候，我都会想到他。昨天，我听他们说，黎教授去世后，他们遵嘱没有举办葬礼，火化后把他的骨灰撒向了大海。我并不难过，因为我明白，终有一天我们都会死掉，在彼岸相见。我们来自大海，将归于大海。彼岸或许也并不存在。

关掉电脑，我继续练习钢琴。这一次我弹奏的是贝多芬最后一首奏鸣曲。这是黎闷教授生前最爱的一首奏鸣曲，他曾经说，在这首曲子中他看到了海的尽头。

我收到了以梦的回复，她同意和我共进晚餐。

午饭后我去了省图书馆的阅览室。在阅览架上，我找到了很多年前就喜欢的两本杂志：《古典音乐》与《哲学研究》。带着这两本杂志，我坐在最后排的靠窗位置。虽然是周末，但来阅览室的人并不多，年轻人更少。记得上高中的时候，我就喜欢来图书馆读书。那时候，我与周围的集体格格不入，几乎没有什么朋友，钢琴是我唯一的知己，甚至可以说，钢琴是我灵魂的自体。有时候我也会厌烦这个知己，于是便逃到书的国度中寻找慰藉。如今我重新坐到这个位置，仿佛能再次体会到当年那个少年坐在同一个位置时的心境，我与当年的我合二为一，时间是我们的桥梁。

《古典音乐》上有一篇文章回顾了斯特拉文斯基音乐风格的变化史：从《火鸟》到《春之祭》，从新古典音乐、序列音乐到晚期的安魂曲。直到如今，他都是我心中所仰慕的音乐先锋，我也虔诚地听过他大部分的音乐，在他众多难以归类的音乐背后，我看到了一颗因焦灼而分裂的灵魂。读完这篇文章，我的头脑中升起了《安魂曲》的旋律。我猜想，在他弥留之际，这首《安魂曲》也没有让他找到终极问题的答案。我放下这本杂志，翻开了另外一本。抬头的瞬间，注意到了来自对面女人的凝视。接着，我再也读不进去文字了，因为他人的凝视即拷问。半分钟后，那女人递过来一张纸条，上面写道：你真的是那个钢琴家吗？

我点了点头。

接着又收到了她另一张纸条：我预订了音乐会的门票，没想到会在这里遇见你。

我假装微笑，然后轻声地说：谢谢你。我离开座位，将杂志放回原位，从图书馆落荒而逃。走在街道上，从水泥路面升起的热气让我在城市森林中迷失方向。我搭了一辆出租车，返回公寓。从小到大，我始终在回避一些核心的问题。也许这些问题是我不愿在这座城市久留的原因；也许我没有地理学意义上的故乡，始终是故乡的异乡人。只有在音乐的王国里，我才感觉自己不是一个流亡者。

回到公寓后，我先是静坐了半个小时，接着又弹了一个小时的钢琴，然后去冲了一个冷水澡。从洗浴间出来，我感觉自己又成了一个崭新的人。换好衣服，我对着镜子凝视了三分钟。五点整的时候给以梦发了一条微信，带着包去赴晚宴。

我提前二十分钟到了科韦塔饭厅，坐在预订的位置上等待她的到来。六点整，她出现在我的面前。与昨天完全不同，她像是换了一个人，脸上没有了倦意与失落，相反，眼神中却聚集了光芒，我冰冷的心顿时变得热烈甚至是激烈。很多年前，我也有过类似的感受，那是我第一次在人群中看到她，我就确定自己喜欢上了她。在那之前的很长一段时间里，我以为自己不会喜欢上另外一个人。这么久过去了，我们都成了不同的人，但那种激烈的情感波澜却没有改变。

"想什么呢？"抿了一口红酒后，以梦问。

"想我们的过去。"我说，"没想到，过去的事情就像在昨天一样。"

"好吧，我们来说说现在吧。"

我们一边用餐，一边谈论着现在各自的生活。她与她的丈夫分居了，她读完了帕慕克的《伊斯坦布尔》以及她每年都要为该死的论文而焦灼。我的生活说出来就很枯燥，不是要演出，就是要为各种演出做准备。

"至少，你成了你自己。"她说，"每天都为自己而活，是一件很荣耀的事情。"

"也许吧，但是，我也越来越迷茫了。"我说，"没有了音乐，我也许只是个空心人。"

"自从工作后，我已经是空心人了。"

我们沉默，然后用食物来填充这种沉默。我们开始聊音乐，聊即将到来的音乐会。这么久过去了，她依旧是最理解我的人，这种理解是我心中的刺。后来我们谈到了毕业音乐会上的那场钢琴表演。她穿着她最爱的白色，我穿着我最钟情的黑色，我们近乎完美地完成了舒伯特的《幻想曲》。在那十九分二十秒的过程中，以梦、钢琴与我成为三位一体的整体，黑色与白色相互交融、相互渗透，最后幻化成不同音符的色彩的微妙变换。记得在演出结束后，我拉着她的手，接受着从黑暗处涌来的掌声。我转过头，看着她，她也在同一时间转过头看着我。我们的眼神在巨光下相遇的瞬间，我看到了永恒。

"我们这次演出，你穿白色，我穿黑色，像毕业演出时的那场一样，好吗？"我注视着她的眼睛。

"好啊，我也是这种想法。"她说，"演出之前，我们要多训练几次。"

"嗯，我也是这种意思。"

晚餐结束后，我们走出餐厅，步入良夜。晚风中似乎带着夏昼残余的颗粒。我们绕着附近的花园走了一圈，一路上，我能嗅到玫瑰的衰败气息。

"我送你回家吧。"我对她说，"这么晚了，我不放心。"

"放心吧，我自己打车回家。"她说，"明天再见。"

她坐上出租车的瞬间，我的心后悔到破碎。我应该把她留下来，而不是送走她。当我独自守在夜色中的时候，孤独几乎要摧毁了我。没过多久，我也坐进了出租车。夜色下的长安城像是马克·罗斯科画笔下的灰暗地带，我闭住眼睛，头脑中浮现出《幻想曲》的片段。四十五分钟后，我回到了公寓，坐在黑暗中，孤独兽开始噬咬我的内心。我拿起手机，给以梦发了一条信息：你到家了吗？

"到家了，此刻坐在黑暗中，什么也不想干。"她回复道。

"我想你。"

发出去这三个字之后，我深吸了一口气，仿佛心中的石头落入深潭，等待着回响。五分钟后，我收到了她的回复："我现在就去你公寓，请等我。"

我打开灯，驱走黑暗，高处洒下的光见证了我内心的狂喜。洗完澡，穿上睡衣，我坐进阳台，喝着红酒，吹着夜风，观看窗外的温柔夜色。最重要的是，我在等待她的到来。

五十分钟后，我在小区门口接到了她。拉着她的手我们一同走向我的密室，我的乌托邦。关上门，我从背后抱住了她，她从我的怀中挣脱而出，正面对着我。我能读懂她眼神中的夜色。短暂的拥抱后，她帮我脱掉了身上的衣服，我也将她从衣物的束缚中解脱出来。我们赤裸相对，她像是站在我面前的镜子。我们抚摸，我们亲吻，我们的身体是彼此的灵魂乐器，在共振中融为一体，我听到了灵魂因为肉身的冲撞而发出的共鸣。剧烈的潮水退去，她躺在我的身体上，久久不说话。我们用沉默彼此交谈。我们一同去洗澡，洗掉体内欲望的残余，彼此帮着擦干身体。我们盯着对方的眼睛失声大笑，仿佛此前的等待与彷徨都是通往此刻的路：我们站在路的尽头，却紧拉着彼此的手。

我们躺在床上，谈论着过往与现在。我们不谈论未来，因为没有未来可言。凌晨两点，她蜷缩着身体，睡着了，我从她的身后抱着她。我要分享她此刻的一切，包括她的梦以及梦魇。那个夜晚，我在梦中遇见了妈妈，我们坐在大榕树上乘凉。讲完了一个故事后，妈妈说自己要独自离开，我拉着她的手，但她还是跳了下去。她没有落地，而是向海的方向飞去。我学着妈妈的样子，也纵身跳下，但是我没有飞起来，而是不断地坠落。

我从梦中惊醒，以梦也被我的喊声惊醒。不知道为什么，我控制不住地哭泣，以梦抱着我，轻声地说："我就在身边，不要害怕。"随后，我们再次做爱，然而我内心的恐惧在剧烈的摇晃与冲撞中并未崩塌。

第二天起床后，我们一同吃早饭，去音乐厅为即将到来的音乐会做沟通工作。十一点的时候，她打车回她父母家，因为她要为下午的钢琴课做准备。我们约好了晚上再见。

目送她离开后，我不知道自己该去往何处。

第七节：白　色

收到他的"我想你"这三个字，我刻意筑起的大坝瞬间倒塌了。是的，我决定去冒险，不再为了平衡而压抑自我。我决定去找他。我走到客厅喝了半杯水，压住心中的恐慌。母亲卧在沙发上看永无止境的连续剧，我想她对电视的爱已经远远超过了对我的关注。也许，她从来也没爱过任何人吧。

坐上出租后，我收到黎楠发来的信息，说他从江城带来了一份礼物，想在明天交给我。我问是什么礼物，他说是个秘密。我笑了，随后便把明天上课的时间与教室号发给了他。他又问我正在干什么。不知道为什么，我撒谎了。我告诉他此刻躺在床上准备睡觉。他没有再说话，我为自己的谎言感到羞愧。

下车后，我看见他。他在一团暗光的边缘处等着我。我走了过去，他走了过来，我们在光的中央拉住了彼此的手，一同走向了他的公寓。我们仪式般地做爱，他小心翼翼地照顾我身体的每一个微妙的变化。我喜欢他的手，每一次抚摸都恰到好处。他控制着我们之间的节奏。洗完澡之后，我们交流了很多，但没有谈论未来。我们之间没有未来可言。在他的拥抱中，我落入了梦网。

深夜，我被他的喊声惊醒了，睁开眼，看到他像小孩一样在哭泣。一定是做噩梦了，我抱着他让他不要害怕，说永远不会再离开他了。我明白，这又是一个谎言。

清晨，我们一起吃早点，接着一起去音乐厅。十一点的时候，我坐上出租，离开了他。回过头来，我看到了他脸上的失落与迷茫。午饭后我洗了澡，准备了一下教学的内容。两点的时候，我开着车，从家里赶往学校，下车时收到了荀生发来的信息："潘老师，我想听你的课，我现在就在你们学校门口的雕刻时光咖啡馆。"

我笑了，便去校外的咖啡馆找他。

我们一起喝了两杯咖啡。快上课时，一同赶往教室。他一进教室，学生们的反应首先是惊愕，接着便是欢迎的掌声。在音乐界，他毕竟是很有影响力的钢琴家。那堂课学生们的积极性空前高涨，我讲了一节课，另外一节课是荀生与学生们之间的交流。我的内心同时升起了虚荣与羞愧两种情感，虚荣的是我能有这样出色的朋友，羞愧的是在他的光环下我更像一个失败者。

下课后我们离开了教室。走向停车场的路上，我突然发现黎楠正站在一个路灯下，背对着我，我突然想起了与他的约定，当我正想转身回避的时候，他已经看到我了。我佯装自然与洒脱，说："荀生，这是我的学生黎楠；这是钢琴家荀生。"

他们握手，黎楠的脸露出明显的不悦。

"你在这里等人吗？"我故意问黎楠。

"是的，等了好久，估计不来了。"他说，"老师，再见。"

我还没来得及说话，他就从我们面前离开了。

"现在的孩子都太有个性了。"我又故意地对荀生说。

荀生似乎看到了其中的微妙变化，但他什么也没说。接着我们驾车去长安街的越南餐厅。路上我们没有交流。巴赫的《赋格的艺术》解构了我们的沉默，就像很多年前一样，我们不说话，音乐与沉默会替我们说话。晚饭的时候我们一同聊起了音乐以及他的音乐生活。像很久之前一样，每次谈到音乐，他的眼神中总会聚满了光，神情像是离不开玩具的孩童。也许这就是我喜欢他的根本原因。他对音乐的认识越来越形而上，越来越有哲学深意，不得不承认的是，有的想法已经超越了我的理解力，但是，残留的骄傲不允许我把疑惑摆在脸上，于是更多的时候，我选择用聆听来护卫我的无知。在分享他巡演的种种经历时，我的内心却升起了嫉妒与怨怼，因为他所过的生活正是我直到如今都梦寐以求的。从小到大，我的成绩一直都很出众，因为除学习成绩之外，我似乎没有其他值得骄傲的地方。在学校，老师与同学们最在意的正是成绩，我靠着不断的努力来保护这个虚构的光环。毕业后，光环逐渐在黑暗中褪色，沦为黑暗本身，那天看到王思南与其他女人幽会，光环伴随着我的心碎而破碎。如今听他讲述多彩的演出生活，我想逃离，逃离到我幻想中的乌托邦。在那里，没有他人，没有比较，更没有冷漠。可与此同时我又迷恋他的那些奇幻之旅，他像是我的分身，像是另一个我，他所经历的一切都构成了我世界的一部分。我很少谈论自己，因为我的世界已是被遗忘的荒原。

"那你的个人生活呢？"我问他，"有女朋友吗？"

"应该算没有吧。"

"这个回答很诡异。有就是有，没有就是没有。"

"她是美国的新锐诗人，我们偶尔会住在一起，但不会干预彼此的私生活。"

"我想看一下她的照片。"

我在他的手机里看到了她在海边的照片，也看到了她的英文诗集《The Circle of Death》的封面。她是一位动人的女性，虽然生活在西方，眼眸中却散发出东方的神秘主义色彩。她比我美，因此我嫉妒她，我要将嫉妒埋在内心。他告诉我她的名字叫苏珊娜，如今正在欧洲的某个地方游玩，与她当年的大学教授在一起。

"你不在意吗？"我问。

"我在意，但我不会对她说。"他说，"这就是我选择的爱的方式。你呢？"

"我和丈夫分居，正在考虑要不要离婚。你是对的，婚姻就是艺术的天敌。"

他没有说话，而是握住我的手，注视着我的双眼。在他的眼神中，我看到了自己的深渊。吃完晚饭后，我们一同回到他的公寓。在阳台上休息了一会儿，又一同坐在了钢琴旁边。他打开乐谱，我们开始弹奏舒伯特的《幻想曲》。刚开始一切都很顺利，很快就投入到音符的波浪中，但到第七分钟左右时，我们触礁了，两个人的节奏失衡了。我们都试图弥补，试图找到对方的速度，但是失败了，我们的音乐织体完全分裂，朝着不同的方向。

"没事，这很正常，"他说，"多磨合几次就好了。"

说完，他吻了吻我的双唇。我们重新开始。与第一次的情形相同，我们又在同样的地方触礁了。这一次我们没有去尝试补救，他拉起我的手，离开钢琴，坐在沙发上，打开桌上的红酒，给我俩各自斟了半杯。我们都有些紧张，他说，先放松放松。喝完酒，再次练习这首曲子，可还是失败了。他停下来，对我说："你能不能认真一点儿？我们之间的默契不见了吗？"

"难道是我一个人的错？"我回应道。

说完，我穿好鞋子，带着包，离开了他的公寓。当走进地下车库时，眼泪流进了我的嘴角，与这个夜一样咸涩。直到坐进车里，我才听到了自己哭泣的声音。其实，我并不责怪他，而是痛恨自己的无能与失败。在他夺目的光亮下，我显得更加卑微。我擦干眼泪，等待他的回音。没多久，收到了他的信息："我的错，我太焦灼了，请原谅，我在等待你的归来。"

打开灯，对着镜子，我擦掉脸上的泪痕与悔意，化上淡妆。我从车上走了下来，走回他的公寓。我知道他在等待。

他久久地拥抱我，嘴里一直说着对不起，说要献给我一首曲子。我坐在钢琴旁，听他弹奏李斯特的《爱之梦》。我拥抱了他，作为回报，我弹奏了门德尔松的《无词歌》。我们在音乐中谅解了彼此，像多年前的我们一样。钢琴是我们的奴役，更是我们的上帝。

"我弹一下演奏会的另外一首曲子，你帮我听听。"他说。

我点了点头。当贝多芬的《第二十三号钢琴奏鸣曲》响起时，他的神情变得肃穆，整个人像是得到了某种神谕，弹奏的整个过程像是与上帝进行无言的交流，钢琴则是那无形的阶梯。这首曲子是我的心头之爱，我也会经常拿出来独自弹奏，我熟悉其中每个音符的光泽与亮度。当他弹奏到第三乐章时，我突然落泪，因为他用音乐把我从肉身的桎梏中解救而出。音乐结束的瞬间，我抱住了他，说："这是我听过的所有版本中，最好的一个。"

他吻了吻我，脸上的神秘感随着音乐的消失开始退潮。那个夜晚，他从背后抱着我，我则抱着我们的回忆。那个夜晚，我们也许做了同样的梦。

清晨七点，窗外的鸟叫醒了我们。洗漱完毕后，我们一同去楼下吃早点。早点铺的老板娘看到我，对荀生说，你太太真漂亮啊。荀生笑了笑，没有回答，我却有种窃喜感。早餐后我们又去附近的公园散了会步，九点，我们坐在了钢琴前，开始弹奏舒伯特的《幻想曲》。与昨夜的情况相同，在弹到第七分钟的时候，又乱了阵脚。

"没事，我们先把各自的部分弹一遍。"他说，"再讨论如何合奏。"

他先将自己的部分弹奏了一遍，行云流水，近乎完美。我将自己的部分也弹奏了一遍，同样也是一气呵成，中间没有出现任何问题。我们开始讨论第七分钟到第八分钟这段时间的音乐结构、节奏以及合奏的技巧，然后又开始从头弹起，顺利地躲过了七分钟时的那个暗礁，却在第十二分钟的时候，又因为触上了另外一个暗礁而共同沉没。像之前一样，我们用非常理性的方式分析了这段极其感性的音乐材料，再又从头开始弹奏。虽然中间出现了三个失误，但是这一次，我们完整地弹完了整首曲子。随后，我们亲吻与拥抱。我们坐在阳台上，享受着阳光与夏风，休息了半个小时。我们又完整地弹奏了一遍《幻想曲》，比上一次更流畅了些，但还不够完美。随后他弹奏了柴可夫斯基的《四季》，我聆听着十二个月微妙的起伏与变化。没有我的束缚，他的表演堪称完美。之后我们走出了公寓，一同去吃午饭。午饭结束后，我要去学校上课，他坚持要陪我一同去。

"我不想离开你半分半秒。"他说，"因为我已经离不开你了。"

"但是，你是明星，你去了，我没法上课啊。"我说。

"好吧，你去上课，我在校外的咖啡馆等你。"

"那会很无聊的吧？"

"我会带上 Kindle，边读书边等你。"

虽然明白我们会在不久后道别，但此刻，他的依赖还是满足了我可笑的虚荣心。我不需要什么永远的承诺，对于我而言，瞬间就是永恒的象征。我故意做出思考的表情，然后同意了他的请求。

在学校门口，他去学校对面的雕刻时光咖啡馆，我走进了学校。在办公室我看到了朵拉，她正埋着头读一本看起来厚厚的书。见到我，她放下了手中的书，压低声音说："我可能要结婚了。"

"什么？"我差点喊了出来，"你不是强烈鄙视婚姻吗？"

"是啊，我现在也鄙视我的选择。"她说，"但我无法拒绝他，他昨晚向我求婚了。"

"嗯，祝福你们。"我笑着说，"也欢迎你们进入婚姻这座围城。"

"是啊，人心真是捉摸不定啊。"她说，"我也越来越不懂我自己了。"

下午的课堂上，学生们昏昏欲睡，我也心不在焉，两个小时的课程简直成了一场煎熬。下课铃一响，我和学生们一样，精神突然就变得抖擞起来，带着包快速离开了教室，走向那座咖啡馆。他正在靠窗的位置上读书，光透过玻璃后变成了涟漪，环绕在他的周围。那瞬间，我因见证了光而内心喜乐。我坐在他的对面，点了一杯咖啡，他抬起头来冲我微笑了一下，又沉浸到他自己的阅读世界。我从包中取出赫拉巴尔的《过于喧嚣的孤独》，在光晕中走进主角汉嘉的灵魂世界。

不说话，在各自的书籍中漫游。最终，我们在词语的静默中相遇。两个小时后，我们带着各自的书，走出了咖啡馆，走进了人群，在朱雀路上的一家法式餐厅共进晚餐，席间讨论了彼此最近读的书籍，随后又谈到本周六晚将要举行的音乐会，他说这有可能是他在长安城举办的第一场也是最后一场音乐会。

"你以后不回这座城市了吗？"我问。

"很有可能不回来了。"

"那么，我们以后不会再见了吗？"

"如果想见，总会见到，"他说，"我们可能会在其他的地方相见。"

接下来是长久的沉默。沉默在爵士乐的衬托下，显得更加响亮。

"你不喜欢这座城市吗？毕竟，你是在这里长大的。"吃完晚饭，我说，"也许，这座城市有你太多悲伤的回忆。"

他点了点头，但没有说话。

"能讲给我听吗？"我问。

"我现在不想讲。"

我们再也没有说话。从餐厅出来后，我开车送他回公寓，随后回父母的家。晚上睡觉前，我查看了一下手机，荀生没有发来信息，黎楠也没有发来问候。不知道为什么，关灯的一瞬间，黑暗与空虚同时吞噬了我。我只有用无声的哭泣作为唯一的抵抗。

我多么期待黎明不再来临。

第八节：黑　色

是的，这座城市早就不属于我了，多年以来，我一直想以最决绝的方式和它斩断关系，但是，我做不到，携带记忆的绝望已经布满了我的全身，失落感从未离开过我。因此我只能疯狂地练习钢琴，或许这是我摆脱绝望的唯一方式，但我错了，钢琴塑造了我，也塑造了我的绝望。有时候我会想，如果我不是钢琴家，这种绝望是不是会变淡。但我立即否定掉这种假设，因为如果没有钢琴，我不再是我，也找不到存活下去的理由。很小的时候，当我独自在房间里练习钢琴时，经常会因为孤独而狂喜，陪伴我的只有窗外的孤云与独鸟，后来才明白，这就是我的宿命，与人相比较，我更相信钢琴。

那天，她上完课后，同我在咖啡馆一起看书，后来，我们面对着面聊起了天，刚开始，我们的话题小心翼翼地避过了那些幽暗地带，然而到了最后，我们无路可逃，必须面对眼前。她想让我讲讲过去的故事，我不假思索拒绝了她的请求。我看到了她脸上的不悦，但是我确实不愿意与任何人分享那段记忆，或许正是那份绝望的记忆护佑着我。快乐如水上光，永远短暂且虚幻，绝望才是光下水，永恒且不朽。出了咖啡馆，她开车送我回公寓。其间我们没有说一句话，我想在微信上给她解释，已经写好文字了，但最终没有发送出去。

此刻我坐在钢琴前，弹奏巴赫的《哥德堡变奏曲》。每次有失眠的预兆时，我便为自己弹奏这首曲子，不是为了治疗失眠，而是为了在失眠中保持清醒。没有任何人听我弹奏过这首曲子，因为这为我所独有，我不想与他人分享，分享会破坏独有之物的神圣。此刻，那个男人的面貌又浮现在我的面前，无法驱逐。那是我的父亲，小时候，我会把他称作爸爸，如今对我而言，他是没有名字与称谓的人。如果见到舞台上表演钢琴的我，他现在该作何种感想呢？

小时候我把他叫爸爸，他叫我鹿鹿。除了他，没有人再叫我这个小名，我也习惯了爸爸对我的溺爱。那时候爸爸是我最好的朋友，陪我玩各种游戏，带我去不同的地方游玩，给我买好看的衣服，每次出差回家，我都能收到他从各地带回来的玩具。他喜欢把我抱起来，骑在他的脖子上，我从更高处看世界，不会担心自己掉下来，因为爸爸是我最信任的人。他那时在税务部门，工作忙碌繁杂，但从来不把工作上的烦躁带回家，相反，妈妈对我却非常严格，给我制定了很多条条框框，她总担心我会被爸爸惯坏。我理解她，但又有点害怕她，与爸爸单独在一起，我更能体会到自由与快乐，也许这也是爸爸唤我是鹿鹿的原因。妈妈不喜欢这个小名，她只叫我荀生。

刚过完六岁生日，爸爸决定让我学习钢琴，妈妈对此也没有任何意见。触碰到钢琴键的瞬间，我的浑身就像是过了电流，立即爱上了这门乐器。最初的好奇感消失后，我对钢琴的热情却丝毫未减，随着不断地练习，钢琴这种冷冰冰的乐器在我的心中也越来越神秘，我想要了解它，想要通过弹奏来接近它，却发现它距我是那么远，但又不是远不可及。直到现在我也未能揭开钢琴的神秘面纱，或许这正是它吸引我的致命原因。从小到大，我对简单明晰的东西都缺乏耐心与喜欢，钢琴恰好是简单明晰的对立面。刚开始时，爸爸只是想让我把钢琴作为一门爱好，但是，我的热情与天赋让他改变了主意。在我八岁生日那天，爸爸宣布了他的决定：要让我成为钢琴家，他想让我的天赋得到最大程度地释放。爸爸不仅给我报了专门的钢琴课程，还给我请了专业的钢琴老师做家教。我对钢琴的热爱与日俱增，同爸爸的交流开始越来越少。爸爸喜欢看我弹钢琴，我也喜欢他的陪伴。十岁那年，我获得了全市钢琴比赛少儿组的冠军。那是我看到爸爸最快乐的时候，他把这个消息告诉每一个他所能遇到的人，他也带着我去见那些或陌生或熟悉的人。爸爸后来离开了单位，和几个朋友一起创业，说要挣更多的钱，这样就可以送我去国外学钢琴。我不想去国外，我只想弹钢琴，只想让爸爸妈妈陪我弹钢琴，但是我不能让他们知道我的想法，因为不想让他们失望。后来，爸爸越来越忙，陪我的时间也越来越少。有一次，我在练琴时，爸爸坐在沙发上陪我，当弹完了曲子之后，我转过身，看到爸爸已经在沙发上睡着了。他太累了，脸上的倦意在睡梦中显得如此浓烈。我离开钢琴，蹑手蹑脚地从床上取出毛毯，盖在爸爸的身上。那一刻，我下定决心，要去国外留学，成为职业的钢琴家。我不想让爸爸的梦因为我而破碎。

灾难毫无预兆地发生了，梦也在那场灾难中化为灰烬。一直到现在，我都不愿意相信那场灾难的存在。但它确实发生过，唯一值得庆幸的是，我在那场灾难中活了下来。它也许是我绝望的来源，我一次次地试图遗忘，但后遗症却一天天地增强，成为啃噬我灵魂的心兽。我不想与任何人谈起这件事情，并不是因为我不敢面对过去，而是因为我不敢将这头心兽释放出来，它已经在我的囚笼中生活了太久，与我对视了太久，我不想让任何人看见它。我对这头心兽有种独特的占有欲，因此当以梦想要知道我的过去时，我立即回绝了她。

那是在小学毕业的那年暑假，我考上了重点中学，妈妈被评为市级优秀教师，爸爸合伙开的公司也有了很大的起色，赚了一笔钱。至于是多少，爸爸并没有告诉我，只说足够我出国的学费与生活费。那年春天，我们搬进了更宽阔、更明亮的房子，家里也买了辆日产汽车，最令我开心的是，爸爸为我换了一台更好的钢琴。小学毕业典礼结束后，爸爸带着我们坐飞机去海南游玩，那是我第一次看到真正的大海，我当时就想，如果能够面对着大海弹钢琴，会是一件多么奇妙的事情啊。这么多年过去了，我在很多海滨城市都住过，但我从来没有去海边弹琴。相反，我在梦中的海滩上弹过钢琴。也许我的梦始终是蓝色滤镜下的镜像。从海南回来之后，爸爸给我重新找了一名钢琴教师，我命运的罗盘也就此转向，迷失在永恒的海洋中。

他的名字叫凯文，三十八岁，在一所大学的音乐学院教钢琴。如今我早就忘了他给我上第一节课时所讲的内容，但清晰地记得他整洁的白衬衣、清淡的古龙水味以及动听的声音。试讲结束后，爸爸问我的感受如何，我说愿意让凯文做我的家庭教师。那个暑假，他每星期给我上四节课，每节课两个小时。前三节课，我是认真乖巧的学生，他是温和耐心的教师。当他在我家开始他的第四节课时，情况发生了微妙的变化。我弹琴，他的手却放在我的大腿上，慢慢地移动。当时的我并不知道其中的含义，我以为这是老师表达喜爱的方式。第五节课时，我完美地演奏完了一段高难度的曲子，凯文并不像以前那样夸奖我，而是亲吻了我的脸，然后他又让我亲吻他的脸，我按照他的命令也这样做了。我是所有老师眼中的乖学生，从来不会反抗他们提出的任何要求。上课的时候，爸爸和妈妈基本上不在家，他们忙着各自的事情，我真不知道该如何去独自面对眼前的钢琴教师。接下来的一节课，他把我的手放在了他的大腿根部，我感受到了他裤子下膨胀的硬物。他拉开了裤子的拉链，我看到了那个可怕的怪物。没事，你摸摸它。凯文对我说。一开始，我拒绝了他，他的脸上明显露出了不悦。我不想让他失望，于是我碰了那个怪物，然后用手握住它。他教我如何去制服那个硬邦邦的怪物，我很快就学会了这技艺。没过多久，他去了洗手间。回来时，脸上露出疲惫的喜悦。他告诫我不能将此事告诉任何人，我点了点头，但背叛了他，我告诉了妈妈，因为实在不太理解凯文的行为。听完后，妈妈没说话，只是走进了房间。

接下来的一节课里，凯文老师又要做同样的事情，我不知道该怎么办，只能顺从他所说的两个人的小游戏。我把他的怪物放在手中，他闭着眼睛，突然我听到了破门而入的声音，以及爸爸的咒骂声。凯文还没有来得及拉上裤链，便被爸爸一把拉下椅子狠揍了一顿，妈妈抱着我，不让我看到眼前的场景。最后，凯文的白衬衣上沾满了他自己的血，两颗牙齿落在了钢琴腿旁，眼睛也成了黑褐色的脓包。趁着爸爸松懈时，凯文只身逃走了，包落在我家的桌子上。爸爸没有出去追，说要将凯文告到法庭。妈妈立即反对，说那样会毁掉我的一生。他们在我面前剧烈地争吵，那是我第一次见到他们反目。我被吓得忘记了哭。妈妈获胜了，他们决定忍气吞声。爸爸离开时，我看到了他眼中对我的失望与厌恶。

从那以后，爸爸像是变了一个人，再也没有对我笑过，也几乎不和我说话。有一次，他坐在沙发上看报纸，我刚练完琴，心情愉悦。像之前一样跑了过去，要坐在爸爸的怀中和他分享这种愉悦，他放下了报纸，一把将我推了下去，我的头碰到了茶几上，剧烈的疼痛让我大哭，妈妈跑了过来，将我从地上抱起来，我头上的血染红了她的短袖，人晕了过去，不再知道后面的事情。住院之后，爸爸从来没有去看过我，妈妈却让我对其他亲戚撒谎说是我不小心摔倒所致。是的，我撒谎了，我从未给其他人说过真相，也从来没有提凯文老师的事情。

后来，我习惯了说谎，却从未忘记真相。上初中时，他们分居了，起初的剧烈争吵变成了长久的冷战。他在家的时候，我从来不敢弹琴，因为他禁止我影响他的生活。上初三的时候，他将一个浓艳的女人领回了家，妈妈不吭气，还是像之前那样默认了这一切。我上高二的时候，他们离婚了。这件事在亲戚间引起了巨大的轰动，因为他们无法想象这段看起来完美的婚姻为何会结束。我和妈妈搬出了家，在外面租了一个小房间。不知道为什么，离开那个家后，我突然有种释然。此后，爸爸从未看过我，也从未给过我抚养费，我也不想再见到他。从离开那个家开始，爸爸在我心里已经死了，妈妈却变得郁郁寡欢。经常独自在房间里哭泣，我不知道如何安慰她。

那个夏天之后，我所有的快乐都离我而去。庆幸的是，钢琴却对我始终如一。或许，灾难不是来自于凯文，而是来自于钢琴。如果没有对钢琴的爱，所有悲伤的事都不会发生，我的人生会按照正常的轨道前行。但是我从未对钢琴有过失望，因为钢琴就是我的命运本身。

此刻已经凌晨三点了，往事像蛇一般缠绕着我的灵魂，唯有冥想才能将我松绑。我睁开了眼睛，坐在窗台上，面对眼前黑夜中的星辰，抽了两根烟。我想念我的妈妈，但我却一时想不起她的面容。我期待着黎明的到来，期待着世界之夜的终结。

早晨八点，我从梦中走了出来。洗完脸后，感觉肚子空空荡荡，头脑被苦涩的回忆塞满。咽下了杯中的凉水后，我越发饥饿，但又享受这种饥饿带来的极乐，任何食物都是对这种快感的亵渎。我坐在钢琴边，随手弹起了海顿的奏鸣曲，他的音乐总是让我有种置身于海洋的错觉。弹奏完毕，饥饿感更强烈了，对食物的排斥感也更剧烈。突然间，卡夫卡笔下的饥饿艺术家闪现在眼前，我也突然理解了他。

为了抵抗饥饿所带来的孤绝感，我又重新弹奏钢琴，像饥饿艺术家那样，在艺术中寻找食粮。但我被孤独与饥饿同时击败了，才演奏完第一章节，我冲到了冰箱旁，从中取出酸奶与苹果，大口地咀嚼与吞咽，饥饿感并没有消减，但我突然学会了与饥饿和平共处。

我打开电子邮箱查看邮件。苏珊娜说她已经回到了纽约，与教授已分手，将他送给她的东西都归还给了他，说自己无法容忍占有欲过强的人。在我离开纽约的这段时间，她说自己只写了五首诗歌，而且并不满意。她会说流利的汉语，但中国对她而言却是一个遥远的存在。她说她想我了，想要立即飞到长安城来陪我，但随后她又否定了自己的决定。是啊，她一直在否定与自我否定中生活，奇怪的是她却从来没有否定过我，或许是因为我们有着相同的灵魂图像。在信件的最后，她把最新一首名为《Between Silence and Silence》的诗歌送给了我。我默读了两遍，惊叹于她语言的洞察力。

回复完她的邮件，我又与莉莉确定了下一场在德国演出的细节。本周六晚的长安城音乐会一结束，我会在周日飞往北京，再转机去德国。此刻是周三的上午十一点十三分，我感觉我还有太多的事情没有处理。

下午两点四十分，以梦再次来到我的公寓。我们躺在地板上疯狂占据彼此的身体，用这种冲撞来作为交换的语言。我们赤裸着身体，彼此沉默，而她为我们各自点燃了一根烟。洗完澡，我们换上衣服，开始练习钢琴，令我吃惊的是，我们非常顺利地弹奏完《幻想曲》，之前存在的瑕疵顿然消散。我们又反复弹奏了三遍，一遍比一遍更加精准，我终于确定我们会有完美的演出。晚餐在小区附近的湖南菜馆，其间我们只交流音乐，不触碰各自的私事。我们约好明天去商场重新购买演出服，随后她便开车离去。

周四上午十点，我们在相约的商场购买了演出礼服。当她穿上白色长裙，我换上黑色礼服时，我们短暂地拥抱，然后分开。镜子中的我们已经不再是当年的我们，而是两个被时间塑造的陌生人。下午，我又陪她去上课，然后回公寓练琴，我们像一对生活了太久的夫妻。没有过多的语言交流，只有彼此的陪伴。晚餐后，她又要开车回家，我终于说出了憋在心中很久的话："我想让你陪我，听我过去的故事。"

她点了点头。

在我的公寓里，我们面对面推心置腹。我把自己的故事，特别是那场灾难的过程讲给了她，她泪眼模糊地看着我。讲完后，我看着户外的风景，她坐在我旁边，靠在我的肩膀上。是啊，说出来并不是我所想象的那么困难。她没有说什么，只是抱着我，不让我害怕。我把自己试图要遗忘的一切都告诉了她，但是有一点我没有说，那就是我的小名叫鹿鹿，那是那个男人留给我唯一美好的事物。我不想让别人知道这个小名。

那个夜晚她没有走，陪在我身旁。临睡前，她给我讲了一个童话故事，那是她爸爸曾经讲给她听的。从小到大，她的妈妈几乎没有碰过她，没有真心地爱过她。

"但是，我理解我妈妈了。"她说，"我已经原谅她了。"

"我不会原谅那个男人的。"我说。

"你应该去看看他，就当是最后一次。"

"你愿意陪我吗？"

"我愿意。"

周五下午，在表弟和以梦的陪同下，我要去见那个经常在我梦中出现的男人，去直面所有问题的根源。当汽车越来越靠近他家时，我眼前的黑暗也越来越沉重，回忆的负荷让我喘不过气来，绝望正在彼岸注视着我。我想要逃离，但以梦紧紧地握住了我的手。我不想让她失望，只能故作镇定。童年与少年时期的噩梦蒙太奇般地在眼前交替浮现。也许，我们所乘坐的是逆着时间河流而上的航船，倒退的风景是我记忆的另外一种真实。我又看到了黎闳教授独自在露天阳台上吸烟的背影，看到了妈妈同捡来的野猫对话的情景，看到了凯文老师专注弹琴时的眼神，也看到了爸爸背着年幼的我去动物园初看孔雀时的场景。过往的风暴卷着时间的沙砾向着我的记忆深处驶来，所有涌出的记忆都在一个画面处终结：十三岁的我，独自坐在房间弹钢琴，窗外的大雪按住了整个城市的喧闹。

车停了。

下车后，天光云影又让我再次回到了现实世界。我想要逃离，想要再次回到记忆的茧中，但以梦拉住我的手，不让我再次跌入往事的深渊。在表弟的引领下，我们穿过了水泥森林与花园，来到一座破落的六层楼前。表弟给那个男人打了电话，我们便上楼了。这些年来，小姨家一直与那个男人保持着古怪而微妙的联系，他们并没有因为我外婆与母亲的死而责难于他，听表弟在车上说，那个男人这几年来过得非常落魄，但是表弟没有说详尽，只是让我做好心理准备。我对那个男人的生活其实已无丝毫的兴趣，但他的落魄却让我有了微妙的欣慰。这栋旧楼没有电梯，我们沿着向上的阶梯，听着沉重的脚步声，向顶层爬上去，动作滑稽得看起来像是朝往圣地的圣徒们。我们在602室门前停了下来，楼道阴凉无光，一只白蛾趴在门上，扑闪着翅膀。表弟按下门铃后，我们在灰暗处等待。三分钟后，门开了，一束幽光点亮了灰暗。

"你们进来吧。"有个声音从门内传出来，"我刚才在喂猫。"

声音像是生锈的刀砍在了朽木上，他整个人像是要坍塌的雕塑。他坐在沙发上，抱着猫，眼神中是落魄与冷漠的混合物。看着眼前的这个人，我无法将他与我小时候的爸爸联系起来。那时候的爸爸是我心中最有智慧的英雄，绝不是面前这个衰败发馊的男人。我们坐在他的对面，他则默然地打量着我们。猫从他的怀中跳出去之后，他为自己点燃了一根烟，于是这个逼仄的房间中满是烟的痕迹。起初我们都不说话，在沉默中寻找合适的开场白。

"我明天也想参加你的音乐会。"他打破了沉默,"但是门票太贵了,我买不起。"

"我哥给你预留了门票,你明天来就行了。"

说完,表弟从包中取出了一张门票,递给了他。我突然明白,表弟已经预想到了所要发生的一切,他已经为此做好了充足的准备。那瞬间,我对表弟充满了感激之情。接过票后,他专注地看着上面的内容,然后将它放在桌子上。

"祝贺你,终于实现了自己的梦想。"他说,"不像我,除了猫之外,什么也没有了。"

我注视着他眼神中的失落,心中一股酸味,但我没有哭泣。我想念那个风风火火的爸爸,而不是眼前这个被时间的利刃所戕害的男人。我有太多的话想要说,但又不知道从何处说起,他的眼神空洞无物,像是对生活充满了太多的厌倦。我们都不敢直视彼此的双眼,为了缓和这种尴尬的气氛,表弟说着一些无关痛痒的事情,对于我来说,每一分钟都是一种煎熬,我也知道他其实并不想见到我,我们预想中的和解并没有出现。

半个小时后,我们要起身离开。

"鹿鹿,你等一下。"

听到我的小名后,我突然失去了控制,不禁哭泣起来。他走了过来,抱着我,让我不要害怕。在他的怀中,我想到很多年前的我,那时候,爸爸是我心中的英雄,他喊着鹿鹿,而这个小名只属于他一个人。不知道过了多久,我才离开了他的怀抱。他没有哭。

"这周末,我就要离开了,也许以后再也不回来了。"我对他说,"需要我帮什么忙吗?"

他迟疑了半会,说:"我需要钱,需要生活费。"

"好的,把你银行卡号留给我。"我说,"以后我会定期给你转账的。"

带着他留给我的纸条，我们离开了他的家。

回家的路上，表弟大致讲了父亲这些年来的经历：公司倒闭，钱被合伙人卷走；与第二个妻子所生的儿子在商场走失，那个女人也离开了他。此后他再也没有振作过，每天都靠着烟酒和猫的陪伴而活。

听完这些，我将头转向了车窗外，聆听着苦涩与疼痛在内心的沉吟。以梦一直握着我的手，我也知道，不久后我们将会永远地分开。

第九节：幻想曲

他又梦到大海了。这一次，外婆与妈妈并没有抛弃他，而是牵着他的手，共同等待白色轮船的到来。他害怕海浪的汹涌声，想要退缩，但大人们的手却紧紧地拉住了他。妈妈说，他们将要去一个海岛生活。他们守在海边，等待白色轮船的到来。他已经听到了轮船的汽笛声，看到了轮船越来越大的身影，他的恐惧突然消失了，他对白色轮船摆手欢呼，然后从口袋中掏出螺号，对着大海，吹起了海洋之歌。他们终于坐上了白色轮船，共同驶向心中的海岛。上了船，他才发现爸爸原来是白轮船的船长。爸爸将带领他们告别陆地，去海岛开始新生活。海鸟与海浪的声音更清晰响亮了，妈妈给他讲了渔夫与魔鬼的故事。故事结束后，他突然感到了剧烈的晃动，原来是突如其来的巨浪与飓风击打着白色轮船。妈妈抓住他的手，外婆抱着妈妈，爸爸调动船舵，全家人与海洋展开了殊死的战斗。突然，他听到了船断裂的声音，巨浪冲向了他们。他大喊了一声，然后惊醒，这才发现都是梦的碎片。在黑夜中，他哭了起来，不是为了自己，而是为了梦中的沉船。他突然感到了时间的刀刃正在刺向巨大的虚无。以梦也醒来了，她在黑暗中摸索到了他的手。

又做噩梦了？她问他。

嗯，我想要喝水。他说。

她从黑暗中站了起来，走到厨房，从冰箱取出了两瓶苏打水。再次回到卧室时，他已经打开了台灯，裸身躺在床上，眼神里满是雾中的风景。她把其中的一瓶交给了他，自己拧开另外的一瓶。他们赤身裸体地坐在床上，面对着面，喝着凉水。喝掉半瓶水之后，体内的热开始消散，夏夜也因此变凉了。她知道，这是他们最后一次赤裸相对，她觉得应该做些什么或者说些什么，以作为告别的仪式，但是，她只会对此保持沉默，他也只是用沉默作为回答。他们都在寻找通向彼此的语言，却发现这条路通向了乌有之乡。

她独自来到阳台上，拉开窗帘，外面的温柔夜色在呢喃低语，镶嵌在夜空的几颗星辰在凝视着她的孤独。她用力吸了一口气，夜色中葆藏着深渊的味道。他从背后抱住了她，她透过玻璃的幽光看到了他的脸。他就这样长久地抱着她，她注视着眼前的黑夜。他的手开始在她的身体上游动，像是在钢琴上寻找合适的音符。她因为他的抚摸而战栗，脑海中不断闪现出《幻想曲》的音乐片段。她转过身来，直面他心中的欲望猛兽。她靠着墙，双腿缠绕着他，他与他的野兽同时掠走了她体内的虚无。在他们的肉身达到共振时，她闭上了眼睛，头脑中回荡着《幻想曲》的高潮。欲望与音乐同时退潮，绝望再一次囚禁了她。他们坐在沙发上，沉默的高墙阻挡了他们的语言。他带着她一起去洗澡，他帮她擦干了身上的水痕。

关灯之前，她看了一下表，凌晨三点三十二分。没过多久，她听到了他发出的轻鼾声，她浑身疲惫，头脑却异常清醒。她想到了丈夫王思南，这么久过去了，他都没有联系过她。也许在分居之后，他们像是从各自茧中飞出的蝴蝶，已经不适应彼此的束缚。也许她可以选择永远地离开他，但是之后呢？如果再次选择婚姻，那将不过是另外一个茧。如果选择独身，她又无法面对他人种种的质疑，毕竟，她特别在意表象上的虚荣与平衡。她感觉自己快要在黑夜破碎了，于是她转过身，紧紧抱住苟生，想要以此通往他的梦境。她梦见了女儿默默，她带着默默去看海上日出，和她一起许愿。等太阳从海平面升起之后，默默说出了她的愿望：我想死，我不想弹琴。她认真地看着女儿，在默默的双眸中，她看到了年幼的自己。她从梦中走了出来，下定决心，不再强迫女儿学习钢琴了，这个决定让她瞬间释然，如果没有钢琴，或许，她会有更好的人生。钢琴会让人敏感到无法忍受生活的粗糙面，如果还有机会，她宁愿选择粗糙的人生。

在早晨，他们再次练习了《幻想曲》，彼此已经磨合得很完美了，整首曲子没有留下半点瑕疵。曲子结束后，她收拾好自己的行李，然后与他告别。他想挽留，但知道挽留已经无济于事。

晚上六点半，音乐厅见。他对她说。

她点了点头，然后亲吻了他的脸。

走出小区后，她很快便坐上了一辆出租车。打开微信，她想和他说些什么，但明白说什么都没有意义。她翻开朋友圈，看到黎楠发的宣言：我终于等到了你。配图是一个女生看海的侧影，她心中突然生出一股酸涩，接着是对于自己的嘲笑。那天黎楠说要送给她一份礼物，会是什么呢？想了想，她从微信联系人中删掉了黎楠。

父亲在阳台上看报纸，母亲守在电视前，面如机器。像往常一样，她不想打扰他们各自的孤独，沉默地躲进自己的房间，她习惯了这种躲避的方式，她的房间是她空间上的避难所，钢琴则是她灵魂上的避难所。从很小的时候开始，他们的争吵就没有结束过，甚至会在她面前大打出手。她的眼泪因恐惧而流尽，如今她已经失去了哭泣的能力。从懂事起，她就明白自己的出生是一个无爱的错误，当他们当着她的面诅咒彼此时，她会有种愧疚感，甚至想过自杀。他们整天将离婚挂在嘴上，却从来没有去做。她希望他们离婚，至少她会因此得到平静。她希望逃离，却无处可逃。有一次，他们在客厅中扭打起来，她只能躲在墙角观看。结果父亲将母亲一把推倒在茶几上，血从后脑勺流了出来。她没有哭，而是去洗手间取来了毛巾与卫生纸，走到母亲的身旁，用毛巾试图帮她止血，母亲紧闭着双眼，她以为她死了，内心同时涌出了悲痛与喜悦。母亲没有死，半个月后，母亲从医院回来，他们之间新的战争又开始了。

她被卷入这场旷日持久的战争中，既是受难者，又是观看者。现在她独坐在房间，与自己的童年相望，却发现自己又返回到了原地。这么多年过去，除了一步步走向毁灭之外，她并没有什么改变，像往常一样，她要用钢琴来抵抗这种绝望，即使绝望就是她的命运本身。

吃完午饭后，母亲外出，父亲罕见地约她聊天。他们坐在阳台上，面对面，中间的木桌上放着即将衰败的白色玫瑰以及冰凉的茶水。她泡了一壶铁观音，腾起而上的水汽像是另外一个聆听者。父亲询问了她最近的教书情况、音乐会的准备情况以及苟生的个人情况，她的回答既避开了情感上的种种困境，又做到了最大程度的真诚。作为回应，她也询问了父亲一些无关痛痒的问题，父亲也给出了无关痛痒的回答。之后他们喝着茶水，嗅着面前的腐朽，彼此沉默。

演奏会结束后，你就该回你家了。父亲突然说。

这里也是我的家。她说。

不，那里才是你的家。

父亲坚决的态度让她不知所措。她突然意识到自己并不属于这里，也不属于那里，不属于他人，也不属于自我，只有肉身是她自己灵魂的唯一住所。父亲的冷漠让她顿悟，以前压在心头上的巨石升华为心中的喜乐，她将这种喜乐挂在了脸上。父亲的表情则是困惑。

当然，如果你愿意，可以一直住下去的。父亲说。

不，今天的音乐会一结束，我就离开这里。

嗯，回家好好过日子。

不，我还不知道要去哪。

父亲没有立即回应，而是将目光转向了窗外。透过玻璃，她看见一只孤鸟穿过了半个天空。

我要告诉你一个秘密。父亲说。

好的。

其实五年前我和你妈妈就离婚了。

那为什么还要住在一起？

习惯了彼此。但没有了那张纸，我们都自由了。

你还会再婚吗？

不，我已经厌倦了。所以，不论你的选择是什么，我都能理解。

生平第一次，她端起了茶水，与父亲碰杯。那个瞬间，她突然觉得绝望是所有人命运的共同体，是人与人接通的唯一通道，甚至是与神交流的唯一方式，上帝是绝望的制造者，更是绝望本身。她没有宗教信仰，但她信仰上帝的绝望。她与父亲之间的隔阂突然消失了，他们可以轻松地交流其他的话题。

午休的时候，她梦见了父母带着她去海洋远航。在梦中，她意识到这是梦，但她不愿从梦中醒来。这个与海相关的梦特别沉，她甚至嗅到了海洋的咸味。

下午三点零五分，她从梦中走了出来，堵在心口上的焦灼与忧郁也烟消云散。她打开窗户，闭着眼睛，深吸了一口淡绿色的空气，压在长安城上空的乌云像是在酝酿风暴。她突然想到，在很多年前毕业典礼的那天，长安城也是突然下起了雨。她想到了什么，于是拿起手机拍了一张天空的照片，准备给苟生发过去。还没等她发出，却先收到了苟生的微信，他发来的是同一片涌满浓云的天空，看到照片的瞬间，她相信了命运，相信了惺惺相惜，但是，她并没有把这种感受告诉他。

今天要下雨，就像很多年前的那场雨一样啊。他说。

是啊，雨是一样的，但人和事都改变了。她说。

音乐从未改变。

说完后，他把手机放在桌子上，对着窗户深吸了一口气。以前每次音乐会开始前，他都会异常地焦灼，即使他熟悉乐谱上的每个音符。然而这一次他一点都不焦灼，仿佛是对过往的轻声告别。四点整的时候，表弟来公寓接他。四点三十五分，他来到了小姨家，令他吃惊的是，父亲也在小姨家，他们都要参加他的音乐会。五点半，他们开始共进晚餐。六点整，他们出门去音乐厅。透过玻璃，他看到雨水模糊了整个城市。六点二十分，他来到了音乐厅的化妆间，以梦也是刚到。六点四十分，他在镜子中看到了另外一个自己。六点五十分，他和以梦站在镜子前，一黑一白，像是与多年前的他们在此相遇。只是他们没有说话，更没有亲吻，静待表演的开始。

七点钟，音乐会在观众的掌声中开始。他穿着黑色的礼服，走到了舞台中央。他面向观众，鞠了躬，坐到钢琴边。他闭上眼睛，深吸一口气，手指放在冰凉的琴键上，先是弹奏李斯特的三首《爱之梦》，心中空无一物，接下来弹奏柴可夫斯基的《四季》，从一月的炉火到六月的船歌，从热烈的狂欢节到风趣的圣诞节，他在音乐的微妙变动中似乎看到了时间的本质。上半场结束后，他在后台休息了一会儿，然后返场，弹奏贝多芬的《第二十三钢琴奏鸣曲》。也许是因为太熟悉了，他并未在其中感到热情，相反体悟到了真理的冰冷，最后一个音符结束后，他冰冷的心也沉了下去。终于，最后的《幻想曲》来临了，他站在钢琴旁，迎接以梦的到来，她穿着白色的长裙，坐在了他身旁，他们在灯光的注视下进入到这首《幻想曲》的世界。与以往的感受不同，这一次，他们两个人成了一个人，一黑一白，像是一个人灵魂的正反两面，与钢琴黑白键交换着对世界的理解。他们的手指在琴键上游动，灵魂在天空中驶向音乐的乌托邦。是的，在音乐高潮来临时，他们共同抵达极乐之境。

最后一个音符结束，掌声如潮水般向他们涌来。他看到了她脸上的聚满暗光的泪珠。与多年前的那场音乐会不同，她没有转过头来看他。她的目光停留在远处的某个未知的黑点上。

晚上十点，他与她告别。她的背后是她的丈夫、女儿与父母。她的丈夫走了过来，与他握手，说：恭喜你们，今晚的演出很成功。

谢谢。

除了这两个字，他不知道还能说些什么。

他目送他们离开。

晚上十一点半，他躺在黑夜中，翻来覆去，睡不着觉。明天上午九点半的时候，他将离开这座城市。他已经决定不再回来，也不再与她有任何联系了。他掏出手机，删除与她相关的一切，但记忆之潮却在删除后变得更加猛烈与激荡。

他赤裸着身体走到窗前，世界之夜已降临于所有失眠者的内心，外面的雨冲刷着所有人的梦，包括生者与死者，醒者与梦者。

对着黑夜中的镜子，他看到镜中人流出了眼泪。

选自《清明》2017 年第 5 期　原刊责任编辑　木　叶

恋爱那点事八

■ 璩静斋

一

在校园的三岔路口，在同吕一品分手时，我将兜里所有的钱塞给吕一品。吕一品闷声闷气地打落了我的钱夹，将我往他的怀里拽。

一辆打灯的小轿车"嘀嘀"着开过来。借助那一闪而过的亮光，我看清吕一品的眼里又溢满泪，怜惜之心油然而生。我拥抱了他一下，以示慰藉：别这样。别忘记你是男子汉。友情总还是有的。

吕一品没有吭声，抓住我的手狠命地捏。捏手本是一种无聊的游戏，曾一度我们乐于做这种游戏。我们喜欢互相捏手，看谁最经得起对方捏。结果我们都经得起捏，因为两人都假模假样地使劲，捏得一点儿也不疼，反而痒痒的，触动对方的笑神经，两人没头没脑地傻笑。而此刻，吕一品大概要将他所有的怨恨发泄在捏我的手上。我的泪很快被他捏出来了。"够了没有？"我的声音溢着哭腔。

吕一品到底有住手的意思了，在住手之前，他又将我的手捏了两下，这两下捏得真是狠，我的指骨好像发出轻微的咯咯响声。我惊骇地叫道："吕一品，你别毒好不好！弄坏了我的指头，我叫你别安生！"

吕一品一抹眼，鼻子里哼了哼，又捏我的鼻子。这是他戏弄我的惯常动作。他一向嫌我的鼻子有点小，说多捏捏能促进鼻部的血液循环，使鼻部肌肉发达，鼻子自然会变得大一点。可幸的是这回他没有使劲，而是很温柔地、软软地捏，捏得我直想打喷嚏。无聊，真无聊！

后来吕一品捡起落在地上的钱夹，扬长而去。

自傍晚六点到夜里十一点，我被吕一品从校园东头的群乐餐厅折腾到西南角的灌木丛再折腾到三岔路口，我累极了，又无可奈何。事情因我而起。

下午，我在电话里对吕一品说："我们之间到此为止。"说了三遍，吕一品才反应过来。他问为什么，我说："不为什么，就因为你出国。"他说："你跟我一道出国。陪读好不好？"我说："我不想出什么国。"

的确，我不想出国。我不是那种不吃葡萄就说葡萄是酸的人。我出国干什么呢？我学的是文科，而且是事实上已边缘化了的中国古典文学专业。除了学得夹生的古典文学，能写一点风花雪月的文字，我别无所长。在国内，在生长了二十三载的土地上，熟悉的人、熟悉的情、熟悉的环境，尚有寸土供我立足。而在陌生的异国他乡，我能干什么呢？我也许只配给人家端端盘子扫扫卫生间。这并不是自卑。人贵有自知之明。为了有衣穿，有房子住，一日三餐有饭吃，我必须干低廉的机械性的劳动。那我的人生价值呢？就仅仅体现于低廉的机械性劳动以满足自己的衣食需要上吗？那种生活有味道吗？当我提及我出国极有可能陷入困境时，吕一品说：嘿，你真是白操心。有我，你还担心你没饭吃？我会让你过得很好的。

可我要靠自己生活，而且我要靠自己生活得很好，这大概是问题的症结所在。

备考 GRE 那阵，吕一品同校园其他做着出国梦的仁兄仁弟一样，大清早就去图书馆自习室占座位，整天背单词，做套题，听录音。为节省时间，他常常窝在自习室，就着白开水啃干面包，一段时间下来，形容枯槁。我很不以为然：何苦呢。

吕一品曾苦口婆心地劝我考 GRE，我断然拒绝。我不想将时间浪费在那上面，我要忙我的毕业论文。学分在研一已修满。我计划在研二完成我的论文，然后我再干自己喜欢干的事。我做事一向是有计划的，什么时候该干什么事。

我希望吕一品 GRE 考得一败涂地，希望他的出国梦破灭。偏偏吕一品应试能力强，他第一炮就打响了。美国斯坦福大学的录取通知书来了。他向母校交上三万六千元的培养费，他就可以远走高飞了。

如果他出国梦破灭，我是不会提出分手的。

自大二至研二我们相处的五年间，吕一品理所当然在我心目中占有举足轻重的位置。直至提出分手，这种位置依然没变。可是他将要出国了，而且一读好几年，而且他那么向往在美国生活，他还会回来吗？我得认真考虑我们之间的关系。

吕一品对我提出分手十分生气。我们在电话里争吵起来。争吵到后来，我不想吵了，吵与不吵都是一样的结果。我主意已定。一向对我温存的吕一品这次说话很霸道，他居然说我就是属于他的。我是一个活生生、个性很强、独立的人，不是属于谁的财产。于是我恼火地说："我谁也不属于！我属于我自己！你有什么权力要我迁就你？你为什么不能迁就我？'权利不能剥夺，自由不可强迫'？什么莫名其妙的破玩意儿！自己扇自己的耳光。"我一口气放完最后几炮，"啪"地摔了话筒。

紧接着，"嘀嘀"的电话铃声响起。我充耳不闻。吕一品，我才不理睬你呢。然而，电话机像蜷缩着耍赖的小白猫，你不理会它它是不会安静下来的。我没好气地抓过话筒：你还要我说什么你才肯罢休？吕一品缓着口气说：我们不吵行不行？有什么话我们好好说行不行？晚上我们去群乐餐厅坐坐，好好谈谈。六点我在你的宿舍楼下等你。

我同意了。是得好好谈谈。这毕竟不是上街买小菜，男朋友不能随随便便说不要就不要的。

因为是周末，群乐餐厅里聚满了人，多半是一对对校园恋人、或三或五的同窗学友。我和吕一品在内间拣了张桌子面对面地坐下。

吕一品今晚像个刚刚发了点毛财就显阔的小老板，净挑贵的菜点。我说省着点吧。

吕一品将一沓餐巾纸扔到我这边，两眼直视着我，一副赌气的样子："我买单！好好招待你这个真难对付的大小姐。你说，有谁像你？人家上山你偏要下河！"吕一品咬着牙。

看样子，这顿丰盛的晚餐我无法吃下去。我板起脸，"咱们有话好好说，这可是你说的。你再这种态度，我立马就走！"

吕一品还是善变的，脸色缓和了许多："好好好。我做君子。咱们边吃边聊。"他往我面前的小碟里夹菜，"欣欣，你那么瘦，多吃点。你就喜欢开玩笑，跟我闹。只是求你这种玩笑以后不要开了，我实在受不了。"

"我可没有开玩笑，我跟你说的都是真的。"

吕一品的脸色又阴下来了，他搁了筷子，"我觉得出国好像不能成为你要离开我的理由。我现在很怀疑你说的不是真话，我怀疑你是另有所爱。"

吕一品居然有这种想法，我实在没有料到。我现在必须将我的心思倒出来，很干脆、开诚布公地统统倒出来。

人是理性的动物，我的表姐萧丽婷不久前在给我的信中说。萧丽婷在厦门大学读经济学硕士，考雅思去英国留学。在出国前，她跟他的男友叫庞峰的很友好地分了手。她说未来谁也无法预料，包括爱情。人又是善变的动物。她不能保证漫长的留学期间她不变心。她应该理智地向庞峰提出，以免日后给双方带来更大的感情伤痛。

萧丽婷的话对我触动很大。吕一品也要出国了，谁能保证他日后不变心呢？谁又保证我找不到比他更适合于我的人呢？随着时间的推移，空间的转换，我们的恋爱关系也许会成为彼此感情的负荷。吕一品不是萧丽婷，他不会向我提出分手，至少目前不会，这我肯定。我必须理智地向他提出结束我们之间的关系，给他自由也给我自由。如果他在国外邂逅一个比我更好的女孩或者我在国内遇上比他更好的男孩，就不至于牵系于原有的恋情而踌躇。

吕一品不停地拿餐巾纸在眼前的桌面上来回擦，他盯着我的脸，那目光不再像往日那样清亮、透彻，变得深不可测。他大概在预谋怎样对付我。

二

五年的恋爱之花，本有结果的苗头，却轻易让自己亲手给掐了。表面上我努力做出一副无所谓的样子，其实，我的心里似有一群小蚂蚁在噬咬：平心而论，吕一品是个优秀的男孩，以后我还能遇上像吕一品这样优秀的男孩吗？

我一定掩饰不了我的伤感，我的脸色一定很难看，要不，那晚我回宿舍，裴蕾可能不会关切地问我是不是不舒服。我说：有点。晚上老乡请客，喝了一点酒。你要知道我一向滴酒不沾的。

裴蕾马上削了一个苹果，递给我。我推辞不吃。裴蕾轻拍拍我的脸，将苹果往我的嘴里塞：吃！小傻瓜。苹果可是解酒的。时间不早了，洗漱洗漱，该睡觉了。

我和裴蕾之间一般都是说真话的，但今晚我对裴蕾撒了谎。我只是不想让裴蕾知道我因吕一品出国而跟他拜拜。如果她知道了，肯定将我骂得狗血喷头。

裴蕾成心想找机会去美国，可她考托一关没法过。除了认识 ABC 几个英文字母，她几乎不懂英语；因为她当初学的是俄语，她研究生入学、就读考的均是俄语。她羡慕我找了吕一品这样能出国有出息的男友，而对自己的男友钱坤很不满意。钱坤其实是很不错的，长得帅气，是中文系的高才生（比我们高一届），会舞文弄墨，时不时有妙文见于报纸杂志。但裴蕾不知足，其主因是钱坤考托败北，已无意再考。

裴蕾不止一次在我跟前说钱坤出不了国，"狗屁不是"。初听此话不以为然，再听我就有点光火了，一本正经地激她：如果你将出国作为砝码搁在爱情这块天平上，那就干干脆脆跟钱坤拉倒，我将吕一品介绍给你做夫婿，他有能耐带你出国，圆你美国梦。

我的话还没说完，就听到裴蕾的呵斥：呸！狼心狗肺的萧祖欣！你的书都念到你的腿肚里去了。自古君子不夺他人所爱。你居然说这瘟人的话！紧接着，她那咬了两小口的奶油冰淇淋便以极快的速度涂上了我的脸。我狼狈的样子惹起室友们一阵恣意地大笑。

笑声中华岚告诫我：以后可不要开这种庸俗的玩笑了。蒋小雯也跟着帮腔：这种方外玩笑的确开不得。蒋小雯正在很投入地研究明代戏剧中所反映的佛道思想，她的硕士论文写的就是这个。"方外"这个宗教用词挂在她口头的频率相当高，不管挂得合适不合适。我找手纸的当儿不忘打趣她："嘻嘻，还有叫方外玩笑的，你的发明，这词儿发明专利归你。"

裴蕾将她的手纸扔给我，抬手朝我的屁股狠狠掌了两下，"以后再猪嘴吐狼牙，我让钱坤来封你的臭嘴！"

玩笑开到这个份上，我不免得意。我要的就是这个效果。我就是要让你裴蕾羞恼，往你白净净的脸上抹黑底红泥。你裴蕾以后还说不说人家钱坤"狗屁不是"？你裴蕾才"狗屁不是"呢。你成天想着妆怎么化才媚人，衣怎样穿才亮艳，徒有外表，内囊少货，连论文开题报告都写不顺溜，被导师打回重写催逼得你差点哭鼻子（天知道当初你是怎么考上咱们这名牌大学的研究生的呢）。看在你为人和善不故作冷艳之态待我如亲妹妹的份上，我给你的开题报告起了个开头；基于迷恋美色怜惜红颜知己的心理，人家钱坤为你完成了中间的重头部分；作为名义上的作者，你自己也不好意思袖手旁观，便在结尾添了个"参考书目"。这短儿只能私下揭你。在大庭广众之下，我还得维护你的面子。有些美女肉嫩但皮厚如城墙，可你肉嫩脸皮薄似竹纸。再说，你尽力做了但没做好，也不全怪你。只是我有点不懂，你当初学的是物理，又干吗费劲改考中文研究生，而且改这冷门的古典文学专业呢？这门学问可不好做，以我的导师七十五岁高龄的卢平天教授的话说，得有沉静的性情，愿坐冷板凳，淡泊名利。

发什么愣呀？裴蕾摸摸我的额头，有点烫呢，不舒服就早点休息吧。我点头嗯了一声。

电话铃响了。我的心跳加快，不由自主地想：是吕一品的电话吗？电话机就搁在我旁边的书桌上，可我并没有去接。

裴蕾接的电话，她轻柔地"喂"了一声，继而喜形于色了："呀，你。"马上拿着电话机牵着电话线转到门外去了。不用说，那准是钱坤打来的电话。我不免嫉妒裴蕾和钱坤：这一对活宝，住在同一校园，吃喝同在一个食堂的同一张桌上，天天见面还嫌不够，晚上还要打电话磕牙甜言蜜语。我呢？一种莫名的虚落感袭上心头。我掐断我的爱情之花了。我不要吕一品了。我听不到吕一品的甜言蜜语了。

一夜睡得极不安稳。我梦见我提出分手，吕一品狂躁了一阵，然后就跳了海，紧接着我就跳了崖。在阴曹地府我们相见了，我们成了仇人，他骂我是鸡，我骂他是鸭。我们大打出手。阎王以我们扰乱阴间公共秩序为由将我们遣送回阳间。在阳间，我们成了彼此不相识的陌生人。

第二天醒来得比较迟。想想梦中的情景，我觉得有点奇怪，于是就去翻弗洛伊德的《梦的解析》，翻了几页，又觉得没有什么意思，便搁了书。就是将梦解析了，又能怎么样呢？梦就是梦，现实就是现实。吕一品决不会去跳海，我更不会去跳崖。我们都彼此为自己活着。我们曾经一起嘲笑过那些为爱而狂，为情而痴，将爱情当成生活的全部的人，我们曾带着既惋惜又不屑的情绪一起分析过殉情者的精神内幕，我们得出的大致结论是：狭隘。

我不是狭隘的人，吕一品也应该不是。我们之间的事过去了也就过去了吧。

早上的胃口不错。我在学校食堂要了一袋牛奶、一个玉米煎饼、一个鸡蛋和一个素包子。插餐卡付早餐费，刷卡机显示我的餐卡余额：1.2元。我必须要往我的餐卡里充值了，可我手头断了钱，我的钱夹昨晚给了吕一品，那钱夹里有五百元的现金、一张四千元的信用卡（我特意写了密码）。

想起吕一品开始装作愤怒打落钱夹后来又捡起钱夹扬长而去的情景，我的心里便不是滋味了。我为什么给他钱呢？我当时出于一种什么样的心理给他钱呢？是我"抛弃"他而要从物质方面给他补偿吗？这算什么呀？现在说不清楚了。别人知道会怎么嘲笑我呢？有这么跟男友分手的吗？傻啊傻！

我去学校的邮电局取了邮政储蓄单。开学时妈妈给了我一万元，爸爸给了我四千元。我将它们合在一张存单上。我平素大手大脚地花钱，眼下存单显示金额：1，223。我原来打算近期配个手机。很快就要进入研三了，面临找工作，同外界联络是很重要的。但如果现在手机一买，我大概就身无分文了，我就只能等着每月八号去系里领那二百六十元的生活费。

我是不好意思向妈妈开口要钱的。妈妈不过是县城普通中学的一名月薪很有限的普通教师，这些年来挣的钱差不多都做了我的教育投资。我也不会向爸爸要钱，虽然爸爸每次来电话都说钱不够花就跟他说一声，而妈妈是不太高兴我要爸爸的钱，她总对我强调说：

我养得起你。对于我花钱，妈妈从来不说什么，要说的不过是"钱该花的就要花"。我喜欢买书。我有贪吃好玩的毛病，从小到大，这个毛病依然不改。我的钱大多耗在买书、买吃买喝、游山玩水上。我曾真诚地在妈妈面前作过检讨，我说：馋嘴、贪玩很不好，我一定要改。妈妈笑了：傻丫头，这算不得什么毛病。能吃是好事，好玩也不是什么坏事，只是不要太过度。

三

我的毕业论文写得很顺利，写完后我就塞进书桌的抽屉里，没有送给导师看。我同门的一些师哥师姐以过来人的身份提醒过我：论文不要过早地交给导师，到答辩前一两个月才给他。像卢教授这样凡事都讲究下功夫、有板有眼的老先生，对待做论文，细致到要求古人一个小小的名号都要考据得丁是丁、卯是卯的，不得马虎。如果论文过早地交给他，他精益求精，会让你没完没了地修改，像放牛翁将牛犊的鼻子牵得死死的，让你左右摇摆不得，弄得你脑袋疼。

我有点担心：时间短，要是论文改不好不让通过，怎么办？得到的答复是：不必担心。卢教授是个外看眉目恶俗但实际菩萨心肠的老先生。不管他怎么批评你，训斥你，你都得俯首帖耳地顺从，千万不要争辩。他发完脾气，会语重心长地规劝你日后要踏踏实实地学习，实实在在地做人。在卢教授的手里，还没有学生论文不通过的记录。我不再有顾虑了。

那天在图书馆看了一上午现代小说，出馆时碰见了导师，他问我论文进展如何，我说想多看看书，搜集翔实的资料，再动笔写。导师点了点亮光光的脑袋，"很好。厚积薄发。有什么问题尽管问，不要不懂装懂。"我忙不迭地点头。

我欺瞒年迈、善良的导师，心里有点不安。但这有什么办法呢？

我的兴趣已完全转移了。我实在捺不住性子去钻古书堆，去一五一十地做那很枯燥很乏味的学术研究。当我见到好的小说作品而两眼发亮，当我偶因激情飞扬而一气呵成一篇小说，我的心底涌出类似超脱的那种快慰时，我就确信我今后最该干什么。我不能拘束于已失去兴趣的专业。爱因斯坦曾说过：兴趣是最好的老师。

看得多，想得多，写作的欲望越来越强。经过一段时间的酝酿，我终于动笔写我的第一个中篇了，一个叫棠梨的多情却多难的女孩的故事，它是在故乡一个女孩真实故事的基础上加工的。完稿打印，附上"作者小介"，我将它投寄到《小说世界》。我没敢用真实姓名，而是取了个阿潇的笔名。故事中不可避免地涉及棠梨同前后两个男友之间性事的描写（当然，不是那种很露骨的描写），这些描写是我从一些成名作家作品中巧妙地嫁接过来的。我有点害怕小说一旦发表被人误解，认为作者只有亲身体验才能写出这种东西；因为总有那么一些人倾向于将小说创作看成是私人感情的产物，总喜欢拿着作品去套作者。我才二十三岁，我非常看重自己这方面的名誉。

说真话，我没有一点这方面的所谓亲身体验。在同吕一品恋爱的五年间，感情最浓烈的时候也不是没有闪过那种念头。吕一品就曾很明确地向我暗示过，只是他没有得逞，因为我们谈恋爱多半在公共场所。就连我提出分手的那个晚上，吕一品将我拽到僻静的校园角落，他也没有得逞。

那晚在群乐餐厅待了好几个小时，餐厅女服务生冷漠的眼光老往我们这边瞟，我们是这儿占座时间最长的顾客。吕一品的脸色似乎有些泛绿。我感觉流动在我周围的空气充满一股硫酸味，这让我很不舒服。我对吕一品说：我们得走了，不能老占着这张餐桌，影响人家做生意。

出了餐厅，我说我要回宿舍了。吕一品却不肯让我回宿舍，他一手挟着我的一只胳膊，一手揽住我的腰，朝学校西南角方向走。我有些不情愿：去哪？

吕一品带着几分嘲弄的口气说：你有你放弃我的自由和重新选择他人的权利，我无权干涉。我好歹也赔掉了五年的真挚感情，今晚我希望你能多陪我一会儿。你总不至于绝情而拒绝吧？

我无言以对。吕一品这个要求一点也不过分。

吕一品将我带到校园西南角的那个灌木丛里。这地方很偏僻，大白天很少有人光顾，更不要说夜色深沉的晚上了。我有点警觉：带我来这里，是什么意思？

吕一品不答话。他猛地将我搂紧，在我的脸上乱吻一气，弄得我周身热血沸腾。他渐渐发狂，使劲地啃我的唇，啃得我感到窒息，这使我受不了。吕一品从来没有这么疯狂过。

以前我们的恋爱活动主要是在校园的公共草坪、电影院、公园等公共场所进行。多半情况下吕一品文质彬彬，像个绅士，他轻轻地很文雅地吻我。我很喜欢吕一品的文雅，或者说，我是因为觉得吕一品文雅才跟他谈上恋爱的。

我和吕一品的相识完全偶然。我很清楚地记得那天是星期六。临近中午，我在教室上完自习到食堂吃饭，从四围拉有钢丝网栏的操场旁边的大道上经过。我意外地看见一个足球正从网栏外飞向网栏内的绿茵场，球在半空中划了一个很漂亮的弧线，落在绿茵场上，随球而起的还有一只皮鞋。皮鞋比球重，没有飞过栏而是撞到栏上就落下来了。一个长相俊朗的男生正进行单脚跳，一步步跳向那只落地的皮鞋。不用说，栏内的足球大概被球技好得过了头的球员踢飞到栏外的大道上，路过的这位男生便自告奋勇地运足脚力将球踢回绿茵场，结果连自己的一只皮鞋也给搭上了。

出于对这位男生的好感，也出于一种助人为乐的心理，我上前捡起那只皮鞋递给他。就这样，在"谢谢"与"别客气"声中，我们相识了。

"请问同学芳名？"他说话时的样子有些动人，文雅中带着点腼腆。

"萧祖欣，中文系大二。你呢？"

"吕一品，物理系，与你同级，大二。"

然后我们一边走一边聊学习方面的事，一起去食堂，一前一后地排队买饭菜，我问他吃什么菜，他说你吃什么我就吃什么。于是我们端着同样的饭菜，找了一张桌子并排坐下吃午饭，边吃边聊，这回聊的多半是个人性格、爱好、日常生活方面的事。那餐饭吃的时间是平时吃一餐饭时间的好多倍。出了食堂，我们彼此交换了宿舍楼号、寝室电话号码，在彼此最动人的笑容中说拜拜。

就这么很简单的两三个小时，温文尔雅的吕一品在我的脑海里挥之不去了。我有点惊讶，平素对班里男生不屑的自己居然一眼就喜欢上这个叫吕一品的外系男生。看得出，吕一品也很喜欢我。我想这大概就算那种文学作品中经常描写的"一见钟情"吧。我和吕一品开始频繁地约会。我们认真地恋爱了。

吕一品以他的文雅赢得我的心。与他的文雅相比，很多时候我还显得比较粗放。他蜻蜓点水式的吻很能激起我的热情，我便紧紧地勾住他的脖子，深切地吻他，全然不顾周围人来人往。我这般大胆的亲昵举动一结束，吕一品轻轻捏捏我的鼻子：大庭广众之下，你就敢那么张狂？我说：这有什么呀？谈恋爱难道不是光明正大的事吗？吕一品便咧嘴一笑：腻人的女孩！

然而那晚在偏僻的灌木丛里，吕一品平素的斯文全然扫地，像只发狂的野公牛。他不停地啃我，仿佛要撕食我。我有些害怕，我想被他这样弄下去说不准我会窒息而死的。我想制止他，可是他根本不给我说话的机会，任凭我怎样捶打他的腰。后来他干脆将我摁倒在地，放肆地一面啃我一面开始扒我的衣裤。太过分了，吕一品！我心里不免冒火。

我挣脱不了，只有拼命地扰搔他的腋部。吕一品最怕别人扰搔他的腋部，他怕痒怕得出奇。

这一招很奏效。因为感觉痒痒，吕一品喘息中发出断断续续难听的干笑声，他不得不暂时松手。我趁机爬起来，说：吕一品，求你别这样对我，好不好？吕一品喘了喘粗气，根本不理会我的话，又将我摁倒，继续粗暴地扯我的裤子，我身体最隐私部位很快就要暴露了。我愤怒至极：吕一品！难道今晚你想强奸我不成？！你想毁掉我，毁掉你自己吗？！

吕一品，人到底是动物，不过应该做理性的动物，不要让兽行淹没了你的人性！我搬出了一位哲人的话，当时读这句话时，我觉得这是经典之语，便熟记于心。眼下的这种场合，拿它来刺激失去理智的吕一品，是再合适不过的了。

吕一品怔住了，停止动作。我终于可以从从容容地爬起来，从从容容地拉系上裤带，扣好上衣的纽扣。为泄愤，我鼓着腮帮子给了吕一品一记响亮的耳光。

我愤怒的话语和响亮的耳光使吕一品彻底清醒了，他呜咽起来，并且像个受了委屈的孩子寻求抚慰似的一把抱住我，头伏在我的肩胛上。我第一次听见吕一品的哭声，很伤心的哭声。

感情是个怪物。在吕一品哀戚的哭声中，刚才暴怒的我一下子就心软下来。要知道，男儿是有泪不轻弹的。

吕一品呜咽着：我一直是真心的。你为什么总对我存有戒心？你为什么不肯让我一次？

我不想说什么。在我做新嫁娘之前，我不能容许我那块圣洁地被亵渎。我一直将这作为我保持独立、自尊的一个隐性前提。这一点是明显受到我妈妈的影响，而最直接的影响来自于我十八岁那年的一个夏夜母女倾心的长谈。

四

一个风雨飘摇、雷电交加的夏夜。

我自小害怕闪电雷鸣，便挤到妈妈的床上。门窗关闭，因为怕触电，电风扇也没开，屋里很闷热。尽管如此，我还是亲热地搂着妈妈。我和妈妈都只穿着背心和三角内裤，肉体的接触使一种无法言状的温馨正闪电般地流向我全身的每个毛细血管。我猜妈妈一定也有这种感觉。在我搂她的时候，她爱怜地嗔笑：你这孩子，不嫌热呀？而同时却将我搂紧。

我感觉我的心窝有一种叫泪的液体在悄悄地外溢，万情突涌。我已多年没有如此亲密地和妈妈接触了。为逐渐培养我的独立自主性，自我四岁时，妈妈就让我慢慢适应单独睡小床。妈妈说，最初每天晚上她都陪着我，给我讲讲故事，唱唱儿歌，直至我安然睡去，只是雷电交加的晚上，怕震耳欲聋的炸雷吓着我，她才将我抱到她的床上。

妈妈说我小时候睡相好，只要睡着，一觉睡到天亮。说到这里，妈妈笑了起来，笑得很轻松，继续沉浸在对我儿时的回忆：你是很乖的孩子，很少哭闹，很聪明伶俐……有时我很疲劳，心情很烦躁，但只要一看见你，我的疲劳、烦躁就会不知不觉地消失。有人说母亲是女儿的一座大山，其实女儿又何尝不是母亲的一座大山呢？你是我的精神支柱。你考上大学到北京读书，一去就是大半年，我真觉得家里空了好多。我真的很想念你。

妈妈的脸贴抚着我的脸：欣欣，假如没有你，我真不知我的生活会是什么样子。

这些年来妈妈的精神世界很孤独，这我早已察觉。但我不明白妈妈为什么不要爸爸。从我记事的时候，爸爸就不是住在家里，而是住在学校宿舍（爸爸是县城另一所中学的教师）。爸爸回来过多次。每次爸爸来时，妈妈总是冷着脸。迎着妈妈冷冷的目光，爸爸就像犯了大错的学生小心翼翼地说：我是来看欣欣的。爸爸每次都要带一些好吃好玩的东西给我，逗我玩一会儿，便朝我扬扬手，说欣欣跟爸爸再见，然后就黯然神伤地走了。好多次都是这样。其实，爸爸舍不得离开家，离开我和妈妈。

那一次印象很深。爸爸带着一辆机动火车和巧克力来看我。我吃着巧克力，玩着火车。爸爸蹲在一旁深情地注视我，时不时也朝妈妈的房间看看。每次爸爸一来，妈妈就扭身进了房间，妈妈不想看见爸爸。

像往常一样，待了一会儿，爸爸就该走了，他朝我扬扬手，说：欣欣，跟爸爸再见。我便朝他摇摇小手，又埋头继续玩火车。没过几分钟，又听爸爸喊欣欣，我抬头看见爸爸倚着门框，眼里流露出几分恋恋不舍。我脆生生地叫声爸爸。爸爸两眼放出欣喜的光，三步并两步地上前，一把抱起我，使劲地亲我的小脸蛋。"欣欣，爸爸买的火车好玩啵？""好玩。""爸爸买的巧克力好吃啵？""好吃。"我将吃剩的那半截巧克力塞到爸爸的嘴里，"欣欣给的巧克力好吃啵？"

爸爸咂咂嘴，唔唔着："好吃好吃。"

我用黏糊糊的手拍打着爸爸的脸，"爸爸，你还走吗？"

这时，妈妈出来了，一言不发地逼视着爸爸，那发寒的目光中含有"你为什么还赖着不走"的愠怒。

"爸爸，你还走吗？"我又问了一句。

爸爸有些茫然地看了看我，又瞟了瞟妈妈。

那时我似乎有一点点懂事的。我隐约懂得爸爸走与不走是要经妈妈许可的，哪怕是一个默许的眼神。

妈妈没有表态，表情依旧那么冷漠。

爸爸有些难堪，他蹲下身，将我放在地上，"欣欣，爸爸要走了，过几天再来看你，好吗？"

"不，爸爸不走。"我扯住爸爸的衣襟，"妈妈要做好多好吃的东西给你吃的。"

妈妈愣了愣，将小竹椅使劲向爸爸跟前一推，背过身去。爸爸重又抱起我，眼眶湿润了，坐在妈妈推过来的小竹椅上。

那天我坚持要爸爸留下吃了饭。那是爸爸离家后第一次在家吃饭。以后每次爸爸来，我都坚持要他和我们吃饭。尽管妈妈对爸爸依然没什么好脸色，爸爸却高兴异常。

爸爸离开妈妈之后，多年一直独身。在我的眼里，爸爸长相不俗，很善良很重感情，又是中学的名牌老师，是不愁找不到别的女人的。在这物欲横流的社会，在已离异的妻子面前低声下气而没有丝毫怨气的男人恐怕为数不多，然而这又不是没有来由的。妈妈身材颀长，脸庞秀气白皙，看上去给人一种很舒服的感觉。我喜欢盯着妈妈看，她的一颦一笑、她的一举手一投足都有种说不出的优雅。我痴痴的样子有时惹得妈妈很纳闷：欣欣，你呆看我什么呀？思考问题吗？我身上可没有答案呢。

多年后，我知道妈妈身上迷人的那种东西叫气质。我迷恋妈妈，不用说爸爸对妈妈的迷恋了。正常情况下，异性具有相吸的特性。在外人面前昂首挺胸的爸爸一旦到了妈妈跟前，就自然曲了背折了腰。这是妈妈的魅力。

"妈妈，看得出，爸爸一直迷恋你。"我忍不住将自己的感觉告诉妈妈，同时我又忍不住问妈妈为什么总对爸爸不理不睬，他到底做了什么事这样伤你的心？

"欣欣，你已经长大了，过了暑假就是大二的学生了。感情的事是一言难尽的。"沉默了片刻，妈妈说："给你说一个故事吧。"

不知什么时候，雷歇雨停，渐渐云消月出，夜在渐渐变亮。

"一个女孩，就叫她甲吧，她真正喜欢的是乙，而丙因为想得到她的喜欢而背地里不择手段地破坏她和乙之间的感情，并且得逞，使甲投入了他的怀抱，但很快丙的计谋暴露了。你认为丙这个人怎么样呢？非常卑鄙是不是？"

我猜定女孩甲就是我的妈妈萧柳苗，丙就是我的爸爸岳家峰。爸爸对妈妈的感情是真挚的，多年来他才委曲求全，他的心里一定很苦，我希望妈妈能够谅解爸爸，于是我说："妈妈，我觉得每个人都有爱的权利。因为爱得很深而巧设某种计谋,这没有什么不可以的。"

"这是你的真实想法吗?"显然,妈妈对我的回答不满意。

我说是的。我想追问爸爸到底用了什么计谋达到他的目的,但我终究没有问,我怕过多细节的回忆会重新激起妈妈对爸爸的嫌恶。

"甲却不这样想。她是自尊心很强的女孩子。她既愤恨又伤心。她愤恨丙欺骗了她,她伤心自己不能再回到自己所喜欢的乙的身边了。"

"为什么不能回到乙的身边呢?"

"因为她已怀上了丙的孩子,孩子在她的腹中已生长了三个多月。"妈妈叹了口气,"那个年代,未婚先孕是最见不得人的丑事,她为此感到羞辱。她想弄掉胎儿,但最终没有弄掉,因为丙苦苦哀求她留下孩子,他说只要留下孩子,叫他做什么都可以。眼看肚子快出怀了,甲只好同丙登记结了婚。不久孩子就出生了,是个很可爱的小姑娘。甲很爱自己的女儿,但对丙的怨恨依然没减,她常常故意找茬跟他吵架,对他不理不睬。她不过是他名义上的妻子。孩子一周岁,她就开始跟他分床睡。最初丙还能容忍,但到后来,他不能容忍,他开始抽烟,酗酒。一次酒后,跟早就对他有意的隔壁的小寡妇做了那种事。小寡妇知道甲跟丙的夫妻关系形同虚设,以此要挟丙,缠着要嫁给丙。这正合甲的心意,她早就想跟丙离婚,她有可爱的小女儿就已很够了。于是她非常大度地对找上门的小寡妇说:我成全你们,明天你们就可以去登记。任凭丙怎么痛哭流涕,甚至跪下求,她都无动于衷。丙无法挽回残局,只得在离婚协议上签字,他住到了学校,他不肯跟小寡妇结婚,弄得人家小寡妇寻死觅活的。"妈妈说着,突然轻声一笑,那笑意味深长,显见出一种平常心。也许岁月多少能治疗感情的伤痛吧。

"丙有一点让甲感动,那就是他的儿女心很重。离婚十几年,丙始终在尽心尽力地尽他做父亲的责任。不管甲对他的态度有多恶劣,他都腆着厚脸皮来看女儿。这的确是很难得的。"

"他是个好爸爸。这么多年来，他也受够了感情的折磨。甲为什么就不能原谅他呢？甲是不是有些铁石心肠呢？"我真想说妈妈，你对爸爸也太苛刻了，但话到嘴边又咽回去了。

"对于丙，甲自己也觉得的确是有些铁石心肠。现在甲想起来，不能全是丙的错。甲少女时期做事是比较轻率的。丙搞计谋，她就轻率地相信了他，相信自己所喜欢的乙变心做了对不起她的事。在丙甜言蜜语的诱惑下，她轻率地接受了丙，跟丙有几夜之欢。那时她居然还有种幸福感。欣欣，你觉不觉得那时的甲是不是有点无耻？"

"不，我不觉得。"我当然不会觉得妈妈无耻，但我又说不出个所以然。我猜想，这是不是因为人性的作用呢？

放暑假前，京都大名鼎鼎的 M 教授在给我们所做的西方伦理学讲座中频频提到人性。这位教授先生年近不惑，戴着玳瑁项链，脑后垂着很柔顺的马尾。教授先生力倡要让人性自由发挥，在性爱方面，他主张婚而不结，认为婚姻是一种契约，妨碍人性的自由发挥。据传，他还用实践论证他的理论。他的情人如果一起招来，估计得坐满我们系里会议室的那个大圆桌。还据说，我们系的靓女某某是其中一个。

我又觉得自己有点幼稚，怎能将妈妈跟教授相提并论呢？实在不妥。妈妈就是妈妈。妈妈一直在自己设定的感情圈子里徘徊，很严肃地。她总是对自己曾经所做的事深怀悔意。

"妈妈曾经也像甲一样不慎重，在结婚之前做了傻事。如果不是那种傻事，妈妈的生活，你爸爸的生活一定是另一番样子，不至于那样痛苦。"妈妈抚摩着我的头，"当然，也就不会有你了。有失必有得的。"

"痛苦的生活是可以改变的。妈妈，你为什么不试着改变呢？爸爸一直在试着改变。这么多年，爸爸的真情你难道一点不动心吗？"

"人心都是肉长的，何况他还是你这个小天使的亲生爸爸呢。"妈妈说这话的时候，语气很柔和。

我听出了妈妈的弦外之音，妈妈已开始有原谅的爸爸的意图了。

我很高兴，不由自主地亲吻妈妈。

妈妈的话题自然而然地转到了我的身上：欣欣，你也已十八岁了。你一定也有恋爱的愿望了吧？在大学，如果有合适的男孩，可以交个男朋友。今晚妈妈跟你讲了这么多，只不过是想提醒你：谈恋爱一定要把握分寸。青春期的少男少女好冲动，在一起缠缠绵绵，容易因为不自制而做傻事偷吃禁果，偷吃禁果往往会给今后的生活带来许多麻烦。妈妈告诉你一个比较保险的方法：恋爱到公共场所去谈……

五

我记住妈妈的话。不管我怎样热火朝天地和吕一品恋爱，我决不偷吃禁果。

在我念大四时，心理系一位女博士在全校男女生当中进行一次关于"你是否愿意接受婚前性行为"的民意测验，我宿舍里的那三位室友都表示"在确定双方都彼此真心相爱的前提下，可以接受"。但我不接受，我大发议论：婚前偷吃禁果可能给自己带来不必要的麻烦。再说，爱不是纯粹的，爱不存在于真空。爱往往受着现实中一些物质因素的制约。热恋中表现出来的真心相爱，并不能代表结了婚还是真心相爱。她们嘲笑我年纪轻轻假装老成，说我的观点在现实中不堪一击，没看见大街上开的"亚当""夏娃"店吗？买的那些性用品干吗用的？嘻嘻，保健用的。

后来假期里我跟妈妈聊起这个，妈妈摇头笑笑，说现在的女孩子可真没得说的，脸皮可真厚哟！你受她们影响没有？我说，我才不呢。

我的确不。

现在的好多男人表面上认可男女平等，但实际上存在一种占有女人和让女人屈从于他们的隐秘心理。吕一品不也有吗？要不，他怎么会对我脱口说出"你是属于我的"这种话？那晚他怎么会强迫我和他做那种事？除了受本能的性欲的支使，还受一种占有欲的支使，这是无疑的。

如果我偷吃了禁果，我还能那么理直气壮，那么神清气爽地向吕一品提出分手吗？

我是独立的女人，从肉体到精神——当我在宿舍宣扬这句话的时候，室友们都轰然笑了。

华岚笑我，"你说起话来总喜欢文绉绉的，学生腔十足。你好像很有股女权主义倾向。"

"你和吕一品在一起，你肯定老占人家吕一品的上风，是不是？"裴蕾斜坐在我的书桌上，磕着松子，两条修长的腿不停地晃悠着，一副吊儿郎当的模样。

"什么上风不上风的！我们吹了，我吹了他。"我飞快地说。

吹了？你吹了他？！裴蕾惊讶的样子不亚于收到外星人的邀请函。

裴蕾和华岚都追问我为什么。

我说我们的生活目标不一样，吕一品想当华侨，我只想当土著者。我又觉得自己说这些实在没什么意思。

我的回答引起裴蕾极大不满：什么华侨？什么土著者？现在的大潮流你还不知道？都在强调全球一体化呢。你还像个缩头乌龟，硬分什么华侨土著者！为这个跟人家吕一品吹灯，哼，你大概某根神经元出了毛病，大概整所校园都挑不上第二个萧祖欣了！

"各人有各人的追求和活法，祖欣有祖欣的想法。美国未必就是所有人的天堂。"蒋小雯为我说话，这让我心里略略舒畅一点。

在对待名利物欲方面，比起裴蕾和华岚，小雯显得要朴实、随和一些。她的观点是：该我的，适合我的，我争取；不该我的，不适合我的，我放弃。她找男朋友也是这样。研一时瞧中了邮电大学的一位同乡，主动去接触：频繁打电话，发E-mail，约他来本校"观光"，下饺子馆。无奈人家男孩只将她当同乡看，根本没有要她做女朋友的意思，大概是嫌小雯长得不够好看。

那个星期六，一大早小雯从上到下将自己认真修理一番，满面春风地出去，中午回来似乎满面秋风了，抓过镜子一面照一面对我发牢骚：男的百分之一百一重色轻友。我长得是不是难看？

我端详她，说不难看呀。她鼻子哼了哼，"没想到表面上看上去很老实的男孩，肠子也有点花，也要找漂亮的女孩！"

我笑了笑，"要不，现在的美容事业怎么那样蒸蒸日上呢？"我扔给她一个蜜橘，"重色的男孩不太可靠。别放在心上，跟他拉倒是明智的。他算什么呀？你干吗要在乎他？天涯何处无芝兰？"

小雯像被注了一支强心剂，脸色活泼了不少，头重重地一点，"你说得对。他不在乎我，我干吗要在乎他？"

六

接到乔伟平电话是很意外的事。他在电话里说他来北京找工作。我随意问他是怎么知道我宿舍的电话号码的，他说是从萧老师那里打听的。

乔伟平是我高中时的同学，一个瘦瘦的、性格很沉静的男孩子，功课学得很棒。那时妈妈当我们的班主任，非常喜欢乔伟平。与乔伟平同学三年，我很少听见他大声说话。他考入上海复旦大学，之后我就没有见过他了，只是在妈妈偶尔回忆她所教过的高才生时听到他的名字。乔伟平每年元旦都给妈妈寄贺年卡。妈妈说乔伟平是个不忘师恩的好学生。

当乔伟平出现在我面前时，我几乎认不出他来了，他个儿高了，身材也魁梧了。我说："乔伟平，你变得比以前好看许多。要是在大街上，我肯定认不出是你。"

"是吗？"乔伟平搓搓手笑笑，有点受惊若宠的样子。

我们彼此寒暄几句，便谈到我们这一届硕士毕业生面临的就业形势。

"今年的形势似乎不太好。"乔伟平说，"一方面扩招导致毕业生人数比往年多，竞争很强；另一方面一些大公司大企业效益普遍滑坡。WTO 带来的既有巨大的商机，也同样潜伏着巨大的危机，企业在市场竞争的夹缝中求生存，极度不稳定，员工随时都有失业的可能。工作比较稳定、工资待遇较好的大概要算国家行政机关了，而进国家行政机关的敲门砖是考国家公务员。"乔伟平问我："你考国家公务员了吗？"

不提考公务员还好，一提考公务员，我心里就有些醋溜溜的。我说我报了也考了，但等于没报没考，浪费了二百多元的报名费和资料费。当初我是在网上报考教育部的一个下属司的公务员。网上报名有资格审查一关，如果被认为不符合的，报名不予通过，通知考生，考生可改报别的专业。我的网上报名被审查通过了。但不久，我在学校"学生就业指导中心"设置的网页上发现我所报的那个机关来学校要人，网页上赫然标示要男生一名。我有点傻眼了：这算哪门子事呀？我生就的是女儿身。既然要男生，干吗当初不标明？这分明是性别歧视嘛！再退一步说，歧视姑且不提，当初审查干吗让通过？不招女生就将女生名单给刷掉，爽快一点，不至于让人反感。这样一弄，报了岂不是白报吗？而公务员报考有规定：每人只能报考一个部门。

乔伟平说："这事的确让人不愉快。你有机会出国，你为什么不想出国呢？"

"谁跟你说的？"

"萧老师说的。"

又是我妈妈。我预感妈妈似乎有意要为我和乔伟平今后的交往架一座桥梁。

我说了我不出国的理由。

"听萧老师说，你为这个才跟谈了五年的男朋友分手了，是吗？"乔伟平柔和的目光透露着脉脉温情，"像你这样的女孩是很难得的。"

"谈不上什么难得不难得，我就是这种性格。"我半自嘲地笑笑。

"你来这儿找工作，你女朋友的工作去向呢？也往这儿找吗？"其实我根本不知道他有没有女朋友。按庸常看法，一个五官端正像模像样的男孩，是应该有女朋友的。

"女朋友？"他迟疑着说，"我们也分手了。我没有能力给她想要的东西：车子、房子、票子、出国绿卡。"

我们的谈话是在学校附近的一家小咖啡店温馨的氛围里进行。乔伟平其实是很健谈的，与高中时判若两人。他跟我谈学生时代的事，谈他在大学时的经历。我们之间渐渐有了一点点共鸣。

乔伟平在北京待了一周。他离京回沪是我送他上的火车。在站台上，望着缓缓开动的火车，脸紧贴车窗向我不停扬手的乔伟平，我矜持地抬手朝他扬了两下，情绪很复杂。如果火车上坐的是吕一品，我也许会扯下脖子上的红丝巾使劲地朝他挥动，追着火车喊：拜拜，吕一品！

当初吕一品在越洋之前曾打电话给我，希望我能去机场送送他。我婉言拒绝了，我借口说我要去参加一家大公司的招聘考试，我还冷冰冰地说："你前程已定，我前途未卜。"然后我握着话筒不说话了，只听见吕一品在那边叹气，搁话筒的声音。我的泪水不由自主地下来了。妈妈说过，当断就断，藕断丝连没什么好处。

乔伟平走后的那天晚上，妈妈打来电话，说起乔伟平来京的事，"乔伟平很不错的。"妈妈赞赏。

我静静地听妈妈在说，而我的心里在想：吕一品也很不错的。

七

钱坤在文化部谋得了一份像样的差事，弄了个一居室。裴蕾就住到钱坤那儿，很少回宿舍住了。我成为她在学校的主要信息联络员，有什么信息我就及时给她传过去。

同居的日子大概很合意，裴蕾越来越像个乖巧的小妇人。她大大方方地将她和钱坤同居的小巢称之为家。她经常打电话邀请我上她家玩，我半开玩笑说，我现在才不去呢！等你们有了 baby 时，我再去吧。裴蕾说，到那时来，恐怕你得破费啦！我们小宝宝的阿姨可不是你随便当的。证儿未领，婚宴未摆，就说出这种老道的话。我说裴蕾你真恬不知耻。她咯咯笑起来，说萧祖欣你又假装斯文了。这是每一个正常人都要走的一段路。你爸妈就是这么走过来的，要不，哪来你这个小丫头片子？

裴蕾恋爱得很有幸福感，而华岚恋爱却出现了问题。

"你跟老子床都上过多次，你还有什么话要说？！想蹬我，没那么容易！"

粗声粗气地骂语随风飘进我的耳里，我正在学校南门外的侧道上闲步。循声看去，侧道旁的油松树下一男一女两个人，那不是华岚和她男友韦子林，体育系的韦子林吗？韦子林不停地点指着华岚大骂。正是中午下班时间，人们来来往往。韦子林将两人的隐私当街揭露，招来一些或嘲讽或好奇的目光。华岚大概感觉无地自容，头埋得很低，肩部一耸一耸地，在哭泣。

我退回几步，想想又走上前，装作若无其事的样子喊："华岚，我正找你呢。"华岚听见我的声音，得了救星般，头稍稍抬了抬，迈步要走。韦子林将她的胳膊一把拧住，两只大眼似乎喷着火，"话不说清楚，想走，没那么容易！"

我说："韦子林，有什么事嘛好好商量，干吗非得这样呢？我们真的有急事。能不能给个面子？你一向是很爽快的嘛。"

韦子林瞪了华岚一眼，"看在萧祖欣的面子上，我现在放过你！我晚上再找你！你想清楚！"他甩开大步走了。

我说："你们怎么回事？以前不是甜甜蜜蜜的吗？"

华岚哭着说，他太自私了。我不想和他再谈下去。他说不会放过我的。我，我真有点害怕。

华岚的害怕不是多余的。前年校园就曾发生过一起命案。心理系一个女孩因为要跟男友分手而被盛怒之下的男友拿刀给捅了，捅的是要害部位，残忍地捅了数刀，女孩当场香消玉殒。男友捅了女友之后，准备割腕自裁，被人发现而未遂。一对恋人，因男孩的一念之差酿成了让人唏嘘不已的悲剧：一个挨刀子，一个吃枪子。而韦子林的身上就隐约有那犯事男孩的影子。韦子林虽然温柔起来像只绵羊，但一旦暴躁起来便是头猛狮。韦子林发起怒来，可能什么事都干得出来。那次他搂着华岚一起逛街，一个愣小子在他们的背后怪声怪气地说：真他妈的傻×（其实未必就是说他和华岚的）！韦子林听见了，很恼怒，回身揪住那小子，也不容那小子辩解，重拳相击。韦子林人高马大，是运动场上的健将，他将那小子打得血流满面，要不是警察及时赶来制止，肯定要出人命。

华岚想起韦子林打人往死里打的凶相就心有余悸。

华岚和韦子林的事确实有点棘手，弄不好，很有可能闹出事来。我也有些担心。

我细问华岚跟他分手的具体原因。我说："我试着劝劝韦子林吧。要是实在不行，那只有去找辅导员老师，请她帮着处理这件事了。"

华岚一脸苦相，"阿萧，你一定要想法说服他。我实在不想这种事弄到学校。"

"我知道。但是实在不行，也只有那样了。不能窝着，窝着更易出问题。"

傍晚，宿舍的喊话器传来呼叫：332的华岚，楼下有人找。不用说，是韦子林找华岚。华岚不敢见他。我去见韦子林，我说："华岚一直在哭。她这种样子，你们说什么也说不好的，不如我俩找个地方坐着聊聊，好不好？"

韦子林朝三楼我们的宿舍窗口乜斜了一下，抹了一下阴郁的脸，然后朝我翻了翻眼，点了一下头。

"去群乐餐厅怎么样？"我抬腕看看表，5：10，"现在这钟点吃饭的人应该不多。"韦子林晃晃身子，牙缝里嗑出两个字：随便。

进群乐餐厅，我不由自主地想起跟吕一品分手的那个晚上坐在这里的情景。我的心里有一股暗潮在涌：华岚不同于我，韦子林不同于吕一品，事情才糟糕到要别人从中劝解的地步。

点单时，韦子林瓮声瓮气地说："来两瓶二锅头！"

我嫣然一笑，"想一醉方休？客从主便。下次你请我，你点什么我遵从。不过这次我请你，我点什么你不会介意吧。你可是个很实在的人喽。"

韦子林挤出一丝笑来，表示同意。我改点两瓶果茶。

我问："工作怎么打算？打算往哪处找？"我本意尽量避开他和华岚的事。

"现在没心思弄那个！"愁与愤一并挂于韦子林的眉梢，"华岚真叫人可恨！为了她，我赔了多少时间、感情，还有钞票！她分明在玩我！"

"她说你欺骗了她。你最初跟她说你家境很富裕，可后来她发现你家实际上很贫寒。你父亲多病，你母亲又下岗了。你念书的钱大都是借的。你为什么要瞒她这些呢？"我往韦子林的杯子里添了一点果茶。

韦子林抿了抿嘴唇，"因为我很喜欢她。如果我跟她说了实话，她会跟我谈吗？"

"可是她总有知道的时候呀。"

"我和她生米煮成了熟饭，而且每次她都很主动。我以为我们之间的关系到了这种程度，她就是知道了我家的真实情况也不会反悔的，没想到她态度坚决得很，一定要同我分手！"

我觉得韦子林的想法真是陈旧，真是有些庸俗；但我嘴里不能这么说，那样会激起韦子林对我的反感，劝解就没法进行下去了。

"华岚看重的是物欲名利。你即使强迫她同你结了婚，又能怎么样呢？你能从她那儿得到幸福吗？我敢肯定，很难得到的。除非你有钱有地位。如果是我,我是不会留恋华岚的。华岚虚荣心太强。可以说,她对你的感情同你给予她的物质成正比。这样的人是不适合你的,就像吕一品不适合我一样,我不留恋吕一品。"说这话,我的心里很不自在。为达到劝解的目的,我不得不贬低华岚,不得不说点违心的话。

我的话到底能起作用。韦子林终于往嘴里夹了第一口菜,端起杯子跟我的杯子碰了碰,喝了第一口果茶。

韦子林说:"她既然无情,我也无须有义。你说的不是没有道理。我同意分手,不过我有一个条件:她必须赔我花在她身上所有的钱!花多少钱,她心里应该有数。萧祖欣,你说我这要求过分不过分?"

我说:"不过分,我回去跟华岚说。"

出餐厅,韦子林朝我伸出一只手,我也伸手与他相握了一下。他的手冰凉。

恋爱谈到对方要拿钞票论赔作为分手条件的份上,有意思吗?没有。

我回头将韦子林的话转告华岚,华岚又哭了,这次似乎比在韦子林面前哭得还要伤心。我有点漠然:是不是没钱给他?不想给他钱?

华岚摇摇头,依然哭。

女孩子大都有种醋酸的心理。毕竟曾经真切地爱过,一旦对方不纠缠,真的撒手放弃自己,骨子里还有那么一丝不舍。华岚大概也不例外。

我不喜欢华岚这样软不拉稀的,我说:"别老哭,又不是小孩子。为了你,我可是贴了一顿饭钱,费了不少口舌,赔了几个小时的宝贵时间。"

华岚哽咽着说谢谢。

"估算估算,大概给他多少钱。既然决定分手,就要分得干干脆脆,别牵牵扯扯,留隐患。钱如果不够,我借你。"我的大方劲又上来了。我曾给一家杂志社组稿,最近人家给了我三千五百元的组稿费。

我有些怪华岚不自重,便忍不住说华岚:如果谈恋爱保持经济上独立,肉体上独立,精神上独立,一旦你发现对方不适合你,你跟他拜拜，料定他发不出什么大脾气。以后你要引以为戒。

华岚咬唇，泪眼婆娑的样子楚楚动人。

蓦然，门"吱呀"一声响，小雯哼唱着她老哼唱的"我的未来不是梦，我要认真地过每一分钟"的歌儿进来，肩上挎着大书包，腋下夹着讲义夹。

小雯忙着考文艺学博士，从早到晚大部分时间都泡在图书馆，每天晚上都要到闭馆才回宿舍。同舍的四名姐儿，最充实最少杂念的就是小雯，她的确是在认真地过她的每一分钟。

小雯见华岚在哭，关切地问："出了什么事？"

我说："没什么。跟韦子林闹僵了。"

小雯轻轻哦了一声，便不再问了。洗漱一番，她爬上上铺，拉起床帘，躲在那长方形的小天地里看书。

小雯一向对这种恋爱纠纷是不太关心的，她最关心的是钻书堆，听名家讲座，握笔杆子写论文努力发表。

这一夜多梦，梦中的人和事出奇的杂，自始至终总少不了一个吕一品：穿夹克装运动鞋的吕一品，穿短衫短裤的吕一品，着西装革履的吕一品，穿柔绒服的吕一品……然而随着曙色映窗，梦便变得支离破碎了，吕一品的印象也渐渐模糊了。

八

我想去系里看看有没有我的信件，已经有十来天没去系里了。

我的信件居然不少：一封来自《小说世界》编辑部，一封来自上海复旦大学，一封是寄自美国的，还有一个包裹，大概是几本书。

这些牵连我的过去和未来的信居然同时摆在我的面前，我的心从来没有这么剧烈地跳动过。我拿着这些信件回到空无一人的宿舍。首先展开的是编辑部的信。

阿潇：

你的笔名和真名念起来都还好听。

小说写得平实了些。内容不新，叙事方式平淡。这样的小说，上稿很困难。

因考虑是打印稿，故不退还。

……

我曾自信自己的稿子写得不俗，我觉得报纸杂志上发表的那些稿子不过如此。它们能被发出来，我的稿子为什么不能发呢？然而，退稿信已在我的手里。我满腔热情打造的小说得到的是这样答复，我有些沮丧，鼻子酸酸地，我将信甩在一边。

拆美国来信。吕一品，我在心里念叨。

欣欣：

一切可好？

原谅我又打扰你。

千言万语想对你说，但我又不敢说。毕竟今非昔比。罢了，还是不说吧。只是衷心祝愿你生活幸福。

我这里一切都还好。如果你还挂念我的话，就请勿挂念。

顺便给你寄几本最近美国畅销的小说。你英语不错，文字功底好。看看原著，原汁原味比那生译过来的要好。你是不是可以试着翻译翻译呢？其乐一定无穷。如果以后见到好的书，我会买了寄给你的。

欣欣，我非常了解你，你个性太强了。虽然这不是坏事，但容易伤自己。生活中难免有不如意的时候，想开一点才好。

再次衷心祝你生活幸福。

难以忘记你的人

吕一品在信中还留下他所有的联系方式。

泪悄悄在我的脸上滑落。吕一品，你干吗要给我写这样的信呢？你难以忘记我能改变现实吗？

我背窗坐着，任凭透过窗的阳光温柔地抚摸我的披肩长发。

有人在轻轻敲门，一定是学生扮相混进宿舍楼的小妹儿推销化妆品。我没理会。

脚步声远去了。我打开电视，神经质地不停摁遥控器调台。泪眼模糊，没法看清荧屏上播些什么，于是又关掉电视。

我揩揩眼泪，开始看第三封信，乔伟平的信，洋洋洒洒五大张。乔伟平在信中谈爱情，谈理想，谈工作，谈学生时代的一些趣事以及那时我在他心目中的美好印象。他还说如果他在北京找不到满意的工作，他就准备考中科院的博士，他能考上，他相信自己的能力。这些在我的心中激起的充其量是几丝涟漪。对一个刚刚丢了熟苹果的人来说，让她再去接另一个半生不熟的苹果，感觉会怎么样呢？也许不过如此吧。

我突然感到一阵莫名其妙的失落，想家，想妈妈，还有爸爸。我明明知道他们这会儿可能都在给学生上课，但我还是要找他们。我先拨了妈妈的手机，结果关机。我又拨了爸爸的手机，通了。我张了张口，却又放下话筒。我到底要跟爸爸说什么呢？就是说了，又有什么用呢？

我知道爸爸一定会来电话的。他的手机上显示我这边的号码。果然，几分钟后电话铃响了。爸爸亲切而又富有磁性的声音传过来："欣欣，现在过得好不好？钱够不够花？"

我说："我很好，钱也够花。爸爸，你没上课？"

"刚下课，正休息呢。"

"你身体好吗？妈妈好吗？"

"我很好。只是你妈妈上一周不太好，高烧四十二度。可把我给吓坏了！"

我一惊，"怎么烧得这么厉害？没找医生？"

"找了，我找的。你妈妈还逞强呢，开始还不让我找。急性肺炎。医生说再拖就有点麻烦了。不过，你放心，现在你妈完全没事了。"

我吁了口气。刚才那莫名的失落感已被亲人的健康问题扫成天边的丝丝游云了。

我说："爸爸，你干脆跟妈妈住到一块儿。你们彼此也好有个照应。别各人顾各人。"

"你妈出院那天，我跟你妈侧面提过这个，她没吭声。"

"我去跟妈妈说，我不信说不服她。"

"好！欣欣，由你去说。你的话她是能听得进去的。"爸爸的语调很明快。

选自《文学鉴赏与写作》2017 年第 1 期　原刊责编　陈　皮

我走了

■ 赵宏兴

1

十多年来，梅建明一直在景州这幢老房子里生活。

老房子是单位分的福利房，梅建明在这里结婚生子。

他每天早晨七点三十分起床，然后上厕所，接下来，就开始刷牙洗脸，漱洗间和洗手间是在一起的，有时，妻子叶如影也正好在洗手间里方便，弄出很大的声响，梅建明就在外面，他们之间一点也没有了拘束和隐私。儿子在海南上大学，到了假期才回来。

洗漱完后，梅建明就开始下楼，梅建明是很少在家里吃早饭的，他在小街上吃，叶如影有时烧好了他也不吃，他只有在外吃早饭才有口味。小街上的早点大都是农村来的人做的，他们的卫生实在令人不敢恭维，但时间长了，梅建明也就淡漠了。他和大家一样吃着，吃得饱饱的。

梅建明上班走的是一条老马路，过不了多久，就有工程车在马路上挖开一段，也不知道铺些什么东西在里面，然后封上，车子一碾，柏油路面又凹下去一个坑，再修补，路的两旁多是古旧的建筑物和高大的法国梧桐，梅建明骑着车子走在里面，仿佛不是走在现代化的大城市里，而是走在中世纪的旧城里。

妻子叶如影每次出门前，仍是忘不了要化妆一下的，她对着墙上的一面镜子，细细地描眉，抹口红，梳头，这是她自姑娘起就养成的习惯，一点都不能马虎。虽然她每次从镜中看到的今天和昨天都没有什么变化，但年岁却是不饶人的，年轻时的姿色和青春正像笼子中的鸽子在一只只飞去，剩下的越来越少了，如果再不用心喂养，很快就会飞得干干净净。

梅建明在农村长大的，大学毕业后，留在了城里工作。当年，梅建明和城里姑娘叶如影结婚时，可给家里带来了巨大的荣耀了。因为，这是村子里的第一个城里媳妇，不像现在，打工仔都能从城里要个老婆回家的。

后来，他们有了孩子，孩子的笑脸和哭声给这个小家庭增添了新的生机和甜蜜。叶如影搂着孩子唱歌说话，虽然孩子不能回答她一句，但她好像面对的是上帝一样快乐。过了几年的好日子，梅建明厂里效益滑坡，叶如影下岗了，在一个个体老板那里打工，家里的收入一下子降下来，开始入不敷出。他们把一张张报纸看后再放到纸箱里，积存起来卖给收破烂的小贩，把买菜的塑料袋子晾干，下次再用，这些琐碎的生活细节，在做姑娘时，叶如影想都没想过，但现在必须要面对了。

梅建明有时在外面应酬，看桌子上剩下的菜一筷子没动就丢下了，十分心疼，喊服务员打了包带回家来吃，这样带了几次后，有一天，叶如影对梅建明说，下次不要把剩菜带回来了。梅建明说，那有什么，这么好的菜，大家都没动的，丢了多可惜。叶如影生了气说，就是桌上剩了头牛，我们也不要。梅建明没想到眼前的妻子，虽然脸上已有了岁月的风尘，但她的心还在高傲着。

经过历练，等他们摸熟了生活的规律，具有了一个成熟的心态时，岁月已到了不惑之年，他们很难像过去一样从对方身上找到激情，只是偶尔照顾一下对方的身体。儿子是他们关系的唯一纽带，他们为儿子的学习、生活以及将来的前途而操心。

多少年来，他们按部就班地生活着，就像一架老马车总是跑青石板的深深车辙里，吱吱呀呀的，既没法摆脱也照样前进。后来，他们的生活有了起色，但他们的感情却出现了危机。

今年入冬以来，连续地刮着寒风，气温下降得很快，使人噤若寒蝉。

这天中午，天空开始下雪了，雪花纷扬着，无边无际，这是今年的第一场雪。

梅建明下班回来，叶如影还在家里看电视没有做饭，这使梅建明很不高兴，本来今天中午是有人请吃饭的，梅建明推了，因为叶如影在家里，他想回来和她一起吃，增加点家庭的气味，但没想到是这样的。梅建明坐下来，顺手拿起一本书翻了起来，这是一本薄薄的书，买回已快一年了，但梅建明还没有看完。

叶如影知道梅建明不高兴了，她关了电视，开始做饭，饭用电饭煲煮，一会就开了，炒菜麻烦点，叶如影草草地炒了两个菜，两个人面对面默默地吃着，梅建明三口两口就吃完了，他把碗放到水池里放了点水泡着叶如影吃饭慢点，她好久才吃好，她也把饭碗泡在水池子里。

午睡过后，梅建明到水池边洗脸，只见几个盆盆碗碗的泡在水里，就来了气，这个女人越来越懒惰了，家里的灰尘也越来越多了。过去每次吃完饭都是梅建明洗碗，但今天梅建明有点不高兴，不就两个碗，伸手就洗了的，非要等我来洗吗？我就不信破不了这个规矩，他捡起一个碗叭地摔地上，清脆的响声使睡在床上的叶如影吃了一惊，她走到厨房一看是碗被梅建明摔了，她的眼泪就在眼眶里转了起来，原来他们家用的碗是杂七杂八的，有大的，有小的，有粗瓷的还有精瓷的，有一次叶如影的妈妈来住时，说他们对生活一点品位没有，就从商场里买了这几个精瓷的碗很漂亮的，给他们用。如今她的母亲已经去世，这碗成了叶如影对母亲最重要的怀念，现在，却被梅建明摔了一只，叶如影气愤对梅建明说："你是一个猪，你为什么要摔碗，我知道你这几天有毛病的，你要说清楚。"

梅建明说："没有什么说清楚的，我不高兴，以后我们每次吃过饭就把碗扔了，省得洗了，就这样的。"

叶如影说："原来洗个碗就有如此大的火气啊，这不是真正的原因，这是你背后冰山的一角，你当我不知道吗？" 叶如影有点伤感，她不知道日子为什么会过到这种地步，许多旧事一下子浮上心头，她嘤嘤地抽泣起来。

梅建明冷笑着说："你说这话是什么意思？你不要狗嘴里吐不出象牙来。"

叶如影说："你已看透你了。"

梅建明有了一股莫名的火，他走进厨房，又拿了一只碗出来，对着叶如影的面砰地扔在地上，碗的碎片露出里面洁白的肌质来，细细的花纹断成了抽象的图案。叶如影像一只狮子一样扑上来，她的拳头朝他的身上头上不断地打来，梅建明没有还手，只是用手挡着，有时没挡住就打在身上，梅建明第一次看到，温柔的女人一旦发怒是多么的可怕，他终于抓住了她的双手，然后把她按坐在沙发上。

叶如影嘤嘤地哭泣着说："你滚吧，这个日子没法过了，你不走我就走。"

"你认为我离了你就不能活了啊？我现在就走。"梅建明沉默了一会儿果断地说。

"你现在就走吧，我一时也不想见到你了。"叶如影尖叫着，把抱在怀中的一个抱枕砸向梅建明。

"我走，我马上就走，看谁是多余的。"梅建明恼怒地说，抱枕柔软的砸在梅建明的身上，弹了一下落在地板上。

梅建明站在客厅里粗重地呼吸着，既然话已说出口，就没有回头的了，他从包里拿出一摞钞票，大约一千多元吧，就出门了。叶如影也没有拦他。

梅建明走出屋外，心情才平静下来，冬天的晚上黑得早，此时天已傍晚，雪早就停了，天地间一片白茫茫的，冷的空气使他胀热的头脑清醒了许多，他用手把凌乱的头发捋了一下，再把凌乱的衣服拽拽，然后把手插在口袋里，在小街上盲目地走着。做小生意的人已开始收拾摊子，灯光从家家的窗户中透出来，照在雪地上，白花花地晃眼，有着浅浅的意境。他走过小街，来到马路上，马路上车水马龙，永远不会停滞的，马路边有一个小商店，他想买一包烟抽，小商店的货架上摆满了各式各样的香烟，他不知道那个适合自己，一包一包地问，老板有点不耐烦地说："这么熟悉的当地烟你都不知道价钱吗？还抽烟。"梅建明说："是不知道的，我平时不抽烟。"老板说："那今晚怎么想到要抽烟了？"梅建明说："刚才和老婆吵了一架，心里难受。"老板说："我给你推荐一种外地烟吧，这种烟平和，劲不大。"

梅建明买了烟，边走边吸着，脚踏在积雪上，发出咔嚓咔嚓的声音。

到哪儿去呢？

梅建明在街头徘徊了好久，他不知道哪儿是他的落脚点，就像站在一块浮冰上，最后，他想到了格子，他轻轻地拨了格子的电话。

手机响了一会儿，那边终于有了声音，这是格子的声音，梅建明的脑子一下子就明亮了，没有了夜色。梅建明说："我现在就要到你这儿来。"

格子说："你不是在开玩笑吧。"

梅建明说："不是，我马上就去买到你这儿的火车票。"

格子问："为什么？"

梅建明在电话里向格子倾诉起他和叶如影的吵架来。

格子说："那你就来吧，明后天正好是双休日，我陪你玩玩。"

梅建明放下电话，从马路上伸手拦了一辆出租车，去了火车站。

2

梅建明与格子相识是在景州城的一家茶楼里。茶楼的名字很好听，叫心太软小茶馆。

一个周末的下午，梅建明去的时候，茶楼里的人不多，他在二楼一个靠里的台子坐了下来，穿着蓝裙子的女服务员马上冲上了一杯茶，茶叶在透明的玻璃杯内洇出淡淡的轻轻的绿。硕大的玻璃窗外，是一条马路，听不到声音，只见车水马龙，如看美国大片，身旁的隔断是用铜条制成的，有藤有叶，高贵典雅。

一杯茶喝过后，大厅里的人渐渐多起来了。一位服务员走过来，微笑着轻声地对梅建明说："先生，不好意思，有一位客人想和你调换一下位子，请我来和你商量。"

梅建明一听就不高兴了，这人凭什么看中了就要得到，太自私了吧？他把腿跷起来说："不换！"

服务员仍微笑着耐心地说："其实，大厅那边靠窗子的位子也是不错的，换一下也无妨。"

梅建明说："那你让他去坐就是了。"

服务员还想说什么，梅建明不耐烦地摆摆手："行了行了，我想安静一会儿，请不要再打扰。"

服务员有点尴尬退开去了。

稍倾，走来了一位陌生的女子，穿着一身黑西服，白衬衣的领子翻在外面，脚下一双高跟鞋，娉娉婷婷地站在梅建明的台前。她脸涨得通红地说："先生，是我想和你换位子的，大概过于冒昧，使你生气了，请你原谅。"她的气质很好，说话时身子稍弯着，显得彬彬有礼。梅建明看了她一眼，一股青春的气息迎面扑来，使他感觉犹如掠过一缕清爽的微风。

梅建明态度缓和下来，表示有什么事她可以坐下来说。女子没有坐，她轻声地解释，她和男朋友每到周末都来这个位子上喝茶，几年了，一直这样坚持着，这个位子已是他们爱情的见证。今天，她来晚了。最后，她说如果他愿意换位子的话，她可以对他做出一点什么补偿。

她的叙说真诚而诚恳，梅建明愣住了，没想到，他竟然坐在一段浪漫的爱情故事上。那是一种很具有感染性的美好的情境，他的心立刻被打动了，什么要求也没提，就起身把这个位子让给了她，调换到另一边靠窗的台子坐去了。

然而这个下午，梅建明内心的宁谧却给搅动了，陌生女子和她男友的爱情故事像一束发自恒星的光芒，温柔而明亮，梅建明越琢磨就越格外地羡慕那两个人，特别是尚未出场的陌生男子。那家伙，能得到这个女孩子的爱真是一个幸运儿了。喝一会儿茶，他的目光就不由自主地向那边的台子睃一下。

时间不紧不慢地过去，梅建明开始有些不自在了，怎么那边仍然是她一个人？自己该不是给绕进一个动人的谎言里去了吧？见鬼……疑团升起，有一丝愠恼使他站了起来。

他走过去，那女青年没有注意到他，依旧沉静在遐想之中。梅建明凝眸一眼后，重重地敲了一下桌子。她这时才抬起头来，有点愣怔的样子。梅建明似笑非笑地说，你的那个男朋友怎么还不来？

女青年仿佛一时反应不过来，梅建明又重复了一遍刚才的话，她好像这才完全清醒过来，啊了一声，站起请他坐。梅建明毫不客气地就一屁股坐下，心想，今天我本来就应该是这个位子的主人。

于是这天下午，梅建明得知了那个爱情故事的结局：女青年的男朋友永远不会再来了，他已在一个多月前离开这个世界了，这次她是来怀念他的。

这个女青年叫格子。

格子是大学毕业生，她的男朋友叫来好，是一个普通的驾驶员，像所有女大学生与男驾驶员的爱情都容易受到女方家庭的坚决反对一样，格子与来好也遭遇了同类的麻烦，前几年，他俩一起从庐城乘火车来到景州，既是怀着对爱的追求携手来这里创业，也是为了躲避家庭的压力，来构筑两人空间的小巢。

他们在城郊结合处租了一间房子住了下来。开始的一段时间，他们天天翻看当地晚报的招聘广告，去人才市场赶招聘会，在这间简陋的民房里歇息疲惫的身体，用口袋里仅有的一点钱精打细算地过日子。每次来好说对不起格子，让她跟着自己受罪时，格子就用手捂住他的嘴，不让他说。

不久，两人的工作终于有了着落，来好在一家出租车公司开出租车，格子在一家广告公司做文案。经济宽松了一点儿后，两人到城里租了一个套房住，房子不大，但有两扇比较大的玻璃窗，太阳会透过薄薄的窗帘把整个房间照亮，在这个陌生城市的简陋住室里，他们的幸福和希望仿佛也就被照亮了。

小区里有一条小街，他们喜欢到小街上去吃油炸臭干子，炸臭干子的是一个小女孩，不大，戴着一副眼镜，白白的面庞，脑后扎着一根马尾巴，她坐在一口黑的铁锅前，把一块一块臭干子放到沸腾的油锅里去炸，然后再捞出来一块块地码在锅沿的铁丝罩子上。格子说，真的不敢想象这么水灵的小姑娘炸臭干子慢慢地炸成一个老太婆的样子。来好就说，说不定到那时候，她炸的臭干子一不留神成了名牌，小姑娘就是一个腰缠万贯的老板了。

格子喜欢看书，他们就去花冲公园淘旧书，这个公园不大，在城的东门，每个星期，来自各地的旧书贩子就聚集在这里，像一个大农贸市场。格子在这里淘了不少想买而没有买到的书，如《小银和我》《月亮和六便士》《米沃什词典》等，每次淘到一本中意的书，格子就躺在床上看，就像一口气吃了新出炉的面包，这个时候，来好就在家做饭，饭做好才喊格子起来去吃。

每到周末，两人就到一家心太软的小茶馆去喝喝茶，茶馆里的消费好便宜，一壶水才五元钱的，能够喝半天工夫，有时格子都觉得不好意思，这个老板能赚到钱吗？每次来，他们都坐在同一个座位上，有一次，他们来时，这个位子又空着，俩人不约而同地走过去，格子对来好说："你注意到了没有，我们每次来，都坐在这个位子上。"

来好想了一下，还真是这样的，就说："那我们换一个位子吧。"

"不换，"格子坐了下去说，"我们给这个位子起个名字吧，叫蓝色玫瑰。"

来好问："为什么叫这个名字呢？"

格子说："玫瑰象征爱情，而玫瑰里又以蓝色为最珍贵。"

来好愉快地说："好好好。"

他们还喜欢逛淮河路步行街，爬城市不远处的大蜀山，去吃红通通的油炸的大龙虾。

那天下午，来好去接车，临走时，格子见他的头发是乱的，就拿了一把梳子，给他梳顺了，格子转身去放梳子，还想把他的衣服抻抻，来好顺手把门带上就走了。

梅建明认真地听着眼前这个女子的诉说，茶楼里是安静，即使有着轻轻的音乐，那也是像雾一样的低低地游走，而不是从高处跌落，偶尔有人来往着，与这个小小的空间里已经有了恍若隔世的距离，服务生过来给他们轻轻地续上水，水汽在纯净的玻璃杯口凝起一圈细细的水珠。

格子的口气越来越沉重起来：那天下午，天上飘着细雨，来好走了大约两个小时后，突然有人打来电话，要她马上去市二院。医院？为什么要她快去医院！她一听心里就怦怦地敲起了鼓，浑身都有些发软了，慌得丢下手上的事就打的赶了过去。迈进病房她看到来好头上裹着白色的纱带，身上插着各种管子，她一下子就晕过去了。原来，两个歹徒乘上了来好的车子，为了抢钱，他们捅了来好十几刀。

大白天对出租车实行抢劫，并凶残地杀害了驾驶员，这起恶性案件成了市公安局的挂牌大案，歹徒很快被逮到了，但来好再也回不来了。

所有的一切就像一场梦，在那个飘着细雨的午后突然结束了。

格子回到家里，看着来好走后所留下的残景，再一次夺眶而下，她不敢去触碰家里的任何一样东西，她愿每一样东西都保留着来好的温暖而不要散去。

"现在，这个城市已不再适合我，它有太多来好的影子。"格子抬起手拢了一把刘海，忧伤地说。

天色慢慢地暗下来，茶楼里的灯光照得使人感觉不到夜晚的来临，但透过玻璃窗向外看去，马路上的路灯和霓虹都亮起来了。格子的手柔软纤细，梅建明很想拍拍它以表达一下安慰和关切，但胳膊伸出去半途却拐了弯——拿起水瓶为她续了一次水。他不知如何劝说眼前这个伤感的女子，只觉得自己的心情同今晚的夜色一样也涸上了沉重。想了想，他在一张纸上写下联系方式递给格子，真诚地说，我们相识了就是朋友，如果信得过我，今后你在这个城里有什么困难可以找我，我会尽自己的可能给你帮点忙。

格子也给他留下了电话，按讲，第一次相识的人，总是不可避免要有些设防的，而她却完全地信任他了。后来格子说，她也不知道是怎么回事。

出门时，梅建明给格子拦了一辆出租车，并从车窗里给了格子一张十元钞票，格子不要，把钱从车窗里朝外推，被梅建明拦了。他看着车子载着格子消失在夜色里，感到奇怪，怎么想起来要帮她付打的费？一般来说，只有稔熟到什么都不计较的朋友之间才会这样做。

梅建明一个人慢慢地走着回家，路上行人匆匆，裹着夜的影子，走到楼下，他抬头看了一下自家的窗口，屋里还亮着灯，打开家门，妻子叶如影斜躺在沙发上看书，梅建明打了一声招呼，叶如影没有作声，只是懒懒地伸了一下腰表示应答。

不久，梅建明又与格子见了第二次面，那天是梅建明约的格子，他觉得格子一个人在景州实不容易，而且还遇到了这么伤心的事，在家靠父母，出门靠朋友吗。他想请她喝喝茶，算是尽一个地主的爱心吧。

格子爽快地答应了，他们选择在环城公园里的一条大木船改成的茶吧里喝茶。

格子还没来到，梅建明已在这里等她了，终于梅建明瞅着格子的身影从一片蓊郁的树丛后走了过来，梅建明的眼睛就亮了起来。格子上到船上来到他的面前坐下来，带着一身清风的气息，梅建明看出她是经过打扮的了，起初她还有点拘束，但随着话题的展开，他们有了笑声。他们说着没有边际的话，船的外边就是广阔的水面，上面还游荡着两只不知名的小鸟，水是清的，有着天空一样的深度。梅建明谈着谈着就不由和她谈起了自己的生活状态。格子笑了说，我不知道你们的爱情最终会堕落成这个样子。梅建明觉得堕落的字眼用得不好，应当说是萎缩吧，萎缩也不准确。两人就笑了。

他们慢慢地说着，梅建明小心地说着一些愉快的话题，生怕触动了她内心的伤痕，梅建明问格子有没有困难要帮助，格子说目前还没有，如果有了肯定会找你的。她感到眼前的梅建明是可以信赖的，虽然风尘在他的脸上呈现着，但他的眼里没有一丝让人不安的东西。

这样，他们开始了正常的交往。他们时常相约到外面喝喝茶，谈谈生活中的一些问题，或朋友聚会，相互邀着吃顿饭。

格子脸上的笑容渐渐多起来了。梅建明枯燥的心田仿佛也有了滋润，生活比过去也有了意义，他时常站在自家的阳台上，朝这个城里鳞次栉比的楼房遥望，他感到这个城里一定隐藏着一个秘境，那是什么呢？多年以后，他才明白原来是因为格子。

有一次，梅建明要去外地开会，格子知道了，正好也放假，想出去散散心，问能不能和他一起去，梅建明爽快地答应了。

　　他和格子上了火车，但由于车票买得晚，是无座的，车上的人多得没地方站脚，可以依靠的椅子横头都成了争夺的位置，梅建明看到格子站着就不好意思，他与别人商量，让格子与三个打工的青年挤坐在了一起，虽然只是一点小小的空余，但能让格子坐下来了。

　　梅建明就站在她的身旁，他看着格子，粉白的皮肤，翘翘的鼻子，眉是剃了的，用眉笔画着细细的眉线，她应当是一个享受生活的人，但生活却给了她莫大的磨难，梅建明还是第一次这么细致地看着格子，梅建明看着看着酸意和爱意交织着涌了上来。

　　会议按正常接待，梅建明和男性同住，格子和女性同住。第二天会议就结束了，梅建明就带着格子出去玩，格子开心极了，夜晚清爽的风吹在她的脸上，在高楼的霓虹灯映照下，十分的迷人和优美。住宿时，梅建明登记了一个标准间，格子也没有异议。夜里，两个人各睡在一张床上，梅建明望着对面床上的格子，白色的被单里，她像一只小羚羊一样蜷曲着身子，平静安稳，没有一点疑虑。梅建明的阴部开始勃起，想这个时候他要上去，她会不会拒绝呢？梅建明有了冲动，但理智又压住了冲动，他觉得，虽然，这次他带格子一道出来玩，现在又住在同一间房子里，但只要他们不发生越轨的行为，就是正常的友谊，说起来没有人相信，但天知地知就行了，良心上是对得起叶如影就行了。梅建明悄悄地下了床，关了门来到宾馆的外面，外面夜色正深，马路上虽然安静了下来，但还能看到在晕黄的路灯光下，三两个人匆匆赶路的身影。梅建明走到一处草坪前，他围着草坪跑了起来，身上渐渐出了一层细密的汗水，身体也感到轻松许多，他重新走回宾馆，轻轻开了门，到卫生间冲洗了一下身体。

　　响声惊动了格子，格子在床上轻轻地翻了一下身，但她又睡过去了，并且打起了轻轻的酣声，一天的游玩她太疲劳了。

　　两人睡了一夜，平安无事，第二天清晨，两人都开始起床洗漱，梅建明问格子昨晚睡得咋样？格子说："好啊，你也睡得好吗？"格子昨夜已做好了梅建明来袭击他的准备，但他为什么没有呢？梅建明说："我睡得不好，我夜里出去锻炼了，你知道不。"格子说："不知道，我睡得太沉了。"梅建明说："小妹妹你胆子也太大了，以后和别人在一起不能睡得这么沉。"这下子格子懂了，她好想拥抱他，但她没有。格子开玩笑地说："通过验收，你做我的大哥哥合格。"梅建明说："我也只能做你的大哥哥的，因为我是一个有家室的人，你的未来还长着哩。"

两天后，他们回到了景州城。梅建明一脚踏进家门，见到叶如影时，这一刻他为自己能战胜自己，没有做对不起妻子的事而欣慰。

时间过得很快，直到有一天，梅建明接到了格子的一个电话说："我走了。"

梅建明吃了一惊，怎么这样突然。

格子说："我要回到老家去，本来不想告诉你的，但在景州，你伴我度过了最痛苦的日子，我应当要给你打声招呼的。"

梅建明心里也咯噔一下，格子不知道她也是陪伴他度过了许多寂寞的日子，他说："我马上到车站来送你。"

格子说："不用了，火车就要开了，我已坐在车上了。"

格子走了，梅建明很快就回到了往日的生活状态。半年过去了，格子已在梅建明的心里渐渐淡忘，有一天，梅建明收到一条短信，打开一看是格子发来的，他的心中一阵欢喜。

"早晨好！"

面对遥远的距离，他们每天用手机相互发个短信问候，格子非常喜欢这种无声的语言。梅建明还了解到，格子回到庐州后，在一家报社上班，但和父母的关系还是没有融洽，她一个人在外面租房子住。

有一次，格子发来短信说她和朋友们一起到山区里去旅游了，梅建明问："好玩不好玩？开心吗？"

"我们在河滩里捡石头玩呢！"格子回信说。

"帮我捡一个像你的石头。"梅建明说。

"这样的石头应该由你来捡。" 格子说。

"那你就捡一个像我的石头吧。"梅建明说，格子听得无限欢喜。

有时寂寞时，梅建明就想和格子说几句话："你好，说说话吧！"

"好吧，我正躺着，外面下着小雨。"格子说，而此刻梅建明这儿还是艳阳天哩。

"我要把你带走。" 梅建明逗她说。

"去哪儿呢？怎么生活呀？"格子问。

"去哪儿都行，吃饱肚子没问题。养一群鸡猪鸭子，再养一个儿子。"梅建明说。

这虽然只是一个玩笑，但多么幸福。幸福可能就在假想里，不需两个生命的结合。

有时梅建明想，我这样做是不是背叛了叶如影，但他认为这不过是千里之外的一场游戏，给自己心灵上疲倦的叶子洒点水而已，格子还年轻，他从来对格子没有过非分之想，这大概就是现代人的私人空间了，这样梅建明的心里便坦然了许多。

现在，当梅建明登上北去列车的那一刻，他看着车窗外万家灯火由慢变快而疾速闪过时，心里涌上了一种莫名的情绪。

我走了。他松开了衣领上的一个扣子。

3

梅建明乘了一夜一天的火车，傍晚到达庐州的。

梅建明下了火车第一脚踏上这片陌生城市的土地，他的心头似乎就颤抖了一下，这片土地，因为有了格子，他才在地图上注意过，他才有了美好的想象，今天终于踏上了，走出出站口时，嗖嗖的冷风迎面扑来，梅建明抖擞了一下精神。在广场上，梅建明终于看到来接站的格子了，格子穿着一身黑色的衣服，戴着一个大大的口罩，梅建明快步走近她，格子也同时看见了她，她取下口罩，一下子扑进他的怀里，梅建明摸摸她的头问："想我了吗？"格子点点头说："是的。"梅建明想俯下身子亲吻她一下，但又没有，在朦胧的灯光下，他凝视了一会儿格子，两年没见，格子还显得年轻了，她的头发染了眼下流行的淡黄色，她的双眼更多了一层神韵，梅建明说，这次我是避难来了。格子知道他要说什么了就安慰他说，这次我们好好玩，不谈家事啊。梅建明点了点头。他们打了出租车来到宾馆住下，并约定好了明天吃过早饭去看王子城古城。

安排好梅建明后，格子就要回家了，梅建明要留她，格子没有愿意，梅建明说："过去我们不有过同居吗？还有什么拘束的。"

格子说："哎呀，我相信你，但这是在我家里的地方，我要保持一个女人的味道。"

梅建明开玩笑地说："我现在已不是过去了，这次我们要睡在一起，我肯定会管不住自己了。"

格子羞涩地笑笑说："不允许你变坏哟。"

梅建明明白这话里的意思，也就没有再提出要求了。格子临走时嘱他，睡觉时要关好门，掖好被子等等，梅建明起身要送她，被她拒绝了，格子的身影像小狐一样消失在夜色中，梅建明坐在床上看了一会电视，但看不下去，宾馆的空气里还留着格子的味道。后来，他就关了电视，躺在了床上，一路的风尘裹着疲倦袭来，他不知不觉地睡去了。

凌晨，梅建明还在梦中就被床头的电话吵醒了，他拿起来一听，是格子的声音！格子在电话中说，宾馆的门还没有开，她站在宾馆的门外，进不来。

想不到格子这个时候就来了，梅建明感动起来。这么冷的天，格子站在外面，别冻坏了。梅建明赶紧找来宾馆的服务卡，找到总台的电话号码，打过去。总台的一个女服务员接的电话，她大概也在熟睡中，从电话里听出很不高兴的样子，她问啥事。梅建明说："我是你们这里的顾客，有一个朋友来看我，在门外进不来了，请你开一下门。"

打完电话，梅建明起来把房子里的所有灯都打开了，光线一下子融化了房内的夜色，房间在明亮中变得没有一点阴影。梅建明穿了衣服躺在床上，等着格子的到来，过了一会儿，门外响起了一阵敲门声，梅建明下去开了门，格子裹着一身寒气走了进来。格子对梅建明笑着，脸上有一层淡淡的甜意，像涟漪在水面上荡开去。梅建明问，冻坏了吧。格子把外套脱下说，没啥，我在家里睡不着了。梅建明上去紧紧地拥抱住了她，两人兴奋地躺到了床上。

梅建明躺在格子的怀里，格子轻轻地抚着梅建明的脸，喃喃地自语着："就跟做梦的一样，就跟做梦的一样。"梅建明睁开了眼，看了一下格子的神迷，又甜蜜地闭上眼睛，过了一会儿，格子一看手机，已是早晨 6 点多了，想着还要去旅游，俩人赶忙准备出门，去宾馆餐厅吃早饭。

宾馆的院子里停了不少小车子，黑色的，红色的，白色的，车盖上面结了一层薄薄的霜，空气在寒冷中有着刺人的清凉。这是北方的天气。梅建明抬起头来，向两边看看，宾馆的院墙外，是几幢高高的楼房，有的窗户头上有着一个小小的圆孔，向外散发着袅袅的热气，这是人家在取暖，在南方是没有的，是给梅建明带来的第一眼陌生感。走路时，皮鞋踩在冷硬的水泥地上，发出清脆的声音，像踏在铁板上一样。

格子走在梅建明的身旁，她穿着红色的羽绒袄，长长的头发披在肩上，身姿优雅。格子忽然走开了几步，对梅建明说："我不认识你了，我看你怎么这么陌生了。"

格子的话，让梅建明吃了一惊，他站了下来，这一切的发生确实都是第一次，但梅建明心里是真诚的啊，格子这样说背后隐藏着什么呢？梅建明不免十分尴尬起来。

格子见梅建明不走了，也不好意思起来，她走过来拉着梅建明的胳膊说，我不是恶意的，我真的就有了这样奇怪的感觉，你不要计较。格子抬起头来望着他，她的黑发向后披下去，脸上的笑意无遮无拦了。

梅建明说："女孩子的感觉就是奇怪，让人摸不着头脑。"

格子说："那你是什么感觉呢？"

梅建明说："我跟你不一样，虽然我们很长时间没见面了，但我一点没有陌生感。"

格子说："真的吗？"

他们笑着走着，来到餐厅里。

餐厅里已经有好多人在吃早饭了，他们来得晚了一点，俩人找了一个桌子坐下来。

格子让梅建明坐着，她很快地盛来了豆浆、鸡蛋、包子、糕点和一些小菜等等放在他的面前，格子的细心与体贴，让梅建明的心头一下子温暖起来，刚才带来的不快已烟消云散。

4

梅建明走后，叶如影听到他的脚步在楼梯里消失，才把门关上了。

她到厨房把碗的碎片慢慢地扫进簸箕里，碎片相碰时发出哗啦哗啦清脆的响声，叶如影把现场打扫干净，一切都恢复了平静，现在屋里就剩下她一个人了。她好久没有享受到一个人空间的自由与安静，一下子感到生活有了新的气息，她首先倒床睡了起来，醒来也不想起床，被子的温暖让她感到身体里的绵软和时光的无影无踪，到了夜里，肚子里有了饥饿感，她起来从橱子里拿了饼干大口大口地嚼了一气，然后又钻进被窝里了，与梅建明吵架的事也渐渐淡去了。

第二天，叶如影醒来很晚，她看表时，已是上午的九点了，她惊讶自己这次怎么这样能睡，过去要是昨夜睡的早今天醒来也一定是早的，她在床头坐起来，拿起床头柜上的一面小镜子照了一下，镜子里的面容有了松松的皱纹，她用手理了一下睡乱的头发，心里涌起了一丝惆怅，想起昨天与梅建明的吵架，外面的天那样的冷，不知道他在哪里。但她马上又打消了这个念头，今天是双休日，叶如影也懒得下楼，她起床弄了点吃的，就坐在沙发上看起了电视，电视台里的节目很丰富，叶如影看得很入迷。到了晚上，她到阳台上去活动活动，外面虽然是寒冷的，但雪后的天空是干净的，月亮升起来了，月光从宽大的玻璃窗照进来，落到她的身上，这吸引了叶如影的兴趣，她仰望着窗外，对面的楼房透着一层一层的灯火，每一个窗口下的灯火都洇着家的温暖，叶如影感到从外到内都有了轻松，仿佛一只手在按摩着，月亮在高处，叶如影在低处，她的目光把距离消融了，仿佛低处与高处都在一条水平线上。月光把地上的积雪印得更加的洁白了，叶如影想起年轻的时候，大概在二十五六岁的年纪吧，她身边的女孩子还在热衷于红色和花色的衣服的时候，她却疯狂地喜欢上了白色，她买的衣服很多都是白色的，她觉得青春是最适合配白色的了，仿佛这白色把青春也照出身影来了，白色是一种母性的颜色，在它的颜色上面诞生出许多缤纷的色彩来，使世界更加丰富起来。如果没有了白色许多东西就被埋没了。后来，她听老人们说，要想俏一身孝，她想自己真的很美吗，她还真的不是为了追求俏哩。

　　叶如影最喜欢的唐诗也是写雪的，如"千山鸟飞尽，万径人踪灭，孤舟蓑笠翁，独钓寒江雪"，"两个黄鹂鸣翠柳，一行白鹭上青天，窗含西岭千秋雪，门泊东吴万里船"……叶如影总感到现在的雪没有了古人的雪有意境了。有一年冬天，为了看雪，她从天气预报里知道第二天有雪时，她提前一天就乘车到了乡下，第二天雪真的从天而降，她打着伞，在雪中漫步，看着雪慢慢地把村庄覆盖起来，原野一望无垠，她感到乡村的雪和城里的雪有着不同的区别，城里雪是窄小的，被楼房一块块地切开了，像菜市场上卖的豆腐干，而乡村的雪却是大气的，让人有想飞升起来的感觉，那天她回来后就写了几篇关于雪的散文；"什么东西从天空落下，能如此的轻柔无声？是谁具有如此大的能量，制造出这么庞大的洁白，覆盖人间？"她甚至联想到爱情："如果爱我，就选择在这雪地吧，你从远方走来，身后刻下一行深深浅浅的脚印，一生只唯此一行。"那时候的年龄多于幻想，追求诗意。

热爱白色的年龄终于过去了，现在，她已很少有白色的衣服了，她觉得成年人了，穿衣服要大方得体，表现出成熟来，白色已成为一场背景，她有了不少黑色的衣服、古铜色的衣服。从白色到黑色的过度，她忽然觉得时光是如此的流逝并改变着一个人的心境，她站起来。跺了跺脚，走回屋内，梅建明看的那本书还在，她把它拿起来，随手扔到了地板上，书在地板上像一只张开翅膀的蝴蝶，然后叶如影脱了外套穿着内衣躺到了床上，床上的松软一下子让骨子里都渗出了一种舒服和爱意，她把身子动了一下，裹紧了被子，灯光的晕黄照着屋内的宁静，让叶如影从没有感觉到过是如此的温馨和爱意。

叶如影从床头柜里拿出一台小收音机听了起来，收音机是过去在商场里买东西摸到的一个奖品，很简陋的，拿回家就没用过，这次打开了，声音还真不错，就是收台少了点，叶如影过去喜欢听景州市的一个生活电台。这次叶如影找了好久才找到，深夜，叶如影被一个叫星光夜话的栏目吸引住了，主持人委婉细腻的声音，与听众一起探讨家庭、工作、爱情等等，仿佛把人心底里的东西都挖出去了，呈现出来给你看。有一位听众向主持人诉说着家庭的感情危机，哭泣着，嘤嘤的声音，很令人感怀，她说她过去很爱老公的，后来为了一些捕风捉影的事就固执地去和老公离婚了，现在想想很后悔，又想去和他复婚，不知道怎么办。许多听众就打电话进来帮她出主意。叶如影听着，听着，想起自己的家事，叹息了一声，就拿起床头的电话给热线打了过去，没想到很快就打进去了。接通的一瞬间，电话里有啸音，主持人要叶如影把收音机拿远点，这样啸间消失了，她们开始了对话。

叶如影说："谢谢主持人，我睡不着，因为我的家里也遇到了一些麻烦事了。"

主持人说："你说说啊，我在认真听着哩。"

叶如影说："我和丈夫越来越没有语言了，来到家里都喜欢沉默。"

主持人说："你们感情出现问题了吧？"

叶如影说："我们的感情应该没有问题，平时我们相互关心着，我生病的时候他为我洗衣服，累了的时候为我盛饭，我能感觉到他在默默在关注我，我对他家人也很好的，帮他弟弟找工作，乡下婆婆生病了，我们一起去看，我甚至比他还关心他家人的健康，但我们同时又存在着一些问题，都在压抑着自己，这是什么原因呢？最近我们为了洗碗而吵了一架,他已出去一天一夜了,还没有回来,我的心有点慌。"

主持人说："他每次吵架都离家出走吗？"

叶如影说："这是第一次，是我赶他走的。"

主持人说："夫妻间原本就是两个陌生的人。因为爱情走到一起来的，但爱情不是婚姻的全部，家庭也是一个小社会，也要讲究相处的方式。要学会面对积极的冲突，一种激烈的磨合方式和沟通方式，反而能增进相互的了解和感情。"

她们探讨了一会儿，主持人说要接进来几路热线电话，听听听众是怎么说的。

听众甲是一位男子，声音有点嘶哑，他说："为了洗碗就打了一架，这说明两人之间的感情肯定到头了，生活在一起还有什么意思呢，不如离了，离了谁谁都能活。"

听众乙是一位女的，声音比较温和，她说："常言道，牙齿和舌头还要碰碰呢，天天在一起过日子哪有不碰撞的，这很正常，通过这件事我看他们在感情上并没有发生大的分裂，没必要离婚，关键是要做好感情沟通。"

主持人最后总结说："离婚不是解决问题的答案。"

　　叶如影把心里的疙瘩全道出来了，舒畅了许多，主持人的话虽然都是书上的老套套的，但叶如影听起来还是有了新的感觉，谈话直到电台插播了广告才结束。

　　叶如影在灯下坐了一会儿，然后重新躺下，这时她想梅建明在哪里呢。她拨了他的手机，手机关机。

　　床头的灯光照着这个寂静的空间，今夜她睡不着了。

5

　　格子和梅建明打了辆出租车来到车站，车站是一座陈旧的老楼，后面是一个大院子，停着许多大客车，有几个年老的人穿着厚重的棉衣，胳膊上套着一个执勤的红袖子，吹着哨子在指挥进进出出的车子。

　　格子去买车票，把包让梅建明看着，梅建明在冷风中跺着脚，他是一个在南方长大的人，还没有经过北方冬天的寒冷。梅建明听这些人说着浓厚的方言，他初听感到十分刺耳，但听多了就觉得有了一点意思。

　　格子买好票，从里面走出来，瞅了一会没看见梅建明，正在着急，却看到一位女售票员在和梅建明搭话，就走上来对她的说，他是从外地来的，不知道情况，我们不是去你那儿的。

　　梅建明和格子乘上了去王子城的车子，车子里坐满了人，空气中有一种压力似的，使呼吸有了沉重，格子就埋怨现在是旅游的淡季，怎么还有这么多人去王子城呢？格子俯下身子问梅建明："你不累吧。"梅建明说："不累。"格子把手伸到梅建明的手里，他们的手指分别插在对方的手指间，紧紧地握在了一起。

　　汽车像蜗牛一样好不容易出了城，格子和梅建明坐在车子的前排，从宽敞的玻璃窗望过去，视野一下子开阔起来，路两旁的行人和车辆都开始有了匆匆的感觉，落了叶子的树木在路的两旁铁铸的一般，柏油路面笔直的，从远远的地平线上伸过来，中间的白色隔离线像省略号一样，在车子的疾速中，一下一下子滑过，十分的爽目。

梅建明说："漂亮吧，就像在电影里一样。"

格子愣了一下，没有作声，接着就捂着嘴大笑。

梅建明摸不着头脑，问她笑啥。

格子说："你刚才怎么说的，再说一遍。"

梅建明又说了一遍："我说就跟在电影里一样，有啥好笑的。"

格子说："不叫腚眼，叫电影。我们怎么在腚眼里呢？你说普通话好不好。"

梅建明恍然大悟地地笑了，身边的几个人听懂了意思也跟着笑了。

王子城虽然离庐城很近，但格子却从来没有去过。这让梅建明感到奇怪，他说："外面的游人千里迢迢地过来，你住在这儿为什么不去看看呢？"

格子说："我留着等和最喜欢的人一起去啊。"

梅建明笑了说："我是你最喜欢的人了？"

格子说："当然。"格子说这话时，嘴角抿着，有一个小小的酒窝，有点嗲的样子，十分可爱的。

格子与梅建明在王子城下了车，一股寒冷的风直往脖子吹，地面上结着一层薄薄的冰，有几个蹬三轮的上前来问他们要不要坐，格子和梅建明都没有搭理。

他们站在马路上向东边望去，从新楼的空间里，看见了长长的黑色的古老的城墙，和高高的城楼。城楼下一个圆形的城门洞开着，人流从里面进进出出。梅建明和格子都有了一丝激动。天气的寒冷也忘得一干二净了。他俩哈着气向古城走去。

马路的两边是新建的新城，两旁是商场，商场的门口有商家在搞促销，在红地毯铺成的台子上，有一个女的在唱着流行歌曲，边上有小商小贩在卖着当地的土产品，一片轰轰烈烈，年轻的女孩子，虽然穿着时尚，但还是透露出抹不掉的地方模样。

那个蹬三轮的又跟上来了，她说，坐不坐，连导游才二十元的。格子和梅建明交换了一下意见，梅建明说："不坐，还是走走看看有意思，我们又不是赶时间的，来就是玩的。"

格子说："那我们就走吧，我也喜欢走路。"然后，格子对蹬三轮的说，"大姐，我们走走，你再走找别人吧，别耽误了你的生意。"那蹬三轮的终于走开了。

从城门走进去，一条古老的街就呈现在眼前了。王子城据说是当时的吴王建起的，后来封赏给了的他儿子，所以叫王子城，王子城陆陆续续建到宋代才停止，形成了现在保存最完好的古城。

城内与城外有了明显的区别，街道两旁一律是黑色的飞檐翘壁的老房子，宽大的木格窗子，每户的门口挂着几只大红灯笼，街道是青石板铺成的，寒冷的天气里，街上游人不多。显得有点安静，格子和梅建明在街道上边走边望着，如置身在数年前的古老岁月里。

这时又有一个女的上来搭话，问要不要住宿，格子有点倦了，也想把包放下休息休息，梅建明说："我们想住有民间风味的老房子。"妇女高兴地说："我们那儿就是的，你放心吧。"梅建明和格子就跟着她去了，女的在前面走，两人在后面跟着，女的不断向他们推荐着自己旅馆的好处，梅建明关心的是住宿费，就问她多少钱一宿，几个人说着说着就到旅馆的门口了，旅馆是一座四合院子，里面雕梁画栋，古色古香的，门口一边挂着一个旅馆名字的牌子，一边挂着是王子城的重点保护单位。这哪像一个旅馆，倒像一个紫禁城。里面有几个人在院子里走动，一看就知道是外地来的游客。

那个妇女带着格子和梅建明一进来，就朝里面喊着，来客人了，有一位年轻的姑娘提着一串钥匙走过来，问住宿吧。梅建明说，我们先看看房间。

服务员领着他们进了一间房子，进屋是一张八仙桌，堂前还有一张条案，上面放着花瓶和一个老式的木头座钟，桌子上放着一个大花瓶，花瓶里插着一幅卷轴，桌子左右各有一张高靠背的木雕椅子，还真有一种明清大户人家的味道，梅建明和格子一看心中就暗暗喜欢上了。堂屋的两边各有一个门，这就是客房了，女服务员打开了一间说，你们看看。格子和梅建明走进看时，房子不大靠墙是一张大床，前面有一张桌子，然后有卫生间和暖气片等，床上挂着一帘蚊帐，帐门上有一条红色的横幅，上面绣着一条龙和凤，中间是一个大红双喜字，窗子上挂着一个红绸绒布帘，里面还有一个白色的网纱帘子，格子看了就不想动了。梅建明问服务员，这房间多少钱一晚。服务员说，100元。梅建明觉得这个价位是合适的，但他还虚张声势地说，太贵了，现在这是淡季，你看街上可有游人。服务员说，那没办法，旅游旺季时，我们这一间房子要卖到200多元的，现在就便宜很多了。

梅建明和格子来到登记处，接待的是一位老太太，很富态和蔼的样子，戴着老花镜，梅建明要拿自己的身份证，格子说用我的身份证吧。梅建明不愿意，他想今晚不能让格子买单的，格子拽了一下梅建明说，用女的身份证一般公安不会查的，梅建明这才恍然大悟，拿了格子的身份证做了登记，交了钱，老太太给了他们一把钥匙。

格子和梅建明进了房子后，梅建明就往床上一躺，全身有了好轻松的舒坦。格子没有躺下去，她先是把房间里外的门关好，再站到窗前瞅，然后说："人家站在对面的二楼上就可以从这个窗子看见我们的。"梅建明说："哪有人看啊，谁看给谁看。"格子说："这是隐私。"梅建明说："把窗帘拉上，还能看见吗？"格子先把里面白纱的窗帘拉上，再拉红绒布帘子，两层窗帘拉上，屋子里就暗下来了，有了好深的隔绝，格子打开空调制热，屋内暖暖的气流慢慢地升起来了，在不大的房间里，静静地展开，把两个人身上凝结的东西唤醒了。格子坐到床上，梅建明一把把她拉到怀里，格子知道他要干啥了，轻声地说："等一会儿。"梅建明松了手，格子坐起来又把床上的蚊帐放下来，用木夹子夹好，拉亮了室内的一盏灯，灯的光亮不大，晕黄的，从蚊帐上端的红布里透进来，有着一层淡淡的喜气，梅建明心想格子不但心细，还会制造气氛的。梅建明把格子重新抱住，格子顺从地躺在他的怀里，透着盈盈的气息，梅建明激动起来，幸福终于到来了，这是瓜熟蒂落的一刻，梅建明翻身伏在了格子的身上，格子在身下用双手紧紧地绕着他，他们就这样一动不动地卧着，亲吻着，两个人的舌头绕在一起了，生出了汪汪的津液。梅建明把手伸进了格子的上衣里，一下子就抚摸到了她的两个饱满的乳房，有着性感的触觉。啊，格子发出轻柔的叫声，全身颤抖了一下。梅建明把手伸进了格子的阴部，格子顺从地张开腿，她的阴部已湿湿的好久了。梅建明把裤带松开，把格子的手拿进自己的阴部，格子摸到他的阴部已膨胀得不行了，两人一边轻抚着，一边亲吻着，然后迫不及待地脱完了衣服。梅建明伏在她滑如凝脂的皮肤上，他知道此刻她的一切都在向他开放着，但他并不马上进入格子的身体，而是呼吸急促地，尽力发挥着想象，那是什么呢？是在云上的飘浮还是小时候和小朋友们在洪水中下滑？一切想象都到了尽头，他觉得有一种巨大而坚固的东西在自己的身上诞生了，他一用力，挺向了格子的深处。格子轻轻地唤了一声："我好可怜哟。"格子这一唤，把梅建明从幻想中惊醒，他停了下来，吃惊地看着她，不知道出了什么事。问："怎么啦？"格子的面孔浮着深深的红晕，轻轻地说："没有什么事啊。"梅建明说："你刚才说你好可怜。"格子浅浅地笑了笑说："没事的，我想起了我的初夜，那时，我就这么说的。"梅建明明白了，他问："你每次做爱都这样说吗。"格子说："不是的，这是第一次，我也不知道怎么就说出来了。"梅建明有了更大的力量，他又一次在格子的身上驰骋起来，他想再一次听到格子说我好可怜哟，但格子却没有说了，梅建明自己说："我让你好可怜，说啊。"不一会就像雪山一样崩溃了，那种气势是如此的巨大和惊心，他要从格子的身上下来，格子紧紧地抱着他，不让他下来，梅建明在她的身上停住了。

两人下床洗漱完毕，就坐在床头说话了，格子就问一些现在景州城里的情况，并一下一下地描述当年在那里生活时留下的印象，如炸臭干的小姑娘，花冲公园里的旧书摊，心太软小茶馆等，梅建明就一一回答她，然后，梅建明说，你还记得我们一起去出差时的情况吗？你的胆子真大。

格子说："那段日子是我今生最灰色的时光，不提了。"

梅建明还想问一些格子现在的情况，格子只说一句很好，就打断了，她说我们说好了，这次不谈旧事和家里的事，只是放开地玩的。梅建明说好好。格子又撒娇地说："你给我讲个故事吧。"

梅建明想了想说："你喜欢听什么故事呢？"

格子说："什么都可以，只要是你讲的都行，但一定要是真实的。"

梅建明说："这就难了，真实的不一定好听。"

格子说："好听的。"

梅建明说："我们就讲讲初夜的故事吧，你每次做爱都是好可怜吗？"

格子说："是这样的，你们男人在人家的身上像头野牛，也不想到在你身下的是一朵娇嫩的花"。

梅建明说："对不起，再做爱我轻轻点。"

格子说："不是这样，现在，跟过去不一样了，有时候要轻点，有时候要野点，笨蛋。"

梅建明说："我说说我的初夜吧，那时我刚谈恋爱不久，我去女朋友家，她家里没人，我们就在她的床上拥抱，过了一会儿，我们就想做爱，做完了爱，我回家，我至今还清楚地记得，走到一座楼拐角处，下午的阳光从西边照过来。照出了大楼一块斜斜的影子，我的心里就涌起了一股莫名的伤感，我在那块阴影里蹲下来了，我感到自己再也不是纯洁的人，是一个肮脏的人了，我的青春已从我的身子离别而去了，我的朋友们再也看不起我了，我的眼泪就流出来了，心里有了深深的忏悔。"

格子抚了一下他的面孔，说："你这么可爱啊，这种心理，一般是女孩子才有的，你们男孩子还有啊，男孩子不是占有越多越愉快吗？"

梅建明说："当时，我就是这么想的，没有一点愉快。"

格子说："纯洁。"

梅建明说："那你说说你的初夜啊。"格子沉静了一会儿，话到口边终没有说。梅建明说："怎么不说啊？"

格子说："我在做爱的时候已说过了？"

梅建明说："那一句话也算啊？"

格子说："你去想象吗。"

他们又说了一些话，窗外的天色已暗了下来了，梅建明说："起来吧，我们吃晚饭去，然后，再逛逛夜市。"

打开门，一股冷气迎面扑来，格子在梅建明高大的身后避了一下，梅建明走了出去，格子挽着她的胳膊，他们走了几步，格子忽然停下来，望着梅建明说："我怎么又感到你好陌生了？"因为有了上次的经过，梅建明坦然了许多，想这个小女人也真是奇怪，怎么老有这种想法，但又想想，也真是的，他们从认识到上床也真的没有几面，更多的时候是在通讯中，梅建明说："怎么才能让你熟悉我呢？"

格子说："我也不知道，你不生气吧？"

梅建明说："我不生气的，但我不知道怎么做。"

格子想了想说："那就陌生点吧，陌生也许比熟悉好，陌生可能是一种接近的状态，可以给人带来真实的感觉，熟悉的状态也许有着真正的陌生哩。"

街上已到处亮起了灯光，有的灯光在老房子的屋檐下，从玻璃窗里看出里面的人影，有的灯高高挂在柱子上，照出街头的一片光晕，有的灯光低迷而柔情，似一个小女子脉脉含情的眼睛。天上的月亮升起来了，小小的园园的，在干净的天空上，有一种凝练的感觉。梅建明对格子说，今晚的月亮多漂亮啊，格子说，李白写过，儿时不识月，呼作白玉盘哩。

他们推开一家小餐馆的门，里面有一个包厢，两个桌子，一个是长条形的桌子，一个大圆桌，布置得很洁净，他们朝里捡了长条的桌子坐下来，点了当地的几个土菜，不一会服务员就把菜端上来了，两个人默默地吃着。这时旁边的空圆桌，来了五个男子，一位妇女还带着一个小孩子，五个男的开始打牌，一圈打下就开始争吵，这些人也是外地的游客，不知怎么搞了，那个孩子也哭了起来，妇女哄着也哄不好，一切都乱了，两人吃饭的兴致也没了，梅建明赶紧把菜端出去，两人在大厅的一角，匆匆吃完的饭，就出去了。

他们来到街道，相拥着走，逢到卖古玩的小店，他们就走进去看，看得多了，就发现了一些雷同的现象，家家大多卖的是毛主席纪念章和佛像为主，再就是一些介绍古城的图书画册，两人拐了几条街道后，又拐回到吃饭的地方。

梅建明说："格子，我们又走回到原点了。"

格子说："但我们没有走重复的路就好，"然后望着天空说，"月亮也走到半空了。"

梅建明说："这不是月亮在走，是地球在走，你想想这么庞大而沉重的地球，它也在吭哧吭哧的走，空茫的宇宙中也有它的一条路哩。"

格子说："那月亮就是它的小情人了，它们能相伴着走到老吗？"

两人说说笑笑回到了住处。

6

第二天，格子和梅建明就去王子城的龙山庙玩，龙山庙的花坛里牡丹开得正大，有红色，有白色的，有紫色的，梅建明看着看着，就好像看到了好多女孩子的笑脸，他就伸出手去，格子以为他是摘花哩，吓得赶快制止他，但梅建明不是去摘花，他用手一个一个地抚摸着花瓣，说，摸摸你，再摸摸你，他仿佛听到了花的笑声。

在大雄宝殿里，是一尊雄伟的大佛，镀得金碧辉煌，大佛前香火缭绕，空气中充斥着浓浓的香味，一位老和尚戴着黑边的眼镜坐在一边看着一本古旧的书，梅建明买了一炷香烧起来，然后在大佛前的蒲团上跪了下去，一边深地叩首，一边在心里默默地许愿，愿佛保佑全家身体健康，保佑孩子前途无量，保佑格子身体健康。

从龙山庙下来，他们来到老街上玩，老街上有不少老房子，其中，有一处房子叫十八根柱子，据说明朝皇帝朱元璋在当皇帝前曾讨过饭，沿街乞讨途中，他常在别人家的廊沿上过夜，后来朱元璋称帝后，为记住自己早年过的穷日子，便号令天下，在建房时，都必须留出宽宽的廊沿，以供无家可归的流浪者栖身之用。

梅建明说："我们那儿盖房子也留有这种廊沿，但来历我还是第一次知道。"

他们在老街上玩过之后，快到中午了，走着走着，梅建明感到鞋里有一粒砂子硌脚，就寻一个花坛的边上坐下来，他脱下鞋倒出了那粒已浸了汗水的小砂子，梅建明把鞋拿在手上又认真地检查了一下，鞋并没有坏，这粒小砂子是如何进去的呢？格子关切地问硌痛了没有，梅建明说没事的，一粒小小的砂子还能阻碍我的脚步。就重新穿上鞋，两人回到了宾馆。

吃过中饭，格子在洗澡，梅建明把鞋子脱了，双脚轻松而自由，他看着脱在地上的一双咖啡色的皮鞋，又想起那粒小砂子，梅建明把鞋子拿在手上，自从结过婚姻后，他的每双鞋子都是叶如影给他买的。过去梅建明对穿鞋是不讲究的，一双鞋只要不破了就继续穿，有了灰尘，用湿的抹布抹一下，叶如影就告诉他，女人的头男人的脚，男人穿的鞋不要邋遢。这样想着，梅建明感到那个小砂子是不是上帝对他的警告，就想起临出门前叶如影悲伤的情景，自己出来已两天了，还没有给家里留一点音讯，他不知道家里会不会因为他的出走而发生一些情况，他的心里忽然有了牵挂，觉得有些不妥。他想这个时候，叶如影应当在家的，他决定给她打个电话，但他刚在手机里把家里的电话按了三个数字，就停下来了，梅建明想，我这是怎么啦，我不是在自己渴望着的状态里吗？怎么又想到围城里了？叶如影会牵挂自己吗？接着，他想给乡下的母亲打了一个电话，电话刚巧是母亲接的，梅建明还以为是弟媳呢，母亲就听出了梅建明的声音，这让梅建明有点尴尬。母亲还以为他在家里，说，她已把家里的几只鸡和鸭子杀了，正腌着，等晒干了，就给梅建明带过来。梅建明说不要了，你们在乡下也很辛苦的。说了几句话，母亲就问梅建明的生活情况，梅建明说很好啊，母亲就语重心长地说，伢子，好好干，你越来越老了，趁年轻干得动多干点，有点钱要节约着用，城里好玩好吃的多哩，你不要乱花，你上有老下有小哩，你根子枯哩，老了手头没两个钱就伤心了。梅建明想到母亲已是快七十的人，还闲不住，在家里起早带晚撺一种手工的卷烟，这种粗糙的烟在农村有一些老人抽。虽然利很薄，但父母亲却干得不亦乐乎，好多次梅建明让母亲不要再干了，母亲就说，伢子，我能赚一分就是一分钱，就能减轻你们一分钱的负担啊。

给母亲打过电话后，梅建明想给在外地读书的儿子再打个电话，儿子接到电话后，第一句话就说，学校里又要交钱了，给的生活费不够了，儿子在电话里与梅建明讨价还价，梅建明没了兴趣，说儿子从来不知道问问爸爸好不好就知道要钱，把儿子熊了一顿，把电话挂了。

格子已洗好澡了，正在对着镜子梳头，她听到梅建明打电话的声音，格子问："想家了？"

梅建明说："没有，是给我母亲和儿子打的电话，两个电话给我的感受却不同，母亲要我多存点钱养老，而我的儿子却总在埋怨我给的钱少。"

格子说："没有给你妻子打个电话。"

梅建明说："没有。"

格子说："应当打一个电话报一声平安吗，不要让她在家牵挂。"梅建明感到格子真是善解人意的。

格子把梅建明拉到身边，两个人的头都印在镜子中，对比起来，梅建明感到自己有点苍老了，而格子却透溢着生动的青春，梅建明对格子打趣说，真不好意思。格子说："女人虽然年轻，但不经老，只要经过一二次生活的打击比男人老的还快的，男人是经得老的，年轻现在可以看得很清楚，到了老年时间就消失了。"

梅建明把格子湿湿的头发撩了一下，头发里散出一股女人青春体内特有的芳香，格子抬起头来望了一下他，梅建明俯下身子，轻轻地吻了她。

房间里没有什么声音，安静的空间让人感到时间的空茫，一切都停止了，格子说："这是在人间吧？"梅建明说："不在人间。"然后头深深地埋在格子丰满的胸前，他感到回到了时间的源头，一切都被消融了。

7

一切都要结束了，梅建明要回景州了。

梅建明乘的是下午二点的火车，他们一上午就在房子里躺着，门也不出，直到中午，才整理一下出门。

在火车站的候车室里，格子的头依着梅建明的身子，那一份力量融成了一个整体。

格子说："刚感到你不陌生了，就要分开了。"

梅建明说："那以后就不要说我陌生了。"

时间还是在走，时间总是在喀嚓喀嚓地吞吃着所有存在的和不存在的一切，到检票了，他们手拉着手进了月台，火车开动了，梅建明向格子使劲地挥着手，格子穿着红红的羽绒服，在月台上像一朵玫瑰，火车一开动，格子的眼泪就下来了。

火车出了城，就看到空旷的原野了，梅建明贴着玻璃，看到火车正在拐一个弯子，长长的车身闪着阳光，像一条巨龙在原野上游动。不久，火车驶进了群山中，迎面壁立着一座山崖，火车鸣的一声就钻进了山洞，在漆黑的山洞里轰鸣着，然后又钻了出来，这样钻着钻着天就黑了下来，夜里在一个小站停下时，小站上没有什么人，白炽的灯光照着空荡的月台，显得更加的寒冷，不一会儿火车又开了。

梅建明回到卧铺上睡起来，他在火车上做了一个梦。

梅建明提着包走在小区里，这个以前再熟悉不过的地方，还有头顶上的天空，一下子都变得十分陌生起来。他一边朝自家的楼走着，一边想着怎样和叶如影见面，梅建明开始上楼，楼上飘出袅袅的歌声，这是谁家的女子在跟着音响唱歌？声音清亮，唱得很好听，似乎从歌声里就能感受到女子的年轻和快乐，他越往上走，声音越来越清晰，最后歌声是来自自己的家，他的家已很久没有歌声了，叶如影的声音他是熟悉的，唱歌的人根本不是叶如影，这是谁呢？

梅建明十分惊讶，难道自己是走错了门，但他又仔细地看了一下，门是红漆的木板门，底下还有一块用三合板补过的地方，那是有一次梅建明把钥匙丢了，进不了家门，从邻居家借了一把螺丝刀，慢慢挖开，然后把手伸进去从里面打开了门，后来，他用一块三合板补上了，并用红漆漆了一下，不细心看的人，还真看不出来痕迹。

梅建明敲了一下门，里面的音乐还在响，但唱歌的女声却停了下来，接着门开了，开门的是一位女孩子，她睁着两只大眼睛问："你是干啥的？"

梅建明说："这是我的家，我从外面回来了。"

女孩子说："这怎么是你的家？我已在这里住好多年了！"

梅建明更加纳闷了，自己才走几天，她怎么住了好多年了？

女孩子说着，就要关门，梅建明说："我叫梅建明，我的妻子叫叶如影。"

女孩子说："叶如影，她早嫁人了。"

"嫁人了？"梅建明一下子就慌了，他不相信这是真的，他慢慢地蹲下身子。

女孩子见他这个样子，说："你是不是生病了。"

梅建明说："不是的，我能不能到屋里坐一会儿。"他忽然对面前的家涌起了无限的爱意和依恋。

女孩子对他有了可怜，就把门稍微打开了一条缝，让他进来，他走进屋里，然后坐下来，他看到屋里的一切都陌生了，屋顶上的吊灯，房子里的家具，都是陌生的。他意外地看到桌子上有一本书，书的名字叫《我走了》，这是他非常熟悉的一本书，是法国的一位作家艾什诺兹写的。这本书是梅建明一次出差时，晚上没事，在马路上闲逛，从一个摆书摊的小贩那儿发现的，当时，这本薄薄的蓝皮子书，夹在一排陈旧的书中，在黄黄的灯光下很不容易被发现，梅建明蹲下身子，看到书脊上那行细小的白色字体《我走了》时，眼睛就亮了一下，他抽出来翻着，书上简介说，"凭着《我走了》一书，艾什诺兹重新找回了那些他最喜爱的主题——女人、逃避、命运，他的作品是抛弃、决裂以及失踪的最高点，那些人物奔跑着，漂泊着，寻找着，他们将走向何方？"梅建明一下子就喜欢上这本书了，他问要多少钱，小贩说一元，梅建明心里惊喜了一下，他很爽快地买下了。现在，他重新拿起来，正是他临走那天看的那一页，"巴黎，二月初，首先应该是费雷本人可能真的消失……"梅建明感到惊心，这不是寓言吗？那女孩子走过来说，这本书是我昨天才买的，你看过？

梅建明一下子头晕目眩起来，他感到头顶的天花板转得飞快。他不知道怎么会发生这一切。

梅建明把女孩子倒来的一杯水一仰脖子喝得干净，他说"我走了！"

梅建明从屋里走出来，屋后的门砰地关了，那个女孩子又开始唱歌。梅建明快下到楼下的时候，忽然看到叶如影从楼梯下面上来，叶如影穿着时尚的衣服，衬出她动人的身姿，果真像过去一样漂亮年轻，梅建明一见就心酸起来，怎么你不认得我了？叶如影不说话，就哭了，她手里拉着儿子，儿子也不认识他，梅建明悲愤起来，他要扑上前去，脚下的楼梯却摇晃起来，他站不稳了，也跟着摇晃起来……

火车摇晃了一下，梅建明醒了，他的头上已有了一层细细的汗水，他的头枕在卧铺上，夜行的列车发出清晰而剧烈的撞击声，仿佛不是在地面上滚动，而是在向着更高的高处攀登。

8

梅建明是第二天中午到家的，梅建明到家时，叶如影已上班去了，梅建明知道她要到傍晚才能下班。梅建明在沙发上坐下来，看到床上的被子叠得整整齐齐的，床铺也拉得平平的，这是多年没有的习惯了，桌子上有一捧鲜艳的插花，似假的一样，梅建明上去一摸却是真的，这几天叶如影怎么想起来做这些事的，梅建明躺在床上，身体的疲惫和陈旧一下子又包围了他，他的思路还在昨天的情景里。

他走到厨房里重新洗脸刷牙，心思里忽然蹦出了一个念头，去护城河看看春天。

他骑着自行车出门了，城市的风光还是老样子，让有梦想的人感到阻碍，让没有梦想的人感到被岁月消融。护城河不远，梅建明很快就到了，他推着车子，脚下的路并不宽，铺着一层黑黑的矸子，路边的草已长出了新绿，河边年老的柳树，枝条还是铁黑的，虽然有了芽苞，但还是紧闭着，欲开未开迟疑的样子，远看有着淡淡的愁绪，可河里的水，在轻轻的涟漪中开始荡漾着一腔柔情，已是春水了。

下午，格子打来电话，说她脖子上的那个小玉佛不见了，言下之意是问梅建明是否看到的。听了这个电话梅建明立马不快起来，他又想起格子说的那句话，我怎么对你好陌生哎。现在，又出现这样的事，他想，也许真的陌生的，要不然怎么会对他不信任了。

梅建明说："我不知道啊，你戴玉佛了吗？"

"戴了，我戴在脖子上的，你没看见啊？"

"没有。"梅建明确实一点印象也没有。

"那只玉佛是开过光的，值四五百元哩。"格子说。

"你想想会丢在那儿呢？"梅建明启发她说。

"可能丢在那家旅馆里了，我好像在那儿洗澡时解下来的。"格子回忆说。

"那你赶紧打电话过去问问。"梅建明说。

"即使是在那丢的，也找不回来了。"格子说。

又过了半小时，格子打来电话说："是丢在那家旅馆了，那旅馆的服务员进去打扫卫生时发现的。"

梅建明这才松下了一口气，对她说："那你赶紧去拿回来啊。"

格子说："我不想去拿了，我一个人去，到那里会睹物思人的，就放那儿吧，那是我们爱情的纪念。"

天色渐渐黑下来了，又是一个熟悉的夜晚，叶如影就要下班回家了。

选自《分水岭》2017 年第 1 期责任编辑 王业芬

春天拖着一条长长的尾巴

■ 王鸿达

一

　　父亲那天下午下班是骑着单位那辆半旧的白山自行车回来的。夕阳从我家房后的木头枰子垛漫过去，正好远远地照在父亲身后，父亲像披了一道霞光万丈的大氅。这个时候当街有不少邻居家的女孩子在玩耍，在玩一种跳格子的游戏。父亲自行车的铃声中止了她们的游戏，她们纷纷让到一边去，然后惊讶地看着父亲推着自行车走过去。

　　她们里头就有油毡纸房家的小五，油毡纸房家的小五已跳得脸蛋红扑扑、热汗津津的了。在父亲推车走过去后，她还用衩袖子擦了擦脸上的汗。这个细小动作也被站在枰子垛后面的我看到了。我和哥正在枰子垛后面做手枪，我们停止了手里的活计，张着嘴目光有些陌生地看着父亲披着红彤彤的霞光走来。父亲的面孔容光焕发。

　　母亲从敞着的后窗口看到了，说了一句："你们的父亲骑回来一架飞机哦。"木垛枰子散发着一股好闻的红松木味儿。

283

1973 年春天自行车对于我们那个偏远的林区小镇来讲，还属于罕见物，有自行车的人家很少。谁家有一辆自行车就相当于现在谁家有一台小轿车了。那时候城里流行三大件：自行车、缝纫机、手表。在我们那个小镇能置弄起一大件，就叫人刮目相看了。更何况像我们这样一个家庭。1973 年父亲的工资是 41 元 2 角 1 分。他要养活一个七口之家，每年过年还要往山东老家寄点钱去，就是这每月平均每人 5 元 8 角 8 分 7 厘的钱，父亲也是全拿不到手的，他只能拿回来 36 元 2 角 1 分，然后再从兜里掏出一张被扣掉五元钱的白条子交给母亲，那是父亲拉下的饥荒，从我记事起到我参加工作，父亲的每月工资一直在扣着拉下的饥荒。因这全家拮据的生活，每学期开学父亲都要从单位开出四份减免学费的申请证明来，一份给我，另三份给哥、三弟和大妹，那会儿我和哥在读中学，三弟和大妹在念小学。中学的学杂费是 3 元钱，小学的学杂费是 2 元钱。想想看，这十元钱对我们这个家庭来说是一笔多么大的开销呵。每次去商店里打酱油，母亲都是告诉我 5 分钱 5 分钱地打。酱油瓶子用光了时，她再用清水在瓶子里涮一下再用一次。父亲从单位拿回开具的减免学费证明是由父亲写的，父亲是单位里的会计，他那一手流利的蝇头圆珠笔字曾让母亲很自豪，她常常点着我和哥的头说：瞧瞧你们的字，跟老蟑爬的似的。证明是用父亲单位的公用信笺写的，下面的落款是：东风（镇）林业局废品收购部。父亲的单位和免学费证明一样好长时间让我抬不起头来。

我之所以把父亲的工资按我家的人口平均计算记得这么清楚，是因为每学期开学费后，班主任老师也是这样在班上计算的，她把每位提出免学费申请的同学名字列在黑板上，把他们家中工资收入和人口平均来计算的。这是一道令她乐此不疲的数学题，小数点能精确到最末一位数。班主任周眼镜是教我们的数学老师，尽管在课堂上她的数学讲得并不那么好。

减免学费的学生里还有邻居家的张小五，她跟我是同班同学，并且从小学到中学我们一直在一个班级里。只是我们很少说话,张小五在我们南山街那片都叫她的小名张小五,她大名叫张满桌,上中学以后她把自己的名字给改了,叫张曼卓,曼是赵一曼的曼,卓是卓娅的卓。她爹妈给她取名叫满桌,是因为到她这儿她妈一口气生了五个丫头,一心想要儿子的她爹她妈再也不希望要丫头了,就取名满桌。可是满桌也没有挡住,在又生了小六、小七之后,她妈才生了一个儿子。

张小五家的七个姑娘当中,除了她大姐外就数张小五最漂亮了,到上中学时,张小五已出落成亭亭玉立的少女,高腿宽胯,若不是鼻梁旁有一个雀斑,那张鹅蛋形脸是无可挑剔的完美。张小五一直是学校里的活跃分子,这也是我们两个难得在学校里碰面的原因。上课时(那会也不正经上课了),她们校文艺宣传队的成员就去排练去了。若不是免学费问题,我差不多快忘了她是我的同学,她是那个在拥挤的破烂不堪的每家院前堆满木桦垛的南山街上长大的张小五了,一到春天开化时除了锯末子味儿,还有从雪堆里化出来的谁家扔的死猫死狗的腐臭味儿。走过的人除了躲避泥泞还常常捂起鼻孔。当然这不妨碍有一只花蝴蝶或黄蝴蝶从阳光暖昧透明的街道上空飞过,宣布春天的到来。如果这只蝴蝶落在谁家的木桦子垛上,我们就会欣喜若狂地踩着泥泞的街上流淌的雪水,不管不顾去追赶捕捉的……张小五的父亲是贮木场里的工人,每月开 64.5 元工资,尽管张小五父亲的工资比我父亲的工资高,可是按人口一平均下来就比我家的人均收入低了。所以在小学时,张小五的学费也是一直常常被免掉的。上了中学以后,班上又多了两名申请免费的同学,而且每个班免费的名额是有限的,多了就有给社会主义抹黑的嫌疑。免学费的同学里如果家里是苦大仇深的贫农,这学费就免得理直气壮,而我和几名成分不好的同学只有唯唯诺诺的份了,而我恰恰是排在几名免费贫困生里的最后一名。这样的班会是很令我感到难堪和窒息的,我和那几名贫困生都把头低到了胸口处。只有张小五胸脯挺得直直地坐在椅子上。

这年春天，也就是张小五 13 岁的这年春天，当周眼镜要大家举手表决通过免费生名单时，张小五却出人意料地站了起来，她一字一板地跟周老师说，她不要申请减免学杂费了，她要交学杂费。周眼镜和我们一起都愣住了？张小五没等我们回过神来，她就走出了教室去，她临离开座位时似乎还看了我一眼，我知道我那时的样子一定很委琐。

张小五果真第二天把学费拿来交给了周眼镜，周眼镜还冲我们几个免学杂费的同学点点手指，你看看人家张曼卓同学，有多高的思想觉悟呵。看她的样子，我们六年级二班一个免费生没有才好呢。张小五无形中成了周眼镜在班里树起的一个典型，明明家里困难，却不要学校为她减免学费。没过多久张小五就入团了，这好像是顺理成章的事情。跟免不免学费关联并不大，从小学起她一直是班上的文娱委员，少先队大队长。她是我们班上第一个入团的学生。而我和哥为了入团苦苦努力奋斗了四年中学时光。

二

张小五的家境并不像周眼镜老师说的那样，至少从上中学以后，我再没有看见过张小五穿过打补丁的衣服。即使捡她姐姐穿剩下的旧衣服穿，也都是经过她改剪翻新过的。比起我们穿着不是肩头就是膝盖打着补丁的衣服来说，她身上的衣服就像新的一样。

在我们居住的南山街一带，多数住户住的房子都是陈旧的有些年头的木刻楞夹层泥房，房顶上苫着山草。那房顶上的草是一年一换的，秋天换房草，换房草时就看出谁家的男丁兴旺不兴旺来。一般都是每家的男人或半大的男孩爬到房顶上去换房草，女人和女孩子家是不许上房的。女人上房顶不吉利。按我们那山里的习俗，人死了如落草，棺木里总要放上一撮秋黄草。盖房子上梁时，那上梁的落叶松檩木都要系上一条红布条来避邪的，苫房草都是由男人来苫的。所以一到换房草的时候，张家那三间草房只有张小五的爹一个人蹲在上面换房草，那房草也常常要好几日才能换完。而街坊上别的人家都是父子上阵，再不就是兄弟上阵，下边传房草的人也多，一天工夫就换完了。有人站在街头上看笑话，心下说，生出那么多丫头片子有什么用呢，还不如有一个男娃顶用哩。

这一年的秋天，张小五家的房顶上多了一个挺标致的年轻人，白净净的面孔，袖子上还戴着蓝套袖。他和张小五的爹一起蹲在房坡上换房草，不过干活的把式却不在行，倒是手腕上露出的一块锃亮的锰钢上海手表，一闪一闪晃得下面的邻居挺眼热。后来才知道这是张小五大姐处的对象，姓林，在林业局物资供应科上班。林材料员每次来找张小五大姐都骑着一辆崭新的飞鸽自行车来，然后等张小五的大姐吃完了晚饭，驮着她去镇上的电影院看电影，一串脆响的铃声从堆满柴火垛的胡同口响过去……

张小五的大姐比张小五大十一岁，张小五上小学时张小五的大姐张满红已经在青年点干两年活了，张满红在学校宣传队时也演过李铁梅，后来那根乌黑的辫子一直留着，走起路来一扭一扭的，辫梢就扫到她细软的腰下屁股蛋上。张满红是我们南山街一带最漂亮的女孩子，上学时就有许多学校里和社会上的男孩子追求过她，有的还为她在电影院门前动过刀子。后来谁也不知道怎么被这个面皮白净的林材料员搞到了手。看来凡事都有个例外，不过这也在情理之中。谁叫那是个物质匮乏的年代，爱情是需要物质来做基础的。否则就连那两角钱一张的电影票都买不起的，因为青年点干一天的活挣的工分还不抵一张电影票钱。

林材料员和张满红结婚的第二年，张家的草房顶就换上了油毡纸房顶，那几捆油毡纸也是林材料员用自行车后座一捆一捆驮来的。换上油毡纸房顶就不用年年去上山打房草苫房子了，而且刮多大风下多大雨也不必担心房草会被吹跑，房顶会漏雨。这就又引来了街坊邻居的羡慕和嫉妒，连母亲也这样呷呷嘴说：瞧瞧人家老张家，多会养，养这么一个就够了。

我和父亲却不去这么想，我喜欢秋天苫房草，喜欢夏天上山去割山草，然后在山坡上把草捆成一捆捆支成一排人字形晾晒，喜欢闻那股钻进鼻孔里的青草味儿。父亲呢，苫房子时就站到房顶上去，指挥着我和哥把一捆捆青黄的新草接上来，再一排排苫去，覆盖了去年又黑又糟的旧房草。这是一件多么有意思的劳动呢？父亲也得到了他最大的满足。

新房草苫完后，再用草耙子顺坡把房草梳理平了，就连小鸟都喜欢在新房草的房檐下坐窝，叽叽喳喳快乐地叫个不停。而这个时候张家小五在干什么呢，我总会挺没出息的有那么一会走神，站在房顶上，南山街上家家户户房顶和屋前屋后的柴火垛、小院尽收眼底。张家的房顶是光溜溜的油毡纸房顶，一根草棍都没有，恐怕连麻雀都不会愿意去她家房檐下坐窝的。

在我们苫房草的时候，她正在领着一群女孩子在当街上玩跳格子，她总能很准确地把沙包用脚尖踢到肩膀和头部上，然后单腿独立一格一格地跳着，把沙包送到想送的格子里，她不像别的女孩子用手把头上或肩上的沙包取下来，而是下腰弯到脚尖能够到的部位，再用脚尖伸到肩部把沙包取下来，这一幕让站在旁边看着的孩子和房上的我都很吃惊？她的腿和腰咋那么软哩。在上小学时她就会大劈胯了，不管是叫她演白毛女还是叫她演吴青华，她都能做好几个大劈胯的动作。而别的班女生想跟她争这个角色也争不来，那两条腿硬得像木桩，急出了眼泪，那腿在舞台上也岔不下去。张小五的胯骨和别的女孩子胯骨不一样，那时我就看出来了。

我们家是后搬到东风林业局南山街上来的，是从小兴安岭山区另一个叫苫青的小镇搬到这里来的。父亲原来是那里那个小镇商店里的一名会计，小镇商店是国营商店，父亲十九岁从山东出来就一直在那个小商店工作。母亲也是那家商店里的一名店员。至于为什么搬到这个镇子来，父亲和母亲的说法不一，父亲说是因为母亲的病才搬到东风镇来的。母亲在那个小镇上先是得了肺结核病，后来又精神受到过刺激得过精神病。母亲在那小镇上染上肺结核病后，就把工作辞掉了。母亲现在清醒地意识到当时这种做法十分愚蠢，如果不把工作辞掉，她还可以获得一份医疗保障，比如公费医疗呀，医药报销呵。她这一失掉工作，所有的费用都要父亲来负担了，父亲的饥荒也就是从那个时候欠下的。而对于自己患过精神病，母亲是绝口不提的。她现在不愿提在那个小镇的一切事情。而说到来这里，母亲则说父亲在那个小镇待不下去了，商店里有人给父亲贴过大字报……。这里面的事情母亲也没有去多说。反正自从我们家搬到东风林业局以后，母亲的病再也没有发作过。这一点让我们相信了父亲的说法。

我们家这两间简陋的草房是父亲单位用 80 块钱从先前的房主手里买下的。当时一辆自行车是 90 块钱，一块上海手表是 100 块钱。这两间很旧的草房子前有一个很大的菜园子。这叫父亲很满意，因为种一菜园子菜足够全家人一夏天吃的了。冬天的菜再到山上去开一块土豆地种上就行了。来看房子时，父亲就在心里拨打起了算盘。房前的当院那户人家还留了一个猪圈，父亲去那个散发着猪粪味的猪圈门前瞧了瞧，对母亲和我们说：等春天抓来一只小猪崽就行了。这一切似乎都叫父亲很满意，而当时的情形的确是这样的，就连母亲在回忆着这些事情时也说，你们的父亲在苔青刚来时是很瘦的，三十几岁的人看上去像四十多岁的人，来到这儿以后他胖了。父亲除了大高个外，是配不上母亲的，父亲的肤色很黑，母亲年轻时很漂亮，我们看过她年轻时的照片，还有一点，父亲是高小毕业后没考上中学赌气从老家山东出来的，而母亲则念完了中学。这一点常常让母亲对父亲耿耿于怀，父亲是在山东老家娶的母亲，两家的家庭成分倒是门当户对，我祖父、外祖父家里都很殷实，至于殷实到什么程度我们却不得而知，解放后两家都被定为富农。

　　父亲丝毫不为他现在拮据的日子感到羞愧，也不为他后来调到东风镇废品收购部里来工作而感到不体面。如果不是后来在我们身上发生的两件事，父亲似乎还会在他后半生的日子中心满意足地过下去。

三

　　那是我们家刚搬到南山街来，我去西旺小学校报到的第一天。那时我已经上小学四年级了。我手里拿着父亲单位开具的转学证明介绍信，把它交给小学校教导处主任，我在操场上找到了他，他是个近视眼，手里拿着我的转学证明，嘴里在念道：……收购部，收购部是干什么的呢？旁边站着的几个男生有一个是南山街的，替我喊出一句：就是收破烂的。我的脸腾地红了。幸亏当时没有女生在场，那个男生也不是教导处主任带我要去的这个班的。我的自卑就是那时开始形成的。为了不惹人注意，我从来不举手发言，或参加课外活动小组什么的。放学就规规矩矩回到家里，同学中也从不和谁有来往。因此好长时间班上同学并不知道我是南山街的。除了张小五。

　　我对同住在南山街上的张小五是熟悉的，这种熟悉并不是因为她在学校里演白毛女或吴青华时的大劈胯，而是缘于父亲的一种爱好。自从父亲调到这里的废品收购部工作以后，他养成了捡废铁丝的习惯。林区用柞木小杆儿和松木板条夹障子，用八号铁丝来固定，因此一到重新换障子时每家菜园外头都扔着许多废弃的生锈铁丝。他捡够一车后，再从单位借来手推地排车，把堆积在我家院子里的旧铁丝装上车拉到单位上去，卖来的钱足够给我们谁添一双新鞋子穿了。因此我们和母亲开始对他的做法也是默许的，这种默许让他乐此不疲，甚至有时还叫上我们去帮他搭一把手。

　　那个下午正是这样的，这是我家搬来第二年春天的下午，是家家户户房前菜园子换障子的季节。父亲把我叫出来，寻着人家障子边溜废铁丝，不知不觉就来到了油毡纸房老张家菜园子前。张小五爹一个人在那里夹障子，夹得很慢，慢得父亲恨不得帮他去夹，后来他果真这样去做了，帮他用钳子去拆旧障子上的铁丝，这是无利不起早的，拆掉的旧铁丝他就叫我收到筐里去。张小五这个时候从屋里走出来了，看到我她稍微一愣？"你是洪……王洪白同学？你家也住在这里呀？"我没想到这是她家的菜园子，我没想到她家也住在这条街上。阳光刺得我眼睛生痛，手里生锈的铁丝也刺得我手掌生痛。我丢下这像蚯蚓一样弯曲的锈铁丝，走掉了。任凭父亲在身后叫我的小名：洪子、洪子……我恨不得像蚯蚓一样找个地缝钻进去。

我们家搬来后，就这么陆陆续续和左右邻居们认识了。

张小五有一天突然来到我家里，我和父亲正在前边院子里用铁锤叮叮当当把散乱在院子里的旧铁丝敲直并打成捆。我以为她是来找大妹玩的，在南山街一向是男孩子找男孩子玩，女孩子找女孩子玩。她是从我家房子后门进来的，母亲见到她很高兴，一个劲问她这儿问她那儿，张小五的小嘴也在不停地说着，她没有南山街别的孩子拘束的习惯。母亲还把我叫进屋里去，我不想叫她从窗子里看见我在前院砸旧铁丝，就走了进去。这个时候母亲从箱子里拿出三尺旧布票来，要送给她。这是我家里用不着的，没有多余的钱去买，再放就过期了。母亲叫她扯上三尺碎花布做一条半截长裙子一定很好看，她的腿长胯骨很好，母亲也说到她胯骨很好。母亲这一举动有点匪夷所思，令我和大妹都有点没有想到。而且母亲嘴里还在喋喋不休地说着，说她像她这个年纪都是自己选布来裁剪衣服的。她把那三尺布票在手里摸了摸，最终还是没有拿。她家里孩子多布票肯定不够用的。

我装作没有听她们在说什么，手里在拿着一本书看。其实我的耳朵里一个字也没有漏掉她们说的话。直到父亲走进来，他把我拉了出去，要我帮他把捆好的铁丝捆装上车（他不知什么时候去单位借来了地排车），和他一起拉到收购部去。我们装上车"咣当、咣当"推着车走出院子时，她刚好从我家屋里走出来，我和父亲拉着一车生锈的铁丝背影一定被她看到了，这是我最不愿意被人看到的场面。

后来我再不愿帮父亲拉着地排车从那条拥挤的堆满木杵子垛的南山街上走过了，不仅我不愿意，连大哥和大妹也不愿意了。"咣当、咣当"的地排车响声在我听来是那样的刺耳，有时那伸出来的铁丝头还会把谁家木杵子垛一块木杵挂掉一块下来，招来这家院子里一声狗叫。

自从父亲有了那辆白山牌自行车后，他就不用再借单位地排车了，他每天上班就用自行车后座驮着一捆废旧铁丝到收购部去。更叫我们炫耀的事情是，学校再到山上劳动时我们也可以骑着这辆自行车去学校土豆地了。

我们学校的土豆地在二十九公里处的一片河弯山间里，每次劳动中午都要带饭。这样远的路，有自行车的老师和学生则骑着自行车去，学生身高不够都骑在自行车大梁上，身子一扭一扭的像青蛙。女学生中也有家长来送的，走的是坑洼不平的山路，家长是担心车子和孩子被摔坏了。那个时候有自行车的学生家不多，走着去的学生就羡慕有自行车的人家。班上的许多同学就是在这个时候认识张满桌的大姐夫林有志的。他的飞鸽车后座驮着张满桌，那自行车前后轮辐条上让他弄了一圈彩色塑料剪成的圆片，车梁上也用粉色塑料带缠着。他把自行车蹬得飞快，张满桌紧紧搂着他的腰，一路"丁零零……"铃声响过，同学纷纷给让道，就有同学躲在路下的林子里喊：张满桌，小姨子——

后来再劳动时，张满桌就不叫林有志来送了，她只是借他的自行车用。她也是像别的男同学一样骑在车大梁上，骑起来胯部一扭一扭的，不过她的胯部扭的十分好看，腰肢柔软得像根柳条。骑车的男同学就在她后边撵她，生长着白桦树林的山道两旁响起了一连串热闹的铃声，惊得山雀也扑棱棱从树丛里飞起来。听着他们的笑声，听着他们的铃声，我们的自尊心和嫉妒心是很受刺激的。

　　张小五是我们南山街第一个学会骑自行车的女孩子，她好像没有把林有志的自行车摔过就学会了。她的高腿和宽胯好像天生就适合骑自行车。等到上中学时，林有志就把那台飞鸽自行车送给她家了。因为那时张小五的大姐已和林有志结婚搬出去住了，并且买了一辆新凤凰。胡同口里响起那一串熟悉的铃声，不用推开后窗去看，就知道是张家小五去骑车疯去了。

　　应当说，那天下午看到父亲骑着单位那辆白山牌自行车回来，最应该心花怒放的就是我了，可是我却像傻子一样久久待在那里没动，又像傻子一样看着哥和三弟围上前去，动动车把，动动车铃，三弟又把那锈住的有些生涩的车铃突然搋出一声叮铃声来，惊得猪圈里一头半大的壳郎猪一蹿一跳的，哼哼叽叽支棱着耳朵。我想我家到年底别想吃它的肉了。果然回屋时，听见父亲在屋里跟母亲说，这辆自行车是单位作价处理给他的，总共是四十五元钱，还包括一只打气筒。父亲像捡了个大便宜似地依旧容光满面地说。母亲瞅着窗外还在那里摆弄自行车的哥和三弟说：它是当吃还当喝？其实这辆公用自行车在单位也多半是父亲骑，身为会计的父亲有时骑着它去别的单位要账和给单位跑跑别的差事，有时候单位分东西他也用它驮回来过。后来我才知道父亲要买下这辆车的心理，他是怕单位里的人说他老占公家的便宜。

　　哥从他的一个在机修厂工作的同学父亲那里要来了一把丝棉纱和一点汽油，用了一个下午把白山自行车从上到下细细擦了一遍，擦出一点亮光来。大妹又找来一块旧绿塑料布剪成条把掉漆的大梁一道一道缠了起来。看上去有点半新的模样了。最勤快的要数三弟了，他把家里所有跑腿的活都包了下来，而前提是他总是不声不响把自行车从窗下推走了。他个子矮就跨裆来骑车，也叫"掏裆骑"，虽不雅观学车时却少摔些跟头，不知不觉把车子学会了。而我足足花了两个月的工夫，把大腿胳膊都摔得青紫甚至脸也蹭破了一块皮，才把车子学会。从学车这件事上我也暗暗佩服张曼卓，怎么自行车在她手里就那么听她使唤呢？再怨就怨这又笨又重刹车也不好使的白山自行车了。一想到过年吃不到年猪肉了，我恨不得踢它两脚才解恨！真是鱼和熊掌不能兼得呵。

学会了骑自行车，我就开始盼着学校去二十九土豆地里去劳动，而这个劳动还必须和哥和三弟错开才行。而这种情况又常常是不可能的，我们只好轮流来排，或打赌来决定。而打赌时我和三弟的运气总是没哥好。

自行车摆在院子里就是一种诱惑，让你情不自禁去接近它。父亲习惯于把它放在南窗下，白天在父亲眼皮下把它推走是不可能的。只有在晚上，而且晚上父亲很少再骑它出门了。我像三弟一样吃过晚饭偷偷把自行车推出院子去，然后再走到街上骑上去。在经过张满桌家院门口时，我还故意摁了一下车铃，希望能被她看到。而她家的院子里一个人影也没有。倒是由于我的魂不守舍，还差点压死了一只斜刺里跑出来的一只芦花鸡。结果它咯咯叫着从我的自行车前轮底下腾飞了起来，吓了我一跳，翅膀在黑暗中扇到我的脸上，我手一松车把向旁边的木桦垛歪去，我结结实实摔了个狗呛屎。脸呛破了，火烧火燎地痛，手也挫伤了。起来看了看自行车，好在自行车还完好无损，咬着牙推回去。我没敢对家里人说是骑车摔着了。有好几日我没再去动它，因为挫伤的手指半个月才好。那只该死的鸡也没有再叫我碰到，不然我会给它一点教训的。更主要的是那只飞起的鸡叫我觉得不是个什么好兆头。

四

张伟到我家来找我哥的时候，我哥已经在东风中学上到八年级了。张伟短短的身材，是他们班里最矬的男生。他矮矮地从南山街筒子里走过来时，我在木头垛后面看到了对哥说了一句：这个人以后可以卖豆腐。哥听了反驳我一句：所有的伟人都是矮个子。他说的是拿破仑和列宁。哥说得没错，张伟是他们班上的团支部书记。在看清了他左胸兜盖上那枚闪亮的团徽后，我对他刮目相看了。那枚团徽对哥和对我来说是梦寐以求的东西。

哥停了下手中的木工活，他在给校宣传队在做道具，一把木头做的大刀片和一支王八盒子手枪。这是校团总支安排的任务。我是他的帮手，脚下一堆白松木花散发着好闻的木香味儿。

"你的入团申请书这回咱支部已经报到校团总支去了，过几天学校就会派人去你父亲的单位进行政审外调。"张伟的到来，给我哥带来了一个令人惊喜的好消息。

这样的好消息也像西山天边晚霞一样笼罩在我们家里每一个人的脸上，包括刚刚下班回家来的父亲，他极力挽留张伟留下来一起吃晚饭。可张伟还是很客气地告辞了。他拿走了我们已经做好的两件道具：一把白松木做的大刀片和一把红松木做的盒子枪。哥把他送出去很远，我在木桦子垛上看见张曼卓又在街上跳格子了。张伟走过去时还站在那里看了一会，又同她说了一句什么。我想他们两个在学校是认识的，因为他们都是校团组织的人。

哥在初中时就是非团积极分子了，有两次被列为发展对象，可是不知为什么又到最后被拿了下来。每学期开学他都要认认真真写一份入团申请书，这回我想他不用再写申请书了。我的入团申请书就是参照他的申请书来写的。

可是事情并没有我们想象的那样顺利。张伟再次来我家时却告诉了哥一个不好的消息，这次校团总支发展的新团员中没有他。为什么？哥脸上透着可怜巴巴地询问。张伟瞅了瞅我，我知趣地避开了，从木桦子垛里走出来，走到街上去。……好像是因为你父亲的档案，你父亲的档案没有查到。张伟小声说话声从木桦子垛的空隙里传出来。怎么会这样呢？哥喃喃地说。张伟跟着叹息了一口气。那会儿父亲还没有下班。临走，张伟叫哥别灰心，继续努力，要相信团组织。

张伟从我家走出来，又走到张曼卓家大门口的街上停了下来。斜阳把他的影子拉得很长，长得像一条拖在地上的狗尾巴。张曼卓在她家的门口跳皮筋，跳得满脸汗津津的，她那两条修长的腿上下翻飞着，嘴里在唱到：二五六，二五七，马莲开花二十一……

从这天晚上起，我们才知道父亲是一个没有档案的人。这是一个多么可怕的事情呢？在哥的一再追问下，父亲才小心地看了母亲一眼，嗫嚅地说他的档案在苔青时被一场山火给烧了。尽管父亲调到东风镇废品收购部来有当时原单位开的档案被烧的证明，可是谁能说得清父亲是个什么人呢？在那样一个只相信档案的年代，没有档案就等于没有身份证明一样。说你是四类分子，说你是贪污犯，说你是坏分子，你都得认。我真的很庆幸父亲是调到废旧物品收购部这样一个部门，否则他难免不受到各种运动的清查的。从这个晚上起，我不再为父亲待在这样一个单位而觉得难过和难堪了，像他这样的"废品"，母亲有时骂他废物，只能被废品收购站收留。而我们呢？后来我和大妹的入团申请遭到同样的命运。这使我们像母亲一样开始怨恨起父亲来了，而母亲的怨恨是从那个小镇上说起的，更确切地说是从那场山火说起的，而母亲一说到山火时就变得口齿不清，目光呆呆地发直……而父亲是绝口不提那场山火的，这里面好像隐藏着一个秘密，为了这个秘密，父亲宁可让我们去怨恨他。父亲就在我们的一天一天的怨恨中一天一天衰老了，刚刚四十岁不到的人，头发里已夹杂了不少白发。

父亲每天下班都是一个人骑车回家来的，有一天晚上下班，父亲却和一个高个子女人走在了一起，这个高个子女人叫刘英，是父亲单位的书记。这刘英三十五六岁，剪着一个韩英式的短发头。她挨在父亲身边走，一直在说着什么。她家在南山街上头的文革街住，隔着一条马路，平时是和父亲走不到一块的。夕阳下，他俩的身影在我的视线里一点一点拉长。家里的饭已做好了，他俩还站在我家大门口不远的地方说着话，披着一身红红的晚霞。让这个并不太英俊的女人也受看了些。母亲就从后窗钻出来，蹑手蹑脚不知什么时候站在了我身后，我吃惊她的灵敏？她像我一样爬到木垛上去，想听听他们在说什么，可是什么也听不清，他俩说的声音都很小。

后来刘英听到街上的广播喇叭里开始广播新闻了，就走开了。父亲也踩着暮色走进院子来，母亲冷着脸他也没看出来，或者看出来他没有去注意。他脸上显然被什么事情搅得有点心神不宁。院子里一只很不识时务的公鸡跳到了一只母鸡的背上，母亲拿起一根烧火棍"啪"地一下把公鸡打到一边去，公鸡咯咯叫着耷拉着膀子飞跑走了。

"也不看看自己啥身份，还想去踩蛋？"

端起粥碗来刚想喝粥的父亲又重新把粥碗放下了。他瞅了母亲和我们一眼说，单位里要给他补档案，要去外调，单位的人明天就走先他老家搞外调。刚才刘书记问他老家有啥人，地址怎么写。他像对着墙壁说话，可我们耳朵里却听得清清楚楚的。母亲阴云密布的脸一下子散开了，她往父亲的苞米面粥碗里放了一匙平时舍不得放的白糖。

可父亲的脸上还有些忧心忡忡的样子。他有十几年没回老家去了。最后他好像很小心地说一句，"不知他五叔现在怎么样啦……"这是我们第一次从他嘴里听到他提起五叔的名字。母亲听到了，手里的粥勺啪的一下摔到盆子里，吓得我们一激灵！

单位去父亲老家搞外调的人就是刘英，刘英第二天走时，父亲还背着家里塞给她二十块钱，让她捎到老家去。父亲这样做有两个意思，一是叫刘英看看老家人现在生活很穷，二是叫老家的人见到钱后对单位来的人接待好点。自从爷爷、奶奶过世后，父亲再也没有回去过老家。

过了些日子，刘英从父亲的老家山东外调回来了。有一天下班，父亲又和刘英走在了一起，他小心地问，刘书记外调得怎么样？刘英瞅了他一眼说，成分搞清楚了。按组织原则她不会再往下细说了。可父亲走前反复跟她说他的一个堂叔解放前做过交通员，有一回夜里那个堂叔被捕前还叫五叔找他让他往邻村去送一封信，那信放在一个猪吹胱里，当时可能考虑到父亲是小孩，堂叔没有叫五叔去而叫父亲去了。父亲也觉得好玩就拿着猪吹胱去了，因为五叔答应他信送到这只像气球的猪吹胱就归他了。尽管他当时不知道这封信是什么，还是把信送到了。刘英说这个没有人证明。父亲说怎么会没有人证明呢？五叔可以证明的呵。刘英说她没见到五叔。父亲心下一沉。看来父亲很在意这次为"革命"做的工作，可惜的是他那个堂叔被捕后就被杀害了。刘英安慰他说，去他老家主要是搞清父亲家里的成分问题，可说到成分还是叫父亲有些心虚。他转移了话题，老家的人对她可好？刘英说对她接待的很好，有一个婶婶还把给闺女坐月子的鸡蛋拿出来给她做米粥喝了。父亲就不多问了，他想那个人一定是五婶了。可是五叔怎么没见到，是有意躲出去了还是……。后来我才知道父亲说的这个五叔并不是父亲的亲五叔，是祖父家里的一个长工，解放后土改时无处可去又被祖父收留了下来。

"我早就说过，他就是个白眼狼。"父亲的心事写在脸上，被母亲看得清清楚楚，她甚至很解恨地这样说。

这样的档案补查是要按父亲参加工作的履历时间来进行的，接下来自然还要去父亲刚一参加工作待过的苫青小镇去进行外调。只是去父亲工作的小镇外调比去父亲的老家外调还叫他更紧张，那几天父亲做什么都显得有些魂不守舍的。倒是母亲一遍一遍在说，你父亲在商店当会计那会儿，一分钱的账也没有差过公家的，一根草也没有往家里拿过。她还举例来说，有一回她抱着生病的大妹去商店里找他，一个认识她的店员拿了一颗水果糖要给大妹吃，被父亲看到了一巴掌给打掉了，弄得孩子哇哇大哭，你说他这样的废物你教他贪污他会贪污么？

去父亲工作的小镇商店外调是这一年的秋天，山上的草、树叶都发黄了，我家的房子也该换房草了。那天下午，父亲和哥蹲在房顶上换房草，我和三弟在下边递着干草捆。下过两场霜后，前院菜园子里的豆角、黄瓜架上的秧，已叫霜打得七零八落，零星的黄叶凄凄地被风吹着，很像父亲那张晦暗的脸，他的头发也被风吹得像乱草一样，东一绺西一绺的。哥在上面机械地干着，他已经高中毕业正准备分到青年点去干活。

在一阵刮过房顶的风声中，林业局挂在电线杆子上的广播喇叭突然响了。这还不到广播时间，林业局街上的喇叭一般是在早上中午和晚饭时响，这时候才刚刚下午三点钟。先是响起了一阵很沉重的哀乐，这种的哀乐这一年响过两次了，一次是周总理逝世时，一次是朱委员长逝世时。我们也熟悉了。开始我们谁也没去多想，风刮得断断续续，也让我们听得不太清，闷头在干着手里的活，吹到耳里的风声就传来一个男播音员低沉的声音，他在播送一条讣告……一条不太敢让我们相信自己耳朵的讣告！房上房下的我们四个人都呆呆地像被什么钉住了，停住了手里的活计？一捆黄草散落下来，父亲像被什么击中了似的摇晃了一下身子。之后他蹲在房顶上，双手抱着头说：完啦，这回完啦……风吹着父亲的悲痛哭音传下来。

我家1976年秋天刚刚换了一半的房草的就新一半旧一半停在那里了。

五

父亲说的没错，因为毛主席的逝世，一切都停了下来，包括去父亲工作过的苔青小镇上搞外调的人也撤回来了。人人臂上戴起了黑纱。

我那时已经上高一，每天去学校要做的事情就是和女同学一起叠小白花，我们班主任换成了一个姓宋的教政治的女老师。张曼卓还和我在一个班。因为伟大领袖的去世，停止了一切娱乐活动，学校文艺宣队实际上就自动取消了。她和我们一样每天在教室里叠小白花，她穿着一身的黑衣服，脸上显得有点惨白。

平时打打闹闹的男同学，这个时候都变得脚步轻轻起来，不敢大声说话。只有一堆堆小白花从我们手中叠出来，被送到贮木场工人们的手中……

无异，我家和那个时候所有人家一样，都处于一种压抑的气氛中，更叫我家感到压抑的是父亲那个前途未卜的档案调查，不知会拖到什么时候去。每天回到家中，父亲的叶子烟抽得更凶了，常常弄得家里乌烟瘴气的。哥在青年点很少回家来，当然他们青年点也在忙着搞追悼活动。

这天晚上我一个人走到房后的木桦子垛上去，邻居们家的狗这几日也像受到感染似的一声不吭听不到它们的半点叫声。我坐在木桦子垛上数星星，秋风很凉，我裹紧了身上的衣服。一颗流星从西边的夜空中划过，又落到东边山根去，我突然想到毛主席逝世的前一个晚上有没有流星陨落？民间传说天上一颗流星陨落，地上就要有一个伟人去世的。这样说来那天晚上一定有流星陨落的。我家房顶苫了一半的房草散发出一股新草味儿。

在我冷得快要从木桦子垛上下来时，我看见黑暗的街面上无声地出现了一个旋转的身影。开始我还以为是我看花了眼，睁了睁眼细看，没错，是个人影。她穿着一身黑衣服，脚上穿着一双白鞋。就是这双白鞋叫我认出是张曼卓来的，这是她在台上演出时穿过的白舞鞋。她在跳着白毛女的旋转独舞。她的头发披散开来，双脚在这坑洼不平的泥地街面旋转着，一会儿把头仰上去，一会儿又把一只脚尖搬过肩部，她灵活的身影就像黑暗中的一只蝴蝶飞来飞去的。开始我还有点担心她别撞到柴火垛上去，可是我这种担心是多余的。她在那里不知跳了多久了，我不知道，我只知道我的手心里沁出一层汗液来，冷冰冰的。最后她又像猫一样无声地从黑暗中消失了。我又揉了一下我的眼睛，街面上空空的什么影子都没有了。

我很奇怪这件事过后会被别人知道，因为那天夜里我相信只有我一个人看到的。而且我是不可能报告到宋老师那里去的。我过后还怀疑自己是不是看错了。因为张曼卓那几天正要被宋老师推荐列为班上团支部书记的人选。那几天她是班上流泪流得最多的女生，眼圈都哭得红肿了。

这成了一次政治事件，张曼卓被学校团总支做出了留团察看的处分。好在她跳的是一支白毛女舞曲，好在她做了一次深刻的检查。

后来过了好久，我才从同学那里听说，这件事是张曼卓自己说出去的。原来正是学校校团总支让她当团支部书记的前一天晚上，宋老师找她谈过一次话，宋老师要她把在悼念伟大领袖期间的思想活动跟她跟组织如实说说，要保证对伟大领袖的绝对忠诚。张曼卓就流着眼泪把那天夜里跳白毛女的事说了。并说她是怀着无比沉痛的心情在跳那支舞的。宋老师就有点惊讶地听她说完，有点发懵地看着她了？

其实在听到同学说出这件事之前，我一直在心里忐忑不安，我担心张曼卓会不会怀疑是我向老师告发了这件事，因为那天夜里只有我无意中在我家的木头柴垛上看到了她的跳舞，谁知道她会不会看到我呢？尽管此前我曾经是那样嫉妒过她，可是和这件事情比起来又算得了什么呢？我真为她那两条长腿感到惋惜，她可能以后再也不会在学校跳舞了。

对真诚的这个东西我就从那时起就开始怀疑起来了。父亲后来也曾多次在单位里向人表白过他的"清白"，表白过他的真诚，可是他越表白，越让人家相信他的真诚，别人看他的眼神越不对，包括对他有点好感的女同事刘英。她下班不再和父亲走在一起了。

"你就是把心掏出来有什么用呢，没人会相信你的。"父亲那一段常常这样背着人跟我们抱怨说。

接下来让父亲遭受的打击是哥当兵这件事。自从哥毕业去了青年点后，他一门心思想当兵。那会儿有一顶草绿色军帽在当时是许多青年人的梦想。哥也不例外。到青年点后，哥还和张伟在一块，张伟也还常到我家来。张伟也鼓动哥去当兵。张伟也想当兵可张伟身高不够。张伟不知从哪里整来了一顶草绿色军帽，整天戴在头上。青年点里有谁去相对象就管他来借军帽，他都没借给，哥管他借军帽戴戴，他就借了。哥是借了他的军帽去照相馆里照一张相。张伟看了哥戴他的军帽照的相片说，你要是不去当兵真是白瞎了。哥就一门心思想当兵了。只不过青年点里每年给的当兵名额有限，得给那个大老粗青年队长送礼。张伟告诉哥，你给他套一只狍子送去就行了。哥那一阵天天往山上跑，去遛狍子套。

张伟每次上我家来，总要向我打听一下张曼卓的情况。说你那个女同学怎么样啦。开始我还不想说她的情况，我总认为张伟这是癞蛤蟆想吃天鹅肉。可是自从出了那个跳舞事件后，我愿意说她了。张伟听了久久不语，临走怪怪地跟我说了一句：你说是不是腿长脑袋就简单？比如狍子……

这一年冬天落过第二场雪后，哥上山回来终于套住了一只狍子。他把冻僵的狍子扛回家，我们都围了上去。好长时间家里没有吃到肉了，三弟和大妹都眼巴巴地看着那只冻僵的狍子被哥装进一只麻袋里，没等我们看够，他就用自行车驮着去青年点，给好喝点小酒的青年队长送去了。

这只狍子套得及时，刚好征兵登记表下来了。过了两天那个脸上有麻坑的队长就给了哥一份征兵登记表。

征兵的程序进行得很快，填表、体检、政审，也就是不到一个月的工夫，往年新兵都是在元旦前被敲锣打鼓送走的。那场面是很壮观的，街道上组织人夹道欢送，新征的兵胸前戴着大红花。南山街上以前送走过一次兵，那户人家让我们大人孩子羡慕不已。我都做好了让哥好好在南山街走一圈的准备，让邻居们看看，我们老王家在这条街并不比谁矮一头。我甚至还叫三弟去买来了一挂鞭炮。

哥那几天天天往区武装部跑，可是有一天他脸上像遭霜打了一样回来了。他政审没合格，去父亲单位查档案的区武装部的人回来跟他说的。这无异又是一个晴天霹雳，比哥听到毛主席逝世还叫他震惊？

这次打击也让哥彻底地绝望了。以至于第二年恢复高考时，有人劝哥复习一下参加高考，哥连看也不看一眼书本。

年末征兵结束后，哥就不在家里住了，哥搬到青年点去住了。过年时哥也没回来过。哥的举动让父亲一下子苍老了许多。而母亲精神上也遭受到了打击，她常常半夜里从睡梦中惊醒，嘴里喊着：火、火——就要往外跑，被父亲和我强行拉住了。

我曾背着母亲问起过父亲她在那个小镇精神受刺激的原因，可是父亲始终闭口不谈。看来那个小镇发生的事情对父亲有难言之隐，或许并不像他说的那样清白？

六

继续查补父亲的档案外调是第二年秋天的事了。山上的草、树叶绿了，又黄了。这一年的秋天山外传来了一个令我们这些平民子弟激动的好消息，国家要恢复高考了。收音机里播出这个好消息时，曾让父亲一震，他把正在房顶上苫草的我叫下来，叫我回屋看书去。我说房草还没有弄完呢？他说你不用弄了。随后他踩着梯子爬上来把我拉下去，他明显地老了，体力大不如从前了。

他坐在换了一半房草的房顶上，抽了一支旱烟，风吹着他的头发，他脸上有一种出奇的平静表情。过了一会儿，父亲扔掉烟头，从房上下来了，他没有进屋，而是去了刘英家。后来我才知道父亲是为我去的，他好像预料到了什么……

他那天一走进刘英家就说：我儿要参加高考啦。

刘英家正在吃晚饭，刘英的丈夫愣眉愣眼地瞅了瞅满身沾着草棍草屑的父亲，刘英站起来给他介绍说："这是我们单位的王会计。"

父亲回到家时，脸上有了一块坨红色。

过了两天单位重新开始了对父亲的外调。

学校也有了学习的样子，大家都知道了要重新恢复高考的消息，不少社会青年也纷纷拿着课本回到学校来找老师复习来。这其中就有张伟，他还动员过哥跟他一起来复习，可是哥彻底死了心……

已经确切知道了高考时间定在了这一年的十二月下旬。我们这届毕业生允许提前半学期参加高考。大家都报了名，连学校里的不少老师也报了名，他们大都是高中毕业留校的，而且这一届高考没有年龄限制，结婚成家的也允许考。高考那天就有不少老婆、孩子在考场外等丈夫、父亲的。

张伟刚开始复习时还经常到我家来过找过我一块复习。后来就不来了，后来他去了张曼卓家，张曼卓的大姐夫找人弄了一套复习资料，这套复习资料是内部印刷的，一般人是搞不到的。这里要说一下的是，张曼卓的大姐夫林有志家以前和张伟家住过邻居，两家都很熟。张曼卓在班上没有我学习好，可是我想她一定会考上的，谁叫她有一个神通广大的姐夫呢？

高考的那天出奇地冷，夜里还下了一场大雪，早起推门，门都被冻住了。父样用炉子里烧红的炉钩子把门缝里的冰溜子“呲溜呲溜”烫化了，这才推开门。父亲还千叮咛万嘱咐，叫我把钢笔放在抄起的棉袄袖子里，这样钢笔水才不会冻住。等我走出家门口有一百米远了，父亲又趟着没膝深的雪追过来，他从手腕上撸下那只表蒙纸发黄的英格手表给我，叫我戴上看着点钟点答。这只很旧的英格手表是祖父留给他的，到东北来挨饿那年他也没舍得把它卖了。父亲踩着一趟很深的雪窝子走回去了，我也趟着雪深一脚浅一脚往前走了。冷冷的刺目的阳光照在雪面上，刺得眼睛生痛，耳朵也冻得红红的发木了。

到了第二小学校门口，一群人影像乌鸦一样哆哆嗦嗦挓挲在雪白雪白的雪地里，拼命地跺着脚。有民警在把持着门口，查验准考证后方让入内。

第一科考的是政治，考卷发下来，大脑有点发麻。这几天早起背的题都溜到一边去了，倒是宋老师的影子总是很清晰地冒出来。还是硬着头皮答吧，不时去看一下表。大家都大气不敢出……答完了交了卷出来，想起父亲叮嘱过的赶紧回家，不要和同学说话以免分神。

低头走出校门口，刚刚拐过一个胡同口，一个人影抄着袖从木样垛下站起来，冲我咧着嘴笑："考完啦？"吓了我一跳？是父亲，他在这里伸脖张望了有多久？"走，家去，你娘烙了白面饼哩。"那笑在他脸上冻僵了住。

下午考的是语文，是一篇作文，题目是《每当我唱起东方红的时候》。我听着我的英雄牌钢笔在两页白纸上"唰唰"愉快地飞响，嘴里还打着白面饼的饱嗝。我的作文比别的科目都要好，而《东方红》又是我从上小学一年级就学会唱的歌。在我的作文快要写完时，宁静的校园里突然传来一声歌声，吓了我一跳？接着静得能听到一根针掉到地上的考场里又死过去一样寂静了下来。直到满耳朵的铃声响起，教室里噼噼啪啪响起一片。

出来碰到张伟，他脸色像地上的雪一样惨白。"你听到那声歌声了么？"我点点头。"是张曼卓，她受不了，崩溃了。"

"啊——？"

过了一天我才听到他说的详细情况，他们是一个考场的，当时语文考卷一发下来张曼卓就对着作文题发愣？张曼卓虽然作文不如我，可是也不至于一个字不写呵。后来就听到她嘴里唱出的那声歌声，当时把监考老师和考生都惊呆了？……

"她在学校里是不是常唱过这支歌？"

我说，是的，她不仅从小学起就在班上起头领唱过这支歌，还模仿过电影里大型舞蹈史诗《东方红》跳过独舞。我突然想起来，是不是这首歌让她想起那天晚上跳独舞的那次事件来，她一定受到了刺激。

"如果不出这样的作文题就好啦。"张伟末了叹息了一口气说。

高考匆匆忙忙结束了。张曼卓因为考作文时精神受到刺激，后来她数学和史地两科也没有去考。没过多久，高考分数就下来了，我和张伟都进入了录取分数段，接下来要进行体检和政审阶段。这和征兵程序差不多，不过体检都要比征兵松得多，不看身高，也不看戴不戴眼镜，像张伟这样一米五０的个头也顺利通过了。

那天从镇医院一出来，张伟就一脸的兴高采烈，他跳起来拍了我一下肩头，说："哪天把你哥一起叫上，我们去下一次馆子。"在当时下一次镇上的馆子就赶上过年了，我们南山街上的孩子还从来没有人去下过馆子。

可是我当时心里却索然无味，有些心不在焉。体检我虽然也是全部是"优"，可一想到下一步政审，我心里就有些没底了……

父亲那几天也得到了最大的满足，逢人便讲他的二儿子是多么多么的有出息。其实那高考红榜就贴在镇上百货商店的门口，他怕左右邻居们没有看到，一遍一遍不厌其烦地告诉人家，并且大冷的天他看过了，还站在那里站上半天津津有味的瞧，当然是陪他单位的同事去买一包烟或一只圆珠笔什么的。

对于父亲的虚荣心我实在不想去戳穿他，可随着政审时间的临近，我的焦虑让我再也看不下去他那个样子了，特别是在听说一个考生因为政审不合格取消了入取资格后，我就再也忍不住对他这样说了一句：你儿子现在还没有被录取呢，能不能走上还不一定呢。

他听了一怔，脸色像遭霜打的茄子一样变了，随后低下他那颗花白头发的头不言语了。

我高考结束后，哥回家来一趟，大概他从张伟那儿听说了我的高考分数。哥斜睨着眼睛问我：你真的能走成么？我看着他的眼睛有点心虚地不知所措。他临走又扔给我一句：你恐怕还得栽在他身上。那会儿父亲没在家，他还和我一样沉浸在突如其来的喜悦中。是哥的话让我先清醒了过来。

上次父亲单位的人秋天外调回来后，我曾问过父亲一次，他的档案这回补全了吧。父亲模棱两可地说补全了吧。我再问没什么问题吧？父亲的神情突然变得有些恍惚，嗫嚅了半天说：这是组织上的事，咱不好细问。其实父亲已找过刘英问过了，那是刘英他们刚回来不久，父亲在下班时去刘英屋里问的：刘书记，我的档案补全了吧？刘英说补全了。父亲又站在她屋里磨蹭半天不走，小心翼翼地问：没什么问题吧？刘英手里正在忙着收拾东西，她看了父亲一眼说了句：这是组织原则的事……。父亲就识趣地住了口退了出来。刘英的话也叫父亲当时心里没底，不过一想到我正在紧张地备战复习高考，怕我分心，回家来就没有跟我说这件事。等高考结束后，父亲看我的分数考上了，一高兴就有意无意把这件事忽略了，或者说他真的希望自己的档案没事。

我的话深深刺痛了父亲，从这天以后，父亲不再当人去说我考上的事了，他一下子变得像哑巴一样沉默了。在家里时，小心翼翼地回避着我看他的目光。看他这副样子，我也不忍心再说什么了，索性在心里悲哀地想：听天由命吧。

在张伟接到通知书两周后，我几乎要绝望的这天下午，邮递员骑车来到了我的家大门口，他摘下白线手套用冻得不太好使的手，把那个大信封交给了我，我用软软的几乎瘫痪的手接过来，竟然忘了说声谢谢。

七

父亲的脸上重新布上了惊喜，他简直比我还兴奋！因为政审通过了，说明他档案没问题了。再有他之所以从老家赌气出来，就是因为他没有考上中学。我是老王家第一个考上的大学生。他还给老家的人写去了一封报喜的信，可惜祖父祖母是看不到了。他一边张罗着为我准备去省城上学要带的行李和生活用品，一边打发人去青年点叫哥回家来，一家人吃个团圆饭。可是哥并没有领他的情，没有回来。我知道哥还在心底里怨恨他，如果他的档案要是不烧，哥也早就当兵走了，说不定现在已经在部队提干了。哥只是在我走的前一天晚上回来看过我一次，他对我说了一句：算你走运，上学出去了就不要再回这山沟里来了。好多年以后我在城里成了家，才明白哥说这话有含义。这就是命，如果不赶上高考，如果不是父亲的档案在我高考时补全，我可能也会像他一样在这山沟里抬一辈子大木头了。

走的那天，是父亲推着那辆白山自行车驮着我的行李送我到火车站去的。车轮在雪地里沙沙啦啦地响着。父亲手上带着手闷子，瘦削的两腮上冻着两块坨红，路上碰到熟人他都要打招呼。我是南山街上走出去的第一个大学生，这让父亲脸上荣光了不少。好多年以后还有邻居跟我们家人提起这件事来。父亲叮嘱我到了大学后要用功学，不用惦记家里。我点点头，要他好好照顾母亲。父亲就是在这时沉默了一下告诉我了两件事，说他对不起母亲。他说着说着眼眶就有些湿润了，他背过身去，用手闷子擦了下眼角。我这也是第一次看到父亲这个样子，从这天起我知道了发生在那个小镇关于我们家的两个秘密，这两个秘密像两块石头一样在父亲心里压了这么些年，他终于在我上大学要走时说了出来……

一件是关于我那个没有多少印象五叔的，那是那个闹饥荒的那一年夏天，五叔到我家来了，是我们谁都没有想到的。那一年母亲正在生大妹的月子里，五叔饥黄着脸找到我家里来，他是一路逃票从关里老家坐船坐车来到东北的。这个时候走亲戚是很遭忌讳的，我们家里和镇上所有的人一样还饿着肚子去从山上挖野菜刨树根弄家来吃，还能拿出什么东西来待客？刚好那天五叔被人领着走进我家门来时，父亲下班从商店带回一白瓷缸饼干渣子，是商店里作价卖给父亲的，知道母亲在坐月子没有奶水，商店里的人照顾父亲让他给母亲下奶的。可是父亲一看到五叔，就把手里的饼干渣子缸递给了他吃，三弟要上前抢着吃被父亲一巴掌打到一边去。我们全家大眼瞪小眼看着五叔头不抬眼不睁把一缸子饼干渣子都吃光了，他真是饿极了，吃完了还用舌头把缸子里面转圈舔了一圈。他走后，这个缸子被母亲用小斧头砸了。她没有理由不恨五叔。

五叔走后，哥气不过说了一句，我们凭什么要这样待他？父亲听了就长长地叹了一句，他这也是没有办法……他也该来咱家讨口吃的，凭什么？就凭他保护过你爹。父亲说起的一件事是刚解放时，祖父家被划成了富农。当时村子里只有一户地主，开群众大会时，都要拉上富农家的一个子弟去陪斗。当时大伯、二伯都在外边上学，就只有父亲去了，而父亲当时还很瘦弱，没经历过这样的场面，吓得只往奶奶身后躲。这个时候五叔自告奋勇去当陪斗。到了晚上，五叔是被人抬着来家的。奶奶看着五叔被打成这个样子，就跟父亲说，你要记住是保田替你挨的斗。父亲就记住了这件事。

母亲以后再也没有让五叔上门过，五叔呢，以后也再没有来过我家。

父亲说起另一件对不起母亲的事，是在苔青小镇商店工作时发生的那场山火。那场山火从别的林业局山上烧过来的，那天下半夜烧到小镇上来，镇上人还在梦中。父亲穿上衣服爬起来就往商店里跑，把母亲一个人丢在家里，父亲是第一个跑到商店往外抢东西的。父亲搬了两趟东西，发现昨晚在商店值班的商店主任被山火烟呛得熏昏在值班室里了，父亲就过去救人。等他把主任背出来放到地上，主任还昏迷不醒。父亲就随手拿起身边一个箱子里的一瓶汽水打开给主任喝，主任就醒过来了。早上等父亲赶回家去，大火已烧着了我家草房顶，母亲赤着脚把我们几个挨个抱出来她就吓疯了……父亲到了跟前她都不认识，还要往火屋子里跑，被父亲拉住了。

山火过后的第二年"文革"开始了，商店里贴出了一张大字报，说父亲贪污了商店里一瓶汽水，说父亲趁火打劫。这张大字报后来得知是那个主任贴的。"你当时为什么没有说汽水是为了救他才拿的？""说了也没有人相信你，当时人人自保。""他怎么会那样说你，你可是救了他的命呵。"我弄不懂。"他也是怕别人说他喝了公家的汽水,才那样说的。政治运动你不懂。"父亲叹息了一声,胡子上挂着的冰霜也跟着动了动。我的确不懂,本来可以成为救人英雄的父亲,在那场大火中却成了贪污犯?父亲的脸色沉浸到往事的追忆中。后来父亲说那个人退休了,在单位外调的人去那里了解父亲时,他终于说出了这个真相,才没让父亲的档案里留下这个污点。一瓶汽水在当时只有两角5分钱。父亲好像很感激他似的,他最后说了一句话,"人呢,还是相信别人的好。"我听了,却有一种哭笑不出来的悲哀。

上了火车我把行李放好,站在门口向外望去,父亲站在站台上扶着自行车还没有走。他这个样子让我突然想起多年前父亲推着这辆白山自行车回家来的那个下午,那会儿父亲在我眼里还很高大很年轻,可是这会儿父亲却很老了,背已驼了下去,那辆白山自行车也很旧了。风呜呜地吹着站台上的雪粒,刮了他一身,灌进了他的脖梗儿里,他身子又跟着抽搐了一下。

八

张伟是和我上的是同一所省城大学。那天我们是一起走的。除了张伟的家人来送他,张曼卓和她的大姐、大姐夫也来送他了。从张伟对张曼卓的热乎劲可以看出来他俩已经定亲了。这介绍人就是张曼卓的大姐夫林有志。他们两家的大人已喝过定亲酒了。这在我们这个山区小镇上如果喝过定亲酒了,两人的婚事就算数了。张曼卓登记年纪还不够,要依张曼卓大姐夫的话,他找找人到街道上把结婚证领了算了。那天他喝定亲酒时这样对两家大人说的。那个时候结了婚上大学是允许的。张伟的父亲则说还是等张伟毕业时再扯结婚证也不迟。

张伟到了学校里一直和张曼卓有书信来往。开始张曼卓写的信还是有数的,他来两封信她才回一封信,后来架不住张伟写得频繁,张曼卓也回得多了些。从张伟嘴里我得知，张曼卓毕业后没有去青年点，一直待在家里。想想也是，她那么瘦削娇嫩的肩膀么能抬得动大木头呢？张伟也不主张她去青年点干活，张伟主张她明年再接着考大学，一年不行就两年……反正她岁数还小，张伟虽大她四五岁但可以等她。渐渐地，张曼卓就被他说动了心。

我们这届考进大学来的新生，年纪大的居多，像我这样的应届毕业占少数，而应届考进来的女生就更少了。每每去饭堂里打饭或去图书馆看书，张伟看到女生总要扯一下我的衣角，不是说那个女生像"大嫂"，就是说那个戴眼镜的女生眼镜厚得像瓶底。回到宿舍还会跟我说，我的妈呵，看来孔夫子瞎人不浅呵。其实，他在女同学中印象也好不到哪里去，有几个被他得罪过的女生就跟我说过，你那个老乡是怎么长的，跟个武大郎卖豆腐似的。这让我想起我在家时也这样说过他的话。我跟他走在一起形成了鲜明的对比，他整整矮我到肩膀下，在我身旁一蹿一蹿地跟着，他胳膊短腿短，在操场上打篮球只有看的份。为了不伤他的自尊，我尽量少去篮球场。

他和张曼卓的通信还如火如荼进行着。每天跑一趟收发室是他最快乐的事。从春天开始张曼卓答应他在家里复习了。

春天的大学校园里萌发着撩人的春意，省城的春天比山里早半个月来到。晚饭后去树林里散步，有的女同学就穿上了裙子，有的在捧着书本在读，有的拿着小收音机在听英语单词。阵阵的丁香花香飘进鼻孔，让人觉得青春呵，朝气呵，充满阳光的生活呵……都是从这个春天开始的。"你瞧瞧，她那双腿也敢穿裙子。"张伟又开始在朝对面走过去的女生评头论足了。他心里一定在拿张曼卓做比较，他的得意常常让我莫明其妙涌起一股醋意。

周末，我们这届大学生首次在学校礼堂举行舞会，学生会张贴的粉红纸海报号召大家踊跃参加。我和张伟也去了，这对我们来说是件十分新鲜的事。交际舞刚刚在大学校园里流行，许多同学都是和我们一样抱着看新鲜去的。张伟还特意换了一件白衬衫，把衬衫束在裤腰里，把脚上那双三接头皮鞋也让他擦得贼亮。

礼堂里围满了人，学生中会跳交际舞的很少，都是几个五十年代在学校的老教授老教师在里边带边跳，女生学得快，女生会跳了，就过来请男生跳。男生就跟着支支巴巴下场了，那神情紧张得四处乱看。有两个女生请我下去跳，我就笨笨扎扎下去了，头一个女生还被我踩了脚，我说了一句："Excuse me."（对不起），她回了一句："That's OK, Don't worry about it!"（没关系，你不用担心！）还大胆地直视着我，越是这样我越是紧张。尽管如此，一个晚上下来我还是学会走了几步中四和慢三。张伟一直伸着脖子站在边上的人群里，眼巴巴地向场子里张望着，一个晚上也没见一个女生走过去请他。

走出来，我跟他说，那两个女生跳得一点也不好。他马上附和道：那是肯定的。他解开白衬衣上面第一个勒得很紧的扣子说，要是张曼卓在就好了。其实我在心里也同时想到了她。

第二年的高考是在七月间进行的，张曼卓参加了高考，结果她差5分没有被录取。我和张伟都有点为她惋惜。张伟叫她别灰心明年再接着考。那时我们都放暑假回到了家里，初看到张曼卓她更瘦了，而且满脸的憔悴，看得出这半年多她复习得很苦。

在放假的这些日子里，张伟天天过来陪她，慢慢地张曼卓脸上有点笑容了。两个人一起从南山街上走过，母亲从后窗口看到了，也不再说他俩不般配了。母亲说时目光叼着我，我懂她的意思，她是想让我在学校找一个女同学带回给她看看，可我那时连一个女朋友的影子都没有。

重新回到学校，两人又开始了频繁的书信往来。第二学期开学后，张伟不知从哪里打听到了明年艺术类开始招生，他把这一消息告诉了张曼卓，让她报考艺术类院校，这个她把握会大些。这显然很合张曼卓的心意，她十分高兴地给他复了信，并说了想报考某某舞蹈院校的打算。

张伟把这个消息告诉我，我俩都相信明年她一定会考上的，因为艺术类院校的招生，文化课的考分是很低的。

张曼卓再回信时还给他寄来了一条她亲手织的白色毛线围脖，说秋天就要到了，他会用得着的。看见这条白色长围脖，我就像看见她那两条白皙颀长的腿，没想到她还会织围脖。看来命运真是十分关照这个矮子哩。

九

"十一"国庆节放假时，张伟写信叫张曼卓来学校看他来了。没来之前，他就跟我说，他要让我这个同学来好好来感受一下城市大学里的气氛。

张曼卓娉娉婷婷来了，她打扮得一点也不比校园里的女生差，她身上穿着一件她大姐夫出差到上海给她买的白色连衣裙，脚上是一双乳白色高跟鞋。"咯咯……"从校园里走过，不仅叫男同学看直了眼，也吸引女同学的眼球。张伟去水房打水，就有男同学走过来问：她是你什么人？张伟说：她是我的未婚妻。问的人就直咂舌头。也有不相信他的话的，就过来问我，我略略迟疑了一下，说是他的女朋友。我没有再去说她还是我的同学。我的自尊心让我无法忍受他们好奇嫉妒的目光。

除了同学和老乡的礼节让我去看过她两次外，我尽量少和他俩在一块。刚来的两天，张伟把张曼卓安排在同班的女寝室里住，宿舍里有家在城里的女生放假回家了，正好有空床铺。白天他带着张曼卓去逛街，或去松花江边斯大林公园、太阳岛上玩。晚上回到校园后，他又像别的同学恋人一样，扯着她的手依偎散步在小树林里，坐在那里的石凳上说着悄悄话，也学着接吻……有一次被我无意中撞见，让我们三人都很尴尬和狼狈。第二天我还向张伟解释说我不是故意的。

而对她我更是连看也不敢看她一眼。

有一天碰上了倒是她叫住了我，对我说：王洪白，我们不是同学么？我点点头。可是你为什么好像在躲着我。她眼里有一丝怨色。这个时候张伟不在，我是来叫张伟生活科的老师找他。没有啊。我不敢去正视她的眼睛。她轻轻叹息了一口气，说：你们……在大学里真好呵。我听出她口气里的羡慕来。

张曼卓临走的前一天晚上，放假回去的女生返校回来了，寝室里没有空床位了。张伟就领她出去到校外面的旅店去住。以前那些成家的同学家里来了爱人也是到外边这样的小旅店去住的。我后来才知道张伟那一晚上也没回来住，我是听跟他一个寝室的同学说的，那同学说得神神秘秘，我虽然心里有点咯生，但嘴上还在说他们在家里已喝过定亲酒了，在我们山里喝过定亲酒就算定亲了。那同学这才住了嘴，愣愣地看了我一眼走开了。

张伟当天就把张曼卓送走了，张伟送走张曼卓以后人也消停了下来，不再像前几日那样兴奋了。我没有去问他那天夜里在哪里住了，他也没说。

张曼卓回去后好长时没有来信，他也没有写信。后来张曼卓写信来了，他也回了信。不过他俩的通信不像以前那样频繁了，我想是张曼卓在忙着准备复习高考吧，张伟跟我说过张曼卓找了个舞蹈老师，天天要去舞蹈老师那儿去辅导。而且文化课也是要抓紧复习的。听说艺术类的考生专业考试要提前进行。这样一想她肯定是很忙的，自然通信就要少了。

有一天，张伟突然问我："张曼卓在学校时和谁好过？"我一愣，不明白他为啥这样问，就说："没有啊。"

"那有没有谁喜欢过她呢，包括男老师？"他又这样问了一句，我想了想再次摇摇头说："没有。"

我不清楚他俩之间发生了什么，他这么问我。难道他们之间闹别扭了？反正从那以后他们的来信更少了，而且都是张伟先接到张曼卓的来信再回信，而以前不是这样的，以前都是张伟频繁地给她写信的。

　　不知不觉到了放寒假，我们都回家了。在家里时我留意到张伟很少到南山街来找张曼卓了，倒是张曼卓到他家去看过他两次。张曼卓这个寒假也很忙，她还要去那个舞蹈老师那儿让人家给辅导，艺术科考试定在三月份进行。张伟来我家找过我哥，我哥问他：什么时候喝上你的喜酒。张伟听了脸就阴了一下，没有说什么，待了一会儿就走了。母亲见状问我，他是不是在学校有别人啦？我说没有呵，怎么可能有呢，再说谁会看上他呢。

　　不光母亲这样想，连张曼卓的大姐夫也看出两个人不如从前亲热了。有一次在大街他碰到我，跨下自行车来支着腿问我：张小个子是不是看上你们大学里别的女同学啦？

　　我说：没有，没有呵。

　　那就好，他要是敢把我妹妹甩了，看我敢不敢打断他的猪腿。嗬，也不撒泡尿照照自己的熊样。林材料员现在是林科长骗腿儿跨上自行车走了。他的自行车又换了一台崭新的永久牌自行车。

　　春天开学后不久，张伟接到了张曼卓的来信，张曼卓在信中兴奋地告诉他，她的艺术分考试成绩下来了，她通过了，只等七月份参加全国统一高考的文化课考试了。录取的把握有八成。张伟看了她的信却没有多少兴奋，他把信随意地懒懒丢在宿舍床头一边，被我无意中看到了。

　　我见了问他：你怎么不高兴呢，她这回真的能考上了。

　　哪知他听后，嘴里蔫蔫地吐出一句来：搞艺术的没有一个好货。

　　他这一句一下子把我打懵在那里了？！

　　有好长时间我没有再去搭理他，他怎么可以这么去说张曼卓呢？我甚至觉得自己当初没有去追求张曼卓有点后悔，她马上要成为一个艺术院校的大学生了。而且容貌、气质，在我们这所大学里没有一个女生能比得上她的。他这个矬子怎么能会配得上她呢？

在我担心的预料之中，他们的关系没过多久就中断了，是张伟给张曼卓写的最后一封决绝信，他是退亲，他还把她给织的那条白围脖寄还给了她。张伟同时还把这件事写信告诉了家里。

那天晚饭后，我把张伟拉到校院外一个僻静处，在我的再三逼问下，他才吞吞吐吐说出了这个让他难以启齿的理由：张曼卓不是处女了。

他说了那一夜，说了在校外小旅馆住的那一夜，他实在忍不住要和她住在一起，尽管开始张曼卓极力反对这样做，她要他等她考上大学以后再给他，她要把一个完美的自己送给他，可是他顾不得听她说了，强行留下来占有了她。在那个旅店里张曼卓不敢再声张，怕店里人看出什么来不好。

第二天早上，张伟怕旅店服务员看出来，趁张曼卓在往提包里收拾东西，想撤掉那个床单拿到卫生间去洗一下，可是他发现那个床单上面干干净净的……

"你说她怎么可以欺骗我？"张伟瞪着红红的眼睛问我。

我也懵住啦？不过以我当时那点性知识还是知道这是怎么回事，女人的贞操对那个年代的我们来讲是多么重要！

"你当时问她了吗？"

"没有，当时她急着要赶火车，也没时间去问，后来……后来回去后我就不想再问了，何况问出什么来对我都是一种伤害。当时我只觉得天像塌下来一样，跟她去火车站送她上车，我往回走我脑子还是一片木木的。我是走着回到学校的。"他说这番话时，脸上还有掠过一丝痉挛的痛苦表情。

我俩默默地离开了校外门口，各自拖着沉重的脚步回去了，初春的夜风吹得我们身子发凉。

躺在床上我还在心里想，人是不能有任何污点的，无论是政治上的，还是生活作风上的。虽然我很同情张曼卓，可这也是没有办法的事，换了哪个男人也是无法接受的。我在脑子里想当初在中学时张曼卓和班上谁好过？可是想破了头也没有想出她和谁好过的迹象来，包括男老师⋯⋯

和张曼卓解除了婚约后，张伟消沉了一段时间，不过他很快从这件事的阴影中走了出来。快到毕业时，他和班上的一个矮个女生好上了，那个女生还是他以前嘲讽过的一个女生，戴着厚厚的像瓶底的眼镜，夏天的时候腋下还散发出一股难闻的狐臭，所以不管天多热她都穿着长袖衫。两个人在一起走路，个头倒挺般配，只是这个女生家是农村的，家里还有一大帮弟弟妹妹，如果毕业后他们留在城市，她要把家里的一个弟弟或者妹妹带出来，这个张伟也答应了。张伟有点等不及了，他已经二十七岁了，何况他的身高又是这么不出众。

十

后来张曼卓家里的事情，我都是听大妹来信告诉我的。大妹先前的来信充满着一种嫉妒，这种嫉妒就像小时候她玩跳格子从来没赢过油纸房家张小五一样。大妹自从上中学以后也曾学着张小五样子，把母亲穿过的衣服改成自己穿着合适的衣服样子。不仅仅是大妹，整个南山街上的女孩子都学着张小五，自己裁剪起衣服来。当然无论南山街上的女孩子们怎么变换花样，也没有张小五裁剪的衣服穿在身上得体好看，这是天生的身材。这让我想起一个词，鹤立鸡群。鹤就是鹤，鸡就是鸡。

变成张曼卓的张小五挺胸迈着鹤步从南山街上走过去，倾倒了多少南山街男孩子的目光呵，也惹恼了多少南山街女孩子嫉妒目光呵。她们巴不得能让张小五出点让她们解气的事。张小个子解除和张曼卓的婚约就是叫她们解气的事，无异给她们增添了幸灾乐祸的笑料。

大妹在来信中说，这个春天以后很少在街面上看到张小五的身影了，后来就传开了她和大学生张伟谈对象吹了的事。大妹在信中还幸灾乐祸地跟问我：是不是张小个子把她给蹬了？我模棱两可地说，他们两个……两个也许不合适。我的模棱两可让先前就看他们两个不般配的母亲又来个一百八十度的大转弯，她说：我早看出来他俩的不合适来，张小五考上大学后一定会把张小个子给蹬了，怎么样，我说着了吧。我就不去多说什么了，让她们爱咋想咋想吧。

张小五一时间又成了南山街街坊邻居议论的对象。据大妹来信说，在张小五在家里关了些日子后，她又出现在南山街街坊邻居们的视线里，有人看见张小五跟他大姐夫出去过几回，坐在他自行车后座上，两条笔直的腿上穿着长长的喇叭筒裤子，屁股绷得紧紧的。而那林有志的自行车后座上先前是驮着她大姐的。在山区流行着这么一句话，说小姨子的半拉屁股是姐夫的。莫非这个先前的林材料员对这个已出落成大姑娘的小姨子动了心思？反正有人看到林有志驮着她去看过两回晚间电影，还看到他去那个舞蹈辅导老师那里接过她两回回来。还有人风传张曼卓和那个搞舞蹈的辅导老师有一腿，因为那个蓄着长长头发的舞蹈老师两年前就离过婚。

总之，南山街上的街坊邻居们是不甘寂寞的，这样的日子才叫山里人过得有滋有味儿。每次接到大妹这样的来信我都忍不住会去这样想，这和城市里不一样，城里人才不会去在乎别人过的一种什么生活呢，就像每天在校门口看马路上匆匆忙忙的车流、人流，大家相互之间是陌生的，陌生有陌生的好处，让人呼吸到一种轻松自由的空气，没人去在乎在意别人的眼光，也没去猜测别人的心思，过什么样的日子，也没那闲工夫。而山里人却不是这样的，一条街住着，连谁家吃的晚饭是什么都能闻得到……

我家要盖新房了，大妹来信说。在原来老房子一侧再接出一间来，将来给哥娶媳妇用，而且三间房顶要换成油毡纸房顶。大妹在来信中还说南山街上不少人家都换了油毡纸房顶。父亲正在备料，想等我放暑假回去就动工，这样就多出一个劳力来。

盖房子让我家的日子有了一些盼头，而这种盼头让大妹不再去关注张小五家的事了。人总该关注和自己有关的事情。城里燠热起来的时候，我和张伟也好长时间没有见面了，他正忙着和那个瓶底眼镜女同学泡在宿舍里，让我几乎忘了还有他这个老乡同学。

日子平静地过了一些时候，在山里还是春天的时候城里已是夏天了。

大妹写信告诉我张曼卓跳房子自杀的时候，我正在秋林百货为她选购一件我相中的连衣裙，这是她来信告诉我买的。这件连衣裙的钱是她捡废铁丝和旧纸壳箱换来的，差十块钱我从我的助学金里给她垫上了。我走出来展开这件连衣裙的时候，不知为什么想起了她那双修长白皙的腿，当然这是一件绿地浅紫色碎花连衣裙，不是她喜欢的白色。我从兜里掏出来时路过收发室收到的那封没来得及看的信。看到这个消息，我仿佛身子被什么钉住了？马路上来来往往的人流从我身边走过去，阳光刺目地跳荡在我的脸上、和手上拿着的这件漂亮的连衣裙上。

我没有把这个消息告状张伟，是想这件事已经和他无关了。大妹告诉我的也是半个月以前发生的事情了，相信不久以后他就会知道的。

因为再过半个月以后我们就放暑假了。

放暑假我回到了山里南山街上，第一眼的感觉如大妹信中说的，不少人家都换了油毡纸房顶，草房顶的人家不多了，老张家的油毡纸房就不显眼了。油毡纸房顶滚动的阳光有些刺目，不如草房顶看着舒服，就连仅有的几户人家草房顶上疯长着的蒿草都显得那么生机勃勃。

听母亲的叙述是这样的：那天夜里她听到一声尖叫，所有人都没有听到，包括邻居家的狗也没叫唤。早起时父亲说她在说梦话，可是后来的事情证明母亲听到的是真的。那天早上油纸房老张家院子前围了许多人，还开来了救护车和警车，街上的狗"汪汪——"叫个不停。

张小五的母亲哭得死去活来，张小五被人蒙面蒙着一条白床单抬走了……法医的结论是这样的：张曼卓是大头冲下从房上栽到地下，导致颅内出血死亡。那个矮胖的法医还用另外一种假设去说，她如果是腿朝下从房上跳下来就不会死亡，而她是头朝下还借了那么大的力？他显得有点不可思议。这个疑问被赶到的夹在人群中那个舞蹈老师解答了，他说她是在空中空翻了三圈半跳下来的。这是一个华丽的舞蹈身体翻飞动作，没有舞蹈功夫的人是做不出来的。而张曼卓的大姐夫则哀哀地说，看来她去意已定，谁拉也拉不回来的。张曼卓死去时穿了一身白纱丝裙，脖子上还围着那条白围脖，长长的头发用一条白手绢束着，一丝不乱。

后来我去找了那个舞蹈老师，他原来就是中学一名音乐老师，区里成立文化馆后抽调到区文化馆里负责文艺演出的编舞。我想知道张曼卓最后跟他辅导练习舞蹈和复习文化课的情况，她还有半个月就参加高考了啊。

"可惜，真是可惜了她的舞蹈天赋啊……"他听说我曾是她的中学同班同学，对我痛惜地摇了摇他的长头发。

"她在这之前有没有什么反常的举动呢？"我问道。

"没有，那一段她练习的很刻苦，也很专心，她还说等她考上了，她一定要完成一部《天鹅之死》的作品的，让我等着看她的作品。没想到就这么走了……"

"你知道她曾有过一个男朋友么？"我试探着问他。

"知道，我还知道他们分了手，那一阵子她有些精神恍惚……"他警觉地看着我，问道："他们为什么分的手？"

我说她的男朋友就是我大学里的同学，说到为什么分手，我觉得我该告诉他。

我就说了他的男朋友在一次她去学校看他时，发现她不是处女了。

"就为这个分的手么？"他瞪着眼睛看着我，像不明白什么似的问。

我点点头，说："是的。"

他呆呆地怔了半晌，随后"唉"地垂下头去，长长地叹息了一声："糊涂啊——"

"糊涂？你说谁糊涂？"

"我说她的男朋友糊涂啊。"

这回是我呆呆瞪大了眼睛？有些不明白地看着他啦——

"他也不去想想，像她这样十几岁就跳舞蹈的女孩子，还有哪个处女膜不会破裂的？"

我听呆啦！？

我默默地拖着自己的身影走出了他的屋子去。

暑假结束回到学校时里，我也没有把这件事说给张伟听，因为放假回去后，他听说了张曼卓自杀的消息曾跑到山坡上张曼卓的坟前痛哭了一场。那几天他一直在忍受着张曼卓大姐夫的责骂，他还挨了他两拳，鼻孔打出血来，他也没有还手。他还忍受着认识他的亲友的责难。从家里走时，也没有人去送他，他是一个人孤零零上的火车。

看他的样子也挺可怜的。

我不想再在他心头上撒上一把盐了，让他听说了再去难受。

人已经死了，说什么也没有用了。这个世界上最难买到的就是后悔药了。

选自《史河风》2017 年第 2 期　　责任编辑 赵家利

钟开始敲响

■
光
盘

　　有那么几年卢斯到宝林寺做义工，晚上住寺里，第二天凌晨 6 点 10 分聆听准时响起的钟声。她的生物钟与宝林寺钟声叠合，钟声过后，精神特别好，心里透亮透亮的。踩着钟声的余音她爬起来，为宝林寺做力所能及的事。自从大邺离世，她不再去宝林寺做义工，也没什么理由，就是突然不想去了。霍拉娜给卢斯分析说，"你不再需要躲避大邺，所以没必要去了。"卢斯认同霍拉娜的观点。

　　宝林寺坐落在第九座山，距离市区三十几公里，这里的人只有她听得见钟声。"那只是一种幻觉或者回忆，"霍拉娜又说，"尽管大邺已经走了，你仍然在逃避他。"

　　卢斯不爱大邺，因为不爱，倒是从不计较大邺。他们的生活过得枯燥而平静。大邺突然离世，卢斯谈不上伤心，只有感慨：大邺不该这么早离开人间，他还不到 40 岁。

　　又是一天开始。6 点 10 分，宝林寺钟声敲响。卢斯没见过敲钟的和尚是谁，她很想知道，却从不打听。到现在她还在猜测敲钟和尚。宝林寺大大小小和尚卢斯都认识，他们敲钟的形象在她头脑里过了一遍又一遍。今天的钟声有杂音，伴随着敲门声。她确定自己躺在家里的床上。那么，有人敲自家的大门。这是六月天气，桂城的清晨闷热。

马克利站立在门外，他熟悉的声音已经很遥远。卢斯不明白马克利这么早上她家干什么，他们快二十年没见了。

"我五点起床跑步，我是跑步过来的。"马克利说。

卢斯用陌生的眼光看着马克利。

"我可以进屋，不，你可以出屋来吗？"马克利小声说。

卢斯回头看了一眼，她这个无意识动作让马克利不安。他说，"如果你怕大邺吃醋，那就算了。"

"进屋吧，"卢斯的门全打开。

马克利轻踩步子进来，像个小偷或者偷情者。卢斯指指沙发示意马克利坐下，她进房间去换衣服。换掉睡衣出来，她关上房门。

"我这样冒失是不是太不好了？"马克利说，"大邺知道我来吗？我以前只见过大邺一面，记不住他的相貌了。"

卢斯说："你是怎么找到我家的？"

"可费了老劲。"马克利说，"你过得怎么样？"

卢斯不正面回答，说："你找我有什么事吗？"

马克利双手绞缠，他盯住自己的双手，神色紧张。好久也没回答。"我并不想知道你赶早过来为的什么，"卢斯冷冷地说，"你回去吧。"

受到驱赶，马克利不情愿地站起来，他想看又不敢看地看了卢斯几眼，走往大门。跨出门，他回头说："我和石荫离婚快三年了。"

石荫是卢斯当年的情敌。卢斯无言地拉上门。马克利在她门前待了好一会儿才离开。

卢斯整理好床铺赶紧洗漱。今天是周三，学校家长开放日。卢斯要买好菜，下午提前下班做好给女儿送去。女儿上寄宿学校，初二了。卢斯不懂开车，学校偏远，打不到出租，她必须提前坐公交去。马克利意外造访乱了她的脑子，马克利石荫离婚，她谈不上幸灾乐祸，但也畅快。出了菜市场，她才发现自己买错肉了。上周日送女儿回学校时她有交代，要吃带鱼。卢斯返回菜市。匆匆做完食材准备工作，她挤公交车上班。

前面发生车辆剐蹭事故，堵了半个小时车。卢斯没有在乘客的怨声中下车换乘，她在座位上一动不动，静等交警疏通道路。下了公交，她还得步行好几分钟。她比往常迟到了半个多钟头。反正已经迟到，不如再迟到一会儿。她拐进百货大楼给女儿挑选裙子。到了单位，保安说，打卡机坏了，今天所有员工都不用打卡。卢斯高兴坏了。公司有规定，迟到一次警告一次，迟到累积三次罚款300元。办公室里人员不齐，平常憋坏了的同事趁打卡机出毛病都溜出去透气办私活。只有新员工小姚老老实实坐在电脑前干活，"卢姐，办公室来电话说等会要停电。"卢斯不喜欢小姚叫自己姐啊姐的，应该叫阿姨，说过她几回了，她有意不改。

"对了，卢姐，有个叫马克利的先生来找过你，你不在，他离开了。"小姚补上一句。

停电之后，行政办传来消息说，线路检修，晚上6点才来电，工作紧急的可以带回家去做。

卢斯得以有充分的时间为女儿做好吃的。每周三是卢斯最幸福的时刻，她看女儿吃美食讲述学校里的事情。周六中午接女儿回家，周日傍晚得送女儿回校，中间爷爷奶奶外公外婆还得见她女儿，留给卢斯陪伴女儿的时间不多。

看望女儿回到家快晚上8点了。城市里到处是黑影和灯光，黑影如白纸上一块块斑点，光明与黑暗相互切割。马克利从黑影里钻出来。他开车来的，是一辆豪华城市越野。卢斯还处在陪伴女儿的幸福里，见到马克利，她费了好大劲才收敛笑容。

"你一天之内找我三次，到底想干什么？"卢斯说。

"也没别的事，就是想见见你，听你说说话。"

"大可不必了。"卢斯丢下他。他跟上来，说："我打听到你的近况，大邺已经不幸离世。"

卢斯停下脚步，狠狠地说："跟你有关系吗？"

马克利被堵在门外，他不甘心，咚咚咚地敲门。卢斯不饿，她操起手机给霍拉娜打电话。霍拉娜按下接听键，猜想卢斯没地方吃晚饭。卢斯说："家里有饭菜，我没食欲。你正在吃饭，我隔会儿打你电话。"霍拉娜丢下碗筷，说："你这时候来电话，一定有急事，说吧，不影响我。"

"你跟老公还好吧？"卢斯说。

"你听到看到了什么？"霍拉娜目光飞到坐餐桌上自饮自酌的老公，换一只耳朵听手机。

"我什么也没听到没看到，随便问问。"卢斯说。

"你就不要绕圈子了，直说吧。"

"我想说的跟你们家无关。"卢斯说，"你还记得马克利吗？"

"记得，那个天杀的男人！"

"他今天找我来了，找我三次。刚才还在我门外，也许现在仍在。我想至少还在楼下。"卢斯说。

"他干什么来了？"霍拉娜提高声音，她为卢斯打抱不平二十年了。

"不是特别清楚，他说就是想见见我，想听我说话。"

"他早死哪里去了！你千万别理他。"霍拉娜疾恶如仇，"当年他害你多惨……他什么情况？"

"他离了。"

"我就知道他不安好心。记住了，把他当狗屎。"

两人你来我往聊了半个小时。霍拉娜尖厉的声音在卢斯耳边久久不散。两人的友谊持续二十多年，相互是最靠得住的密友。

最近卢斯在追看一个家庭伦理剧，烂是烂，能看，看下去就舍不得丢。今天她心不在焉，心慌意乱。十点多她下楼倒垃圾。垃圾装在黑色塑料袋里，平时都是早上出门时顺便拎下去丢进垃圾桶，碰上环卫工人运垃圾，她会直接扔垃圾车里。小区里有人散步，一群群黑影在昏暗灯光下移动。卢斯丢完垃圾，立在小道上左顾右盼。马克利果真没离开，他钻出车，拦住卢斯。

"那边有个亭子，我们能进去坐一会儿吗？"马克利向她发出邀请。

卢斯说："我不会跟你坐的，你最好像二十年以来一样从我眼前消失。"卢斯甩开马克利，开启单元大门，阻止马克利进来。卢斯上楼的脚步加快，楼道因此发出重重的响声。

星期一，收发室送来一大沓信件，不是"中华英才邀请函"之类垃圾信件，是马克利直投过来的。从周五傍晚起，他连续送过来6封。他让保安接下交给收发室。信很厚，卢斯直接扫入垃圾筐。清洁工把它们拉走了。那些年，卢斯给马克利写过多少封信，她记不得了，马克利一封没回。卢斯怀疑他连信都没拆开过。丢掉马克利的来信，她略有些后悔，想看看他到底写些什么。已找不到。清洁工倒进垃圾车，环卫工人拉走了。

"马克利一连给我来了6封信，"卢斯给霍拉娜打电话。霍拉娜是医生，正在出诊。她医术高，获主任医生职称很多年了，奔她来的病人每天都排着长长的队。时间再紧，她都尽可能多看一位病人。霍拉娜手机调在静音挡，随着闪亮的光，卢斯的名字跳动不安。霍拉娜向病人致歉，接听来电。"信件全烧掉。"霍拉娜简短的一句话铿锵有力。得到霍拉娜支持，卢斯安下心来。

本周公司特别忙，周三这天早上卢斯没时间买食材，她计划四点钟去买肯德基送到学校。忙到下午四点半，卢斯还没忙清楚，同事人人都像打仗，她不好意思让别人替她干活。小姚哎呀一声说，"卢姐，你还不为女儿送饭去？你的工作我来做，大不了今晚加个班。"小姚态度坚决，卢斯不再拒绝。现在打上的士还来得及。单位不远的地方有一家肯德基店。平常她尽量不让女儿吃这类东西。女儿特别爱吃，一边骂垃圾食品一边又离不开。

卢斯小跑过去，真是邪了门，今天买肯德基的顾客队伍都排到店外街上。正发愁，阴魂不散的马克利把车停在她前面。"上车，为小碟的晚饭准备好了，"马克利打开车门，推卢斯进去。坐进副驾驶室，卢斯舞动手臂，说："你干什么？打劫？"马克利说："坐好了，开车。"

保温瓶里的饭发出淡淡的香味，马克利说："我妈做的，我妈特别拿手做红烧鸡。她今天买到了脆皮土鸡，真不容易。""你到底要干什么？我跟你没关系，你不要老是出现在我面前，好不好？"

"也是巧，刚忙完公司里急事，差点错过你。"马克利说。"闻着这菜我流了一路口水，小碟一定喜欢吃。"

下班高峰还没到来，一路顺畅。以往周三，卢斯三点钟乘公交回去，做好饭菜，坐公交车到学校。很折腾。但按时到达学校，在母女约定的地点见到女儿，甜蜜感缠绕卢斯的周身，折腾辛苦都算不了什么。

这所私立学校是名校，收费昂贵，这座城市的人打破头也要送子女进来。家长不完全是贵族，有很多勒紧裤腰带送子女上学的家长。送饭不开车的非常少，学校新校区偏远，没先进交通工具困难更加多。学校停车场停满了车，学校周边的道路上塞满了车。马克利在离学校大门最近的地方停下。卢斯说："你请回吧。希望没有下次。"

"我找个位置停好车，然后在学校大门口等你。"马克利说。

小碟吃到了烧鸡，她对菜肴赞不绝口，"妈，你手艺真好。周末我还要吃。"卢斯说:"我试着做吧,这菜,是买来的。今天公司太忙,都没时间买菜做饭。"

"以后让奶奶做好,送到你公司,你再送来呗。直接让奶奶送来也行。不,你太忙的周三,我就吃食堂好了。"小碟说。

"不光是送饭,妈妈想见小碟。你就是妈的魂。"

会见完小碟,卢斯往学校大门外走。她跟别的家长一样,一步三回头地看看自己的孩子。初中毕业,小碟一定能考上这所学校的高中。小碟聪颖,学习成绩好,遗传了她父亲的优点。他父亲从复旦毕业,成绩优秀。只是卢斯并不爱他。

马克利守候在大门外。他迎上卢斯。卢斯递给他保温饭盒,"我可能没洗干净,麻烦你回去再洗洗,学校条件不好。这顿饭多少钱,我算给你,还有租你的车。"

马克利笑道:"你就别埋汰我了。我们上车吧,车停得有点远,真没办法。"

卢斯走在前面,她走得快,朝着公交车站方向。"卢斯,你走错了,车在那边。""不了,谢谢你。希望没有下次,下次我一定不给你面子的。"

卢斯跳上恰巧进站的公交车。这是起点站,车上乘客少。她掏手机看时间,跟往常周三一样。卢斯给小姚打电话,感谢她关键时刻帮承担急难险重工作。小姚说工作完成了,她正准备下班。卢斯看看窗外,天空黑,流动的车辆行进缓慢。周三周末,这一段路特别堵,路上跑的几乎都是家长的车。卢斯舒一口气,回程她不怕堵,堵多长时间她都能承受,只要送饭时不堵。

周六,正如卢斯猜想的,马克利开车来接她了。她不上他的车,他拉她。她不想在小区里跟他拉拉扯扯。她上了他的车。他们这是去接她女儿。女儿上初中住校后,第一次有车接回家。卢斯没向女儿介绍马克利,卢斯不跟马克利说话。出于礼貌,女儿跟马克利说个不停。

星期天傍晚，马克利过来送她女儿。

每周三，马克利带着饭菜来接卢斯，一起去她女儿学校。马克利母亲会做好多拿手菜，小碟喜欢吃。有了这个帮手，卢斯轻松很多，不用再赶回家做饭再匆忙赶学校。她嘴上不说，心里认可了这种方式。

大邺去世前后，卢斯都不爱去家婆家。她不爱大邺，对他家里人没有感觉。十几年来，她跟他家人不亲，不得不交往时，双方客客气气的。卢斯不是独身主义者，在马克利那里感情严重受伤害，他并不恨所有的男人。她需要嫁人，再不嫁年龄就更大了。人家介绍大邺给她，她不挑，她木然地跟大邺恋爱结婚。大邺是笨拙的工科男，死读书死工作，书读得好工作干得棒。就是不懂生活。卢斯不指望他，因为她不爱他。卢斯不为他多做什么，大邺也不计较。大邺是个"粗人"，他没有"生活"那根弦。

作为回报，她终于答应吃马克利的饭。马克利安排饭局在一个温馨浪漫的酒馆里，那地方菜不一定好吃，但情调应当是这座城市最好的。以前卢斯听同事们说过。大邺活着时，卢斯期望大邺能带她去一次。大邺并不晓得有这样的地方，卢斯不会主动说。如果大邺有过一两次浪漫的主动，生活情趣稍微有点，两人的感情生活不会过成这样。大邺看来，两口子过日子就像两堆沙子掺在一起而已，他不明白应该还需要水泥将沙子有机地和在一起。卢斯自作多情而已，她不怪自己提出非分要求，也不指望大邺真的做到那样。

出门前，卢斯精心地打扮了一番。她好多年没有精心打扮了。这些年她没有义务打扮给别的男人看。当年，她为了得到马克利赏识，费尽心思。多年后，她重捡打扮技艺，竟然为的还是马克利。她骂自己贱，但打扮做得一丝不苟。

马克利订了个好位置，在一个角落，不显眼，视角特别好。马克利早早等在那里，见到她，他立即站起来，弯腰伸出手牵她。她的手没有伸过来，不经他引导，独自坐到他对面。

"你今天好漂亮。"他说。

卢斯不说话，面部没有表情。她两眼看着窗外。"窗外风景真不错。"他配合说。"你是个很会打扮的女子，审美水平比一般人高许多。"马克利极力赞美她。她不说话，内心的涟漪却在微微荡漾。

"你二十多年前就很会打扮了，那是我见过的最会打扮的姑娘。"马克利继续说着，"这么多年过去，你还是这么年轻漂亮。"马克利使尽拍马屁能事。他为她续上茶，问她想吃点什么。她淡淡地说随便。马克利没有说"没有随便这道菜"，他说："你是个很随和的人，我为你做主。"马克利挥手叫服务生。

"要份法国扣＋雪里蕻，一份东京白，"马克利说。服务生在单子上写下两份菜名。"谁吃？"卢斯逼视马克利，马克利惧怕她的目光，口气软弱地说："你都不喜欢的话，我们换。"他又点了几样，都被卢斯否定掉。马克利说要是你都不喜欢，我们坐一会，另外找一家吧。"行了吧，谁有那闲工夫？"卢斯说。僵持了一会，马克利微笑着对她说："你大概还没饿。"

"谁说我没饿，我饿得肚皮贴背脊！服务生，给我来份法国扣＋雪里蕻。"卢斯呛马克利说。

这家餐馆菜名奇奇怪怪，为了突显浪漫，什么名字都敢取，什么样的搭配都敢要。菜上来后，卢斯不紧不慢地吃。马克利大松一口气，他小心地顺着她说话。卢斯话还是不多，不谈她自己也不想听马克利谈他自己，她不想了解马克利过去的二十年。她判断马克利一定过得不错，开那么豪华的车便是证明。

马克利是个画家，当年她喜欢他的画，喜欢他写生过程的帅气。那时候马克利是个不出名的画家。现在他出不出名，卢斯不知道。他从她生活中消失了 20 年。马克利谈到最近的一次画展，是一个全国性的南北画家大展，是在上海举行。云集了国内顶级画家。卢斯并不爱听，说到一半马克利不说了。"干吗停下？继续说呀。"她说。

"对不起。我不知道你对这个话题感兴趣。"

"谁说我不感兴趣，我兴趣很大，说呀！"

马克利尴尬地为她续茶。

"你眼神怎么了？茶不是满满的一杯吗？"

马克利尴尬地放下茶壶，说："那我到底说画展还是不说呢？要不，我们换个你喜欢的话题，你开头。"

卢斯昂昂头，又低下头去喝汤。卢斯不言语。马克利紧张，全身冒汗。他的头发都湿了，像刚洗头还没抹干一样。

卢斯玩手机。她偷偷拍下一张餐馆照片发给霍拉娜。对方回说这餐厅我去过，挺好的。卢斯偷拍马克利"下半身"，照片里有餐桌饭碗茶杯。霍拉娜回说，你在跟一个男人约会？你千万不要告诉我男人是马克利，这样的话我喷死你。卢斯给她回了一个大笑表情。

"什么情况？给姐们说说。"

"没什么情况。"卢斯说。

"这是好事呀，说说呗。"

"就不告诉你。"

"讨厌……马克利最近怎么样？还缠着你吗？"

卢斯用暧昧的表情符号回答。

卢斯将马克利撂一边，马克利不好阻止，怯生生说："饭菜凉了，快点吃吧。"

"我吃饱了。"卢斯说话间，起身抓起自己的包，离开座位。卢斯自个儿走出餐饮，马克利怕她"走丢"，掏出两百元给服务生说买单，不用找了。卢斯甩着手包沿街道溜达，马克利跟在后面。"请保持距离。"卢斯警告他。

前方有一家大百货店，卢斯逛进去。这里高档衣服不少，卢斯看看摸摸，终于在一家品牌服装店前提出试衣服。都说那衣服很适合她，她自己也满意。

"买。"马克利对店主说。

"不买。"卢斯说，"我是说不要你买。"

马克利从店主手中抢过票单去交钱，卢斯逛到下一家。她又看中了一套衣服，在她反复试穿过程中，马克利提着衣服赶上来了。卢斯说："要么你退货，要么我付你钱。我不要你买衣服，你我是什么关系？！"马克利说："你看你，太认真了。""你才知道我是个认真的人？""我有错，向你道歉，向你道歉20年，道歉一辈子。"

这套衣服与卢斯相配，像是给她量身定做的。"买。"卢斯对店主说。马克利手快，又把票单抢走了。

女人逛街不累，马克利累得不行，但他耐心跟着。马克利开车送她回家，"你眼光真不错，衣服选得棒。"卢斯只看窗外，她坐后排，当他是路人甲。

"我的新车到了，明天去提新车。"他说，"新车副驾驶是你的专座，谁也没资格坐。"

到达卢斯家楼下，卢斯推开车门，说："谢谢你请我吃饭陪我逛街。"

"衣服。"他下车提上衣服，赶在她关单元大门前脚跨进去。

"你花的钱，衣服归你。"卢斯说。

"你就别拒绝了，当我第一次赔罪吧。我对不住你20年了，现在终于有机会赎罪。"

"拿回去，"卢斯说，"你强塞给我，我会丢进垃圾筐去，你信不？"

"我信。但我希望你接受我的诚意。"

马克利跟她上楼，她开门后，把他阻在门外。马克利说："你可以不让我进屋，但让新衣服进屋，主人抛弃它们，它们好可怜。"

卢斯坐到沙发上。

"是我，姐们。"她给霍拉娜打电话。

"幸福死你了，招吧，他是谁？"

"他还在外面，提着给我买的新衣。"

"马克利伤害你太深了，我希望门外站着的不是他。"

"确实是他。这两三个月来像影子一样跟着我。"

"你脑子烧坏了吗？"

"我很清醒。"

"你到底怎么想的？"

"什么也没想。"

"你一步步原谅他接受他，还说没想？你已动了芳心。哎，也罢。"

"你不知道，他乞怜的样子好可爱。"

"你是报复。对，必须报复。"

"不，不。"卢斯说。

两个好姐妹聊了一个多小时。"马克利还站在你家门外吗？"霍拉娜说。

"我想，是的。"卢斯说，她向门边移步，她看到了猫眼外面的马克利。

"那我挂了。"霍拉娜说。

卢斯拉开门，侧身伸出一只手。马克利灵敏地递上新衣服。卢斯接过来后，关上大门。

"谢谢，卢斯，非常感谢！"

寒冬季节，卢斯得到马克利邀请：到海南度假。卢斯格外紧张兴奋，她问霍拉娜怎么办？

"怎么办？去呀，小碟搁我们家，我来照顾。"

"可是，她初三了，学习很紧张，业余时间还要补课。"

"我们家经历过，你又不是不知道。你放心跟马克利度假去吧。"

飞机在晚上8点抵达海口，一下子从严寒进入初夏。在机场更衣室脱掉冬装，他们上了前来接应的小车。马克利在海南有业务，客户出面接机。

马克利事先订了五星级宾馆的一间豪华套间，卢斯拒绝跟马克利同居。马克利临时为她要了另一间。两间房不同楼层。两人商定休整一下，一刻钟后大堂见。马克利把低一层楼的房间给她，她下电梯时，他说："等下见。"

晚上，海口有风，但夹着热气。吃了饭，两人散步。11 点多，返回宾馆。"其实，我们可以不用两间房的。"马克利还在争取。"不行，男女授受不亲。"卢斯微笑着说。

"那么，晚安！"

"晚安！"

不是异地床的问题，是兴奋，卢斯睡不着。想跟霍拉娜微信聊聊，又怕打扰她。翻来想去，更加睡不着。马克利那边也没什么响动。她试着给霍拉娜发微信：姐们，睡了吗？我睡不着啊。

没等到霍拉娜的回复，马克利电话来了："睡了吗？"

"睡了，睡着了。"

"对不起，打扰了，你继续睡吧。我想你，睡不着。"

卢斯无声地挂断电话。

霍拉娜还是来微信了：幸福得睡不着吗？

"我认床。"卢斯说。

"少虚伪了。"霍拉娜说，"睡在哪儿？"

"我单独睡，没答应他的要求。"

"算你还有点骨气。"

"这家宾馆位置特别好，安静，设施一流。"

"你说的这家宾馆，我以前住过，那次在海口开全国性的学术会议。印象挺好的。"

"你说我怎么办呢？"

"你就别装 B 了，给姐们还来这一套。你是太得意了吧。"霍拉娜调侃卢斯。

"你讨厌。"卢斯给霍拉娜撒娇。

两人关系情同手足，无话不说，什么过头的话也伤不到对方，再吵过闹过，转身就忘。

在海口玩了一天，第三天他们坐动车去三亚。海南的天空特别蓝，是他们少年记忆中的蓝。这趟动车人少，他们买到头等舱。车厢里为数不多的乘客兴奋地说话，他们都从大陆来，他们好久没见如此蔚蓝的天空了。

他们的宾馆在海边，站在阳台上可以看到无边无际的大海，近看，沙滩上满是游人。由于卢斯仍然坚持不同居，马克利在原计划上增加一间房。这回两人的房间紧挨着，他们能站在阳台上说话，共同欣赏海边风光。

"这么好的风景，应该拍拍照。"马克利提议说。

"你过来吧。"

马克利受宠若惊，立即过来。马克利是画家，会摄影，他给卢斯拍的照片都很好。卢斯很满意，她立即晒到朋友圈，发给霍拉娜。

美死你。霍拉娜还附了一个捶打的表情，善意地讽刺卢斯。

在阳台上玩着，马克利几次想趁机拉她的手抱她的腰，都让卢斯化解拒绝了。马克利不生气，他提议去天涯海角玩。

打车到天涯海角。游人如潮。林子里好几对新人拍结婚照，路边巨幅婚纱摄影广告照很吸引人。照片上的男女主角都是明星，帅男靓女。

"化了妆，你比她还漂亮，"马克利指着广告说，"不，你不用化妆也比她漂亮。"

"那你呢？"

"我嘛，就是整了容也不如他帅。"

卢斯大笑起来。

两人向海滩走去，马克利问她坐不坐电瓶车，她说不坐，走着游览才不会错过风景。卢斯第一次来海南，以前大邺好多会都在海南开，她本可以有许多机会跟他来。她不打主意。她既然不爱他，就一次也不要主动提出跟他出游。

卢斯脱了鞋去戏海水，马克利为她提鞋背包，偷拍照片。等她疯玩一阵"上岸"来时，他让她看照片。

"拍得真好。"她说。

他手臂趁机攀过去，被她打开。他轻轻叹了一口气。

一路玩到"天涯、海角"。游人们自觉地排队拍景，马克利在较远处取景，他拉镜头，将卢斯"镶"在景里。效果仍然很好。马克利有技艺，他巧妙地把多余的人和物切出画面。追捧"天涯、海角"的游人太多，站在队伍里挨近拍摄，需要花很长时间。马克利很轻松就搞到手了。卢斯看过大邺在"天涯、海角"的照片，基本上是合影。也有同事朋友说过，要想在"天涯、海角"留下单影，除非深更半夜。

一路有椰子卖，十元至十五元一个，马克利买了两个，每人捧着椰子边吸边游。后来他们在一张凳子上坐下来，面朝大海。太阳很大，天气热，厚实的树阴阻挡不了多少热气。马克利准备了两条毛巾，递给她一根。她擦了汗，他接过来去附近的水龙头下搓洗毛巾。那是饮水用的，排长队的游客正往矿泉水瓶里灌水。马克利等不及了，而且他在水龙头下搓洗毛巾可能会引来游客不满。他在摊点上买了几瓶矿泉水回到座位。马克利用矿泉水清洗毛巾后递给卢斯。卢斯接过凉爽的毛巾继续擦汗。

傍晚，赶车的游客匆匆离开，海滩快空了。马克利不着急，他约了客户来接。太阳越走越远时，海潮起来了。他们坐在面对大海的椅子上听潮。两人静静地不说话，发呆，冥想。

他们的宾馆坐落在三亚湾上。这是一个开放的海滩，二十四小时都有游人。马克利带卢斯上海滩来。晚上，景色跟白天在阳台看到的不一样。大海黑乎乎的一片，沙滩上人影模糊。马克利为她拍了一组夜景照片，灯光恰到好处，拍出来效果极佳。

第二天，他们计划去大东海。早上马克利敲她的门。她拉开门时，他展开两张画，画的都是她。一张是海滩夜景中的她，一张是阳光椰林沙滩上的她。

"你什么时候画的？"

"昨晚。太有感觉了，画了一夜，一点不困。"

她转过脸去，不让马克利看到眼里感动的泪。

他收好画放在她床头柜上。他想过来拥抱她，她后退一步，说："不，不行。"

"你知道，我很爱你！"

"你这话搁在二十年前说多好啊。"

"我承认，二十多年前我心里只有石荫。但此一时彼一时。"

"你画了一夜，白天补个觉吧，我自己去玩玩。"

"我不困，画通宵是常有的事。"

"人总得学会休息才会有好身体和好精力干事业。"

"谢谢你提醒。我们按计划去大东海吧，我们可以租两张竹椅，躺在沙滩上。躺累了，在海边走走。我在一边画画。实在熬不住，我躺竹椅上睡觉。"

卢斯半躺在竹椅上，马克利在一边画画。卢斯自拍几张照片发给霍拉娜。

"知道你牛B了，幸福了。"霍拉娜调侃说。

"羡慕我吧，姐们？"

"羡慕并祝贺！"

马克利为她选了一个深色壳的椰子，卢斯吸着玩着。她走向海水时，他放下画笔跟上去为她拍照，她学人家样儿用一根围巾做出许多个造型。卢斯身材保持得好，身长腿长，相当入画。

马克利终究熬不住，当他躺在竹椅上时，睡着了。好几个游客驻足他未完成的画前议论，大约这几个人也是画家，懂行。这几个人离开后，卢斯来了兴致，她坐下来接替马克利画画。二十多年前卢斯学过一阵国画和油画，马克利娶了别人，她将所有绘画工具丢进垃圾箱。卢斯的画技稚嫩，她按自己的想法画着，破坏了马克利原来的构想。

一觉醒来，马克利看到那幅画。他赞美说："画得不错，功夫还在。"

卢斯说："你在讽刺我。"她把画揭下来撕碎。马克利哈哈哈大笑。

"你真讨厌。"她说。

差不多晚上12点，他们才离开大东海，潮声一阵响过一阵，微微地有些凉。马克利将外衣披在她身上。

当夜，卢斯仍然拒绝了马克利的乞求。"你别想多了，我就想抱抱你亲亲你。你不知道我有多爱你。"他发誓说。

卢斯不为所动。她给霍拉娜发微信说："马克利还跪在门外。"外加一个得意的表情。

"真有你的。"霍拉娜给了她三个赞。

卢斯、霍拉娜坐在一个小茶馆里。这是卢斯海南回来的第二天，她迫不及待地要让好友分享自己的幸福。卢斯带着手提电脑和硬盘，一张张照片打开来。

"你幸福得让我妒忌了，"霍拉娜说，"看马克利把你宠的。"

"不许你妒忌，只许你祝贺。"卢斯说。

"我祝贺九分忌妒一分。"

"一分也不许。"

"开个玩笑。我还真的一分都不忌妒你。祝贺你，就像是祝贺自己。对马克利，你从仇恨到原谅到接受然后重新爱上，是一个了不起的过程。"霍拉娜说，"他那么执着真诚，换铁石心肠也会熔化。仇恨一个人容易，但宽容、爱上一个仇人，就太不容易了。"

卢斯开始天天思念马克利，像当年一样。好几天过去，马克利那边没有动静。他公司忙，她安慰自己。星期三，探望小碟时间。卢斯跟往个周三一样四点钟在公司大堂前等候。几个月来，马克利开车带上精心为小碟准备的饭菜过来接她。马克利会准时停下，开车窗向她招手。今天，马克利还没出现。他也许有急事耽搁。又过了一刻钟，卢斯开始着急，掏出电话想问问情况。她最终没拨电话，她想她没权力质问马克利。不能再等，卢斯去肯德基店买了个全家桶，她准备跟女儿一起享用。错过最佳行走时间，女儿"放风"接受卢斯接见时，卢斯还没赶到。女儿借同学家长手机打卢斯电话。

"妈还在路上呢，我为你买了肯德基。你一定要等着我。"卢斯说。

"妈，同学们好多都吃完往教室走了。哪里还来得及！我上食堂打饭去。"

女儿挂断电话。卢斯眼泪流出来。她赶到学校时，学校大门紧闭，保安不放卢斯进去，怎么求都没用。卢斯在大门前坐了一会，想象女儿失望的样子。女儿寄宿以来，卢斯第一次迟到。学校大门关了就关了，直到明天，不会再放一个人进去，上课的老师从校内另一道门进出宿舍区。

返回路上，她不再想女儿，想马克利，不知道他那边发生了什么事。

周末，接女儿时，她等了马克利几分钟，不见人，她就坐公交车去了。幸好没等，马克利一直没出现。

"马叔叔呢？"小碟问。

"他忙。以后可能还是我单独接你。"

马克利像失踪一样，没再联系卢斯。卢斯这里，小碟备战中考，也特别紧张。她想过是不是主动给他去个电话发个信息，哪怕是扯点别的也行，联系上就好。结果，她没联系他。公司里照顾她，工作上给她的任务少，她有更多时间应付女儿的中考。中考真是要了命了，比高考还折腾人。旁人劝她，"你女儿成绩好，不用担心上不了重点。"卢斯不这么看，成绩再好稍有松懈就会落下，特别是临场发挥。卢斯忙不过来，将霍拉娜给拉上了。霍拉娜全家乐意帮她。霍拉娜儿子高二了，暂时没那么紧张。

"马克利怎么样？他有一段日子没来给小碟送饭了。"霍拉娜说。霍拉娜不值夜班时就为卢斯买菜，做好，开车载上卢斯一起去学校。霍拉娜喜欢小碟。

"嗯，他忙。公司老总么。"卢斯回答。她心里并不轻松。她也感到奇怪，马克利怎么突然就冷若冰霜？

五月初一个闷热的日子，卢斯接到马克利一条信息：我的婚礼定于 5 月 18 日香格里拉大饭店举行，特邀你参加为谢

卢斯脑袋嗡嗡响，冷静下来后她请霍拉娜去个电话打听打听怎么回事。霍拉娜不多时回话说，马克利要结婚了，是真的。那头猪！

"你怎么样？喂？"霍拉说。

"我没事，就是有点头疼。可能太累，休息一下就好了。"卢斯说。

霍拉娜开车载卢斯去学校接小碟。"你怎么想？"霍拉娜问卢斯，"千万挺住。"

"我缓过劲来了，真的没事。我不是二十年前的我了。二十年前，他甩掉我，我要死要活，是痛苦；现在，他再次甩掉我，只是遗憾。"

"这次你仍然动了真心。我觉得吧，是你太任性，玩过了火。"

"就差一步爬上山顶，他却停下脚步。接受不了女人任性的男人，我不稀罕；不能让女人享受任性带来的幸福的男人，我更不稀罕。"卢斯说。

删掉马克利的电话号码、微信，以及他为她拍摄的所有照片后，卢斯心情已完全平静。每天早上6点10分，她又能听到宝林寺的钟声了。

选自《文学港》2017 年第 6 期 原刊责任编辑 雷默